U0840470

先秦文学与文化

第十一辑

赵逵夫　主编

韩高年　马世年　副主编

甘肃省先秦文化研究中心
西北师范大学文学院　主办

上海古籍出版社

图书在版编目(CIP)数据

先秦文学与文化. 第十一辑 / 赵逵夫主编;韩高年,马世年副主编. —上海:上海古籍出版社,2023.4
ISBN 978-7-5732-0671-8

Ⅰ.①先… Ⅱ.①赵… ②韩… ③马… Ⅲ.①中国文学—古典文学研究—先秦时代—文集②文化史—中国—先秦时代—文集 Ⅳ.①I206.2-53②K220.3-53

中国国家版本馆 CIP 数据核字(2023)第 058956 号

先秦文学与文化(第十一辑)

赵逵夫 主 编

韩高年 马世年 副主编

上海古籍出版社出版发行

(上海市闵行区号景路 159 弄 1-5 号 A 座 5F 邮政编码 201101)

(1) 网址:www.guji.com.cn

(2) E-mail:guji1@guji.com.cn

(3) 易文网网址:www.ewen.co

商务印书馆上海印刷有限公司印刷

开本 890×1240 1/32 印张 9.75 插页 2 字数 280,000

2023 年 4 月第 1 版 2023 年 4 月第 1 次印刷

ISBN 978-7-5732-0671-8

I·3714 定价:48.00 元

目　　录

《诗经》新解七题

雒江生

（天水师范学院文史学院　甘肃天水　741001）

内容提要　《诗经》作为我国第一部诗歌总集，从汉代毛亨开始为其作传、郑玄作笺，历代以来相继对《诗经》内容做过充分解释。但对某些篇章字词再加仔细分析，联系其他典籍记载，并结合考古发掘及民俗考察，能得出一些与传统注解不同的新见。本篇择取《诗经》的七个篇章，由文字训诂入手，对其中一些字词做出新的训释，得其正解，由此还原《诗经》时代的部分社会、生活、文化景观。

关键词　《诗经》　注解　文化风貌

一、黄河古渡乘皮筏

——《卫风·河广》“一苇杭之”解

《诗经·卫风·河广》第一章：“谁谓河广？一苇杭之；谁谓宋远？跂予望之。”汉代郑玄的《毛诗笺》注解说：“谁谓河水广与？一苇加之则可以渡之，喻狭也。”宋代朱熹的《诗集传》注解说：“苇，蒹葭之属。”

《河广》这首共两章八句的小诗，是《诗经·国风》名篇之一。但自郑玄、朱熹注解“苇”是芦苇蒹葭一类草，言黄河水面虽然宽广，但乘一只芦苇编扎的筏即可渡过，那诗义就讲不通了。因为黄河不仅水面宽广，而且水深流急，人要乘坐一只芦苇筏是渡不过去的。

闻一多先生在《楚辞校补》的《引言》中说:“较古的文学作品所以难读……作品所用的语言文字,尤其那些‘约定俗成’的白字(训诂家所谓‘假借字’),最易陷读者于多歧亡羊的苦境。”①而《河广》的“苇”字正因为是一个假借字,所以导致郑、朱误解,引来后世众说纷纭,其实“苇”是“韡”的同音假借字。许慎《说文·東部》说:“韡,束也,从東,韦声。”而“苇”字的声符即声旁也是韦,所以“苇”与“韡”是同音字。上古汉语,两个字的音相同或相近就可以互相假借通用。而東与韡是一个字的两种写法。姚孝遂先生在《甲骨文字诂林》的東字按语中说:“東后复加声符韦作‘韡’,是‘東’‘韡’同字,当读‘于非切’。《大荒西经》‘来风曰韦’,乃假‘韦’为‘東’。”“要之,卜辞東、韡同字,当音韦。”②这个说法是对的。但对東、韡词义的解释,古今学者仍多从《说文》而众说纷纭。现在我们结合《卫风·河广》的“一苇杭之”来作新解。苇的本字就是《说文》中的“東”与“韡”,指现在黄河上游(如兰州古渡口)还能看到的乘坐渡河的羊皮筏和牛皮筏。東字的甲骨文结构从木从彡,木指木筏架,彡象许多吹鼓胀的皮袋,会意木筏架下面束缚着许多羊皮袋或牛皮袋。東字异体韡的甲骨文字形有的从双止,双止就是双足,会意人的双足登上皮筏渡河。《说文》写作東与韡,東从木从𠕁,𠕁象吹鼓胀的两个皮气袋,仍保留着甲骨文的字形特征。可见,皮筏即在木筏下面束缚羊皮气袋或牛皮气袋,皮气袋轻浮水面,人乘坐木架之上,高出水面一段距离,在湍急滩险的黄河上不易淹没,是古人为应对黄河天险想出的绝招。

1916年,王国维就已认出甲骨文中有韡字(见致罗振玉书信及商承祚《殷虚文字类编》引)。但王先生是浙江人,大概没有见过当时黄河上游还在广泛使用渡河的羊皮筏和牛皮筏,所以对字义仍依据《说文》的说法解释为“象束缚之形”。如果见过黄河上漂流渡河的皮筏,以王先生的学术视野,联想到《诗经·河广》的“一苇杭之”,就可能会释“苇”为“韡”,并以甲骨文为证,指出“苇”本指皮筏,以证明不仅距今两千五百年以前的《诗经》时代渡黄河在使用皮筏,而且在距今三千三百年以

① 闻一多:《楚辞校补》,岳麓书社,2013年版。

② 于省吾主编:《甲骨文字诂林》,中华书局,1996年版,第3295、3296页。

前的甲骨文时代已在使用此物。而时至1938年，顾颉刚到兰州与西宁讲学，在黄河岸边实地考察了羊皮筏和牛皮筏的制作方法与使用功能，写成了《吹牛、拍马》一文（见《史林杂识》）。文中引清代学者关于"羊报"的记载，说明在未通电报以前，兰州黄河水汛部门选勇壮水卒，身缚一只大羊皮气袋，吃上"不饥丸"，腰系写有兰州黄河汛情的水签，漂流过龙门等险流到河南省报告汛情防洪，当地要赏白银五十两，用酒食招待。尤其在考证了自汉代、唐代至元代以来史书所记载云南、四川、西藏等地渡河用牛皮筏后说："凡此皆可见皮筏之制通行西南，先于元世祖者甚久，非特汉、唐而已。"①顾先生关于自汉、唐以来史书中所记载云南、四川、西藏等地使用皮筏的考证，与前述《诗经》时代及甲骨文时代已用皮筏渡黄河的历史互证，很有史料价值。

现在我们根据顾先生在《吹牛、拍马》一文中记述当年乘坐皮筏从西宁到兰州的亲身经历，体会一下在黄河上乘坐皮筏的惊险。顾先生说："予于一九三八年八月再至西宁，适逢淫雨，向日大道裂为断崖，不但汽车不可行，即骡车亦不得走，竟乘皮筏还皋兰（引者注：兰州），由湟水转入黄河，凡经一日余，行二百数十里。所乘之筏系羊皮袋子二十三枚，盖联八小筏而成。人坐行李上，不便转侧，波澜旁冲，裳、履尽湿。平均每小时可行二十里，较骡车约速一倍。"②

随着现代黄河上公路铁路大桥的架通，乘坐皮筏渡黄河的时代已经过去，但在中国交通史上，曾沿用过三千多年的羊皮筏和牛皮筏，自有其历史地位。

二、战友互爱让套裤

——《秦风·无衣》"与子同泽"解

《诗经·秦风·无衣》第二章："岂曰无衣？与子同泽；王于兴师，修

---

① 顾颉刚：《史林杂识》，中华书局，1963年版，第133页。

② 顾颉刚：《史林杂识》，第132页。

我矛戟,与子偕作。”西汉初毛亨的《毛诗传》注解说:“泽,润泽也。”东汉末郑玄的《毛诗笺》注解说:“泽,亵衣,近污垢。”按照《毛传》、《郑笺》的说法,泽是紧贴人体润汗污垢部位所穿的衣服,即所谓亵衣,如衬裤、裤衩等。这类衣服是个人私自穿用的,所以古代也叫私服,一般不让给别人穿。让别人穿自己的私服,说得言重些,是不礼貌的。所以毛《传》、郑《笺》把泽解释为亵衣即私服,是不合《无衣》诗义的,因为不能把私自穿用的衬裤、裤衩一类亵衣让给自己的战友穿。其实这首诗的泽字是个假借字,本字是袶,与泽同音。东汉许慎的《说文·衣部》说:“袶,绔也。”又《糸部》说:“绔,胫衣也,从糸、夸声。”清代段玉裁注解说:“今所谓套袴也,左右各一,分衣两胫。古之所谓绔,亦谓之褰,亦谓之袶。若今之满裆袴,则古谓之裈。”按:满裆袴今作满裆裤,即成人所穿的普通裤,与幼儿所穿的开裆裤不同,与分别套穿在左右两裤腿外面的套裤更不同。古代袴(绔)字专指套裤,就是缝制两条互不相连的裤腿,每条各有系带,先分别套穿在左右两腿的裤腿外面,然后系在里面裤子的腰带上,从前面看像是穿着一条裤子,从后面看实际上是两条裤腿套穿在身上,所以叫套裤。穿套裤的习俗自古一直延续下来,穷苦人家穿,富贵人家也穿。富贵人家穿绸缎套裤,所以古代把富贵人家子弟叫“纨绔子弟”。而穷苦人家穿的套裤当然是用粗布制成的。大概在五六十年以前,一些偏僻农村还有穿套裤的,现在已经看不到了。

因为套裤是套穿在裤子外面的,所以要比里面穿的裤子宽大一些。绔的异体字作袴,声旁都是夸。上古汉字的声旁即声符也多表示字义,夸字从大有大义,所以绔(袴)本指比普通裤子宽大的裤子,能套穿在外。套裤多为装絮加厚的暖裤,以备冬天寒冷时加穿护体。所以《诗经·无衣》的“与子同泽”,是说天气寒冷,战友互爱,愿把自己的套裤让给没有套裤的战友保暖。秦国当时正处在发展上升时期,经常进行反击西戎外族入侵的战争,这首诗表现了秦军战士为保家卫国而同仇敌忾的正义士气。

袴字到魏、晋以后也写作裤,裤虽是晚出异体字反而通行。又因袴与专指满裆裤的裈(裈)同属裤类,所以后来就把专指套裤的袴与专指满裆裤的裈(音昆)合二为一,统称为裤,这样就容易混淆《诗经》时代袴与裈的不同，所以如把《秦风·无衣》诗"与子同泽"的泽释作裤子，是不合诗义的。因为如把自己穿的普通满裆裤让给战友穿，自己就会无裤，那当然是不行的；而如把套裤让给战友穿，自己虽然冷一些，但会使战友暖和些，这正是诗的本义。1971 年台湾商务印书馆出版了马乘风（持盈）先生的《诗经今注今译》，注译"与子同泽"说："泽，同襗，裤也。与你同穿此战裤。"这个注译很别致。说"泽，同襗，裤也"是有根据的。唐代陆德明《经典释文》在《秦风·无衣》诗下说："泽，《说文》作襗，云：'袴也。'"上面说过，《诗经》时代的袴字专指套裤，所以把泽释作裤是有些笼统，但释泽为战裤却有新义，因为马先生根据诗义推求，战士作战时穿的裤子就是战裤，而战裤多是套穿在裤子外面的。但战裤是作战套穿在腿的武装服，不同于普通所谓套裤。六十多年前瑞典著名汉学家高本汉写了一部研究《诗经》的名著《诗经注释》（董同龢译），在注释《秦风·无衣》的"与子同泽"时，比较了汉代毛《传》、郑《笺》与许慎《说文》的解释后说："我们却可以十足的相信《说文》。……这句诗是：'我要和你同用裤子。'……如此，《毛诗》的泽只是襗（裤子）的假借字。"①在历来释"泽"的两种说法中，汉学家高本汉能够择善而从，不取把泽释作亵衣的说法，虽然没有依据段玉裁的《说文解字注》更确切地释作套裤，已经是难能可贵的。

三、赘婿被赶回地室

——《小雅·我行其野》"言归思复"解

《诗经·小雅·我行其野》篇第一章："昏姻之故，言就尔居；尔不我畜，复我邦家。"第二章："昏姻之故，言就尔宿；尔不我畜，言归思复。"西汉初年毛亨的《毛诗传》注解"言归思复"的"复"字说："复，反也。"按照《诗经》的语言规律，"言归思复"一句的"复"字与第一章末句"复我邦

① ［瑞典］高本汉著，董同龢译：《高本汉诗经注释》，中西书局，2012 年版，第 338 页。

家”一句的“家”字相对为义,那“复”字就也应该是指“家”。“言”字是句首助词无实义,“言归思复”是说“回归所思念的家室”。而按《毛诗传》的注解把“复”字释为“反”,“反”即古“返”字,那“言归思复”的“复”与“归”就是同义词重复连用,“言归思复”的句意就成了“回归思念的返归”,就不是“回归所思念的家室”了,所以《毛诗传》把“复”字注释为“反”是不合“言归思复”诗义的。原来这个“复”字是假借字,它的本字是“寝”。许慎的《说文·穴部》说:“寝,地室也,从穴复声,《诗》曰:‘陶寝陶穴。’”清代段玉裁的注解说:“按毛作复,《三家诗》有作寝者。”意思是说毛亨作注解的《毛诗》作“陶复陶穴”,而齐、鲁、韩《三家诗》有的把“陶复陶穴”写作“陶寝陶穴”。按:《诗经·大雅·绵》篇:“古公亶父,陶复陶穴,未有家室。”这就是段玉裁说的《毛诗》作“复”而不作“寝”。许慎著《说文》时看到《三家诗》有把“陶复陶穴”写成“陶寝陶穴”的,认为写作“寝”是本字,本义是“地室”,比《毛诗》写成“复”词义明白,所以就引了《三家诗》作“陶寝陶穴”以证明“寝”字的本义是“地室”。古代所谓“地室”,就是现代考古发现的“半地穴屋室”。甘肃秦安大地湾遗址有复原其形状,就是在地面向下掏挖一米多深的坑穴,再在地面以上盖起二米许高的低矮茅草屋,有台阶上下出进,人在地下坑穴内起居,是上古最简陋的屋室。因为人住在地下坑穴中,所以称“地室”。这样的屋室一半在地下,一半在地面上,考古学称为“半地穴屋室”。《诗经·绵》的“陶复陶穴”,陶读为掏,复(寝)就是地室,而穴则指窑洞。古公亶父是周文王的祖父,诗句是说当古公亶父的“先周”时期,生活在豳地黄土高原,那时还很贫穷落后,住在平地掏挖地下坑穴的“地室”和顺着山坡掏挖的窑洞,还没有像后来迁徙到岐山周原而有“周”的国号与地面上盖起的高大明亮屋室。这是上古经典《诗经》关于地室的明确记载,现代考古发现的“半地穴屋室”让我们看到了上古社会“地室”的构造原形。

《诗经·我行其野》篇所写诗义,是赘婿被赶回地室。赘婿通常叫“上门女婿”,是中国古代婚姻形式之一。赘是“抵押”的意思,就是男子到结婚年龄因贫穷没有财礼娶妻,就到女子家去作上门女婿,等于是把自己的身体抵押给女方家而让女方家不要结婚财礼。一般是女方家有女儿而没有青壮年男劳动力，无人耕田种地，就招来一个认可的男子到家中与女儿结婚做上门女婿。这种婚姻家庭很不稳固，因为不经过像正式婚姻的媒妁提亲、送礼订婚、举行婚礼等仪式，没有社会礼法约束力，所以男子到女方家作一段时间的上门女婿后，一旦女方家不满意，就会被随时赶出家门又回到自己老家去。《我行其野》诗说“昏姻之故，言就尔宿”，是说因为作上门女婿的婚姻缘故，我（男子）就到你女方家住宿。又说“尔不我畜，言归思复”，“畜”字与“好”字古音相近，“畜”是“好”的假借字，词义是爱好，诗意是说你女方家不爱我这个上门女婿，我就原回归到本来思念的穷苦家中“地室”去。

赘婿即上门女婿的婚姻现象自古一直延续下来。大体来说，两千五百年至三千多年以前的《诗经》时代，作赘婿的比后代多，因为那时社会生产力低下，贫穷无财礼娶妻的比较多。后来随着社会生产力的逐步发展提高，无财礼娶妻而作上门女婿的就逐渐减少了。而从社会地位来说，上古社会的赘婿身同奴仆，低人一等。至战国晚期，魏国、秦国的法律把赘婿与社会流亡人员并列，认为不利于国家发展农耕与增强军力的农战政策，所以赘婿不准立户，不分给田产，是征调发往戍守边疆的对象，如子孙作官还要注明其祖父是赘婿，这在《睡虎地秦墓竹简·为吏之道》与《史记·秦始皇本纪》有明文记载。至汉代赘婿的地位仍无改变。而唐、宋以后的赘婿，因多为女家无儿养老或为生子传宗接代而招赘，所以赘婿的社会地位就逐渐与平常人没有什么不同了。

四、关中大暑天太热

——《小雅·四月》“六月徂暑”解

《诗经·小雅·四月》篇：“四月维夏，六月徂暑。”西汉毛亨的《毛诗传》注解说：“徂，往也。六月火星中，暑盛而往矣。”东汉郑玄的《毛诗笺》注解说：“徂，犹始也。四月立夏矣，至六月乃始盛暑。”按：徂音粗。毛亨注解“徂”为“往”的意思，根据是中国最古的一部词典《尔雅》，《尔雅·释诂》篇说：“徂，往也。”而“暑”是“暑热”，许慎的《说文·日部》说：

“暑,热也,从日,者声。”暑字从天日之日,本义是天气炎热,所以暑天是一年炎热的天气。“暑”在“二十四节气”中对应“小暑”和“大暑”。“小暑”是阳历七月六日或七、八日开始的一个节气,天气开始炎热。“大暑”是七月二十二日或二十三、二十四日开始的一个节气,是一年中最炎热的天气,所以叫“大暑”。“大暑”就是大热,也就是太热,言这时天气酷热。而以阴历推算,“大暑”在阴历六月,所以《诗经·四月》篇说“六月徂暑”,就是说阴历六月间的“大暑”天气酷热。但是《毛诗传》把“徂”注解为“往”,说诗意是阴历六月夜晚天上的大火星宿位置在正南方位时,天气就由盛暑炎热转往变凉的秋天。郑玄作《毛诗笺》不同意毛亨把“徂”注解为“往”的说法,而改释“徂”为“始”的意思,认为“徂”是“祖”的假借字,因为《尔雅·释诂》篇说:“祖,始也。”这样就把诗意注解为阴历四月就立夏为夏天,到六月就开始盛暑炎热。但是毛亨释“六月徂暑”为六月盛暑转往秋天变凉,郑玄释为六月开始盛暑,都不符合《四月》诗的主题诗义,因为这首诗所强调的是“大暑”的酷热,以“大暑”天气的酷热比喻周王朝政治的残暴酷烈使人民难以忍受。其实“徂”不是“祖”的假借字,而是“驵”的假借字,与“徂”是同音字。《尔雅·释言》篇说:“奘,驵也。”晋代的郭璞注解说:“今江东呼大为驵,驵犹粗也。”按:驵字本义是奘,大的马,引申之义为大,郭璞引长江以东地区的方言把驵叫大,就是要证明驵有大的意思。由上可知,“徂暑”就是“大暑”,阴历六月的“大暑”是一年中最炎热的时期,《四月》诗正用“大暑”酷热之义。

《四月》诗所写的特定地域是西周王朝的京城镐京,在今陕西西安,地处关中平原东部,东面是西岳华山,南面是终南山即秦岭,西面是大陇山,北面是群山连绵的黄土高原。关中平原四面环山,所以夏季暑天特热,西安素有“火炉”之称,为全国盛暑“四大火炉”之一。而《四月》诗所写的特定时间是西周末年的周幽王时期。据气象考古,西周时期的西安地区气候比现在还要热一些,详见竺可桢先生的《中国近五千年来气候变迁的初步研究》一文(载《考古学报》1972 年第 1 期)。所以用西周时期镐京的“大暑”酷热比喻周幽王朝政的暴虐酷烈是很准确的。周幽王是西周末代亡国昏君。他宠信奸妃褒姒为王后,重用奸人虢石父为卿相,贪暴残酷,所以人民怨恨。幽王为博得褒姒一笑,本无外敌入侵而点举烽火招诸侯救驾，诸侯军至无事而褒姒一笑。后犬戎入侵，又点燃烽火，诸侯以为戏弄而不发兵，幽王被犬戎杀死，西周王朝结束。幽王之子宜臼继位为周平王，迁都东都洛邑，中国历史进入东周时期。

五、人至有姓始文明

——《大雅·绵》“民之初生”解

《诗经·大雅·绵》篇：“绵绵瓜瓞，民之初生。”西汉毛亨的《毛诗传》注解说：“绵绵，不绝貌。瓜瓞，瓜绍也。民，周民也。”东汉郑玄的《毛诗笺》注解说：“瓜之本实，继先岁之瓜必小，状如瓝，故谓之瓞。”按：瓞音迭，瓝音雹。照毛亨、郑玄的注解，瓜瓞是瓜绍，瓜绍谓种子瓜，绍是继的意思，即瓜熟后选取作为明年再继续种瓜的种子瓜，所以叫“瓜绍”。一般是距瓜根近的瓜（本实），虽比较小而香甜，因而选作子瓜明年再种。所以“绵绵瓜瓞”比喻周人先祖生子，子又生子，世代相传不绝，如“瓜瓞”同根同祖，世代绵绵延续下来不断绝。

周人有史记载的始祖名叫弃。《史记·周本纪》说帝尧：“举弃为农师，天下得其利，有功。帝舜曰：‘弃，黎民始饥，尔后稷播时百谷。’封弃于邰，号曰后稷，别姓姬氏。”①按：后是司主之义，后稷就是掌管农业而种植百谷的朝中大臣，相当于现在的农业部长。因为弃在尧、舜朝中作过后稷，为尊显之官，所以周人尊称始祖弃为“后稷”。弃始封之地名叫邰，在今陕西省武功县一带，地处关中平原中部，是农业种植的好地方，今西北农林科技大学及杨凌农业高新技术产业示范区都在那里。弃一族在邰生活至第四代公刘时，因受外族侵扰，公刘就率领族人向西北迁徙到豳原，《大雅·公刘》一篇专写这段历史，是《诗经》中著名史诗之一。弃与禹同为尧、舜朝中名臣，禹继舜建立夏朝。弃的曾孙公刘自邰迁豳，正是夏朝时代，距今四千多年。

《史记·周本纪》说帝舜“封弃于邰”，“别姓姬氏”，是说周人至弃时才

---

① ［西汉］司马迁：《史记》，中华书局，1982 年版，第 112 页。

始分别出为姬姓。其实事情并不如此简单。根据人类文明发展史实考察,姓是上古母系氏族社会的产物。那时还处于群婚时代,一个女人可以和几个男人一起生孩子,孩子生下来只知其母而不知其父,一群孩子就与其母一起生活组成氏族,母亲为氏族长。这样的一个氏族就有一个符号为姓。许慎的《说文·女部》说:“姓,人所生也,因生以为姓,从女生,生亦声。”说“因生以为姓”,就是说用生母的姓以为姓,后来母系氏族社会发展变为父系氏族社会,男人为氏族长,所生的孩子就以父亲的姓为姓。而当所生之子众多时,又可分别为姓,如相传黄帝二十五子而分为十二个姓。后代姓越分越多,据考证统计,中国古今所见的姓共有六千三百多个,现代所见的汉族姓有三千零五十个,常见姓为四百多个。

上古社会姓与氏本来是有分别的。西周至东周春秋时期的《诗经》时代,姓、氏分别明显。至战国时期姓、氏混合为一,到汉代就已不区别姓、氏。司马迁写《史记》就不严格区别姓与氏,所以《周本纪》说帝舜时周人祖先弃始有姓叫姬氏。但有时为了说明某人家世尊贵,就又区分姓、氏。如屈原是战国中后期人,而在写《屈原列传》时说:“屈原者,名平,楚之同姓也。”是说屈原与楚王同姓,姓芈,祖先封地在屈,因以为屈氏。所以严格说,周人的始祖弃就始姓姬,不应当说成姬氏,因为弃是与尧、舜、禹同时代的人,姓的产生是社会走向文明的一个标志。《诗经·绵》篇就是写周人至弃即后稷时开始步入文明时代,说“民之初生”,民谓周人,之犹言至,初犹言始。生字当读为姓。生字与姓字甲骨文金文中都多见,上古读音相同,所以两个字通用,如金文中“百姓”也写作“百生”,“万姓”写作“万生”。诗义是说,周人祖先一代一代相传,如“瓜瓞”年复一年种植,同根同祖,一直传到弃时,在尧、舜朝中任农业种植大臣,始有姬姓,标志着周人开始走上文明的历史时代,这就是诗的本义。

六、牛羊不踩保弃婴

——《大雅·生民》“牛羊腓字之”解

《诗经·大雅·生民》篇:“诞寘之隘巷,牛羊腓字之。诞寘之平林,会伐平林，诞寘之寒冰，鸟覆翼之。"西汉毛亨的《毛诗传》注解说："诞，大；寘，置；腓，辟；字，爱也。天生后稷，异之于人，欲以显其灵也。""大鸟来，一翼覆之，一翼藉之。"按：《毛诗传》注诞为大，肯定是不对的。清代王引之《经传释词》卷六说："诞，发语词也。……《诗·皇矣》曰：'诞先登于岸。'《生民》曰：'诞弥厥月'，'诞寘之隘巷'。"[①]认为《诗经》句首的这一类诞字是发语词、无实义，这已是现代学者的共识。而注腓为辟，辟即古避字，是毛亨认为腓是辟（避）的假借字，上古读音相近，假借通用。避谓回避，是说后稷刚生下来被抱弃放置在狭隘巷道让牛羊过来踩死，但牛羊过来不踩他，却从弃婴身旁回避绕道着走过去而且爱抚他。这样注解也合情理，像牛羊这些生性善良的动物不有意践踩一个弃婴是可能的事，所以《毛诗传》的这个注解被后代许多学者所接受。但毛亨以后近一千年，南宋的朱嘉作《诗集传》，不同意《毛诗传》读腓为辟（避）的说法，而把腓注解为芘。芘的本字是庇，庇是庇护的意思，但牛羊如何庇护弃婴，笼统不具体，还不如《毛诗传》注解为回避绕道过去，比较明确。到了明代，何楷《诗经世本古义》把腓读为厞，厞本义隐，即隐庇之义，与朱嘉注为庇护的意思相近，也不如毛亨注为回避具体。

以上是自汉代以来注解《生民》一诗腓字的三种代表说法，以毛亨《毛诗传》的说法较胜。但毛亨把腓注解为辟（避）却有个问题，就是诗说"腓字之"是两个连环的动作，既然回避走过去了又如何爱抚弃婴呢？这是个矛盾，所以《毛诗传》的注解虽然可通，但不算精确。现在我们反复探讨诗义，腓实际是排字的假借字，排与腓的声旁都是非，上古是同音字，所以可以假借通用。许慎的《说文·手部》说："推，排也。"是说排与推是同义词，所以三国时魏国博士张揖所编著的词典《广雅·释诂》篇说："排，推也。"可见排有推移之义。而字是舐的假借字，古音相近假借。那么诗说"牛羊腓字之"，是说牛羊过来把弃婴用嘴推移到路边不踩而且像舐犊一样舔爱他，这才是诗的本义。《生民》篇的这几句诗意连贯起来，是说周人的始祖后稷刚生下来时，他母亲不想要这个孩子，就抱弃放置在狭隘巷道的路中间让牛羊过来踩死，但牛羊过来却不踩，

---

① ［清］王引之：《经传释词》，岳麓书社，1985年版，第134页。

而用嘴把弃婴推移到路边,还像舐舔牛犊一样爱抚他。他母亲又抱弃在平原森林中让狼虫虎豹吃掉,却正好遇到伐木人得救不死。最后又抱弃在寒冰之上让冻死,却有大鸟飞来,用一只羽翼覆盖暖他,另一只羽翼藉垫在身下不让冰冻,又不得死。他母亲感到这样那样抛弃都不得死,这是个神奇的孩子,将来长大会有出息,就把他的名字叫弃,而养大了他。这个当初的弃婴长大后果然不凡,就是鼎鼎大名的后稷。考弃字的古义就是抛弃孩子。弃字繁体作棄,甲骨文像把一个胎水未干的婴儿放在畚箕中提到外边双手推出畚箕抛弃。金文的繁体也作棄,而简体字作弃,上边是子字的变形,下边的廾是双手,也会意抛弃孩子之义。可见现在使用的简化字弃,实际上是一个古代已有的简体字。

《诗经·大雅·生民》篇是一首有八章的长篇组诗,全诗歌颂周人始祖弃即后稷的生来神异、天性聪明与爱好农业、钻研种植、百谷繁茂、丰衣足食的伟大贡献,反映了西周王朝以农立国、以农为本的重农治国思想,是中国社会由半农半牧进入农业社会历史时期思维转变的真实写照,为《诗经》史诗中的名篇。

七、周朝推广种小麦

——《周颂·思文》"帝命率育"解

《诗经·周颂·思文》篇:"贻我来牟,帝命率育,无此疆尔界,陈常于时夏。"宋代朱熹的《诗集传》注解说:"来,小麦。牟,大麦也。率,遍。育,养也。""且其贻我民以来牟之种,乃上帝之命,以此遍养下民者。是以无有远近彼此之殊,而得以陈其君臣父子之常道于中国也。"[①]按:来字是麦字的古异体字。许慎《说文·来部》说:"来,周所受瑞麦来麰也,二麦一夆,象其芒朿之形。天所来也,故为行来之来。《诗》曰:'诒我来麰。'"今按:甲骨文与商周金文中来字多见,上象有芒的麦穗,中象叶,下象根,是小麦的纯象形字,假借用为往来之来。《说文》说来

---

① [宋]朱熹:《诗集传》,岳麓书社,1989年版,第262页。

(麦)是周人受天帝所赐,就是根据《诗经·周颂·思文》等诗意所写的。其实甲骨文来字多见,说明商代以前已经种植小麦。再说麦字,《说文·麦部》说:"麦,芒谷,秋种厚埋,故谓之麦。"按:麦字甲骨文也多见,与来同字异体,麦象麦有长根深扎土下,以便麦苗过冬不会冻死。后代来字假借专用为往来之来,麦字专用为小麦之麦。而许慎《说文》引《思文》诗的"贻我来牟"作"诒我来麰",是根据汉代《诗经》的其他本子即《三家诗》作麰,认为麰是本字,牟是假借字。但先秦古文字中无麰字,因为古代以麦即小麦种植为主,麰是大麦,种植较少,所以就借用本义是牛鸣叫的牟字,至汉代才有麰字,被许慎写入《说文·麦部》。《思文》诗说"贻我来牟,帝命率育",贻音怡,也作诒,是赐送的意思,育谓培育种植。意为天帝给我们周人赐来小麦与大麦种子,命令普遍种植。又说"无此疆尔界,陈常于时夏",陈即久,常即长,时即此,夏谓华夏,即中国,是说天帝要周朝不分此中国华夏疆土与你们诸侯国封土界线,要长久地在这中国大地种植小麦与大麦。《思文》这首诗是诸侯进京拜见周王,周王送诸侯回国时在宗庙演唱的诗。说天帝命令我们周朝全国种麦,实际是周王命令全国普遍推广种麦,因为周王是天子,即天帝之子,是代表天帝发布政令,实质是要把推广种麦这件事说得特别重要些。

周朝推广种麦是有历史根源的。中国社会至西周就进入了农业社会,所以发展农业种植,是西周王朝开国后的第一要务,头等大事,但是小麦这种产量又高又好吃的优良粮种的种植却上不去。根据陈梦家先生《殷虚卜辞综述》一书研究考证,殷代的农作物为:1. 禾,2. 黍,3. 稷,4. 秬,5. 麦。可见小麦虽然也种植,但位置排列在后,说明当时种植量还比较少。而周朝是个自后稷以来有重农传统的新兴王朝,灭商前长期生活在关中平原岐周沃壤盛产小麦之地,深知种麦的重要,所以西周开国初即用朝廷政令在全国普遍推广种麦。《思文》诗下面的一篇诗《臣工》也写以政令推广种麦,诗说"如何新畬?於皇来牟,将受厥明"。畬音余,"新畬"指经过轮歇肥田能高产的新田地,皇是大的意思,明是丰收的意思,是说要把经过轮歇的丰产新田,用来扩大小麦种植,以保证小麦丰收,反映了优先发展小麦种植的农业政策,而《礼记·月令》篇说:"仲秋之月,乃劝种麦,毋或失时,其有失时,行罪无疑。"是说秋季种麦时节,周朝以政令劝农种麦,如有失农时不种者,以犯法犯罪对待,可见用政令推广种麦的严厉。而《逸周书·尝麦解》说:“维四年孟夏,王初祈祷于宗庙,乃尝麦于太祖。”是说周成王四年夏天麦熟,于是在太祖后稷之庙祭献新麦面所作的麦饘然后品尝。饘字方俗语言音擅,麦饘是用新麦面粉做的软饼。成王祭献品尝新麦,也表示对种麦的重视。而品尝麦饘的习俗,在民间一直流传下来。经过周初武王、成王等几代君王推广种麦,小麦的种植量越来越多,至战国秦汉以后,小麦就成为北方人的第一主粮,而吃麦饼就成了家常便饭。据东汉许慎《说文·食部》对饼字的解释,古代把麦面粉加水和合成面团所作的食品叫饼,这样麦饼就有蒸饼、汤饼等多种。蒸饼就是蒸熟的麦面馍,蒸馍、馒头都是。馒头古代写作曼头,汉代以前叫胡饼,曼与胡都是大的意思,所以现在就叫馒头或大馒头。汤饼就是煮熟吃的面条,即把麦面加水和合擀成饼,用刀切成条,在汤(开水)中煮熟加调料肉菜而吃,所以叫汤饼。如果面条切得很细,汉代以前叫索饼,意思是细得像索线一样。蒸饼、胡饼、汤饼、索饼,这些名称都见于东汉刘熙所著《释名》一书的《释饮食》篇。

作者简介

雒江生,1938 年生,甘肃省秦安县人,天水师范学院文史学院教授,主要从事先秦文学与文化研究。

上博简孔子“颂”论*

徐正英

（中国人民大学文学院　北京　100872）

内容提要　上博简《孔子诗论》对《周颂》内容性质所作“平德”“多言后”“成功者”三个方面的概括，更符合《周颂》文本实际；又从“其乐安而迟”“其歌绅而逖”“其思深而远”三个层次全面评述《周颂》的音乐、歌唱、文本的风格特征。以点带面揭示全部作品潜藏的居安思危意识和共性悲情品格，有重要现实警示意义。“颂”论丰富了孔子的诗学思想，颠覆了所谓先秦诗论乐论不分、仅涉外部规律的定见，促使学界重估先秦文学思想整体发展水平，揭示出先秦由仪式乐歌中的音乐附庸到文学化整体“联想”中的单句取义用诗，再到系统化文学解诗的诗学走向。

关键词　孔子　“颂”论　内容性质论　风格特征论　诗学史意义

孔子的诗学思想是有完备体系的，这一体系在上博简《孔子诗论》①中集中体现。依笔者理解，孔子对《诗经》的讨论分三个层面，其基本思路

*　本文为国家社科基金重大项目“唐前出土文献及佚文献文学综合研究”（批准号：17ZDA254）阶段性成果。本文初稿撰成达4.7万余字，曾以《上博简〈孔子诗论〉“颂”论及其诗学史意义》为题，2017年于《文艺研究》第8期刊出，因版面限制不得不作大幅压缩到1.9万字。今重作修订，刊出完整版本。

①　确认《孔子诗论》为孔子本人言论，可参见马承源主编：《上海博物馆藏战国楚竹书（一）·孔子诗论》，上海古籍出版社，2001年版，第119—168页；又见徐正英：《上博简〈诗论〉作者复议》，《中州学刊》2004年第6期；徐正英：《先唐文学与文学思想考论——以出土文献为起点》，上海古籍出版社，2015年版，第56—74页。

是：先分组逐篇讨论《诗经》63篇(包括6篇逸诗)作品的文本内容;在此基础上,再分类归纳评述《诗经》"邦风""小雅""大雅""颂"四大门类作品的内容性质与风格特征,而对每一门类作品风格特征的归纳,又分音乐、歌唱、诗歌文本三个方面;之后,再最终分别揭示出诗歌、音乐、当时已有"文"体三大文艺门类的本质特征。值得注意的是,第二个层面的概括评述文字颇为重要,因为就《诗经》的具体作品评论而言,不论是《左传》《国语》记载的赋诗引诗活动,还是《论语》中的孔子零星评诗言论,都毕竟在出土文献面世之前一直流传于世;就对《诗经》的总体评价而言,则至今仍主要见于传世文献《论语》一书,如"《诗》三百,一言以蔽之,曰:'思无邪'"(《为政》)、"兴于《诗》,立于礼,成于乐"(《泰伯》)、"不学《诗》,无以言"(《季氏》)、"《诗》可以兴,可以观,可以群,可以怨。迩之事父,远之事君;多识于鸟兽草木之名"(《阳货》)等,后世出土文献都没有再发现这类新材料。相比之下,对《诗经》四大门类作品内容性质与风格特征的归纳评述,传世文献中则所见甚少。西周礼制文献《周礼·春官·大师》虽有大师"教六诗,曰风,曰赋,曰比,曰兴,曰雅,曰颂"的言论,也只是提到了"风""雅""颂"的名称而已,并没有作具体阐释和评论。《左传》所载襄公二十九年孔子8岁时吴公子季札观乐评诗的著名言论,则仅是依次评论各国国风及"雅""颂"内容,虽然蕴含有归纳因素,但还远算不上对"风""雅""颂"不同风格特征的总括与区分;更为重要的是,季札的目的在于观乐以知政,其意不在探讨四类诗歌风格特征本身。因此,上博简应该是迄今所见先秦对《诗经》四大门类作品内容性质与风格特征最早作出正式归纳概括与评述的文献,开启了"风""雅""颂"理论研究的先河,所以显得异常珍贵。其不仅能够帮助我们进一步体认《诗经》一书的基本性质、孔子的诗学思想体系,还能帮助我们更为科学地把握先秦文学思想的整体发展水平和先秦两汉诗学的大体走向。

一、简文原意

上博简《孔子诗论》讨论"颂"的残简文字如下:

第二简：《颂》平德也，多言后。其乐安而迟，其歌绅而逖■，其思深而远，至矣■！

第四简：……[孔子]曰：诗其犹平门。

第五简：有成功者何如？曰：《颂》是也▌。①

“《颂》平德也”一句中的“平德”，学术界的讨论可谓五花八门，述不胜述。笔者以为，其中整理者马承源的考释和黄怀信的解释虽然相去甚远，但均有启发意义。马承源考释云：“《讼》之平德，必是指文王武王之德。伐商灭纣，奄有四方，是周初的大事，在《颂·维天之命》、《维清》和《我将》等诸篇中，都竭力颂扬‘文王之德’、‘文王之典’，《执竞》之‘执竞武王，无竞维烈’，‘自彼成康，奄有四方’等等亦是，平德则可以理解为平成天下之德。”②黄怀信《解义》一书称：“考‘德’字在古不只是‘道德’之义。如《左传·宣公十二年》：‘夫武，禁暴、戢兵、保大、定功、安民、和众、丰财者也。……武有七德，我无一焉。’其‘七德’，显然是指武事禁暴、戢兵、保大、定功、安民、和众、丰财的七种功用和特点。《老子》‘贵德’王注：‘德者，物之所得也’。《庄子·天地》‘物得以生谓之德。’《论语·为政》‘导之以德’，皇《疏》引郭象曰：‘德者，得其性者也。’物之所得、物得以生、得其性者，无疑是指物之特质。所以，‘德’有特质、特点之义。那么，所谓‘平德’，就可以理解为‘平和的特点’。‘《颂》，平德也’，就是说：《颂》诗有平和的特点。或者说：《颂》诗的特点是平和。”③由引文可知，马氏是从内容角度理解《颂》之“德”，而黄怀信则是从格调特征角度理解《颂》之“德”的。黄氏的思路颇有启发意义，因为《老子》中的“德”确实就是“得道”的意思，“得道”就是得本质、得特征，并且以“平和”特征概括《颂》诗门类也确为的论。为了更准确地分析把握孔子此句的原意，不妨将他评风雅颂的全部简文完整过录于此：

---

① 马承源主编：《上海博物馆藏战国楚竹书》(一)，第127—132页。

② 马承源主编：《上海博物馆藏战国楚竹书(一)·孔子诗论》，第127页。

③ 黄怀信：《上海博物馆藏战国楚竹书〈诗论〉解义》，社会科学文献出版社，2004年版，第237页。

> [第二简]《颂》平德也,多言后。其乐安而迟,其歌绅而逖■,其思深而远,至矣■!《大雅》盛德也,多言……[第三简]……[《小雅》□德]也。多言难而悁怼者也,衰(哀)矣少(小)矣。《邦风》其纳物也溥(博),观人俗焉,大敛材焉。其言文,其声善。孔子曰:唯能夫……[第四简]……[孔子]曰:诗其犹平门■。与贱民而怨之,其用心也将何如?曰:《邦风》是也■。民之有戚患也,上下之不和者,其用心也将何如?[曰《小雅》是也。]……[第五简]……[其用心者将如何?曰:《大雅》]是也。有成功者何如?曰:《颂》是也■。①

由上可见,第二简和第三简分类评述文字的文例是统一的,尽管首尾因刀削竹简,致竹简“留白”而行文中断,但仅依现存简文中“颂”“大雅”“小雅”之“德”字句后的“多言后”“多言□”“多言难”来看,都分指三类作品所写内容,并且分别是对“×德”句的具体解释。所以,几个“德”字句都自当指作品门类内容而不应是指风格特征。同时,观文本即知,每个“多言”句之后的句子则又都是讲风格特征的,如“其乐安而迟”“哀矣小矣”“其言文”等。其亦可反证“德”字句是论内容而不是论特征,因行文不可能前后是论特征句,中间插一句论内容句。这说明孔子在分类讨论“邦风”“小雅”“大雅”“颂”四大门类作品时,是针对每类作品的整体内容性质和整体风格特征两方面论述的,每类前半文字论内容性质,后半文字论风格特征,应该没什么疑问。因此,笔者以为整理者的原考释应该更符合文本原意,“平德”当指平成天下之德。

“多言后”句解读意见也比较多,原考释称“指文王武王之后”,所解不大明晰。是指多写文王武王之后的事情,还是多写文王武王之后的各王?黄怀信在批驳其他不少解释尤其批驳了姜广辉“文王武王成王

---

① 马承源主编:《上海博物馆藏战国楚竹书》(一),第127—132页。通假字、异体字、转读字、难造字直接用整理者释文中的规范字替换;第二简开头和第五简末尾内容与“颂”“大雅”“小雅”“邦风”评述无关,略去;括号()中的文字为笔者专文考释或斟酌去取专家考释成果后所加;方括号[]中内容为笔者专文考证后增补;用阙文符号□补足缺字位置;“其纳物也溥(博)”从李学勤释文及断句。

等后王”观点为“更不可信”之后，得出了“马说当不误”的结论，但笔者不解的是，黄氏驳姜氏的理由“以《周颂》为例，其言文、武者多，而言成、康者少，岂可谓多言后王”①与其肯定的多言“文王武王之后”有什么不同？多言文王武王之后不就等于多言之后的成王康王等王或至少包括他们吗？

笔者以为，此句的“後”字不是前后之“後”，而是“后”的通假字。“後”字甲骨文、西周金文均写作“”，右侧上半是结绳之形，乃以结绳记世系先后之意；右侧下半是倒脚趾之形，系在结绳之下表示世系在后之意，或绳索绑脚表示滞后之意。此乃上古结绳记世系旧制的遗存。“后”字甲骨文写作“”，左上是人之形，右下是倒子之形，合为妇女产子之态；西周金文写作“”，与甲骨文的区别在于倒子周围多了几个点，表示羊水或婴儿头发。可见“后”的本义乃一族之始祖母，是母系氏族之酋长。如此，“後”与“后”的本义指向一个是向后延，一个是向前溯，似走势相反不宜通假，但事实上在先秦典籍中经常通假互用。正如清代语言文字学家刘淇《助字辨略》卷三云：“後，又通作后。”②朱骏声《说文通训定声·需部》亦曰：“后，假借为後。”③先秦之所以二字互通，一则通假乃先秦同音字使用通例；二则“后()”之倒子在“人”后，故徐中舒认为其本身即可引申为前后之后；三则春秋、战国礼坏乐崩，时人为了冲破礼乐的束缚，有时故意破坏一些礼制规定，王贵元认为在通假字的使用上也是如此，他们偏让取向相反的字通假。也正因此，高亨著《古字通假会典》列两字通假仅战国、秦、汉传世文献就举例句 29 例④，王辉著《古文字通假字典》仅战国出土文献就列举例句 12 例⑤。其实，传世文献和出土文献还有更为典型的例句，如早于战国的传世文献《尚书·洛诰》“惟告周公其後”句，《通典·礼十五》便引“後”作“后”⑥，

① 黄怀信：《上海博物馆藏战国楚竹书〈诗论〉解义》，第 239 页。
② ［清］刘淇：《助字辨略》，商务印书馆，1937 年版，第 101 页。
③ ［清］朱骏声：《说文通训定声》，武汉古籍书店，1983 年影印版，第 345 页。
④ 高亨：《古字通假会典》，齐鲁书社，1989 年版，第 324 页。
⑤ 王辉：《古文字通假字典》，中华书局，2008 年版，第 136—137 页。
⑥ ［唐］杜佑：《通典》，中华书局，1988 年版，第 1539 页。

民国《尚书》学家杨筠如又进而解该句为“以周公留守雒邑之事，告之文、武也”[①]，也就是将“後”解作“后”，将“后”具体坐实为文王、武王，此解获得公认。又如上博简《容成氏》第十二简云：“尧有子九人，不以其子为後，见舜之贤也，而欲以为後。”[②]其第十七简云：“舜有子七人，不以其子为後，见禹之贤也，而欲以为後。”[③]其第三十三、第三十四简云：“禹有子五人，不以其子为後，见皋陶之贤也，而欲以为後。”[④]文中六个“後”字无疑都是“后”的通假字，只有解作“君王”而非前后之后句子才通。同理，以“后”通假“多言後”之“後”，句意也才能通畅，“后”当解为先秦、两汉通用的“君王”。《说文·后部》曰：“继体君也。象人之形。施令以告四方，故厂之。从一口。发号者，君后也。”[⑤]尽管此解为后起引申义，但在先秦文献中已普遍使用。而具体到《诗》《骚》文献，则又多用来指代周文王，如《大雅·下武》“三后在天，王配于京”，《毛传》“三后，大王、王季、文王也”[⑥]；《周颂·昊天有成命》“昊天有成命，二后受之”，《毛传》“二后，文、武也”[⑦]；《离骚》“昔三后之纯粹兮，固众芳之所在”，王逸注“后，君也。谓禹、汤、文王也”[⑧]；《毛诗小序》“《关雎》，后妃之德也”、“《葛覃》，后妃之本也”、“《卷耳》，后妃之志也”中的“后妃”指周文王(“后”)的妃子(“妃”)太姒[⑨]。所有例句指代他王虽有变化，但都包括周文王这一点却是固定的。据此，笔者以为“多言後(后)”应是说多写周文王。

“诗其犹平门”是孔子对风雅颂分类的一句总评，不是专对“颂”而言的。学界对“平门”的解释也是众说纷纭，有的异想天开，此不赘引。

---

① 杨筠如：《尚书覈诂》，陕西人民出版社，1959年版，第332页。

② 马承源主编：《上海博物馆藏战国楚竹书》(二)，上海古籍出版社，2002年版，第258页。

③ 马承源主编：《上海博物馆藏战国楚竹书》(二)，第263页。

④ 马承源主编：《上海博物馆藏战国楚竹书》(二)，第276页。

⑤ [东汉]许慎：《说文解字》，中华书局，2013年版，第184页。

⑥ [清]阮元：《十三经注疏》，中华书局，2009年版，第1131页。

⑦ [清]阮元：《十三经注疏》，第1266页。

⑧ [宋]洪兴祖：《楚辞补注》，中华书局，1983年版，第7页。

⑨ [清]阮元：《十三经注疏》，第562、580、583页。

春秋吴国城门四面八门，北面的两门称为平门和齐门，这当是“平门”的原始义。黄怀信认为“平门”就是平齐行列，也就是后人所说的平分“门类”之义①。黄说有理。

至此，上录孔子“颂”论文本的大意可译为：

> 孔子说：《颂》是歌颂平成天下功德的诗，内容多写周文王。其音乐安和而迟缓，其歌声宽缓而悠长，其歌词思深而虑远，太好了。《诗》就好像平分的门类，有写事业成功内容的如何归类？说：归到《颂》诗中。

如上翻译应该就是简文孔子归纳评述“颂”类作品言论的原意。观孔子此评，应该主要是针对《周颂》而言的，似未太顾及《商颂》和《鲁颂》(详论见后)。依笔者理解，孔子认为《周颂》31 篇作品写了三个方面的内容：一、“平德也”即平成天下之德，歌颂平定天下完成建国统一大业之功德的内容，无疑是指祭祀歌颂周文王周武王德业的诗；二、“多言后”是说在祭祀歌颂周文王周武王的诗歌中，又以祭祀歌颂周文王的诗篇为多；三、“有成功者何如？曰：《颂》是也”，是说将表现事业成功内容的周诗都归入到《周颂》中去。谁的事业成功？自然是指文王武王之后的历代周王的事业成功。合而观之，孔子是说《周颂》诗篇主要由祭祀歌颂文王武王的内容和后代周王向文王武王等祖先灵位汇报功业的内容构成，其中又以祭祀文王的内容为主。他同时又认为，《周颂》31 篇的音乐特征是安和而迟缓，歌唱特征是宽缓而悠长，诗歌文本特征是思深而虑远。

二、孔子论“颂”诗门类的内容性质

由此，孔子“颂”论的完备性与初创性是显而易见的，后人未能企及，在这一点上，笔者以为孔论具有标志性。由孔子对《周颂》诗歌内容

---

① 黄怀信：《上海博物馆藏战国楚竹书〈诗论〉解义》，第 255—256 页。

性质的如上归纳概括,我们不妨结合汉儒的阐发来体认其认识价值。上博简《孔子诗论》的内容是否流传到汉代,汉儒们是否读到过孔子的相关言论,我们不得而知(陈桐生曾猜测汉代经师很可能见到过),但不论见到与否,《毛诗大序》所下的“颂者,美盛德之形容,以其成功告于神明者也”(孔颖达认为毛序此论也是专对《周颂》讲的)的结论,与上引孔子对“颂”诗内容性质的归纳概括有着较大的一致性则是事实。对读可见,孔子的言论还算不上为“颂”下定义,他主要是在为其内容性质归类,不能不承认《毛诗大序》则已是在为“颂”下定义了。两者的切入点不一样,从内容性质归类到概念提炼,无疑说明汉儒前进了一步。但是,我们也不能不承认,孔子的“《颂》平德也”之语,本身已经蕴含了定义的成分。所以,就此而言,或者是汉代经师读到并受到过孔子言论的启发,或者是汉代经师自己研读体认的结果。即便是前者,也说明从《周礼·春官·大师》“六诗”之“颂”,到上博简孔子四大门类之“颂”,再到汉儒“六义”之“颂”,是古人对“颂”之身份逐渐清晰的认识过程;同时也是由具指到概指、由描述到提炼定义的过程;再者,也以小见大折射出了诗学理论早期的逐步建立过程,这一点不可小视。

我们再对读孔子与《毛诗大序》论“颂”言论的内涵。《毛诗大序》为“颂”所下定义的前半句“美盛德之形容”有两层内涵:一是说,“颂”诗内容主要是赞颂盛大的美德。什么是盛大美德?依儒家的价值标准,唯治国平天下才是最大的美德,所谓“管仲相桓公,霸诸侯,一匡天下”,“桓公九合诸侯,不以兵车,管仲之力也。如其仁!如其仁”即是。所以,这里的“盛德”应该就是孔子言论中具体所指的“平德”——文王武王平成天下之德。这说明认为“颂”诗主要内容是祭祀歌颂文王武王的德业,乃是孔子与汉儒的共识。一是说,祭祀赞颂文王武王等先王盛德时,用的是歌舞表演形式。“形容”即舞容、舞态姿容,这一点前贤已多有论述,当不必质疑。“颂”本来就是“容”的本字,《说文解字》解为“貌”,后来专指舞容,西周铜器铭文《林氏壶》“其颂既好,多寡不訏”和《蔡侯盘》“霝颂托商”中的“颂”都是指舞容。所以清人阮元《揅经室集·释颂》在前人探讨的基础上总结说:“惟三颂各章,皆是舞容,故称为‘颂’。”尽管王国维在《说周颂》一文中曾对阮元此说有过质疑,认为

“三颂”中也应有不舞者，但阮说已被后人普遍服膺和继续阐发。汉儒在这里明确揭示出“颂”诗通过诗乐歌舞四位一体形式的展示形态，这一点比孔子的论“颂”言论明确，并且是在下定义之中揭示的，应该说也是一个进步。

《毛诗大序》为“颂”所下定义的后半句“以其成功告于神明者也”，也有两层释义：所谓“成功”无疑与孔子所言“有成功者”同，指建功立业的成就；“神明”，依笔者理解，当主要指历代先王，而非天神地祇。所以“以其成功告于神明者也”，应当就是主要指周代后王在太庙里祭祀歌颂文王武王等祖先时，向祖先报告自己的成功业绩。相对于孔子的“有成功者何如？曰：《颂》是也”言论，汉儒的表述更为明晰具体且富于定义性质，就是明确指后王主要向祖先汇报的内容。孔子只是笼统地说写事业成功的内容归入到“颂”诗一类。但孔子言论的初创之功是不可否认的。从“六诗”之“颂”，到“成功”之“颂”，再到“告于神明”之“颂”，同样反映出了先秦至汉代诗学理论初创建立阶段的逐渐成长轨迹和成长链上的三个重要环扣。

我们分别对孔子论“颂”内容言论与《毛诗大序》为“颂”所下定义言论的内涵比较后可以发现，孔子言论多出了“多言后”一项内容。《毛诗大序》认为“颂”诗主要包括祭祀歌颂文王武王的盛大德业和后王向祖先汇报成功业绩两项内容，而没有单独强调较多诗篇以歌颂文王为主。这也许是提炼定义概括化的局限所致，但毕竟少了一项内容。究竟两者哪种归纳提炼更为符合《诗经·周颂》文本实际，则需要靠研读作品本身来验证。笔者不敢为 31 首经典作品主旨贸然定性，同时限于篇幅，也难以对其逐一重作深入探讨，所以只有借助于历代前贤的代表性结论予以说明了。

西汉《毛诗小序》和毛传代表早期对《周颂》全部作品内容的认识水平（东汉郑笺尊毛为主，唐代孔疏则疏不破注，无需单列），南宋朱熹《诗集传》代表中期人们的认识水平，清朝马瑞辰《毛诗传笺通释》、陈奂《诗毛氏传疏》代表后期人们的认识水平，陈子展《诗三百解题》、高亨《诗经今注》、程俊英《诗经注析》则可代表历经两千多年积淀和锤炼之后今人的最新认识水平，所以采信八家一致或大体一致的诗篇定性结论，重新解读各家定性不一致的诗篇,尽量得出较为符合文本原意的客观结论,作为分析孔子言论价值的实证,应该是可行的。

综合诸家对31篇《周颂》作品定性结论,郊祀周始祖后稷以配天的诗1首(《思文》),祭告宗庙的诗5首(《烈文》《天作》《有瞽》《潜》《闵予小子》),周王巡守祭祀山川的诗2首(《时迈》《般》),祭祀歌颂文王的诗6首(《清庙》《维天之命》《维清》《我将》《雍》《赉》),祭祀歌颂武王的诗3首(《载见》《武》《桓》),合祭武王、成王、康王的诗1首(《执竞》),成王自戒、戒臣并求群臣辅助的诗2首(《敬之》《小毖》),成王谋政事于武王庙的诗1首(《访落》),农事诗4首(《噫嘻》《丰年》《载芟》《良耜》),夏朝商朝后裔杞国和宋国前来助祭的诗1首(《振鹭》),设宴为拜谒周宗庙的微子饯行的诗1首(《有客》)。另外还有4首各家意见不一。

《昊天有成命》,毛序传、马瑞辰、陈奂、陈子展以为是郊祀天地,朱熹、高亨、程俊英以为是祭成王,笔者以为后者更合文本原意。因为首句"昊天有成命",仅是全诗"昊天有成命,二后受之。成王不敢康,夙夜基命宥密。於缉熙,单厥心,肆其靖之"的引子,是说文王武王接受了上天之命建立了周朝,下面的内容全部都落脚到了对成王德业的歌颂上,说他不敢贪图安逸,日夜为基业操劳,忠诚厚道,使得国泰民安。《臣工》,毛序传、马瑞辰、陈奂以为是写诸侯助祭,其他4家皆以为是告诫农官的诗。研读全诗,除开头4句"嗟嗟臣工,敬尔在公。王釐尔成,来咨来茹"是周王嘱咐百官重视农业耕作之事外,以下"嗟嗟保介"11句全部都是具体告诫农官"保介"如何忠于职守保丰收的内容,所以所谓"诸侯助祭"之说不合文本本义,当为农事诗。各家多认为《丝衣》是祭祀之后的燕饮诗,有认为是单纯的燕饮诗,至于祭祀何神、燕饮何人,说各不同。细研全诗,描述的全是繁盛的燕饮场景,参与者究为何人确实难以判断,只好存疑。《酌》或称成王还政告于宗庙,或称告于武王,或称歌颂武王,或称歌颂周公召公。从各个角度对这首诗逐字逐句进行精细考辨与阐释者代不乏人,各有其理。笔者以为,统观"於铄王师,遵养时晦。时纯熙矣,是用大介。我龙受之,蹻蹻王之造。载用有嗣,实维尔公允师"全诗,应注意几点:一是从字面看,文本并未明言歌颂何王;二是前两句言王师伐无道(时晦)的意思颇清楚;三是最后二句言后代继承（有嗣）先祖（尔公）遗则的意思也很清楚；四是三句和四句的意思不够明晰，但蕴有局势光明之意似无大错；五是五句和六句意思也不明晰，但蕴有我周承受天恩、事功有成的意向似非妄测。据此，全诗称颂周朝以武功平定天下的意思明显，而称颂平定局部叛乱的性质不明显，由此综合判断，其祭祀歌颂武王的可能性大于歌颂周公的可能性，至于是何王何公歌颂武王则只能存疑了。

综上，祭祀歌颂文王的诗 6 首，祭祀歌颂武王的诗 5 首（含合祭），祭祀歌颂成王的诗 2 首（含合祭），祭祀宗庙以报告成功的诗（汇报丰收的农事诗也可包括在内）9 首，占全部作品三分之二强。可见，不仅“美盛德之形容，以其成功告于神明”的两类诗歌是《周颂》的主体内容，而且，在美盛德的作品中，赞美文王之德的作品比重又最大。因此，《毛诗大序》的概括提炼与《周颂》的实际情况是有不小出入的，没有突显周文王的特殊地位。相较而言，反倒是早于其几百年的孔子之论更为符合文本实际。

三、孔子论“颂”诗门类的风格特征

孔子称：“（《颂》）其乐安而迟，其歌绅而逖，其思深而远，至矣！”这是我国诗学史上首见也是仅见的从音乐、歌唱、诗歌三个方面全面概括评述“颂”诗风格特征的文献。王小盾教授《诗六义原始》一文认为，在“六义”中“风与赋是用言语来传述诗的方式，比与兴是用歌唱来传述诗的方式，雅和颂则是加入‘乐’的因素来传述诗的方式”，“‘雅’、‘颂’之别便可以理解为乐歌（配器乐之诗）与舞歌（配舞容之诗）之别”①。其对风赋比兴的阐释是不是反映了历史的本来面目我们不敢妄断，但如前所论，其关于“颂”诗是既配器乐演唱之诗，又是配舞容表演之诗的看法早已成为学界共识。王小盾教授在该文中还将《诗经》从“六诗”到“六义”的演变过程大体划分为三个阶段：第一阶段为乐教中心阶段，

---

① 王昆吾：《中国早期艺术与宗教》，东方出版中心，1998 年版，第 213—309 页。

第二阶段为乐语(聘问歌咏)教中心阶段,第三阶段为德教(义教)中心阶段。受其观点启发,笔者在解读孔子论"颂"诗风格特征的言论时,总感觉生活在由乐教向乐语教阶段过渡时期而又精通音乐的孔子,在体认"颂"诗门类风格特征时似乎是区分层次的:他首先关注的是这类诗歌所配音乐的演奏特征,所谓"其乐安而迟"——所配音乐安和而迟缓即是;其次关注的是这类诗歌的演唱特征,当然其演唱应当是载歌载舞的(虽演唱者与舞蹈者未必绝对是同一拨人),所谓"其歌绅而逖"——其歌唱宽缓而悠长即是;最后关注的才是诗歌文本本身的表现特征,所谓"其思深而远"——其歌词内容思深而虑远即是。孔子等次论述,明显打上了春秋时期诗乐走向分离时的时代特色。下面试依次讨论之。

先说孔子论"颂"的音乐特征。《诗经》三百篇都是配乐演唱的,并且开始时以"声"为用的"乐"要比以"义"为用的"诗"地位重要得多,尤其因礼而制乐、因乐而作歌词的"颂"更是如此。但是很可惜,《诗经》的音乐早已失传,我们今天没有办法复原《诗经》曾经有过的演出情况。这主要源于春秋中后期各个诸侯国外交聘问之风的兴起。依生活经验,各国使节在聘问活动中,赋诗引诗言志,带有很大的突发性、随机性、应变性及作品取义的片断化,配乐演唱难以随机操作,即便有些谈判结束后的宴飨场合即兴吟唱,也往往来不及临场配乐,这就客观上促使了诗乐分离。随着"义教"的发展,诗乐渐行渐远是必然的。到了汉代,经师们为了政治教化的需要,更重经义讲解而放弃了音乐,最终导致了乐谱的失传,这是颇为令人痛惜的。

不过,尽管我们无法依据乐谱验证孔子所论"颂"类音乐"安而迟"特征的正确性,但仍可据现有文献作出合理推测。

一是,从孔子精通音乐的程度推测。其水平甚至超过了专业的乐师,《论语·八佾》中孔子指导鲁太师揭示"乐其可知也"一段音乐演奏规律的文字,《史记》本传所载"三百五篇,孔子皆弦歌之"的史实,《论语·子罕》"吾自卫反鲁,然后乐正,《雅》《颂》各得其所"的自述,都足以说明问题。亲自调整规范过《诗经》音乐尤其"雅""颂"之乐的孔子,其对"颂"乐风格特征的论述,自然是具有权威性的。

二是,从乐歌性质推测。学术界早已形成共识,"颂"主要是庙堂祭祀乐歌，这一点历代《诗经》注家均有考释。尤其高亨先生 1963 年至 1965 年在《中华文史论丛》第 4、5、6 期上连续刊发了《周颂考释》长文，依据先秦礼制文献，逐一考察了《周颂》31 篇作品在祭祀仪式上的应用，证实“颂”乐确实是全部用于祭祀的。既然“颂”为庙堂祭祀的仪式乐歌，依基本生活常识判断，其慎终追远、怀亲念祖的性质，决定其氛围必定是庄严肃穆的，其音乐演奏必定是安和迟缓的，既不可能激情奔放，更不可能欢快烂漫，这是不言而喻的。

三是，从礼制文献推测演奏情况。《周礼·春官·大师》云：“大祭祀，帅瞽登歌，令奏击拊；下管播乐器，令奏鼓朄。”贾公彦释“登歌”为“大师帅取瞽人登堂，于西阶之东，北面坐，而歌者与瑟以歌诗也”①。我们虽然没能从《周礼》这段文献中看出祭祀乐歌的演奏风格，但却从贾氏的疏解文字中看到了太师率盲瞽们演唱“颂”诗时所配的乐器为“瑟”。当然，贾公彦是唐代人，其疏解能否反映历史原貌则又另当别论了。

四是，《诗经》文本也有作品反映了当时的演奏情况，为我们认识“颂”乐风格特征提供了可靠文本。《周颂·有瞽》就是一首正面描写祭祀祖先音乐演奏过程的诗，诗云：“有瞽有瞽，在周之庭。设业设虡，崇牙树羽。应田县鼓，鞉磬柷圉。既备乃奏，箫管备举。喤喤厥声，肃雍和鸣，先祖是听。”②直译其意为：有乐师有乐师，在周朝宗庙大庭上。支起了钟架和鼓架，架子崇牙上装饰羽毛，小鼓大鼓都悬挂起来，鞉磬柷圉等乐器都排列好。乐器备齐了就演奏，箫和笛一起吹奏。洪亮和谐的音乐声，舒缓和谐而肃穆，先祖神灵下来听。可见祭祀乐曲用的乐器颇为不少。和其他任何演奏一样，首先也都离不开鼓，因鼓虽在所有乐器中是唯一不能单独奏出旋律音调的乐器，但它却指挥一切乐器的演奏，所谓“鼓不预五音而为五音主”(《申子》佚文)即是；钟磬、柷梧等打击乐器，箫管等管乐器都有，这些乐器都趋缓；另外未叙述进来的弦乐器也肯定有的，见贾公彦所释。依此文本体会，祭祖乐歌的特点明显

① ［清］阮元：《十三经注疏》，第 1719 页。

② ［清］阮元：《十三经注疏》，第 1282—1283 页。

有三：一为浑厚洪亮，乐器众多、“喤喤”即是；二为和谐，多种乐器“和鸣”即是，“喤喤”也含和谐之义；三为舒缓肃穆，“肃雍”即是，“肃”者肃穆，“雍”者雍容舒缓。

五是，笔者赞同王国维以歌词用韵的疏与密逆推其所配之乐缓或促，判定“颂”乐舒缓的理由。其《说周颂》称：“凡乐诗之所以用韵者，以同部之音间时而作，足以娱人耳也。故其声促者，韵之感人也深；其声缓者，韵之感人也浅。……然则《风》《雅》所以有韵者，其声促也。《颂》之所以多无韵者，其声缓而失韵之用。”①王国维认为，“颂”诗之所以多不押韵(20 句短诗 10 句才押一韵也算基本不用韵)，是因为其乐声舒缓，不需要押韵，只有音乐节奏急促的“风”“雅”之诗，才需要密集押韵。王说甚有理。

另外，上博简整理者马承源还提出了“颂”诗音乐节奏缓慢的另一个原因。其考释称：“今本《颂》各篇皆一章，凡章十句以下者今本计十八篇，多数诗句比较短，而祭祀须有一定时间，不能遽然结束，因而音乐节奏尤其缓慢，即所谓‘安而迟’。比较特别的是《载芟》和《良耜》，前者三十一句，后者二十三句，这两篇相应的仪式应该是在田野中进行的，而不在庄严肃穆的宗庙内，环境不同，诗句的内容和句数也有不同。尽管如此，整篇也只有一章。”②马氏这一歌词短而祭祀时间长，所以演奏节奏需要缓慢的说法颇有启发意义，为印证孔子之论贡献了新理由，可备一说。当然，马氏之说也并非无懈可击：比如，说今本“颂”每篇只有一章，都是短篇，这一点仅符合《周颂》诸篇形态，实际上《鲁颂》和《商颂》都较长，甚至有 120 多句的长篇，常为多章而非一章；再如，前已提及，孔子的论“颂”言论也许仅是针对《周颂》而言的，本就没太顾及《商颂》和《鲁颂》(可能孔子认为后二者乃晚出之作，故弃论之，详述见后)。若然，则又有了另一个问题不太好解释，那就是王国维、傅斯年、高亨等曾考辨过，“颂”的演奏可能是几首连为一组的，不是单篇曲子演奏；又如，清华简中的《周公之琴舞》是一组 9 章，但今本《诗经》仅见其中第一

① 王国维：《王国维手定观堂集林》，浙江教育出版社，2014 年版，第 48 页。

② 马承源主编：《上海博物馆藏战国楚竹书》(一)，第 128 页。

章《敬之》，原来《周颂》可能也有单篇多章者。还有，据王国维《说周颂》考证，在复杂繁琐的祭祀环节中，音乐伴奏有可能是时奏时停的。另外，清人方玉润《诗经原始》从天人合一角度，以“风”“小雅”“大雅”“颂”四大门类诗歌对应春夏秋冬四时，揭示“颂”乐肃穆舒缓的原因，虽未必有什么根据，亦过录聊备参考：“颂之于四序近乎冬。冬之为气也，收敛而闭藏，其发而为声也，冲融而隽永，肃穆而沉静。故颂之音象之。”①

但不论怎么讲，仅笔者所列如上 5 条理由，就已足以说明肃穆安和而迟缓当是“颂”乐演奏的基本特征了。由此，则可证实，孔子对《诗经》“颂”乐“安而迟”风格特征的概括是完全符合当时的“颂”乐演奏实际的。与《左传·襄公二十九年》所载此前季札到鲁国观周乐时那一大段著名评“颂”言论相比，看似简略，其实是前进了一大步。一则从具体描述性评论到抽象特征提炼概括，本就标志着对问题认识的不同阶段；二则季札之论尚处于乐歌诗混融并述状态，孔子则已有意识地将其各自剥离，分别归纳，对音乐单独概括；三则更为重要的是，季札对“颂”乐特征的评述并不全面，仅抓住了“中和”一点，而孔子的概括则是“安”即“中和”精神特征和“迟”即迟缓形式特征两个层面，是全面的。

难得的是，孔子对“颂”乐风格特征的体认，后代倒有零星传承。

先说《礼记·乐记》。其有三则相关言论。尽管学界对《乐记》产生时代的判定分歧很大，从公孙尼子说、战国说、到汉代说，时间跨度长达几百年，但这并不太影响我们对其相关言论的理解，因为都在孔子后。《乐记》所谓“先王耻其乱，故制《雅》《颂》之声以道之，使其声足乐而不流”，“听其《雅》《颂》之声，志意得广焉”②，认为“颂”和“大雅”之乐的功能是引导人们快乐而不放纵，使其心境宽广。这里虽未明言“颂”乐特征，但所体验出的“颂”乐“中和”精神，与季札及孔子的认识倒是一脉相承的，只是从功用的角度言说，并且“雅”“颂”相混，不似孔子单论“颂”乐。后司马迁《史记·乐书》、班固《白虎通德论·礼乐》也都过录此第二则以论乐，说明汉人认同该观点而自己的认识并没有新发展。《乐

---

① ［清］方玉润：《诗经原始》，中华书局，1986 年版，第 575 页。

② ［清］孙希旦：《礼记集解》，中华书局，1989 年版，第 1032、1034 页。

记》又云:"《清庙》之瑟,朱弦而疏越。"[①]是说演奏《清庙》的瑟,安装用熟丝染成红色发音低沉的弦而底部挖有发音迟缓的大孔。这应该是对孔子"安而迟"中"迟"即舒缓之论的客观呼应。虽然此处仅是对演奏"颂"乐单篇之乐器低沉舒缓发音的概括,但其实《乐记》是在由乐器代指作品演奏,由单篇作品演奏代指"颂"乐门类演奏的,对读《乐记》上下文即可确认。《清庙》乃《周颂》首篇,是人所共知的"四始"之一,足以代表《周颂》,古人也确实常以"四始"代指四诗门类。不论《乐记》作者是否如郭沫若所说乃孔子弟子公孙尼子,聆听过孔子诗教;也不论其是否战国时人,亲观过"颂"乐演奏或读到过《孔子诗论》;也不论其是否为汉代人靠自己研究所得,不论他受没受到孔子的影响,其对"颂"乐特征的体认与孔子观点相通则是事实。《荀子·乐记》、辑录各家言论而成的《吕氏春秋·仲夏纪》及《史记·乐书》,直至北宋刘敞《公是先生七经小传》,亦皆有用"《清庙》之瑟,朱弦而疏越"一句论乐的内容,说明"舒缓"是古人对"颂"乐形式特征体认的共识,只可惜他们虽皆晚于孔子而又未能像孔子那样准确地用一"迟"字概括出来。

次说《淮南子》。《淮南子·泰族训》以演奏的感化效果暗示"雅""颂"之乐的"中和"特征,云:"《雅》《颂》之声,皆发于词,本于情,故君臣以睦,父子以亲。"[②]不难发现,此论直承于季札诗乐并论的方式,而又"雅""颂"不分,暗示而非明示,同时又缺少对"迟"的认识,故其所论虽源于季、孔但又不及季更不及孔。而《史记·乐书》用"《雅》《颂》之音理而民正"对"颂"乐功能及特征所作概括,则又不及《淮南子》确当。

再说方玉润。其《诗经原始》评"颂"乐特征为"颂音沉而柔"[③]。这是笔者从古代文献中发现的孔子之后唯一一则从正面概括"颂"乐格调特征的言论。依笔者理解,方玉润是说"颂"乐的基本特征是沉静肃穆而柔和,若然,方氏之论的精神实质与孔子之论应该是一致的,只是表述有异。方氏所说沉静肃穆而柔和主要指"颂"乐所营造的氛围,蕴含

---

① [清]孙希旦:《礼记集解》,第982页。

② 刘文典:《淮南鸿烈集解》,中华书局,2013年版,第693页。

③ [清]方玉润:《诗经原始》,第575页。

的是“中和”精神，而其迟缓的形式特征并未在字面上明言，只能从氛围中去体会。相对于孔子直言“颂”乐精神“中和”、形式特征迟缓，无疑还是略逊一筹。

综上，季札、《淮南子》仅及“颂”乐“中和”精神而未及迟缓形式特征，荀子、《吕氏春秋》、司马迁等历代诸家又仅及迟缓特征而未及“中和”精神，《乐记》虽两者兼及而又皆非直接正面表述，方玉润难得两者兼及而又正面概括，但又稍憾迟缓形式特征之意未能直言。因此，就笔者目及到的相关文献看，孔子之论还是最为完备且符合“颂”乐实际。

次说孔子论“颂”的歌唱特征。因为随着乐谱的失传，“颂”诗的歌唱情况也难以复原，我们除从主观上坚信，亲观过祭祀演唱活动并授徒时亲自歌唱过“颂”诗的孔子，所作“其歌绅而逖”之评确为的评外，主要还是得从传世文献尤其《诗经》文本中寻找线索。

传世文献中，《论语・八佾》曾载：“三家者以《雍》彻。子曰：‘“相维辟公，天子穆穆”，奚取于三家之堂？’”[①]孔子以调侃方式讽刺挖苦以季孙氏为主的三桓用天子礼祭祖的僭越行为。季孙氏、叔孙氏、孟孙氏三家在一起祭祀他们的祖先，用的是周天子祭祖时的礼仪规格，演唱的歌曲是《诗经・周颂・雍》这首乐歌。正在唱着这首乐歌撤除祭品，被孔子听到或听说了，他便用三家歌唱着的与他们的行为相矛盾的《雍》这首诗中的两句歌词“相维辟公，天子穆穆”（助祭的是诸侯，周天子庄严肃穆地在主祭）来调侃他们的滑稽行为。但是，每当我们读到这段文字时，的确都会有一种身临其境的感觉，尤其那两句“颂”诗歌词，总能让人感受到主祭者的肃穆神态，以及歌曲的宽缓悠长。“天子穆穆”的歌词，演唱出来，不可能不是宽缓肃穆的。

再从《诗经・周颂》中寻找，同样可以发现不少类似的歌词。如“肃雍显相（助祭者端庄雍容）”（《清庙》）、“於穆不已（庄严肃穆不止）”（《维天之命》）、“威仪反反（祭礼隆重庄严）”（《执竞》）、“有来雍雍，至止肃肃（来时雍容，来到恭敬严肃）”（《雍》）、“旨酒思柔，不吴不敖（美酒醇厚和

① ［宋］朱熹：《四书章句集注》，中华书局，1983 年版，第 61 页。

柔,轻声慢语不骄傲)”(《丝衣》)等皆是[①]。阅读这些诗句,品味吟诵之,便会体会到当时的歌唱风格是宽缓悠长的。“颂”诗中还有不少歌词近似于宗教仪式的祈祷语,如《烈文》“锡兹祉福(赐给福祉)”、《我将》“维天其右之(唯求上天保佑)”、《时迈》“实右序有周(上天保佑大周)”、《执竞》“福禄来反(文王来赐福禄)”、《臣工》“迄用康年(一直赐我丰收年)”、《丰年》“降福孔皆(求普遍降福)”、《潜》“以介景福(求降洪福)”、《载见》“以介眉寿(以求长寿)”“思皇多祜(祈王多降福)”、《雍》“既右烈考,亦右文母(既保佑有功业先父,希望也保佑有文德的先母)”、《有客》“降福孔夷(上天降福更大)”、《酌》“是用大介(上天降下大吉祥)”[②]等。不难想象,当时歌唱时,只能是宽缓的,而不可能是激越急促的。仅此,即可印证孔子对“颂”诗歌唱风格所作“绅而逖”的归纳是完全符合《诗经》歌唱实际的。这也是笔者所见传世文献与出土文献对“颂”诗乐歌演唱风格最早而又准确的论述与概括。

孔子之后,历代对“颂”歌演唱情景和风格也偶有言及。如《礼记·乐记》云:“《清庙》……壹倡而三叹,有遗音者矣。”[③]《吕氏春秋·仲夏纪》也有这则文字。“遗音”就是余音,称演唱《清庙》时是一人领唱,三人合唱,演唱完毕还有余音,说明《清庙》的演唱风格都是悠长的。其他“颂”歌演唱风格也可依此类推。如前所说,《乐记》的产生时代未定,依撮抄前代文献而成的《吕氏春秋》的成书性质推断,《礼记》早出未必没有可能,若然,说不定作者真的亲观过“颂”歌演唱也未可知。当然,《吕氏春秋》的编者也有亲观的可能。以“遗音”与孔子“绅而逖”之评相比,其缺少了“绅”即宽缓一项,自当逊了一筹。不过,《礼记》另一则文字又云:“宽而静,柔而正者,宜歌《颂》。”[④]这虽然是从人格修养角度讲后人唱“颂”歌的,认为只有性情宽厚而沉静、柔和而正直的人才适合吟唱

① [清]阮元:《十三经注疏》,第1257、1258、1270、1284、1301页。

② [清]阮元:《十三经注疏》,第1261、1267、1269、1270、1273、1281、1283、1286、1285、1287、1302页。

③ [清]孙希旦:《礼记集解》,第982页。

④ [清]孙希旦:《礼记集解》,第1036页。

“颂”歌，但客观上也指出了“颂”歌具有宽缓的特征。如此，整体而言，《乐记》对“颂”歌演唱风格的体认与孔子是相通的，只是不如孔子说得明白、概括得精准而已。相较而言，汉代以后的《淮南子》《史记》《白虎通德论》《公是先生七经小传》等等，或单引《礼记》前则而论之，或单引后则而发之，反不及《乐记》认识全面，更不及孔子体认准确了。

后说孔子论“颂”的诗歌文本特征。笔者以为，孔子所谓“其思深而远”是对“颂”诗内容风格特征的概括评述，其和前面已讨论过的“平德”“多言后”“有成功者”不是同一个层面的问题。前面论孔子所言“颂”诗内容性质，此处所要讨论的则是孔子论“颂”诗内容性质的表现特征问题。“其思深而远”也就是思深而虑远，依笔者理解，在孔子看来，《诗》中的“颂”诗内容，突出的表现特色是表达了作者的深沉思考。既然称是思深虑远，当然说明“颂”诗作者有重大社会责任感和家国情怀，思虑的当是国家前途命运的重大问题，否则是称不上“思深而远”的。其言外之意是说，“颂”诗表达的乃为一种浓烈的敬畏和居安思危的忧患意识。由此，我们就需要对“三颂”作品作一些发掘性体认了，看到底有哪些作品表达了这种忧虑国家前途命运的忧患意识。

孔子所论当不含《鲁颂》。按一般理解，《鲁颂》4 篇，属于后来入选作品，全部是写鲁僖公的。鲁僖公生活时代比孔子早百十来年，并非历史上有重要建树的人物。笔者细研 4 篇作品，《駉》颂其养马众多，《有駜》颂其与群臣宴饮，《泮水》颂其克淮夷在泮宫庆功，《閟宫》颂其兴祖业、复疆土、建新庙。整体而言，不仅没有忧患之意，反而有拍马之嫌，歌颂了一个不大值得歌颂的对象。按常规，一个乏善可陈的诸侯国君是不可能进入“颂”诗的，更何况前二诗称赞的又是无聊之事，颇有僭越之虞。所以不少学者认为，是孔子在礼崩乐坏的春秋末年，最后删定《诗经》时自违其例将其补编进去的，这当是孔子特殊的母国情结在起作用吧。所以他所说的“其思深而远”的“颂”诗自然不会包括《鲁颂》在内。

孔子所论当也不含《商颂》。《商颂》共 5 篇，千百年来，其作者和创作时代问题成为了《诗》学史上著名的几大学术公案之一。自王国维著名的《说商颂》上下篇运用二重证据法实证《商颂》乃商人后裔宋国人为追念商朝祖先而作的结论出,又经梁启超、郭沫若、俞平伯、游国恩等大师一致呼应后,“宋颂说”便由弱势一跃而成为主流观点,几乎定于一尊,虽仍有如杨公冀、张松如、陈子展等少数学者先后发出微弱的不同声音,但已颇少有人理会了。但是,随着新的甲骨文不断出土,翻案之势近年重又兴起,宋镇豪、徐宝贵、刘毓庆、陈炜湛、江林昌、赵敏俐等一批学者,先后运用新出甲骨文实证和二重证据法,在逐一颠覆王国维否定《商颂》为商人所作的实证理由基础上,又将甲骨文与《商颂》逐篇逐句对读,发现5篇作品中百分之七八十的字词在甲骨文中都能找到,找不到的则多为后起虚字,将这些虚字去掉,5篇作品就变成了三言诗,但原意未变,并推断这些虚字是作品流传过程中被后人陆续补充进去的。更为重要的是,他们又从甲骨文中发现了重复出现的“学商”“奏商”“舞商”之句,断定它们就是学《商颂》、奏《商颂》、舞《商颂》的意思,认为这些内容记载的是商朝贵族子弟为举行大型祭祖活动而进行演练彩排活动的情景。这就为《商颂》本就是商朝人旧作提供了直接实证。如此,昭示着有关《商颂》创作时代问题的研究向前推进了一大步,使结论明显向着有利于“商颂说”的方向发展。

至此,应该如何理解孔子对“颂”诗特征的定性呢?我作如下两点推测:一是,孔子也认为《商颂》乃商朝旧作,他对“颂”诗特征的确认,既主要指《周颂》,同时也包括《商颂》。如果这样,我们可逐一对读5篇作品,看孔子的论述是否符合作品的实际。笔者研判的结果是:《那》是祭祀歌颂商朝开国之君成汤的乐歌;《烈祖》是祭祀成汤玄孙中宗的乐歌;《玄鸟》是祭祀殷高宗武丁的乐歌;《长发》旧说是郊祀天地之诗,今说是祭祀成汤的乐歌,当以今说为是;《殷武》旧说是祭祀殷高宗武丁的乐歌,今或说是祭祀宋武公或说是祭祀宋桓公的乐歌,似当以祭祀桓公为胜。问题是,不论内容是祭祀谁,笔者想说的是,5首诗歌确实都充满了慎终追远、敬祖念宗的浓浓情怀,但是这些追念颇有一种自豪感,常被后人列入“吉礼”,实难发现诗中蕴有居安思危的忧患意识。说怀旧意识、追忆昔日繁华与辉煌、甚至自豪中透出几分忧伤则有,说居安思危的忧患意识则无。如此,孔子的论述则不大符合《商颂》文本的实际,其言论的价值就要打折扣了。二是,孔子并不认为《商颂》是商朝旧作，乃为宋国晚出作品，他的论"颂"言论不包括《商颂》。这样其归纳也就无所谓符不符合作品实际了。

如上两种推测，哪种可能性更大些呢？笔者倒以为是后者。理由有三：其一，为人所熟知的《国语·鲁语》最早所载周大夫闵马父言《商颂》整理情况的那段"昔正考父校商之名《颂》十二篇于周大师，以《那》为首"[①]的著名文字，出于鲁襄公时期，后来孔子曾专程到洛阳考察学习过周礼，依时间和孔子经历推测，这段名言他未必没有听闻的可能。若孔子真的知道此段名言的话，依基本常识，他对这段文本原意无非作两种理解：一则如王国维所解，"校"读作"效"，也就是"献"，认为要么是正考父将自己珍藏的宋国旧作献给了周太师，要么是正考父将自己的创作献给了周太师；二则是将"校"解为"校勘"，认为正考父将周太师所存的作品进行了校勘整理。问题是无论孔子对"校"作何种理解，不论是正考父自作，宋人旧作，还是周太师所存，最早也只能上推到西周，原文并没有明言周太师所存之作就是几百年前的商人旧作，周太师保存的也可能是西周统治时期的宋人旧作。正考父是孔子的七世祖，生活在西周宣王时期，为宋国戴公、武公、宣公三朝执政大臣且是历史名臣，乃孔家的荣耀，依孔子强烈的贵族情结，他将《商颂》理解为自己的先祖所存或所作不是没有可能的。其二，孔子当知道商朝甲骨文占卜之事，因为《诗经》就有相关诗句，但是甲骨文都是占卜事后埋入地下的，晚在春秋末期而又远在鲁国的孔子应该没有见到过，所以今人发现的甲骨文实证不可能影响到他对《商颂》作品作出时代判断。其三，不论孔子进行没有进行过"删诗"活动，也不论《诗经》的最后定本是否出自他之手，但是，以《诗经》作教材教授弟子，并对《诗经》进行过整理，使"雅颂各得其所"，是他亲口所言的事实。而这个"各得其所"首先考虑的应该就是"二雅""三颂"五类作品"类"的排列顺序，其次才能顾及到每类作品中各篇具体作品的排列顺序。依生活常理，既然《商颂》产生年代最早，就应该排在最前面，可孔子却将其置于"三颂"之末，这就足以说明，不论实际情况如何，起码在孔子心目中《商颂》是晚出作品，不

① 徐元诰：《国语集解》，中华书局，2002 年版，第 205 页。

是商人旧作。

综上,笔者以为,孔子在概括"其思深而远"的"颂"诗风格特征时,应该也没有将《商颂》考虑在内。

《周颂》是孔子论"颂"的归旨所在。如前统计,在31篇《周颂》作品中,多数内容是祭祖颂祖并报功的,而祭祖又以祭祀歌颂文王及武王为最。这些祭祀乐歌在当时当然是最为重要乃至神圣的,昭示了周人的国体和礼制,但以今天的眼光审视之,除了德化礼学价值及史料价值外,从文学角度讲,无论其思想深度还是艺术水平,似乎都无法与"风诗"乃至"小雅"相提并论,无非就是颂圣、谢恩、自我表功、祷求保佑之类,内容程式化,行文呆板化,词语固定化。以此反观孔子对其风格特征的概括,似乎不太相符。但是,笔者以为,孔子对《周颂》内在意蕴的体悟要比我们今人更深一层,他深谙里面所传递出的当政者家国情怀信息的分量,颂祖则意在继承祖业,报功则意在接受先王检验监督。同时,我们可否也换一个角度去理解?如果从反向去体会孔子的言论,也许其意义恰正体现在这表面不全相合处。因为在这批歌功颂德的作品中,我们还发现了被后人称为"变颂"而予以轻视甚至避讳的《闵予小子》《访落》《敬之》《小毖》4首组诗。

这一组形式同样呆板的乐歌尽管仅占《周颂》的八分之一,表面看不是主流,但其"思深而远"的风格特征意义却有可能被忧患意识极强的孔子紧紧抓住,并尽可能地放大了。值得关注的是,清华简第三册公布的《周公之琴舞》成王所作的9首组诗中,第一首就是上面4首中的《敬之》篇,其余8首内容性质与第一首一样,也是孔子所说的"其思深而远"的儆毖诗,可视为《周颂》逸诗。我们不妨将这12首诗歌放在一起整体审视。既然传世文本《诗经》中这4首诗已被历代学者依次确定为遭武王之丧成王告于宗庙、与群臣谋事于宗庙、于宗庙自戒、自戒并求群臣辅助,那么《清华简》中的另8首也不妨随《敬之》视为在宗庙自戒之诗。综合观之,周成王在这12首诗歌中大体抒发了五个层面的深沉思想:一、家遭国丧,自己年轻,多灾多难,祈祷先祖保佑。如《闵予小子》云:"闵予小子,遭家不造","於乎皇王,继序思不忘。"《访落》云:"未堪家多难","休矣皇考,以保明其身。"《敬之》云:"命不易哉!"《周公之琴舞》第四首云：“文文其有家，保监其有后。孺子王矣，丕宁其有心。”《小毖》云：“未堪家多难，予又集于蓼。”二、期望上天监督和保佑自己。如《敬之》云：“天维显思，命不易哉”，“日监在兹，维予小子，不聪敬止。”《周公之琴舞》第五首云：“天多降德，滂滂在下”，“曰享答余一人，思辅余于艰”。第七首云：“畏天之载，勿请福之愆。”三、决心自我警戒，勤勉执政，效法先王，积善修德，振兴国运。如《访落》云：“访予落止，率时昭考。”《敬之》云：“敬之敬之。”《闵予小子》云：“夙夜敬止。”《小毖》云：“予其惩而毖后患。”《周公之琴舞》第二首云：“不造哉！思型之，思毷彊之，用求其定。”第三首：“严余不懈，业业畏忌”，“夙夜不懈”。第六首云：“惟克小心。”第九首云：“弼敢荒德，德非惰帀。”四、求助群臣辅助自己，勇于进谏。如《访落》云：“朕未有艾，将予就之，继犹判涣。”《敬之》云：“佛时仔肩，示我显德行。”《小毖》云：“莫予荓蜂，自求辛螫。”《周公之琴舞》第八首云：“佐事王聪明，其有心不易。”第七首云：“咨尔多子，笃其谏劭。”[①]五、告诫君臣修德敬业莫犯错，主要见于《周公之琴舞》，诗句过多，此处从略。

由以上归纳举例可知，如上作品中体现出来的成王的思想是非常有认识价值的，作为一名有所作为的政治家，其居安思危、忧心国运的意识，真可谓“深而远”，今天仍极具警示意义。唯其如此，其虽然在《周颂》中所占比例很小，又被后人视为“变颂”，孔子却最先发现了它们的独特价值，并与其他作品中深藏的同类意识综合统观，将其视作了《周颂》31 篇作品的主体风格指向。以小见大，以点带面，借助论“颂”贯彻自己一贯的内省理念、忧患意识，正体现了孔子的哲人眼光之所在。当然，也可能孔子当时就曾经读到过清华简之前的同类抄本，对其完整的另外 8 首成王逸诗和 9 首周公警毖成王逸诗（清华简今存半首）都深研过，即便如此，也是具有超人眼光的。因为孔子的揭示虽然未必真的完全符合全部“颂”诗风貌特征实际，但却首次发掘出了“颂”诗门类的真正价值之所在。

---

① 李学勤主编：《清华大学藏战国竹简》（三），中西书局，2012 年版，第 133—134 页。

为了能更准确地体认孔子对“颂”诗风格特征归纳评述的独特价值,我们不妨将其与之前和之后的评“颂”言论作一纵向比较。

孔子之前对“颂”诗特征作过评述的著名例子,就是前文所提到的季札到鲁国观周乐的感受。原文如下:

> 吴公子札来聘……请观于周乐。使工……为之歌《颂》,曰:“至矣哉!直而不倨,曲而不屈,迩而不偪(逼),远而不携,迁而不淫,复而不厌,哀而不愁,乐而不荒,用而不匮,广而不宣,施而不费,取而不贪,处而不底,行而不流。五声和,八风平。节有度,守有序,盛德之所同也。”①(《左传》襄公二十九年)

杨伯峻先生依杜预注及不少参考文献,对如上文字作了较详阐释。沈玉成先生《左传译文》依杨注所撰译文完全遵从了杨氏所理解的《左传》文本原意,过录如下:

> 吴国的公子札前来聘问……于是让乐工……为他歌唱《颂》,他说:“到达顶点了!正直而不倨傲,曲折而不卑下,亲近而不违犯,疏远而不离心,流放而不邪乱,反复而不厌倦,哀伤而不忧愁,欢乐而不荒淫;使用而不匮乏,宽广而不显露,施舍而不耗损(浪费),收取而不贪婪;静止而不停滞,行进而不流荡。五声协调,八风和谐。节拍有一定的尺度,乐器都按次序,这都是盛德之人所共同具有的。”②

鲁国宫廷乐工为季札演奏《诗经》音乐的同时也唱了歌词,而历代不少学者往往仅局限于作音乐方面的解读,其实是很片面的,因为文本虽称“请观于周乐”,但更明言“为之歌××”而不是为之“奏××”。所以,就季札如上评“颂”言论看,其诗乐歌融通并论毋庸置疑,只不过是

① 杨伯峻:《春秋左传注》,中华书局,1990年版,第1164—1165页。

② 沈玉成:《左传译文》,中华书局,1981年版,第357—358页。

立足于从对乐曲的感受出发，于是便给人一种仅评音乐的错觉。

综观季札的“颂”评，当有三点：一、就对“颂”乐的评论而言，与前述《孔子诗论》相比，都共同强调了一个“和”字，但二人的侧重点不同。孔子在揭示“安”即“中和”精神的同时，更突出的是“迟”，也就是落脚到对“颂”乐节奏快慢的归纳概括上，是从精神到形式的凸显，而季札之评，则是从形式节奏到精神理念的升华与深化。所谓“五声和，八风平，节有度，守有序”，突出的是中和思想，与《尚书·尧典》以“八音克谐，无相夺伦”中和之乐，塑造胄子们“直而温，宽而栗，刚而无虐，简而无傲”的中庸人格、并达到“神人以和”的目的，精神实质相一致。应该说，仅音乐层面而言，季、孔两人之论的出发点和落脚点都是反向的，一个在精神实质层面，一个在演奏形式层面。客观讲，季札之论的理论深度要高于《孔子诗论》，这与我们前文体认孔子论“颂”乐的结论并不矛盾。二、孔子论“颂”乐、“颂”歌、“颂”诗都重在归纳提炼概括其风格特征，而季札评“颂”则重在观乐以知政。其所谓“直而不倨，曲而不屈”是借乐讲中庸人格；“迩而不逼，远而不携，迁而不淫”等等，实际上是在通过观“颂”乐在讲为臣之道，讲臣下怎样地侍奉国君，恰如其分地与国君处好关系。进而，所谓“乐而不荒，用而不匮，广而不宣，施而不费，取而不贪”则又是通过观“颂”乐而讲如何治国施政了。再进而，所谓“处而不底，行而不流”则又干脆是通过观“颂”乐而升华到治国处事的哲学层面了。如此，季札对“颂”之太过深度地解读，无限制地延伸，便演变为了脱离“颂”乐“颂”诗文本而借题发挥了。与孔子的紧扣“颂”乐“颂”诗本身概括提炼其风格特征相比，则又不如孔子之论凿实了。三、具体到对“颂”诗文本风格特征之评，笔者以为，孔子言论的认识价值当明显胜过季札一筹。季札观乐是著名的历史事件，又发生在孔子生活的鲁国首都，尽管事件发生时孔子才 8 岁，但孔子必当谙熟季札评论文字。但可贵的是，孔子对“颂”诗文本风格特征的体认，并未受季札之评的左右。季札的内容之评，蕴含在除最后几句专评音乐言论之外的整段评语中，读之即可感知，他对“颂”诗文本内容特色的基本评价就是两个字“中庸”，而“中庸”正是孔子思想体系的哲学基础，可是，在对“颂”诗文本特征的概括上，恰恰未受季札“中庸”之评的影响，反而用“其思深而远”一词概指“颂”诗，其认识远比季札精准而深刻，可谓后来居上。

孔子之后，西汉被称为经学化诗学第一个高峰期的开端，自当以齐鲁韩毛四家诗论为代表。但是，众所周知，《毛诗大序》言“颂”仅有“颂者，美盛德之形容，以其成功告于神明者也”两句概括，仅涉歌舞形态和诗歌内容，而未涉及内容的表现特征，其“告于神明”是否蕴有接受先祖检验监督的深层内涵，也未可知，但不管怎么说，下定义而没有明言是一缺失，说明其对“颂”诗特征没有明确的认识，不免遗憾。所幸，毛传解《小毖》为我们透露了某些信息，云：“毖，慎也。天下之事，当慎其小，小时而不慎，后为祸大。”[①]这一带有规律性的揭示，说明毛苌对“颂”诗的忧患意识有较深思考，应该能代表毛诗的基本观点，颇为难得。早于毛诗的三家诗亡佚，我们虽未能从后人辑佚中发现其总论“颂”诗言论，却有幸得见几则解《闵予小子》《访落》《敬之》《小毖》的文字，也许能从中窥出些许信息。申培《鲁诗故》云：“《闵予小子》一章十一句，成王除武王之丧，将始即政，朝于庙之所歌也。”“《访落》一章十二句，成王谋政于庙之所歌也。”“《敬之》一章十二句，群臣进戒嗣王之所歌也。”“《小毖》一章八句，嗣王求忠臣助己之所歌也。”[②]可见鲁诗对4首诗歌的主旨判定和毛诗相近，虽未明言其风格特征，但其判定中，蕴含着家国忧患意识和警示意识当是没问题的，显然《毛诗小序》受到过它的启发，而上引毛传又有所深化与提升。如果说鲁诗这里对组诗忧患意识的揭示还不够明显和直接的话，辕固《齐诗传》的相关解读就更直白一些了。解《闵予小子》云：“成王丧毕，思慕[武王]，意气未能平也。盖所以就文武之业，崇大化之本也。”“昔者成王之嗣立，思述文武之道以养其心，休烈盛美皆归之二后而不敢专其名，是以上天歆享、鬼神祐焉。其《诗》曰：‘念我皇祖，陟降廷止。’言成王常思祖考之业，而鬼神祐助其治也。”[③]很明显，齐诗全文都在解释新即位的成王如何心怀虔敬之心承

① ［清］阮元：《十三经注疏》，第1295页。

② ［清］王先谦：《诗三家义集疏》，中华书局，1987年版，第1037、1038、1040、1043页。

③ ［汉］班固撰，［唐］颜师古注：《汉书》，中华书局，1962年版，第3341、3338页。

继文武大业，求得上天和鬼神的佑护。“思慕”“崇大化”“不敢专”“思祖考之业”等用语，都意在强调成王的忧患自警意识，这一点，后起《毛诗小序》反而不如其清晰了。齐诗对《敬之》的解释就更直白了，云：“言天之日监王者之处也。”就是说上天每日都在监视着周王的所作所为，警示之意甚明。不论这一概括符不符合《敬之》的文本实际，但起码辕固是这样体认该诗的，申培和毛公都不如其深刻。由此，笔者以为，西汉儒生对“颂”诗门类某些诗篇性质特征的体认，与孔子的整体归纳概括有某些相通之处，可视为孔子总评的某些具体体现，但就其整体认识水平和完备程度而言，反而是后来居下了。

东汉则主要就是郑玄了。其《诗谱序》相关言论有三处，依次为：“论功颂德，所以将顺其美；刺过讥失，所以匡救其恶。各于其党，则为法者彰显，为戒者著明。”“及成王，周公致大平，制礼作乐，而有颂声兴焉，盛之至也。”“以为勤民恤功，昭事上帝，则受颂声，弘福如彼；若违而弗用，则被劫杀，大祸如此。吉凶之所由，忧娱之萌渐，昭昭在斯，足作后王之鉴，于是止矣。”①这几节文字明确论述到了《诗经》的强烈忧患意识和警示意识，尽管论述多于归纳概括，其精神实质则与孔子言论一脉相承，甚至其警示程度又有新的推进与发展。但是，结合上下文通读却发现，这些言论并非主要针对“颂”诗尤其是《周颂》而发。第一节文字论的是商王，讲的是周王室不存商朝“风”“雅”两类诗歌的原因，是说风诗和雅诗担负着论功颂德和刺过讥失两种任务，而商朝已成为过去，因此没有再借这两类诗歌美刺他们的必要了。第三节讲的是变风变雅的性质，针对的是周懿王、周夷王时期的风雅之诗，明言“讫于陈灵公淫乱之事”。总之，两节文字皆言“风”“雅”而并非言“颂”，讲的是下对上的讥刺而非当政者的自我警示。唯第二节文字所言为《颂》，或包括《周颂》，但很可惜，郑玄所论仅涉其兴盛背景和兴盛状态，并未能对其性质特征予以概括和阐发，认识价值不及孔子是显而易见的。不过，郑玄对4首具体作品的笺释则值得重视，如笺《闵予小子》为“我小子早夜慎行祖考之道，言不敢懈倦也”，笺《访落》为“自以承圣父之业，惧不能遵其

① ［清］阮元：《十三经注疏》，第554、555、556页。

道德”,笺《小毖》为“畏慎后复有祸难”。[①] 对读发现,郑玄笺毛诗明显比《毛诗小序》更强调3篇作品的自警意识和危机意识,直接上承孔子,乃为孔论精神实质的具体阐发,只是没有孔子的概括全面罢了。不宜忽略的是,以反郑玄立意著称的三国魏王肃注毛诗佚文,对《访落》和《小毖》之注却也与如上郑玄之笺立意相近。这既说明传统诗学虽然异说分立,而整体上并未能跳出汉学基本框架,同时也说明,历代学者对这一组“颂”诗的警毖性质有着基本共识。

至唐代,孔颖达疏解毛传和郑笺,秉承疏不破注的原则,所以对“颂”诗特征的体认未见有多少新意,不过,我们却从他对《毛诗大序》的疏解中发现了另外的问题。他认为《毛诗大序》所论之“颂”也不包括《商颂》和《鲁颂》,其判断《毛诗大序》不含《商颂》的理由是,《商颂》虽是祭祀之歌,祭其先王之庙,述其往时之功,正是死后颂德,非以成功告神[②]。也就是说《商颂》只有歌颂祖先的内容,而没有祭祀者向祖先汇报自己工作接受检验的内容,不符合《毛诗大序》对“颂”诗所作“美盛德之形容”和“以其成功告于神明者也”两项内容的概括。孔颖达这一发现的意义在于,不仅揭示出《毛诗大序》也和孔子一样认为《商颂》晚出,更重要的是客观上对《商颂》与《周颂》的风格特征作了区分,虽然两“颂”都在赞颂祖先,但《商颂》只是陶醉在追忆里的昔日繁华,而《周颂》则是在盛赞祖业的同时又有接受先祖监督和祈祷保佑的愿望,后者当然也就含有居安而思危的意蕴了。

宋代是经学化诗学的第二个高峰期,也被称为反传统经学的新诗学时代,可惜笔者在欧阳修、三苏、王安石、二程、王质、郑樵、吕祖谦、王应麟等《诗》学名家著述中,并未能发现有价值的相关论述。不过,南宋范处义的“颂”诗之论非常值得注意。其《诗补传》卷二十六云:“颂专于

---

① [清]阮元:《十三经注疏》,第1289、1289、1295页。

② 孔颖达疏《毛诗大序》载:“颂者,美盛德之形容,以其成功告于神明者也”云:“此解颂者,唯《周颂》耳,其商鲁之《颂》则异于是矣。《商颂》虽是祭祀之歌,祭其先王之庙,述其生时之功,正是死后颂德,非以成功告神,其体异于《周颂》也。《鲁颂》主咏僖公功德,才如变风之美者耳,又与《商颂》异也。”见于阮元《十三经注疏》,第569页。

美功德以告神明，而《周颂》有助祭、谋庙、进戒、求助之诗，似若非为告神明而作。意者，诗乐章也，凡诗皆可歌，以为乐，如美其助祭，是以助祭之事告之神明也；美其谋庙，是以谋庙之事告之神明也；美其进戒，是以进戒之事告之神明也；美其求助，是以求助之事告之神明也。由是言之，则颂者用于天地宗庙，讵敢有虚美哉？”①依笔者理解，范氏之所以取书名为《诗补传》，可能就是因为感到前人诗论多有阙谬，才有纠谬补阙之意。这段文字一反宋人之前各家对“颂”诗内容性质的基本认定，直接与孔子之论“遥相呼应”“隔空对话”，实现了“无缝对接”，颇为令人欣喜。由前文的勾勒可知，汉至唐代，虽以各种形式言“颂”的见解绵延未断，但整体而言，都是在《毛诗大序》论颂的大框架内进行的，有启示意义者多出自对那几首具体诗篇的阐释，并未能像孔子那样从宏观上对“颂”诗风格特征作出深刻而全面的体认，更未能有所超越与发展。而范处义则首次将《毛诗大序》予以颠覆，他虽然也承认“颂”诗都是用于祭祖，有“美功德”和“告神明”两意，但具体到《周颂》，他却认为不是为了向神明报功，而是为了“助祭”“谋庙”“进戒”“求助”，不仅对这几方面的内容逐一作出阐发，而且最终对所谓“虚美”宗庙予以驳辨否定。也就是说，范处义认为《周颂》的核心内容和根本目的是在于周王借祭祖而在宗庙中谋大政、纳臣谏、求臣助，并非以虚言赞美祖先之德。这无疑是对31篇《周颂》作品性质的全新认识。

如果说孔子“颂”论主要是以点带面揭示全部《周颂》性质特征的话，范处义这里就是把除极少数“助祭诗”之外的绝大部分《周颂》作品都全部定性为警毖诗了。这不仅是对孔子“颂”论的首次“遥相呼应”与具体阐发，而且是对孔子认识的首次发展了。自然，“颂”诗“思深而虑远”的风格征也就不言而喻了。范处义不可能读到过《孔子诗论》，这恰从反面印证了孔子之论的独特价值，因为智者之见总会有知音。虽然作为新诗学标志性人物的朱熹也对“颂”诗风格特征提出过颇受清代经学家推崇的见解，但其认识却远不如同代人范处义深刻。其《诗集传序》称：“若夫雅、颂之篇，则皆成周之世，朝廷郊庙乐歌之词，其语和而

① ［宋］范处义：《诗补传》，清康熙十九年通志堂刻《通志堂经解》本。

庄,其义宽而密,其作者往往圣人之徒,固所以为万世法程,而不可易者也。”又称:“和之于颂以要其止,此学诗之大旨也。”①可见,他不仅退回到前代“雅”“颂”并论的老路,而且所谓“和而庄”“宽而密”“和之于颂”,又将对“颂”诗门类基本风格特征的体认回到了“中和”的基点上,完全忽视了“颂”诗思深而虑远的深沉一面。虽然“和之于颂”两句是指导学习《诗经》的要领,讲在分步学习“二南”“国风”“二雅”的基础上,最后融汇“颂”诗以终得整部《诗经》之归旨,但其“和”字也无疑蕴有对“颂”诗门类基本风格特征概括之意。不难看出,朱熹的体认是越过孔子而直接与季札的认识相对接的,只是由季札的诗乐并论改为专论诗歌文本本身罢了,这也许是因为他曾读过季札言论而未能读到过孔子之论所致,但不论怎么讲,与孔子和范处义相比,其认识反倒由深层次退回表面化,可说是一大遗憾。

清朝是诗学多元化、大家蜂起的又一高潮时代,但是,囿于笔者研读范围,顾炎武、毛奇龄、姚际恒、程廷祚、惠栋、戴震、章学诚、崔述、胡承珙、马瑞辰、陈奂、王先谦、皮锡瑞等著名诗学家的诗学著述中,皆未能发现论“颂”诗风格特征的有关材料,颇为令人抱憾。作为清初著名思想家的王夫之所著《诗广传》最为值得珍视,该书专就《周颂》作了“二十二论”,《鲁颂》作了“三论”,《商颂》作了“五论”,可谓古代对“颂”诗最为系统的探讨。依笔者研读,王夫之对《周颂》的讨论大致分为三个方面和三个层面,三个方面是:将前人普遍认定的一组“美盛德”祭祖诗归纳为在位周王借祭祖接受上天和祖先的双重监督,并非为赞颂而赞颂;将前人认定为“以其成功告于神明”的大量报功诗归纳为在位周王接受上天和祖先的检验,并非为报功而报功,甚至对可以纳入报功诗范围的一组“农事诗”也作了远离农事的阐发;将前人认定的一组警毖、谋庙、求助诗归纳为在位周王忧虑大周长治久安而所作应对。三个层面是:依序对各篇作品由文本层面解读,到理论层面阐发,再到哲理层面揭示。

如,王夫之对祭祖类代表《清庙》的讨论,先解其内容为“盛德无所

---

① [宋]朱熹:《诗集传》,中华书局,2017 年版,第 2 页。

扬诩，至敬无所申警，壹人之志，平人之气”，认为该诗不是“美盛德”，盛德没什么可张扬夸诩的，实际是在警示新任周王一人而平抚天下人之心；进而将该诗“纳之于灵承、而函德之量备矣”，即借新王祭祖而接受警示的做法上升到理论层面，称“以微函显，不若以显而函微也；以理函事，不若以事而函理也”，阐发该诗以祭祖这一“显”“事”的方式表达其所蕴藏（“微”）的深刻警示意图和治国道理（“理”）所具有的普遍意义；再进而借助张载“清也，虚也、一也、大也”的释“天”之言，从哲理高度揭示《清庙》一诗符合天道，称“非拟诸天，其何以俟之哉”①。又如，对带有庆丰收报功意味的几首“农事诗”的讨论，首先认为这些“进陇首以谋其升斗”即谋“食”的诗，其立意却并不在“食”，“意在祀不在食也”；进而指出“衣食足而后礼义兴”的理论是浅见，不加强礼仪教育则衣食虽足而礼仪照样不兴；再进而借助孔子论周言论，揭示长治久安的规律乃“损益”和“通变”，也就是说大周唯有建立起完备的礼仪制度，才能在后人的损益中延续发展②。王夫之此解是否符合“农事诗”的真实意图，笔者不敢妄断，但若真如其所说，这组“农事诗”真可谓“思深而虑远”了。至于那组警毖诗，其思虑之意则更是无需举例而自明了。可见，依王夫之的解读，31 首《周颂》三个方面的内容最终都归结为当政者的忧患意识，三个层面最终都提升为天道规律，其体现出的风格特征当然就是“思深而虑远”。

由此观之，我们认为，从笔者所理解的孔子以一小组警毖诗结合其他颂祖诗的深层意蕴指代全部《周颂》作品风格特征，到范处义直接认定绝大部分《周颂》作品本身就是警毖性质，再到王夫之依次分类并具体论证《周颂》作品全部都是警毖性质，标志了古代学者对《周颂》作品性质认识逐步清晰的三个阶段，是认识发展链条上三个最主要的环扣。从认识层面上讲，从孔子的定性概括，到范处义的简要阐发，再到王夫之从具体作品分析出发的分层论证、规律提升，又标志了对这一问题认识发展的必然过程和结果，具有诗学史的普遍认识意义。

---

① ［清］王夫之：《诗广传》，中华书局，1964 年版，第 147 页。

② ［清］王夫之：《诗广传》，第 155—157 页。

另外,李光地《诗所》、朱鹤龄《诗经通义》、陈启源《毛诗稽古编》皆信奉司马迁《太史公自序》"《诗》三百篇,大抵贤圣发愤之所为作也"的说法,所以李氏书《序》明言,从"颂"诗到"风"诗都是写"周室之所以安危"。笔者以为"安危说"未必符合《诗经》全部作品实际,但却客观上呼应了孔子对《周颂》风格特征的体认。相比之下,晚出的惠周惕《诗说》对"颂"诗忧患意识的认识反而有所淡化,其解"颂"的命名是"既比其音,复诵其词,俾在位者皆知其义,所以彰先王之盛德,故曰颂;至于所刺所谏,欲闻其人之耳,故亦曰颂"①,意思是说之所以称作"颂",是因为演奏音乐的同时又诵唱歌词,其歌词分为赞颂先王和讽谏今王两项内容,就是让在场的周王听的。照此理解,只有一部分作品有忧患意识,而这一部分带有忧患意识的讽谏性作品,又是诵唱者有意对在位者实施讽谏,是下对上而不是在位者的自我警示。这就不仅淡化了孔子发掘出的《周颂》居安思危认识价值,同时也不符合《周颂》诗歌文本创作实际。其歌词文本本就是在位周王创作的,因是自我警示,所以才"思深而虑远",局外的下人毕竟隔了一层。庄述祖有专门论"颂"之《周颂口义》三卷,虽其未能总论31篇《周颂》的忧患性质,但称"读《周颂》三十一篇而不流涕太息于武王周公之志者,非必孝子仁人也",则亦暗示了其所蕴含的忧患意识。在以按语形式依次讨论各篇毛序或作品文本时,虽重在阐发史实的来龙去脉,然亦不乏对其忧患意识的指陈,如,称《闵予小子》"忧劳天下久矣",称《访落》"惧其艰大而听之民之不静",称《敬之》"忧之长也",称《小毖》"非不慎于前而独慎于后也"(既毖后又惩前)等②,都可视为对其"流涕太息说"的呼应,也与孔论精神暗合,只是未能像王夫之那样展开,不免遗憾。更为遗憾的是,作为清代后期诗学标志性人物的魏源,虽然在其诗学名著《诗古微》中力揭孔子借《诗经》制礼正乐之用心,但其对"颂"诗的价值定性却正好与孔子的揭示相反。一方面拼命用"三家诗"否定毛诗,一方面又死守《毛诗大序》为

---

① [清]惠周惕:《砚溪先生集》十三卷《诗说》卷上,清康熙惠氏红豆斋刻本。

② [清]庄述祖:《毛诗周颂口义》,清光绪十四年江阴南菁书院刻《皇清经解续编》本。

“颂”所下“美盛德”和“以成功告神明”之定义，不仅将他认为不符合这两点要求的《闵予小子》等4首作品的题目重新编次在全部“颂”诗之末，还专设《周颂篇次发微》《周颂答问》篇目阐发编次理由。按其理由，若不是这4首诗也同样“皆因庙中而作”“未有主颂生人之义”，可能连忝列《周颂》的资格也没有了。看来魏源完全没有认识到这组诗歌的独特价值。惟其如此，倒更反衬出了早于魏源两千三百多年前的孔子眼光的深邃。

四、孔子“颂”论的诗学史意义

在对孔子“颂”论作如上深入研究和系统梳理的基础上，下面就其诗学史意义集中揭示。所谓诗学，有广义和狭义之分，广义地讲，文艺思想都可称为诗学；狭义地讲，是专指诗歌思想。而具体到孔子，他一生所研究和教授学生的诗歌文本则又是“诗三百”之《诗》及其“逸诗”，因此，孔子的诗学思想实际主要是指他的《诗》学思想。笔者以为，孔子“颂”论的诗学史意义主要体现在以下几个方面。

首先，“颂”论对孔子诗学思想体系的丰富。笔者以为，孔子的文学思想是有较为完备体系的。这里不可能专门探讨这一问题，但是传世文献中文学与政治关系理论“重文更重德说”与“德善美统一说”，文学功能理论“兴观群怨说”，思想与艺术关系理论“文质彬彬说”，文艺风格理论“中和说”，文学批评标准“思无邪说”都为人所熟知。出土文献《孔子诗论》中文艺本质理论“诗亡隐志（诗言志），乐亡隐情（乐抒情），文亡隐意（文表意）说”，“诗三百”之“四大门类内容与风格特征论”，也已为人所了解。综观这些学说，其“重文更重德”“德善美统一”“文质彬彬”“中和”都是泛指，且“重文更重德”“文质彬彬”主要指向是文，“德善美统一”“中和”主要指向则是乐；“乐亡隐情”具指乐，“文亡隐意”则具指文。而“诗亡隐志”虽然具指诗，但该理论是对此前《尚书·尧典》“诗言志”学说的复述，并非孔子首创。如此一来，孔子的诗学理论就只有传世文献中的“兴观群怨说”“思无邪说”和出土文献中的“四大门类内容与风格特征论”了,可称为孔子诗学思想的主体和三大支柱。仅此,出土文献《孔子诗论》的诗学贡献即可见一斑,其占据了孔子诗学理论的三分江山,极大地丰富了孔子的诗学思想。那么具体到四大门类中的“颂”论,又独特丰富了什么呢?我们不妨从传世文献和出土文献两方面作一比较。

先看传世文献。笔者一直以为,在“诗三百”中,孔子最看重的应该就是“颂”诗门类,尤其是《周颂》,这是由“颂”诗的尊祖性质和孔子的人生信念及思想体系决定的。在“礼坏乐崩”的春秋末期,一方面是对礼乐的人为破坏,一方面又有孔子一类人在不停地做着修复和重建工作。《诗》的重新整理删定与教授应是其工作重点,而“颂”尤其《周颂》当是重中之重。所谓“雅颂各得其所”当主要指“大雅”和《周颂》,“邦风”则重在“二南”,其将“二南”视作人的立身之本的“人而不为《周南》《召南》,其犹正墙面而立也与”(《阳货》)之言可证。但是,至为可惜的是,我们从记载孔子言论最可靠的《论语》中,并未见到孔子过多的论“颂”之语,唯有前文已引过的《八佾》篇“三家者以《雍》彻。子曰:‘“相维辟公,天子穆穆”,奚取于三家之堂’”一处。从孔子引用《雍》诗原句嘲笑三桓一般正经的滑稽行为中不难发现,虽仅简单的“奚取于三家之堂”一句评语,却是孔子对《雍》的音乐、歌唱、诗歌文本三者内容和风格特征的综合并论。意在说明三者无论从哪方面讲,都与三桓当时的滑稽行为不搭配,这无疑是对其论“颂”之“其乐安而迟,其歌绅而逖,其思深而远,至矣”的具体印证,精神实质是一致的,不可等闲视之。但话又说回来,孔子的《雍》评毕竟只是对具体作品的心理体认,并没有明言其具备如上风格特征,如果没有《孔子诗论》这三句凝练概括的“颂”论启发,我们也未必想起逆推其对《雍》之风格特征作出如上解读,何况孔子的心理体认只是局限于单篇作品,而非对“颂”之总论。因此,《孔子诗论》“颂”论对丰富孔子诗学思想的独特贡献,是传世文献所无法相提并论的。

再看《孔子诗论》本身。为了说明问题,这里不避重复,再过录孔子对“大雅”“小雅”“邦风”三大门类作品内容性质与风格特征的归纳概括如下:

［第二简］《大雅》盛德也，多言……［第三简］……［《小雅》□德］也。多言难而悁怼者也，衰(哀)矣少(小)矣。《邦风》其纳物也溥(博)，观人俗焉，大敛材焉。其言文，其声善。孔子曰：唯能夫……［第四简］……［孔子］曰：诗其犹平门■。与贱民而怨之，其用心也将何如？曰：《邦风》是也■。民之有戚患也，上下之不和者，其用心也将何如？［曰《小雅》是也。］……［第五简］……［其用心者将如何？曰：《大雅》］是也。①

由原文可见，“大雅”之论简残严重，不少内容已无法复原，但依“颂”论“多言后”、“小雅”论“多言难……”的行文格式类推，“多言”后面的残简部分肯定是讲“大雅”作品内容，至于讲作品内容之后的文字是不是讲了音乐、歌唱、诗歌文本三者的风格特征表现问题，就不得而知了。依笔者推断，很有可能不存在，因为《孔子诗论》满简是 54—57 字，而第二简至第七简上下两道编绳之外的两头被用刀削了，本就没有写字，被称为“留白简”，留白满简是 38—43 字，现在能看到的论“大雅”内容的第二简已有了 31 字，即便是论“大雅”诗歌内容的文字和论“颂”诗歌内容的“多言后”文字一样，“多言”之后只有 1 个字讲诗歌内容，后面残缺部分最多只剩 11 个空格，最少才余 6 个空格，而相连接的第三简 43 字已写满，开头无法加字。如此，即便仿“颂”论句式用最精炼的文字概括乐、歌、诗三者的表现特征，空格也是不够用的，因为“颂”论除最后“至矣”2 字外还用去了 15 个字。“小雅”论“多言难”之后虽然只用了“而悁怼者也，衰(哀)矣少(小)矣”9 个字，但却是连续评论诗歌文本内容而未论音乐和歌唱风格特征。“邦风”论未用“多言”格式，但与“多言 X”句对应的“其纳物也溥(博)”句之后，“观人俗焉，大敛材焉”两句 8 字也是续论诗歌文本内容，紧接其后的“其言文，其声善”6 字，一是讲诗句有文采，一是讲歌声好听，似也含歌词内容美好之意，同样未论及音乐演奏问题，且 4 句共用 14 字，也比“大雅”所余空格多。因此笔者怀疑，“大雅”之“多言”后失去的 6—11 字颇有可能也如“小雅”之“多言

① 马承源主编：《上海博物馆藏战国楚竹书》(一)，第 127—132 页。

难”后一样,仍是续论诗歌文本内容。合并观之,孔子在总论《诗经》四大门类时,“大雅”“小雅”仅及诗歌文本而未及音乐与歌唱,“邦风”则虽及诗歌文本与吟唱而未及音乐演奏,唯有“颂”这一门类音乐、歌唱、诗歌文本三者表现特征依次概括并论。这说明在“四大门类内容与风格特征论”中,“颂”类内容性质与风格特征是孔子关注的重点,是《孔子诗论》丰富孔子诗学思想体系的核心内容,其文艺思想贡献是全面化的。即便是“大雅”论佚文部分和“颂”论一样是全面提炼概括该门类的音乐、歌唱、诗歌文本风格特征,但毕竟今天看不到了,其对孔子诗学思想体系的丰富只好存疑,并不影响我们对孔子“颂”论核心贡献的体认。

“思无邪说”是孔子对“诗三百”思想内容的总评,对后人研究《诗经》启发很大,不仅能帮助我们质疑汉儒的牵强附会之解、宋儒的“淫诗”伪命题;对我们质疑孔子“删诗”活动否定论者所提出的否定理由之一“孔子若删诗不可能保留淫诗”,也提供了实证支持;甚至还为今人将《诗经》定性为文学而非如战国定性为礼学、汉后定性为经学有所帮助。所以今人多将“思无邪说”视为孔子的诗学批评标准。笔者以为,这一诗学定位有些片面,因为“思无邪”只是对《诗经》作品的内容的整体评价,认为它用一句话概括就是思想纯正,没有论及艺术水平,并且理论性不够强;如果与“文质彬彬说”搭配起来会更全面,并且提升了理论性和普世价值。“思无邪说”“文质彬彬说”合而观之,则说明孔子的诗学批评标准一是强调思想标准第一而又包容,不像汉儒宋儒那样偏狭;二是强调思想内容与艺术形式完美统一,应当是符合孔子基本思想的。当然,孔子的“文质彬彬说”当时是讲君子气质,所谓“质胜文则野,文胜质则史;文质彬彬,然后君子”(《雍也》)即是,因该理论对文学有普适性,所以被今人运用到文艺理论上来了,并且主要指向是“文”而不是“诗”,这种“移植”虽然可行但毕竟是“移植”,诗学理论价值就有些打折扣。“兴观群怨说”是孔子著名的诗学功能学理论,将诗歌的审美功能、认识功能、教育功能、批判功能全部发掘归纳出来了,并且理论性很强,无疑是他对诗学理论的巨大贡献。不过,我们也必须清楚,孔子这里发掘的是诗歌与社会的关系,也就是说他揭示的是文学的外部规律而非内部规律。相比之下,笔者以为,以“颂”论为核心的《诗经》“四大门类内容与风格特征论”，既是孔子对诗学内部特征乃至规律的揭示，又有一定的理论性，而且系统全面。其在孔子整个诗学思想体系中，应该是高于文学批评标准说而又与诗学功能理论互为补充的，是对孔子现有诗学思想体系的重要丰富，使我们对孔子诗学思想体系有了新的认识。

其次，“颂”论等文献对先秦文学思想发展状态的认知意义。将上一问题放大，以“颂”论为核心的“四大门类内容与风格特征论”在先秦文学思想的整体发展状态中有何意义值得讨论。目前，学界对各个时段的文学思想发展状态有个基本定性，那就是先秦是文学思想萌芽期；两汉是文学思想发展期；魏晋南北朝是文学思想成熟繁荣期；唐宋是散文理论复古期，诗学理论深入开掘期；元明清是传统诗文理论总结期，新兴戏曲小说理论勃发期。其中对先秦文学思想萌芽期定性的基本理由有三：一是多为支离零碎的片断言论，尚没有成篇专文；二是文史哲不分，文学理论艺术理论不分，诗论乐论不分；三是多探讨文学外部规律，少内部规律探讨。在《孔子诗论》公布之前，对先秦文学思想的“萌芽期”定性乃学界共识，大学各种文学批评史教材皆无异议。但随着“颂”论在内的《孔子诗论》研究的不断深入，这一定性已面临重大挑战，先秦文学思想的整体发展水平需要重新认识。

首先，就传世文献看，先秦诸子及《左传》《国语》等，所记相关文学言论确实都是片段文字，甚至是支离零碎的，我们虽然也读到过文艺学专文，如《尚书·尧典》《左传·襄公二十九年·季札观乐》《墨子·非乐》《荀子·乐论》《韩非子·十过》《吕氏春秋》之《仲夏纪》《季夏纪》及难以确定时代的《礼记·乐记》等，但除其中的《尧典》乐诗舞并论、《季札观乐》乐歌诗并论外，其他都是专门讨论音乐的，所以可以划归文艺思想专论，而无法列入诗学思想或文学思想的专论。因此，虽然学界认定先秦没有文学理论专文有些绝对化，但是大体不错。在那么长久的历史时期，仅有一节短文，一节较长即兴点评，而且又都是文学艺术混融并论（常被视作论乐专文），确实很少。据此审视先秦文学思想的发展水平，确实也只能是处在尚无明确文学意识的“萌芽”阶段。然而，包括“颂”论在内的《孔子诗论》文献公布后，我们才惊异地发现，先秦文学思想的实际发展水平竟是那么高。单从简文规模看，29 简就长达

1 085(包括据文意补足者)字,要知道这 29 简中仅有 1 枚完简,其余皆为程度不同的残简,每枚满简 54—57 字,每枚“留白简”38—43 字,即使折中从少统计,原文也超过了 1 500 字,这不仅在先秦,即使放在古代任何历史时期也定然是少见的诗学长篇巨制了。

不仅如此,全文还具有完备的结构体系,从单篇作品之评,到四大门类内容性质与风格特征概括,再到诗学本质揭示,依次递进。其中对四大门类的划分,从“颂”到“大雅”再到“小雅”后到“邦风”,井然有序,而对其各自的概括又从内容到特征依次进行。尤其“颂”论,其对文本内容性质的概括不仅全面,而且重点突出,甚至连汉代后出的诗学名文《毛诗大序》都难以企及。以至启发我们逐篇对读诗歌文本,发现了《毛诗大序》对“多言后”一项内容有缺失。其风格特征概括,更是音乐、歌唱、诗歌文本分层进行,无不完备。同时,前面对各篇具体作品的讨论又划分为 5 组,第 1 组先依次简洁概括 7 篇作品主旨,再逐一分析之;第 2 组依次提炼并简评 23 篇作品特征;第 3 组依次说明自己对 17 篇作品的态度,再逐一引出各篇中意诗句,以说明自己所持态度的理由;第 4 组每篇用一句简语分别揭示 12 篇作品的主要优缺点;第 5 组则先分引 4 篇作品诗句,再分表自己态度。单从表现形式上讲,整篇长文的完备程度就已不亚于汉代单文了,仅此,即足以启示我们对所谓先秦时期文学思想尚处于“萌芽”状态的说法提出质疑。

再说第二条理由。单就传世文献说,所谓先秦文学理论、艺术理论不分,站在文学理论角度讲相当有理(但站在艺术理论角度讲却不太成立,前列数篇音乐专论可证),因诗论常附着于乐论之上。最具代表性的《尧典》《季札观乐》两篇著名文字就是如此,《尧典》开头明言“夔,命汝典乐”,可下面论述却成了“诗言志,歌永言”,结束时又成了“击石拊石,百兽率舞”,这不是乐诗歌舞分论,而是将三者都附属于广义的乐了,尽管早期文艺表现形式是四位一体的,但是作为理论混称,毕竟说明诗学意识模糊、不独立。

如前文所析,《季札观乐》则更是明言“观乐”,具体介绍的却是“歌”,而季札的点评用语则有些好像是评乐,有的好像是评歌,有的又好像是评文本,又有些则什么都像,分不清评的是什么,难怪给后人错觉，多被当成了乐论。实际上其点评的重点应该是诗歌文本。这就说明季札当时尚无明确的文学艺术区分意识和诗学独立意识。但是，不能因此就认定那个时代所有人都没有明确的文学与艺术区分意识，笔者认为孔子的这种区分意识在传世文献中就已表现得比较明确了。在《论语》中孔子 17 次谈到《诗》，其中专谈诗歌文本的就占去 12 次，专谈其音乐的 3 次，只有 2 次是诗乐不分。惜这一重要现象始终没有引起人们的注意，其实这在当时是很前卫的诗学认知，不能与外交场合的“赋诗言志”等量齐观。孔子两次诗乐混称倒是常被提起，一次是前文两次提到的“三家者以雍彻。子曰：‘“相维辟公，天子穆穆”。奚取于三家之堂’”（《八佾》），一次是“子曰：‘吾自卫反鲁，然后乐正，雅颂各得其所’”（《子罕》）。其中第二次的混称确实给后人带来了 2 500 多年的歧义和纷争，至今还在各执一词。但是，仅就孔子论《诗》绝大多数是论诗歌文本而最少诗乐混称这两点，就足以说明他诗乐分属意识清晰且重视的是诗歌而不是音乐，也就是重视的是文学的义教而不是艺术的声教。他嘱咐儿子学习《诗》时说的是“不学《诗》，无以言”（《季氏》），而不是不学诗无以“歌”或无以“乐”，是说不学习《诗》就不能掌握好外交辞令“专对”的感染力与达变性，平时说话也没有文采和说服力。可见，诗乐分论即文学与艺术分论是孔子谈话的常态，对文学与艺术各自功能特征的认识超越了前人和同代人，而且对文学尤其诗学是非常重视的。

孔子的这一意识在出土文献《孔子诗论》中表现得就更为清楚了。由前面的介绍可知，评 63 篇《诗》作全部是评诗歌文本本身，基本未涉及对其音乐和歌唱的评论。四大门类分论，“大雅”“小雅”仅总论文本内容和特征而未论其他，“邦风”先论文本内容，再论文本特征，最后论歌唱特征，分论清晰而又重在文本。“颂”则音乐、歌唱、文本均衡分论，层次分明。之所以文学艺术兼论而又各自概念清晰精准，一是说明孔子对文学与艺术各自独立的认知极为明确，二是充分尊重“颂”在当时的特殊性（下面专论）存在，绝不能以此说明他重视文学的意识时强时弱。对读孔子对“颂”具体作品的讨论即可印证这一点。《孔子诗论》具体评论了 3 篇《周颂》作品，其评《清庙》称：“《清庙》吾敬之……《清庙》曰：‘济济多士，秉文之德。’吾敬之……《清庙》，王德也，至矣！敬宗庙之礼,以为其本,'秉文之德',以为其业,'肃雍显相'……行此者其有不王乎?"就残简所存文字而言,孔子是说他非常敬仰这首诗,更敬仰里面写众多参祭者继承先王德教的两句诗。该诗宣扬了先王美德,以宗庙之礼为本,以继承王德为业,助祭者端庄肃穆,新王这样做定能治理好天下。不难发现,孔子敬仰这首诗的根本原因就是在位周王率领群臣继承先王之德,其全部是从诗歌文本原意解读的,只有从"肃雍显相"一句中感受的可能是当时的肃穆氛围,暗含歌乐场景的再现。其评《烈文》《昊天有成命》则更是只字未涉乐和歌。要知道《周颂》是不同于其他三类而乐重于诗的独特门类,孔子具评尚且能弃乐而专论文本,这在当时何等不易?据此可以逆推其"颂"门类总评中分论音乐、歌唱、诗歌文本分论时的重心和落脚点之所在。所以称先秦诗论乐论不分起码不符合孔子诗论的实际。

"颂"论之外,《孔子诗论》最后以"诗亡隐志(诗歌的本质是言志的),乐亡隐情(音乐的本质是抒情的),文亡隐意(散文的本质是表意的)"分别揭示诗、乐、文的本质特征,则不仅更进一步说明孔子诗学思想的成熟度,还说明他对"文"的认识也已明确。文学之"文"的意识和概念清晰于何时,是学术界广泛讨论的话题,其基本共识是大体确定在西汉的司马迁时代。各种文学批评史教材一般认为"文"在先秦时期的含义由广到狭,是文化学术、文献、文采、文辞、文字等,一般指文化学术,到了西汉时期"文""文章"才分工专指今广义的文学,而"学""文学"则分工专指学术。但笔者解读传世文献认为,孔子及弟子早就有"文"含文学之意的解释了,只是未被重视或曲解罢了。《论语》中记孔子关于"文"的言论 25 次,有两处颇值得讨论:一处是《颜渊》篇"君子以文会友,以友辅仁",此处的"文"决不能如杨伯峻理解为"文献"或"文化学术",而应理解为"文章"。在"文章"大行其道的孔子时代,君子只能以文章会朋友。此语出自小孔子 46 岁的弟子曾子之口,恰恰代表了孔门乃至春秋战国之际哲人们对"文"的共识。第二处是《卫灵公》篇,孔子称:"吾犹及史之阙文也。"这里的"阙文"之"文",亦当是"文章",他是在庆幸自己还能读到史书中存疑的文章内容。另外,为人们所熟悉的《公冶长》篇子贡对他老师所作"夫子之文章,可得而闻也;夫子之言性与天道，不可得而闻也”的评价，其中的“文章”一词杨伯峻先生解为“文献学问”，有增字作解之嫌。“文章”要么解作“文献”，而作“文献”解则不成句；要么解作“学问”，而作“学问”解则又没有依据，“文章”从未作“学问”解。这里的“文章”，应该就是指孔子的口头讲章，因为孔子自称“述而不作”，子贡用的是“闻”而不是“读”，只有讲出来的才能“闻”听到。子贡是说老师的口头讲章，我们可以听得到，但他关于性和天道的讲章，我们听不到，也就是孔子没有明说过。对如上问题的理解由于笔者未能找出更多实证，所以难以动摇学界的主流认识。所幸，《孔子诗论》的公布又为我们提供了强有力的新证。“文亡隐意”之“文”就是“文章”，即古代广义的散文。可见，《孔子诗论》不仅将文学（诗、文）与艺术（乐）两大门类的本质特征区分清楚了，而且在文学内部也将有韵之诗与当时诗歌之外存在的约 20 种（主要是官方应用文）所有无韵文体之“文”的本质特征也区分清楚了。《尧典》单言“诗言志”，其功在最早揭示诗歌本质特征，《孔子诗论》统言“诗亡隐志，乐亡隐情，文亡隐意”则功在发展前说，系统全面地揭示文学和艺术两大门类的各自本质特征，并划定诗、乐、文本质特征的边界，即诗歌主要表达理性的志，附带抒发感性的情，音乐主要抒发感性的情，附带表达理性的志，文则全部表达理性的意。这一系统理论的出现是先秦音乐发达、抒情诗不发达、官方应用文占主导的时代产物。可惜的是，如上重要问题学界至今尚缺乏研究。综上，先秦时期文学与艺术分类讨论的意识已颇为明确，所以将该时期判定为文学思想“萌芽期”的第二条理由失去了存在的合理性。

复说第三条理由。笔者以为，学界称先秦尚处于文学外部规律探讨阶段，从传世文献看并不完全符合历史实际。按照人们的通常认知，先秦儒家重视文艺，墨法两家反对文艺，道家主观上否定文艺而客观上较深入地探讨了文艺规律，不论儒家对文艺的重视还是墨法两家对文艺的反对，都是从文艺的社会功能出发的。儒家发现了文艺的教化功能，所以重视之；墨法两家发现文艺有害无益，所以反对之，而以对社会有益无益判断文艺的价值，本身无疑探讨的只是文艺的外部规律而非内部规律。因文艺外部规律是外在的、浅层的，内部规律则是内在的、深层的，既然先秦四大家中有三家探讨的都是文艺的外部规律，所以由此认定先秦文学思想尚处于“萌芽”的低级阶段。但是从传世文献中梳理一下儒家学派中的标志性人物孔子、孟子、荀子的学说可以发现,他们其实是文学外部规律与内部规律并重的。

如前所列孔子的著名学说中,除“重文更重德说”之外,其“德善美统一说”“兴观群怨说”“文质彬彬说”“中和说”“思无邪说”,应该都是内外并重的,说明其对文学规律的认识已有了相当深度。如果《孔子家语·论礼》中“志之所至,诗亦至焉”那段被后人称为“五至说”的著名文字真的出自孔子之口的话,那就可与后来屈原的“发愤以抒情”、荀子的“天下不治,请陈佹诗”合并为完整的诗歌创作论乃至文学生成论了,自然属于对文学内部规律的探讨。孟子的著名学说则有“王者之迹熄而诗亡说”“以意逆志说”“知人论世说”“知言养气说”“与民同乐说”及以诗证事实践,第一说是诗学兴亡论,二、三是文学解读方法论,包括以诗证事实践,可视为外部规律探讨;第四说中所知之“言”,据他自己解释都是指知“言”的特点,自然应属于内部规律;最后一个“乐”属于文学消费理论,也含有某些内部因素。荀子确实大量引诗以作礼学之解,但也复述过诗歌本质论“诗言是,其志也”。而出土文献就大不一样了,包括“颂”论在内的《孔子诗论》讨论的都是文学内部的问题。其中对诗、乐、文的本质特征的揭示,毫无疑问探讨的是文学的内部规律问题。整体而言,解读文学文本也都应该算作内部探讨。而若从严界定,其对 63 篇作品的正面解读中,涉及作品最多的第二组是提炼作品主要特征;揭示作品优缺点的第四组也是从特征角度入手的;表示自己态度的两组,主要是摘引原诗句,所摘基本是“邦风”和“小雅”有文采者,其喜欢的原因应该也是从特色方面考虑的;唯第一组提炼分析主旨涉及社会和礼学内容问题,而这一组只有 7 篇作品,仅占总数的十分之一。其对“颂”诗等四大门类的概括分论乃内容性质和风格特征并行,而四大门类的内容概括,主要切入点是客观揭示四大类作品内容之间的不同侧重点,颇有突显各自特色之意蕴,自当属于内部问题的探讨;对其风格特征的概括评述,探讨的更是文学内部规律问题。故不论从孔子的“颂”论看,还是就整篇《孔子诗论》看,其主体都属于内部规律讨论无疑。据此,第三个理由起码不完全符合历史实际。再说,即便先秦主要是探讨文学外部规律，将其定性为“萌芽”期也有些过于矮化了。

综合如上讨论，在目前所知传世文献和出土文献条件下，统观先秦文学思想发展水平，以孔子为主导、以诗学为核心的儒家学派先后提出了文学政治关系论、文学本质论、文学生成论、文学功能论、内容形式关系论、文学文艺门类区别论、文学批评论、文学方法论、文学修养论、文学消费论等，并使其有了程度不同的发展，对广义之“文”也有了较为清晰的认知，加之对文学文本阐释的具体实践，除文学风格论、作家论等之外，文学理论所应包含的重要命题在先秦基本上都涵盖了。这说明该时期较为丰富、相对完备的文学思想体系已初步建立了起来，在表现形式上也产生了鸿篇巨制。因此，笔者以为，对传统的先秦文学思想尚处于“萌芽期”的定性亟待重新审视并作出相应调整。比较符合历史实际的文学思想史定位应该为：先秦是诗学思想体系初步建立期，“文”的理论初创期，整体水平高于汉代。而对先秦文学思想发展水平的这一新的认知，《孔子诗论》之“颂”论的贡献和启示意义不可轻视。

另外，在重新认知先秦文学思想发展水平的同时，相应地对两汉文学思想发展水平的定位也应该反思。这一时期虽然产生了一批如《毛诗大序》《太史公自序》《报任少卿书》《两都赋序》《楚辞章句序》《诗谱序》那样的专篇文论文字，从形式数量上看好像比先秦发展了，其实由于大一统经学思想的禁锢，与先秦相比文学思想认知水平整体上却是停滞甚至倒退了。以上专文，除了司马迁两篇相关段落内容相同的文字外，其他各文都是两汉“依经立论”的产物，不能说没有个别新创见，但与当时文学创作繁荣的实际严重脱钩与滞后，远不如800余年两周礼乐文明尤其春秋战国思想家辈出时代的原创文学思想有认识价值。将其定性为“发展期”，不免有套用一般事物萌芽、发展、成熟发展规律而主观先行之嫌。

再次，“颂”论对揭示先秦两汉诗学走向等问题的启示意义。《诗经》是一部什么性质的书？先秦时代的人又是如何认知它的性质的，认知的演变轨迹、内在逻辑及其基本走向是什么样的？前者是《诗经》研究最基础最根本的重大问题，却又是如胡适和顾颉刚所说，《诗经》是五经中最重要而又最难纠缠清楚的“一笔糊涂账”，如千年荒冢的墓碑被层层青藤蓬草交缠覆盖而无法看到碑文;后者则是目前最为困扰学术界的大问题,非本文一段文字所能说清楚,只是受孔子"颂"论启发,想提供一点新的认识。

自两汉确立了《诗经》的经学地位之后,虽然宋代开始兴起了反汉学之风,清代出现了尊宋与尊汉及自由解读多元并行局面,但《诗经》在古代社会的经学地位从未动摇过。近现代以来,在一批大师的不懈努力下,才终于斩断清除覆盖其上的层层蓬草青藤,露出了清晰碑文,使其正式走下经学神坛而恢复了文学的本来面目。但是,近来又大有将其重新推上"礼学"宝座之趋势。笔者以为,只有结合具体作品产生的时代背景、尊重并客观解读文本本身的原意,并从源头上理清先秦人最早对它的基本认知和应用过程,才能正确把握其基本价值。刘毓庆、马银琴等学者近年在前人基础上经过潜心研究,已将每类作品的大致生成时间和分批编纂情况作了较细致的梳理,可大致信从。"三颂"之《周颂》是西周前期当政者所编祭祀乐歌,"二雅"是西周后期当政者所编各级各类贵族人员献给朝廷的作品,"邦风"是东周初年朝廷采自民间的作品,全书最后由孔子整理删定。将这一梳理对读本文前三部分孔子"颂"论对其文本内容性质和风格特征的认定,已足以说明《诗经》文本成分不一,《周颂》本就为祭礼因乐而作,当然德礼性质相对明显;《大雅》出于上层,也自然有一定德礼成分;可《诗经》的大多数作品是来自民间和基层的"邦风"和《小雅》,它们即使经过了宫廷润饰后才配了音乐,但其基本的民歌性质是不可能改变的。

整体而言,《诗经》是一部文学作品是毋庸置疑的,即便是体现德礼精神最浓的《周颂》,其首先也是诗歌,并且如孔子"颂"论对其内容所作"平德""多言后""成功者"三方面内容的归纳,也不是以诗歌形式介绍具体礼制内容,因此也是文学。借此有几点基本常识这里不得不再重复一遍:从庙堂到民间、从《周颂》到"邦风"的产生时间尤其编纂时间是越来越晚的,创作群体的政治地位是越来越低的,其作品与政治的关系是越往下越远的,作品中反映的情感是越来越由"公"到"私"的,其文学成就、艺术水平却是越来越高、感染力越来越强的,而作品数量则又是从 31 到 31 到 74 到 160 越来越庞大的,因而作品中所含礼学内容无论绝对数量还是相对比例则必定是越来越小的。更值得注意的是，四大门类作品的排列顺序却是由"邦风"到"小雅""大雅"再到"三颂"的，它说明了四类作品的文学重要程度。因此，说产生于礼乐文明、农耕时代的《诗》主体"邦风"，保存着一些礼俗文化倒是事实，但整体上不可能是周代礼制的形象展示。对操作性很强的复杂礼制形式，民间文学作品也难以形象展示，更何况这时候西周礼制已经开始解纽。也许"二南"的身份比较特殊，季札和孔子分别将它们提升到立国立身之本的高度当有其因，甚至连宋代斥"淫诗"者，也没人敢提到其中"淫"之程度超过"郑卫之声"者。笔者也曾受学者启发，从《周南·汉广》《召南·野有死麕》"发掘"出了"留车返马""结佩""执烛前马""纳征"等礼俗，其生成时代和作者群体我们尚没有搞清楚，是否在情诗的外表下确实深藏着礼义实质，只有期待专家们慢慢发掘了。不过，在"礼不下庶人"的时代，很难想象不识字的平民会有意在自己的口头创作中暗藏进去后人发现不了的高深礼制内容，这有违常识。笔者相信，凡熟悉"风"诗的读者恐怕谁也不能从"邦风"文本中读出多少礼制的具体内容来。就连以礼解诗的荀子都承认"《国风》之好色也"，是说"风"诗多情歌。如此，笔者完全赞同刘毓庆教授将先秦至两汉的《诗经》学史命名为"从文学到经学的"做法，不同意多数学者将先秦定性为"诗学的礼学时代"。

那么，先秦人又是如何认识"诗三百"文本的呢？尽管众说纷纭，但笔者还是以为刘毓庆的理论发掘可能最为符合历史实际。他认为，周朝官方开始编纂《诗》的目的是为了举行各种礼仪仪式活动时配乐演唱、作为仪式乐歌应用的，而应用时主要关注的是音乐本身的演奏，歌词内容是湮没在音乐节奏之中而几乎被忽略的。王小盾此前所划分的诗乐关系发展的三个阶段也从宏观上印证了这一点。笔者以为，实际情况应该就是如此。西周是礼制的时代，而礼制就是对各种礼仪形式的规定，所以举行各种礼仪活动时极重形式的具体操作。在这些复杂的仪式中，仪式乐歌又是音乐的附属品，本身并没有独立，其作用主要是为了营造氛围。不难想象，在举行吉礼（祭礼）、丧礼、宾礼、军礼、嘉礼（婚礼）仪式活动时，参加者都只顾各自按着音乐的节奏完成自己一道又一道动作程序，全神贯注的自然是音乐节奏，至于为营造氛围而按

《诗》的内容分配到各礼音乐中的伴唱词义，确实未必留心或听得清。又如王国维所推断的，行礼过程中按行礼环节要求演奏是不时中断的，歌词自然也就不连贯，当也会影响参与者揣摩歌词深意。因此，如屡遭宋人痛斥的所谓“淫诗”，附属在婚礼的音乐中也就没什么不雅，就连为爱情不自由而撕心裂肺呼叫的《鄘风·柏舟》孔子都热情赞赏道“见匹夫执志之不可易也”[①]，怎能说进入仪式乐歌的民歌就定然蕴有我们今人尚未发现的礼的深意呢？也就是说，周人一开始应用《诗》时主要用的是其作为音乐附庸的有感染作用的文本形式，这当然是文学形式，并没人认为它是礼学的形象内容。如果说“诗”服务于礼，那也是通过“乐”服务的。

到了东周平王之后，天子失位，诸侯为争霸权，前方刀枪厮杀，后方会盟宴飨，为了外交辞令的委婉含蓄，规避崩盘，便借诗言志，导致诗乐分家，为《诗》文本走向独立提供了历史契机。《诗》之文辞地位迅速提高，学《诗》成为时代风潮和士以上阶层的必备修养。那么此时的人们又是如何解诗用诗及认定其性质的呢？自然是根据外交谈判的具体内容需要临场发挥的，即为人所熟知的所谓“赋诗断章，余取所求焉”[②]。还是如刘毓庆所说，这个临场发挥的“余取所求”利用的是诗歌的鲜活性、灵动性、感染力、可比附性，是对原诗诗句字面指向的延伸。笔者以为，这正说明春秋时代的人们也是把当时的《诗》当作文学来体认的，所有延伸都是在体认其文学性质的前提下进行的。以当时人的文化修养和距诗歌文本产生时代不远的情况看，他们对诗歌文本的原意是非常清楚的，唯其如此，才能引申得当，对方也才能领悟准确。

不过，虽然诚如刘毓庆所说，时人的解诗是“诗无定指”，李蹊所说“无所不可，无所不包，只要合于礼(人际交往之理)合于情(特定情境之情)”，但是由于四大门类诗歌内容性质和艺术水平的区别很大，所以各国使臣对诗歌字面的延伸度和延伸指向是明显不一样的。“邦风”的延伸空间最大也最灵活。如《召南·野有死麕》末章被公认为《诗经》中最

① 傅亚庶：《孔丛子校释》，中华书局，2011年版，第54页。

② 杨伯峻：《春秋左传注》，第1145页。

露骨的两性描写，所谓“舒而脱脱兮，无感我帨兮，无使尨也吠”，是一少女面对情人要求亲热时所说的半推半就的话，提醒对方动手别太鲁莽，怕惹得身边狗儿叫汪汪，以免被父母听见。可鲁昭公元年郑伯宴飨各国使臣时，郑国大夫子皮为求霸主之国使臣赵孟保护郑国，却赋该章，可谓石破天惊。但其取义又不能不令人佩服，其意是不要让楚国这只杂毛狗乱叫插手搅局，赵孟立即会意，称姬姓国兄弟友好，不会让杂毛狗乱叫。又如《郑风·褰裳》“子惠思我，褰裳涉溱。子不我思，岂无他人。狂童之狂也且”，是一女孩子与情人闹了别扭，耍小性子要挟对方的，称若还爱自己就蹚水过来，不蹚水过来自己就投入别的男人怀抱，被宋儒斥为“淫诗之尤”。但是鲁昭公十六年郑国六位大夫为晋国大夫韩宣子饯行时，子大叔赋这首诗就成了提醒韩宣子，若晋国不与郑国友好，郑国就会去结交新的盟友，韩宣子立即回答说有我韩宣子在，怎能让郑国去另换盟友？说明他一听便知对方之意。真可谓“诗无定指”，但却与“礼学”无关，如果说涉及“礼”，那也是人际交往之“理”而非制度之“礼”。

相对而言，《小雅》的延伸空间就小了一些。如《黍苗》是召伯虎带领官兵帮助周宣王母舅在申地完成筑城任务后，回国途中唱的所见所闻所作之事的歌。鲁襄公十九年晋国攻打齐国，鲁国执政季武子便到晋国拜谢晋国攻齐，晋国执政范宣子在晋平公宴飨季武子宴会上赋了这首诗，季武子马上起身拜谢叩首，称小国仰仗大国就好像各种谷物仰望润泽的雨露，如果能经常润泽，天下就会和睦。这说明他对范宣子所赋诗意领会很透彻。《黍苗》虽长达五章，但开篇两句便是“芃芃黍苗，阴雨膏之”，意为黍苗蓬勃多喜人，全靠雨露来滋润。虽然原诗句是写那些士兵们看到的庄稼成长的真实画面，但是这里季武子领悟诗意所作的比附，完全符合范宣子要小国靠他这个强大晋国庇护的用意，并且这一比附不只是诗句字面的延伸，其与原诗句的本意也是相同的。可见，赋《小雅》的延伸指向就明显不像赋“邦风”流于字面的海阔天空了。赋《大雅》的延伸指向就更受局限了，这是由《大雅》作品自身文学性弱、灵活度不够决定的。如《既醉》是周王祭祀祖先，祝官代尸祝福周王的话，首章为“既醉以酒，既饱以德。君子万年，介尔景福”，其他各章也大意如此。鲁襄公二十七年楚国大夫薳罢到晋国参加会盟时晋平公宴飨他,宴会结束退出时薳罢赋了这首诗,今人一看也会立即明白他是在拍晋平公的马屁,说晋平公以德相待,自己酒足饭饱,祝晋平公长寿万年,天降大福。这里对原诗没有什么延伸,只是移植了一下祝福对象。因原诗句的"德"字本就有对周王之德的表彰,赋诗者自然也有对晋平公之德的溢美。因《周颂》多呆板的祭祖诗句,通篇大意相同,赋之就更不好延伸了。整个春秋时期记载中赋《周颂》仅有 1 次,是上文饯韩宣子活动上韩宣子最后答谢六位大夫的话,赋的是《我将》。原诗是祭祀上帝和文王祈求保佑的,这里赋之以作为告别祝愿的话,祈求上帝和文王保郑国平安,用的仍是原意,字面没有延伸,只不过是换了被保佑对象而已。尚德内容是《周颂》主体,自然赋诗指向崇德性质最突出。

据董治安先生统计,《左传》载赋诗 67 篇,其中"邦风"28 篇,"小雅"32 篇,而"大雅"总共才 6 篇,"三颂"相合只有 1 篇①。就算"大雅""三颂"全部是礼学化延伸,才是赋诗总数的零头,还不到十分之一,完全可以说明春秋赋诗乃非礼学化解诗。当然,因为当时各国在外交场合都是打着冠冕堂皇的守礼崇德旗号为本国争取利益的,所以相对于赋诗而言,借称诗引诗阐发自己观点时,向德化方向引导是自然的,谁敢公开不尚德?再说,赋诗多赋整篇,仅有个别赋单章,其指向的空间很大,而称引《诗》时则多只引其中一两句作为观点的证据,其指向性自当明确,但其指向的多是德而非礼,也不能算作礼学化解诗。因为崇德与尚礼毕竟是两码事,"德"是伦理价值取向,"礼"是具体行为规范和操作程式。当时外交人才《诗》礼双修也是必须的,不过,所学之礼很可能更多地用在了外交礼仪的实用方面。笔者研读《左传》称赞合礼批评不合礼的言论很多,但都未见引《诗》以说明之,而所载 184 次称诗引诗内容确又未见以之说礼。

到了孔子,他又是如何确认"诗三百"内容性质的,其体认的价值取向是什么样的?他是春秋赋诗称诗之用诗方法的余绪及终结转向者还

① 董治安:《从〈左传〉〈国语〉看"诗三百"在春秋时期的流传》,见《先秦文献与先秦文学》,齐鲁书社,1994 年版,第 20—45 页。

是总结发展提升者？其解诗取向是开启了汉代经学化解诗的前奏，还是汉代乃对他解诗取向的又一次转向，抑或是断层之后的异军突起？这一系列的问题一直困惑着笔者。研读《论语》《左传》等传世文献，发现各个散乱的知识点很难连接成定向证据链，就连孔子自己的言论，相互之间也往往取向各异，差别很大，甚至相互抵牾，所以始终未能理出头绪，学界更是聚讼纷纭。而孔子诗学是解开先秦两汉诗学走向的关节点，意义重大，不可能绕过，也绕不过。《孔子诗论》的面世终得使如上纷繁的问题豁然清晰，已不再成为问题。传世文献中看似相互抵牾的孔子言论，其实并不矛盾，精神实质是一致的。笔者以为，本文前三部分对孔子“颂”论的讨论，各种问题已见大概，下面再将其与传世文献中孔子的相关言论合并讨论，各种问题就会看得更为清楚。

所谓“《颂》平德也”“《大雅》盛德也”“《小雅》口德也”，说明孔子认为“邦风”之外的另三类诗歌首先都是歌颂某种“德”的，其次才是写其他内容。不论孔子的这一概括是否符合三类诗歌文本的实际，但是从中透出孔子德化解诗的价值取向是肯定的。但由本文第二部分研究结果可知，孔子对《周颂》颂平德、多赞文王、报功三大方面内容的归纳又是客观的、符合文本实际的，是从 31 篇文本整体客观内容出发的，既没有对其字面作延伸，更未作礼学化深度解读。由本文第三部分的研究可知，孔子对“颂”诗风格特征所作“其思深而远”的提炼，也是从文本实际出发的，未见有礼学化的影子。其对整部《诗》乃至诗歌这一形式本质特征所作“诗亡隐志”的概括，更说明是文学化的体认而不是礼学化的发掘。至于孔子对 63 篇作品文本的具体解读，笔者以为他分了三个层面：一是对所有作品都首先尊重其客观内容，是什么就是什么；二是有德化内容的称赞其德化内容；三是认为有礼学内容的尽量发掘其礼学内容。但前提条件是不脱离文本作主观延伸，而礼学内容的发掘又重在精神发掘。前文所引其对《周颂·清庙》之评已略可见。限于篇幅，这里仅举《孔子诗论》第 1 组对《关雎》等 7 首诗的解读以管窥见豹：

[第十简]《关雎》之怡(或作改)■，《樛木》之时，《汉广》之智■，《鹊巢》之归■，《甘棠》之褒(报)■，《绿衣》之思，《燕燕》之情■，害

> (曷)曰：童(终)而皆贤于其初者也■。《关雎》以色喻于礼[□□□□□□□其三章则喻][第十四简]两矣■,其四章则愉矣■。以琴瑟之悦,嬉(拟)好色之愿。以钟鼓之乐,[第十二简][喻婚姻之]好,反内(纳)于礼,不亦能怡(或作改)乎■?《樛木》福斯在君子,不[亦有时乎?《汉广》不求][第十三简][不]可得,不攻不可能,不亦智恒乎■?《鹊巢》出以百两,不亦又(有)离乎■?《甘[棠]》[第十五简][思]及其人,敬爱其树,其褒(报)厚矣■。《甘棠》之爱,以邵公[之故也]。□□□□□□□□□[第十一简]□□□□□□□□□□□□□□□□情爱也■。《关雎》之怡(或作改),则其思益矣■。《樛木》之时,则以其禄也■。《汉广》之智,则智(知)不可得也。《鹊巢》之归,则离者(诸)[父母]。[第十六简][《甘棠》之褒(报),思]邵公也■。《绿衣》之忧,思古(故)人也■。《燕燕》之情,以其笃也。①

孔子分别用一字概括各篇主旨,认为《关雎》是讲和谐,《樛木》是讲时运,《汉广》是讲理智,《鹊巢》是讲出嫁,《甘棠》是讲报德,《绿衣》是讲悼亡,《燕燕》是讲爱情。后面便结合各篇内容或诗句阐发自己所作归纳的理由。其中分析《关雎》最详尽,首先肯定这是一首爱情诗(“情爱也”),进而认为该诗是用爱情来讲守礼精神的(“以色喻于礼”)。理由是男主人公见到心仪的女孩子开始是感情冲动“辗转反侧,寤寐思服”(“则其思益矣”),而后来则改为“以琴瑟之悦,嬉(拟)好色之愿;以钟鼓之乐,[喻婚姻之]好”,也就是由开始的非礼相求改为了依礼相求,终获美好婚姻。所以孔子称赞该诗表现的是依礼求爱,并赞赏男主人公懂得如何寻求两性和谐。无疑,这是《孔子诗论》解读63篇作品时发掘礼学精神最典型的一篇,但其发掘始终没有脱离文本原意。对其他6篇作品的分析则皆既未作德化引导更未作礼学体认,其主旨归纳与我们今天的文学化理解差不多,并且他的认知很可能更符合文本原意。

下面再看传世文献中的孔子论《诗》言论。学界普遍将孔子的名言

---

① 马承源主编:《上海博物藏战国楚竹书》(一),第139—145页。

“兴于诗，立于礼，成于乐”(《论语·泰伯》)视为孔子讲人格修养的三个阶段层次，认为孔子要求先从学《诗》开始，之后再学《礼》，最后再学《乐》，各是一经。这种理解其实很可能不合孔子原意。笔者以为，孔子所言都是针对《诗》，很可能是其对流行一百多年而又盛行于他所生活时代外交赋诗称诗之风所作学《诗》方法的总结，用以要求门徒。所谓“兴于诗”，是说在吃透文本原意的基础上，要学会借助字面进行联想延伸，以为办外交所用。其以《诗》可以“兴”要求弟子学《诗》，也是此用意。所谓“立于礼”，是说在学会联想的基础上，还要善于从作品文本中发掘出礼学精神，以便在外交场合出奇制胜。所谓“成于乐”，不仅仅是能领会透乐曲演奏的内蕴，还指会亲自演奏，所以这一点就是除少数人之外一般人很难做到的了(当时外交场合即兴赋诗时不可能配乐，但《左传》记载有些宴飨场合有专门演奏助兴。“三百篇”孔子“皆弦而歌之”)。我们知道，孔子开办私学，绝不是为了培养一批坐而论道的书生，而是为社会储备事功人才，学生跟他学习也不是为了作书生。在当时诸侯纷争，赋《诗》称《诗》之风在以鲁晋两国首都为中心风靡之时，他对这类人才的培养标准自然定得更高。

由如上讨论可以大致做出如下推断：由《孔子诗论》(《孔丛子·记义》中列孔子评诗 46 首，可靠性待考)可知，从西周早期逐渐在各类仪式活动场合，分类挑选少数对应作品作为音乐附庸演奏，到春秋中期开始外交场合赋单篇或专章取义单句、称诗只摘单句，再到春秋末期孔子系统解读文本、归纳门类特征、揭示诗歌本质，标志着先秦从零星用诗到系统解诗的发展轨迹和走向，孔子可称为我国诗学史上系统解《诗》的第一人。由其解诗情况可见，他对“诗三百”基本性质的认定是文学化的，这一点，是孔子在一百多年外交场合逐渐趋热的赋诗言志文学化“联想”式用《诗》活动基础上，所作的理论认知；同时，孔子的文学化解《诗》又是向着德化方向引导的，这一点则又是他对外交场合逐步走向巅峰的称《诗》引《诗》以说理活动，所作的进一步强化性认知；孔子对《诗》中个别文本所作礼学精神发掘的倾向，则是由“礼坏乐崩”的现实和他修复礼学的社会责任感及人生信仰所促使的，可视为春秋赋《诗》称《诗》风潮的深化，而并非是受这一活动影响所致。

但是,虽然孔子将风靡当时的赋《诗》称《诗》活动和自己的如上解诗取向提升到了方法总结高度,可他在具体解《诗》实践中,则始终坚持以尊重文本客观内容为前提和基础,即便对最容易找到以礼作解借口的《周颂》篇目的解读和门类性质的归纳评述,也未作脱离文本的延伸和深化,完全限制在客观层面。孔子所归纳的解诗方法论与他解诗实践的差别,主要是由《孔子诗论》的教本性质决定的,因为教授学生的教材内容只能是最基本的文本本义解读。至于在此基础之上的灵活延伸,只能靠学生自己在具体实践中体悟发现,所谓"诵诗三百,授之以政,不达;使于四方,不能专对;虽多,亦奚以为"(《论语·子路》),其"专对"就是要学生在融会贯通文本精神实质基础上的灵活掌握,学会临场摘句取义,即兴联想之意。如此,广为传颂而又给学界把握孔子对《诗》的文学定性造成困惑的两章对话,也就不难理解了,子贡借《卫风·淇澳》"如切如磋,如琢如磨"诗句发挥成君子道德修养精益求精,孔子大加称赞"始可与言诗已矣,告诸往而知来者",就既说明他讲诗重在告知学生文本本义,又说明他鼓励学生向德化方向联想。子夏对《卫风·硕人》描写庄姜美丽脸庞上点缀着迷人眼睛和酒靥的"巧笑倩兮,美目盼兮,素以为绚兮"诗句,作先有仁后有礼的联想,孔子感叹受到了学生的启发,又是他鼓励学生自己向礼学精神深度体悟的实例。这与他自己以文学解诗的实践并不矛盾。

孔子之后,荀子在战国时代只靠实力不讲道义、对"诗三百"的一片嘲弄声中,沿着孔子的训读文本而又进一步强化德行及礼学精神方向推进了诗学。到了汉代,在大一统政治体制下,为迎合思想统一的需要,竟然将春秋赋《诗》联想及称《诗》德化倾向、孔子学诗法、荀子解《诗》理念发展到极致,走向文学解诗的反面,变文学之诗学为经学之诗学。因风诗文本实在无德礼内容可挖,于是不惜用无限联想方式,穿凿附会坐实出一个个历史人物和历史事件以证其合理性,《关雎》《葛覃》《卷耳》也就依次成了赞美周文王之妃太姒"之德""之本""之志"系列了。文学之《诗》的真面目也便就此消失。不过需要说明的是,这种故意曲解仅限于"邦风"和"小雅",而"三颂"及部分"大雅"本就是祭祀作品或史诗,坐实一些历史人物和事件就行了。

“颂”论还启示笔者发现另外几个诗学问题。一是可能春秋末期庙堂演奏《周颂》时已不再配舞，因为不仅孔子“颂”论只论到了乐、歌、诗而未言及舞，此前季札观乐也未评及舞，同时《左传》记载季札观《诗》之乐后，紧接着便记他“见舞《象箾》《南籥》”“见舞《韶濩》”“见舞《大夏》”等①，是否有可能这时期舞已分离或弃用？二是春秋时期《诗》之四大门类中诗乐分离可能不同步，此时作为庙堂祭祀的《周颂》，其乐歌诗似乎仍为一体，并未分离，因为不仅“颂”论中乐、歌、诗逐一评论，“小雅”“邦风”两大门类已不论乐，而且《左传》记赋诗言志活动几无人赋“颂”，是否因其地位尊贵特殊而不让轻易走出庙堂？也许“颂”在先秦一直保持着乐歌诗“三位一体”的形式，坚守着最后一块领地。三是孔子“颂”论之后，两千多年，诗学著作汗牛充栋，大家辈出，唯南宋范处义、清代王夫之论“颂”有与孔论精神暗合阐发之意，余者皆远未及孔子对这一诗歌门类的认识水平，足见其拥有不可替代的独特诗学史价值。由此启发我们反思，所谓事物由低级到高级的发展规律未必完全适用于学术思想领域，整体而言，汉代以后的古代思想都远未能企及先秦诸子思想原创高峰，只是局限于先秦思想框架内的繁琐阐释。内化为一种民族精神和文化自信的经典多产生先秦时代，至今还影响着我们的日常生活。“颂”论的启示意义于此可见。

作者简介

徐正英，1960 年生，河南濮阳人，中国人民大学文学院教授、博士生导师，主要从事先秦两汉魏晋南北朝文学文献学与文学思想研究。

① 杨伯峻：《春秋左传注》，第 1165 页。

四家《诗》维度下的《毛传》“独标兴体”

赵茂林

（西北师范大学文学院　甘肃兰州　730070）

内容提要　三家《诗》本不言兴。《列女传》以兴解《诗》，乃后人据毛而改；《淮南子》《孔子家语》《论衡》以兴解《诗》，都是用《毛诗》。《韩诗薛君章句》以兴解《诗》，是受《毛传》的启发。《韩诗薛君章句》理解的兴仍是譬喻，而《毛传》理解的兴是起头、譬喻、虚写、不是表达重点但与下文有联系。因为兴与一般的比不同，因而毛公“独标兴体”，希望引起读者的注意。

关键词　三家　《诗》　《毛传》　兴

《毛传》“独标兴体”，标注 116 处，且对许多兴句的喻义都进行了解释。标兴以及对兴句进行解释是《毛传》注解的重要内容，但《毛传》却对兴本身的含义没有解释。那么，《毛传》理解的兴是什么，其标注兴的动机是什么？这些问题，学者虽有论述，但往往囿于《毛传》所标之兴及兴句的解释，缺乏比照，也就不能得到令人信服的答案。把三家《诗》说与《毛传》所标之兴及对兴句的解释比较，有利于问题的深入。

一、三家《诗》本不言兴

要把三家《诗》说与《毛传》所标之兴及对兴句的解释进行比较，首先需要明确三家《诗》是否言兴。陈乔枞、王先谦等清代学者认为三家

《诗》亦言兴，罗根泽也说："赋、比、兴的说法，大概起于汉初的经师"，《韩诗》就有采用赋、比、兴说法解《诗》之处，"以《韩诗》推《齐》、《鲁》二家，大概也有此种解说"①。刘毓庆则认为《毛传》是最早标兴的《诗经》注本②。因而，究竟三家《诗》是否以兴解《诗》，需要辨析。

从三家《诗》遗说来看，以兴解《诗》，在今本《列女传》中有一例。《列女传・魏曲沃负》："周之康王夫人晏出朝，《关雎》起兴，思得淑女以配君子。夫雎鸠之鸟，犹未尝见其乘居而匹处也。"③说"《关雎》起兴"，显然是说《周南・关雎》以"关关雎鸠，在河之洲"起兴。而在这两句下《毛传》也标"兴也"。陈乔枞、王先谦、唐晏等都认为刘向用《鲁诗》，那么，这条材料似乎可以证明《鲁诗》以兴解《诗》。但是，《文选・范蔚宗后汉书皇后纪论》李善注引《列女传》"《关雎》起兴"作"《关雎》预见"④，王应麟《诗考》亦作"《关雎》预见"⑤。王先谦说："云'《关雎》豫见'者，与《杜钦传赞》'《关雎》见微'，《杨赐传》言'《关雎》见几'同义。今本'豫见'作'起兴'，王氏念孙谓后人不晓《鲁诗》之义而妄改之，王应麟《诗考》引《列女传》，尚作'豫见'。《文选・后汉皇后纪论》李善注引虞贞节曰：'其夫人晏出，故作《关雎》之歌。'"⑥《汉书・杜钦传论》："是以佩玉晏鸣，《关雎》叹之，知好色之伐性短年，离制度之生无厌，天下将蒙化，陵夷而成俗也。故咏淑女，几以配上，忠孝之笃，仁厚之作也。"师古引李奇曰："后夫人鸡鸣佩玉去君所，周康王后不然，故诗人叹而伤之。"又引臣瓒曰："此《鲁诗》也。"《后汉书・杨赐传》：赐上封事曰："康王一朝晏起，《关雎》见几而作。"李贤注："《前书》曰：'佩玉晏鸣，《关雎》叹之。'《音义》曰：'后夫人，鸡鸣佩玉去君所。周康王后不然，故诗人叹而伤之。此事见《鲁诗》，今亡失也。'"通过比对，可以看出《列女传》"《关雎》

---

① 罗根泽：《中国文学批评史》，上海书店出版社，2003 年版，第 75 页。

② 刘毓庆：《诗学之"兴"的还原与背离》，《文学评论》2008 年第 4 期。

③ 张涛：《列女传译注》，山东大学出版社，1990 年版，第 123 页。

④ [南朝梁] 萧统编，[唐] 李善注：《文选》，上海古籍出版社，1986 年版，第 2195 页。

⑤ [宋] 王应麟：《诗考 诗地理考》，中华书局，2011 年版，第 72 页。

⑥ [清] 王先谦：《诗三家义集疏》，中华书局，1987 年版，第 5 页。

起兴”,确实应该作“《关雎》预见”。

两汉诸子中有以兴言《诗》的,有些学者据此断定三家《诗》也言兴,实际是误判。《淮南子·泰族》:“《关雎》兴于鸟而君子美之,取其雌雄之不乖(乘)居也;《鹿鸣》兴于兽,而君子大之,取其见食而相呼也。”① “不乘居”似与《列女传》所说同。陈乔枞据此认为《淮南子》此文用《鲁诗》②。实际《淮南子》此文用的是《毛诗》。《鲁诗》以《关雎》为讽谏之作,而《淮南子》以为是颂美之作,二者显然不合。《鹿鸣》,《鲁诗》亦以为是刺诗,《史记·十二诸侯年表》:“仁义陵迟,《鹿鸣》刺焉。”司马迁所述为《鲁诗》说③。也与《淮南子》“君子大之”不合。而这两首诗《毛诗》皆以为是颂诗,认为《关雎》表现了后妃之德,《鹿鸣》为天子燕群臣嘉宾之作。而《淮南子》“不乘居”也与《毛传》所言不相悖。“乘”即“匹”之义,《广雅·释诂》:“双、耦、娌、匹、孪、息、贰、乘、賸、再、两,二也。”④ “不乘居”即不匹居,亦即有别之义。《毛传》:“雎鸠,王雎也,鸟挚而有别。”《淮南子·说林》:“神龙不匹,猛兽不群,鸷鸟不双。”⑤王念孙认为“义与《毛诗》同”⑥。正因为如此,徐复观认为《淮南子》“《关雎》兴于鸟”等句所述之义“乃确取自《毛传》”⑦。

《淮南子》为刘安与其宾客的集体创作。由于出于众手,对四家《诗》说都有所取。《氾论》:“王道缺而《诗》作,周室废、礼义坏而《春秋》作。《诗》《春秋》,学之美者也,皆衰世之造也”⑧。与《鲁诗》说合。《史记·十二诸侯年表》:“周道缺,诗人本之衽席,《关雎》作。仁义陵迟,《鹿鸣》刺焉。”又《儒林列传·序》:“周室衰而《关雎》作。”《论衡·谢短

① 刘文典:《淮南鸿烈集解》,中华书局,1989年版,第675页。

② [清]陈乔枞:《三家诗遗说考》,《续修四库全书》第76册,上海古籍出版社,2002年版,第60页。

③ 陈桐生:《史记与诗经》,人民文学出版社,2000年版,第19—30页。

④ [清]王念孙:《广雅疏证》,中华书局,2019年版,第289页。

⑤ 刘文典:《淮南鸿烈集解》,第568页。

⑥ [清]王念孙:《读书杂志》,上海古籍出版社,2014年版,第2440页。

⑦ 徐复观:《两汉思想史》第二卷,华东师范大学出版社,2011年版,第115页。

⑧ 刘文典:《淮南鸿烈集解》,第427页。

篇》引《诗》家说：“周衰而《诗》作。”此皆为《鲁诗》说。《诠言》“乐之失刺”亦用《鲁诗》说。高诱注：“乡饮酒之乐歌《鹿鸣》，《鹿鸣》之作，君有酒肴，不召其臣，臣怨而刺上者非也。”[①]《泰族》：“今夫《雅》《颂》之声，皆发于词，本于情，故君臣以睦，父子以亲”[②]。则与《毛诗序》“发乎情，止乎礼义”的思想相近。《缪称》：“故《诗》曰：‘执辔如组。’《易》曰：‘含章可贞。’运于近，成文于远。”[③]所引诗句为《邶风·简兮》第二章的最后一句，《毛传》说：“言能治众，动于近，成于远也。”二者也相合。

《淮南子》成书于武帝建元二年（前139年），此前《鲁诗》创始人申公居鲁教授，“弟子自远方至受业者百馀人”（《史记·儒林列传》）；《齐诗》创始人辕固也因为治《诗》，景帝时被任命博士，且“诸齐人以《诗》显贵，皆固之弟子也”（《史记·儒林列传》）；《韩诗》创始人韩婴则在文帝时就被任命博士，且授《诗》淮南贲生；《毛诗》创始人赵人毛公在景帝时也曾为河间献王博士，且授《诗》于同乡人贯长卿。正因为四家《诗》创始人在武帝即位之前都已经开始授《诗》，而参与《淮南子》创作的淮南王宾客又来自各地，如伍被为楚人，则《淮南子》中有不同《诗》派的说法也就不足为奇了。

《淮南子》“《关雎》兴于鸟而君子美之”的说法还见于《孔子家语》。《孔子家语·好生》：“孔子曰：‘小辩害义，小言破道。《关雎》兴于鸟，而君子美之，取其雄雌之有别；《鹿鸣》兴于兽，而君子大之，取其得食而相呼。若以鸟兽之名嫌之，固不可行。’”[④]“取其雄雌之有别”，《淮南子》作“取其雌雄之不乖居”，而前已说明“不乘居”即“有别”之义，则《孔子家语》与《淮南子》完全相同。很长一段时间，人们都认为《孔子家语》是王肃伪撰的，但1973年河北定县八角廊汉墓出土了《儒家者言》改变了学者的看法。由于《儒家者言》一些内容与《孔子家语》相似，所以李学勤认为《儒家者言》是《孔子家语》的原型，并且说：“今本古文《尚书》《孔

① 刘文典：《淮南鸿烈集解》，第485页。
② 刘文典：《淮南鸿烈集解》，第693页。
③ 刘文典：《淮南鸿烈集解》，第693页。
④ 陈士珂辑：《孔子家语疏证》，上海书店，1987年版，第68页。

丛子》《孔子家语》很可能陆续成于孔安国、孔僖、孔季彦、孔猛等孔氏学者之手,有很长的编辑、改动、增补过程,它们是汉魏孔氏家学的产物。"①1977年安徽阜阳双古堆一号汉墓出土了三块章题木牍,一、二号木牍的章题绝大部分可在《说苑》《新序》《孔子家语》等传世文献中找到相应内容。宁镇疆通过比较《孔子家语》《说苑》与一号木牍,认为"《家语》存在很多后人改动的痕迹,而《说苑》则与木牍章题最为接近"②。《说苑》《新序》中都没有"《关雎》兴于鸟"这条,则《孔子家语》很有可能是依据《淮南子》增补的。

《论衡》中也有一条以"兴"解《诗》的材料。《论衡·商虫篇》:"《诗》云:'营营青蝇,止于藩。恺悌君子,无信谗言。'谗言伤善,青蝇污白,同一祸败,《诗》以为兴。昌邑王梦西阶下有积蝇矢,明旦召问郎中龚遂,遂对曰:'蝇者,谗人之象也。夫矢积于阶下,王将用谗臣之言也。'由此言之,蝇之为虫,应人君用谗。何故不谓蝇为灾乎?如蝇可以为灾,夫蝇岁生,世间人君常用谗乎?"③陈乔枞以为王充治《鲁诗》,则这条材料似乎表明《鲁诗》以"兴"言《诗》。但陈乔枞说王充治《鲁诗》理由并不充分。陈乔枞认为王充治《鲁诗》,只因为《论衡·书解篇》"言《诗》家,独举鲁申公"④。但《书解篇》说:"世传《诗》家鲁申公,《书》家千乘欧阳、公孙,不遭太史公,世人不闻。"⑤这几句话是王充为了反驳"文儒不若世儒"的看法而说的。刘盼遂说:"孙人和曰:'公孙疑指公孙弘。'弘传《春秋》,非《尚书》,且本书多《诗》《书》《春秋》连用,'公孙'上当有脱文。"⑥举《诗》家、《书》家、《春秋》家都各举一人,只是举例,并不能说明王充治《鲁诗》。称《诗》家、《书》家、《春秋》家,也恰恰说明王充并不曾专门治《诗》、治《尚书》、治《春秋》。再从王充对儒生说经的态度以及

---

① 李学勤:《竹简〈家语〉与汉魏孔氏家学》,《孔子研究》1987年第2期。

② 宁镇疆:《〈家语〉"层累"形成考论——阜阳双古堆一号木牍所见章题与今本〈家语〉》,《齐鲁学刊》2007年第3期。

③ 刘盼遂:《论衡集解》,古籍出版社,1957年版,第339页。

④ [清]陈乔枞:《三家诗遗说考》,第59页。

⑤ 刘盼遂:《论衡集解》,第562页。

⑥ 刘盼遂:《论衡集解》,第562页。

《论衡》撰写的目的来看，王充也不可能专治《鲁诗》。《正说篇》："儒者说五经，多失其实。前儒不见本末，空生虚说。后儒信前师之言，随旧述故，滑习辞语，苟名一师之学，趋为师教授，及时蚤仕，汲汲竞进，不暇留精用心，考实根核。故虚说传而不绝，实事没而不见，五经并失其实。"①显然王充并不满意儒者对经书的解说，这当然也包括《鲁诗》学者对《诗经》的解说。因而从王充对儒生说经的态度看，他也不可能专治《鲁诗》。又《后汉书·王充传》：王充"以为俗儒守文，多失其真，乃闭门潜思，绝庆吊之礼……著《论衡》八十五篇"。《论衡》的撰写就是为了纠正儒生经说的失真。因而从王充撰写《论衡》的态度看，他也不可能专治《鲁诗》。更直接的证据还在于王充对《鲁诗》一些说法并不认同。《论衡·谢短篇》："问《诗》家曰：'《诗》作何帝王时也？'彼将曰：'周衰而《诗》作。盖康王时也。康王德缺于房，大臣刺晏，故《诗》作。'夫文、武之隆，贵在成、康，康王未衰，《诗》安得作？周非一王，何知其康王也？"②所述《诗》家说，即《鲁诗》对《关雎》的解释。再从学术取向上说，王充也不可能专治《鲁诗》。《后汉书·王充传》："充少孤，乡里称孝。后到京师，受业太学，师事扶风班彪。好博览而不守章句。家贫无书，常游洛阳市肆，阅所卖书，一见辄能诵忆，遂博通众流百家之言。"王充虽然"受业太学，师事扶风班彪"，但却是"好博览而不守章句"的，因而不可能专治《鲁诗》。而《汉书·叙传》说班彪"幼与从兄嗣共游学"，也是不主一学的。正是注重为学的博涉多通，王充于《诗经》也应该是不主一家，只要他认为解释是真实可靠的都可取用。《小雅·鹤鸣》"鹤鸣于九皋，声闻于野"，《毛传》："皋，泽也。"《释文》："《韩诗》云：'九皋，九折之泽。'"《论衡·艺增篇》："《诗》云：'鹤鸣九皋，声闻于天。'言鹤鸣九折之泽，声犹闻于天，以喻君子修德穷僻，名犹达朝廷也。"③解"九皋"为"九折之泽"，正用《韩诗》。《大雅·生民》："不坼不副，无菑无害。"《毛传》："言易也。凡人在母，母则病。生则坼副，菑害其母，横逆人

① 刘盼遂：《论衡集解》，第551页。
② 刘盼遂：《论衡集解》，第259页。
③ 刘盼遂：《论衡集解》，第176页。

道。"《论衡·奇怪篇》:"后稷母履大人迹而生后稷,故周姓曰姬。《诗》曰:'不坼不副',是生后稷。说者又曰:'禹、契逆生,闿母背而出;后稷顺生,不坼不副。不感动母体,故曰不坼不副。逆生者子孙逆死,顺生者子孙顺亡。故桀、纣诛死,赧王夺邑。'言之有头足,故人信其说;明事以验证,故人然其文。……如实论之,虚妄言也。彼《诗》言'不坼不副',言其不感动母体,可也;言其闿母背而出,妄也。"①胡承珙引干宝说,又引《论衡》此文,说:"此皆用毛义者,无所谓胎胞未破之说也。"②前引《论衡·商虫篇》中所说"青蝇污白",陈奂认为是用三家《诗》。他说:"《笺》:'蝇之为虫,污白使黑,污黑使白。'《易林》《论衡》《初学记》并有'青蝇污白'之语,《后汉书·杨震传》:'青蝇点素,同兹在藩。'《汉书》:昌邑王贺'梦青蝇之矢积西阶东,可五、六石'。矢即污也。此皆本三家《诗》,可以申明《毛诗》之兴义也。"③虽然"青蝇污白"用三家义,但"《诗》以为兴"却是用《毛诗》。《毛传》在首章前两句"营营青蝇,止于樊"下说:"兴也。营营,往来貌。"

《列女传》中以兴解《诗》的材料,为后人据《毛诗》妄改结果;《淮南子》《孔子家语》《论衡》中有以兴解《诗》之例,乃为用《毛诗》。三家《诗》原本不言兴,以兴解《诗》是《毛传》独有的解《诗》方法。

二、《韩诗薛君章句》言兴受《毛诗》启发

三家《诗》不言兴的事实在东汉时发生了改变,《韩诗薛君章句》开始以兴言《诗》。《文选·刘孝标辩命论》李善注曰:"《韩诗》曰:'《芣苢》,伤夫有恶疾也。'《诗》曰:'采采芣苢,薄言采之。'薛君曰:'芣苢,泽舄也。芣苢,臭恶之菜,诗人伤其君子有恶疾,人道不通,求己不得,发愤而作,以事兴芣苢,虽臭恶乎,我犹采采而不已者,以兴君子虽有恶

① 刘盼遂:《论衡集解》,第73页。

② [清]胡承珙:《毛诗后笺》,黄山书社,1999年版,第1321页。

③ [清]陈奂:《诗毛氏传疏》卷二十一,北京市中国书店,1984年版。

疾,我犹守而不离去也。’”[①]薛君指薛汉,“薛君曰”等等应该出于《薛君章句》。《后汉书·儒林列传》:“薛汉字公子,淮阳人也。世习《韩诗》,父子以章句著名。”而为章句者往往是左右采获,牵引以次章句。《汉书·夏侯胜传》:“胜从父子建字长卿,自师事胜及欧阳高,左右采获,又从《五经》诸儒问与《尚书》相出入者,牵引以次章句,具文饰说。胜非之曰:‘建所谓章句小儒,破碎大道。’”由于左右采获,夏侯建之《尚书》说自然与夏侯胜、欧阳高之说都会有不同。而“建卒自颛门名经,为议郎、博士,至太子少傅。”于是《尚书》学中有了小夏侯一派。夏侯胜非难夏侯建为“章句小儒”,但夏侯胜本人也次有章句。《汉书·艺文志》有“大、小《夏侯章句》各二十九卷”。而夏侯胜次章句也用的是左右采获的办法。《汉书》本传:“胜少孤,好学,从始昌受《尚书》及《洪范五行传》,说灾异。后事蔺卿,又从欧阳氏问。为学精孰,所问非一师也。”

此段材料中薛君的解释也有左右采获的痕迹。芣苢,《释文》引《韩诗》曰:“直曰车前,瞿曰芣苡。”而薛君却解释为泽舄。芣苢为陆生草本植物,泽舄生于沼泽,两种解释显然不同。王先谦以为“直曰车前,瞿曰芣苡”为《韩诗》本来的训释,乃释异名,泽舄则为转写之误。并且还表示了不理解,说:“韩训‘车前’,薛不应与之违异。”[②]实际薛君释芣苢为泽舄是为了次章句而左右采获的结果。“《韩诗》曰”,《太平御览》卷七百四十二引作“《韩诗外传》”[③],则“伤夫有恶疾”应该是《韩诗》本来的说法,而薛君解释为“诗人伤其君子有恶疾”,也与之不同。《列女传·蔡人之妻》:“蔡人之妻者,宋人之女也。既嫁于蔡,而夫有恶疾。其母将改嫁之。女曰:‘夫不幸乃妾之不幸也,奈何去之?适人之道,壹与之醮,终身不改,不幸遇恶疾,不改其意。且夫采采芣苢之草,虽其臭恶,犹始于捋采之,终于怀撷之,浸以益亲,况于夫妇之道乎?彼无大故,又不遣妾,何以得去?’终不听其母,乃作《芣苢》之诗。”[④]薛君“臭恶之菜”

---

① [南朝梁] 萧统编,[唐] 李善注:《文选》,第 2347 页。

② [清] 王先谦:《诗三家义集疏》,第 49 页。

③ [宋] 李昉:《太平御览》,《四部丛刊》三编本,上海商务印书馆,1936 年版。

④ 张涛:《列女传译注》,第 137 页。

的说法可能来自《鲁诗》。《韩诗》本来之说虽也认为《芣苢》为女子伤夫有恶疾而作,但就其"直曰车前,瞿曰芣苡"的解释来看,似不以芣苡为臭恶之草。马瑞辰说:"芣苢一名虾蟆衣,旧谓取叶衣之,可愈癞疾。是则《韩诗》谓所采为芣苢之叶。"[①]则《韩诗》本来之说或以为女子因丈夫有恶疾,故采芣苢之叶用之治疗。则《韩诗》本来之说实际与《列女传》之说还是有不同的。薛君"以事兴芣苢,虽臭恶乎,我犹采取而不已者,以兴君子虽有恶疾,我犹守而不离去"之说也与《韩诗》本来的说法不同。《韩诗》本来之说揭明了女子为何采芣苢的原因,女子采芣苢是确实的事。而薛君则以为采芣苢类似于诗人对有恶疾的君子的态度,故诗人用描绘采芣苢的情景来抒发自己的感情。这明显与诗的情调不合,王礼卿说:"全篇反覆咏叹,词缓意深,但有深爱温婉之情,绝少感伤怨叹之致。"[②]再则薛君之说从逻辑上也说不通。"求己不得"是何意?既然是"我犹守而不离去",怎么就"求己不得了"呢?范家相说:"夫有恶疾,妻不肯去,《列女传》犹为近理。若'求己不得,发愤而作',则夫子何取而入《三百篇》乎?"[③]因而薛君以兴解《诗》也应该是取自他处,或许就来自《毛诗》。

《毛诗》在西汉传授虽不断绝,但几乎是一线单传,知晓其解说内容的人并不多。哀帝建平元年,刘歆争立《春秋左氏传》《毛诗》《逸礼》《古文尚书》于学官,事虽不果,但四经逐渐引起学者的重视,故《毛诗》于平帝元始四年立于学官,终王莽之世。光武中兴后,《毛诗》虽不立于学官,但研习者增多,《毛诗》解说的内容渐渐被人们知晓,甚至包括一些不研习《毛诗》的人。郑玄注《礼》在笺注《毛诗》前,此时他所习为《韩诗》,但笺注《毛诗》前他也接触过《毛诗》。《小雅·南陔》《白华》《华黍》下孔疏:"《郑志》答炅模云:'为《记注》时就卢君耳。先师亦然。后乃得毛公传。既古书,义又当然,《记注》已行,不复改之。'……案《仪礼》郑

① [清]马瑞辰:《毛诗传笺通释》,中华书局,1989年版,第59页。

② 王礼卿:《四家诗旨会归》,华东师范大学出版社,2009年版,第190页。

③ [清]范家相:《三家诗拾遗》,《四库全书》本,上海古籍出版社,1989年版,第533页。

注解《关雎》《鹊巢》《鹿鸣》《四牡》之等，皆取《诗序》为义，而云未见毛传者，注述大事，更须研精，得毛传之后，大误者追而正之，可知者不复改定故也。”从薛君对《芣苢》的解释看，薛君应该不太了解《毛诗》，他可能只是听说《毛诗》以兴解《诗》，具体如何解说，哪些诗篇用兴来解释，他并不清楚，所以他的解释扞格不通。而《毛传》于《芣苢》也并未标兴。

实际，早在刘歆争立古文各经之前，研习今文学者，就对古文学颇多涉猎，即使其为今文学博士。《汉书·孔光传》：“安国、延年皆以治《尚书》为武帝博士。”孔安国所治《尚书》本为今文，后得《古文尚书》，以今文读之，并授都尉朝。都尉朝授胶东庸生。《汉书·儒林传》：“庸生授清河胡常少子，以明《谷梁春秋》为博士、部刺史，又传《左氏》。”《翟方进传》：“方进虽受《谷梁》，然好《左氏传》、天文星历，其《左氏》则国师刘歆，星历则长安令田终术师也。”由此可以说在古文学兴起之前，今文学就不断从古文各经中汲取养分。

今古文学之争兴起，虽有论争，但也有融合。特别是在东汉章帝支持古文学之后，习今文学者也往往兼善古文学。《后汉书·儒林列传》：尹敏“初习《欧阳尚书》，后受古文，兼善《毛诗》《谷梁》《左氏春秋》。”《胡广传》李注引谢承《后汉书》：“（陈）咸字元卓……学《鲁诗》《春秋公羊传》《三礼》。”古文家也多研习今文经典。《郑兴传》：“少学《公羊春秋》，晚善《左氏传》。”《贾逵传》：“逵悉传父业，弱冠能诵《左氏传》及五经本文，以《大夏侯尚书》教授，虽为古学，兼通五家《谷梁》之说。……尤明《左氏传》《国语》”。甚至还有一些学者，由于兼习，其为今文学者还是古文学者的身份已不可辨认。《后汉书·郑玄传》：“又从东郡张恭祖受《周官》《礼记》《左氏春秋》《韩诗》《古文尚书》。”张恭祖教授郑玄的经书，属于古文学的有三种，属于今文学的两种，很难说其为今文学者还是古文学者。《儒林列传》：“孙期字仲彧，济阴成武人也。少为诸生，习《京氏易》《古文尚书》。”同样难以明确划分。正是在兼习中，今文学者从古文经传中汲取养分，古文学者也融通今古文学。

在今古文学之争兴起前，今文学就已经从古文各经中汲取养分；今古文学之争兴起后，今文学家也往往兼善古文学，所以三家《诗》也有与《左传》相合之处。《仪礼·士昏礼》郑注：“大夫以上嫁女，则自以车送之。"贾疏:"宣公五年冬《左传》云:'齐高固及子叔姬来,反马也。'休以为礼无反马,而左氏以为得礼……《鹊巢》诗曰:'之子于归,百两御之。'又曰:'之子于归,百两将之。'国君之礼,夫人始嫁,自乘其车也。《何彼襛矣》篇曰:'曷不肃雍,王姬之车。'言齐侯嫁女,以其母王姬始嫁之车远送之,则天子、诸侯女嫁,留其车可知。……《诗》注以为王姬嫁时自乘其车,《箴膏肓》以为齐侯嫁女,乘其母王姬始嫁时车送之,不同者,彼取《三家诗》,故与《毛诗》异也。"贾公彦认为郑玄《箴膏肓》取三家《诗》的说法,是笼统来说。王先谦说:"郑注《昏礼》,在未见《毛诗》前,故贾定《箴膏肓》为取三家,既无明证定为何家,故统言之。"①《召南·何彼襛矣》一诗,三家《诗》认为表现齐侯嫁女的盛况,而《毛诗》以为表现的是王姬出嫁的情形。三家《诗》认为齐侯之女出嫁时乘其母亲王姬出嫁的车,这与《左传》所说天子、诸侯嫁女有"留车反马"的礼节相合。对此皮锡瑞表示了他的不理解:"三家《诗》皆今文,当与今《春秋公羊》说同,不当与古《春秋左氏》说同,贾疏以《箴膏肓》为取三家,似与汉人今古文家法未合。"②实际汉代今古文经学之间虽有论争,但并非清代学者所认为的相攻如仇,而是有相互借鉴的一方面,《毛诗》"四始"就是借用《鲁诗》的概念③。所以,《韩诗薛君章句》以兴言《诗》很有可能是受《毛诗》的启发。

在《韩诗》遗说中,以兴解《诗》仅《韩诗薛君章句》解说《芣苢》这一例。《韩诗薛君章句》有时解诗和《毛传》的说法非常接近,但却不用兴。《后汉书·明帝纪》:"昔应门失守,《关雎》刺世"。李贤注引薛君《韩诗章句》曰:"诗人言雎鸠贞洁慎匹,以声相求,隐蔽于无人之处。故人君退朝,入于私宫,后妃御见有度,应门击柝,鼓人上堂,退反宴处,体安志明。今时大人内倾于色,贤人见其萌,故咏《关雎》,说淑女,正容仪,以刺时。"薛君解"在河之洲"为雎鸠"隐蔽于无人之处",来比附"人君退朝,入于私宫"。孔疏:"毛以为关关然声音和美者,是雎鸠也。此雎鸠

① [清]王先谦:《诗三家义集疏》,第68页。
② [清]王先谦:《诗三家义集疏》,第68页。
③ 陈桐生:《史记与诗经》,第114页。

之鸟，虽雌雄情至，犹能自别，退在河中之洲，不乘匹而相随也。……后妃虽说乐君子，犹能不淫其色，退在深宫之中，不亵渎而相慢也。"则毛公把雎鸠"在河之洲"比作后妃居深宫，与薛君的比附类似，只是毛公作后妃，不作人君。尽管如此，薛君解《关雎》也并没有说到兴。还有一些《毛传》标兴的诗句，薛君在解释时又表现出和《毛传》不同的思致。《齐风·东方之日》首章："东方之日兮，彼姝者子，在我室兮。"《毛传》："兴也。日出东方，人君明盛，无不照察也。"《文选·秋胡诗》李善注："薛君曰：'诗人言所说者颜色盛美如东方之日也。'"[①]认为诗人以东方之日形容"彼姝者子"的美貌，与《毛传》把日比作人君完全不同。因而，薛君以兴解《芣苢》是偶然行为，并没有把兴作为诠释经文的重要手段。他的这种偶然行为显然是受影响而致，并非对兴认识的自觉。

三、《韩诗薛君章句》之"兴"与《毛诗》之"兴"异同比较

《韩诗薛君章句》以兴解说《芣苢》可能受《毛传》启发，但与《毛传》所标之兴及对兴义的解释比较，却有助于我们更好地理解《毛传》所理解的兴。薛君说"虽臭恶乎，我犹采取而不已者，以兴君子虽有恶疾，我犹守而不离去也"，说明他理解的兴和汉代人理解的"引类譬喻"是相同的。何晏《论语集解》在《阳货》篇"《诗》可以兴"句下引孔安国说："兴，引譬连类。"王逸《离骚章句序》："《离骚》之文，依《诗》取兴，引类譬喻。"[②]《毛传》理解的兴当然也有"引类譬喻"之义。《周南·螽斯》孔疏："《传》言'兴也'，《笺》言'兴者喻'，言《传》所兴者欲以喻此事也，兴、喻名异而实同。……郑云喻者，喻犹晓也，取事比方以晓人，故谓之为喻也。"《释文》也说"兴是譬谕之名"。《毛传》揭示兴义也往往用"若""如""喻""犹"，陈奂说："凡全《诗》通例，《关雎》'若雎鸠之有别'、《旄

① [南朝梁]萧统编，[唐]李善注：《文选》，第1003页。
② [宋]洪兴祖：《楚辞补注》，中华书局，1983年版，第2页。

丘》'如葛之曼延相连'、《葛生》'喻妇人外成于他家'、《卷阿》'犹飘风之入曲阿'、曰若、曰如、曰喻、曰犹,皆比也,《传》则皆曰兴。"①但《毛传》理解的兴,还有兴起之义,其所标116处兴,标在首章首句下的有4处,次句下97处,第三句下8处,第四句下3处,所以孔疏说"兴者起也,取譬引类,起发已心,诗文诸举草木鸟兽以见意者,皆兴辞也"。但薛君所理解的兴则没有兴起之意,只是把采芣苢的活动与守君子而不离去进行类比。由于《毛传》理解的兴,既有兴起之义,又有譬喻之义,就与只是譬喻不同②。

汉代人所说的"引类譬谕"实际就是比,但《诗经》中的比与兴还是不同的。比是把不同种类的事物相比附,由此喻彼,由彼喻此,二者总是有某方面的关联点,这个关联点比较明确。而兴不是简单的类比关系,兴句和应句之间的联系往往比较模糊曲折,其联系也比较复杂,有意义上的,这一类接近比;也有情绪上的、气氛上的、声音上的等等。《毛传》虽然以譬喻来释兴,但实际认识到了兴的独特性,故"独标兴体"(《文心雕龙·比兴》)。并且《毛传》标兴116处,其中虽有误标、漏标的情况,但大多数都标识准确,也说明毛公对兴有一定的认识。再则,对一些不取义的兴,《毛传》也能标示出来,更说明毛公理解的兴不仅仅是譬喻。《周南·汉广》首章"南有乔木,不可休息",与诗求女的主题并没有什么意义的联系,《毛传》标兴。《王风·扬之水》首章"扬之水,不流束薪。彼其之子,不与我戍申"。《毛传》在前两句下标"兴"。朱熹说:"兴取'之''不'二字。"③意思是说兴句、应句以"之""不"字关联,是不取义的兴。夏传才以为《秦风·黄鸟》每章前两句与下文没有意义的联系,只是发端起情④。《毛传》在首章前两句"交交黄鸟,止于棘"下标兴。

《韩诗薛君章句》以采芣苢比作对有恶疾的君子的不离不弃,实际认为采芣苢是虚写,并非诗人的本意所在。这与《毛传》理解的兴有点

---

① [清]陈奂:《诗毛氏传疏》卷六。

② 朱自清:《诗言志辨》,《朱自清说诗》,上海古籍出版社,1998年版,第51—52页。

③ [宋]朱熹:《诗集传》,上海古籍出版社,1958年版,第44页。

④ 夏传才:《诗经语言艺术新编》,语文出版社,1998年版,第148页。

类似。《毛传》也认为兴辞并非写实，因而即使是对即目起兴的那一类，也往往把其看作是借景起兴。《陈风·东门之杨》首章“东门之杨，其叶牂牂。昏以为期，明星煌煌”。朱熹说：“此亦男女期会而有负约不至者，故因其所见以起兴也。”[①]《毛传》在前两句下标兴，并说：“言男女失时，不逮秋冬。”以为只是兴时节，不是实写。《唐风·有杕之杜》首章“有杕之杜，生于道左”下《毛传》：“兴也。道左之阳，人所宜休息也。”马瑞辰说：“下章‘道周’，《韩诗》作‘道右’，则左右随所见言之，不以道左之阳取兴。”[②]《小雅·采绿》首章“终朝采绿，不盈一匊”下《毛传》标兴，但郑玄不视为兴，孔疏：“郑唯妇人身自采绿，不兴为异……毛以妇人不当在外，故以为兴……以田渔之妇，则庶人之妻可自亲采，故不从毛兴也。”

《毛传》虽然认为兴辞并非写实，不是诗文表达的重点所在，但又认为兴辞与下文有意义上联系，因而解释中努力挖掘这种联系。《周南·卷耳》首章前两句：“采采卷耳，不盈顷筐。”《毛传》：“忧者之兴也。”孔疏：“言有人事采此卷耳之菜，不能满此顷筐。顷筐，易盈之器，而不能满者，由此人志有所念，忧思不在于此故也。此采菜之人忧念之深矣，以兴后妃志在辅佐君子，欲其官贤赏劳，朝夕思念，至于忧勤。其忧思深远，亦如采菜之人也。”采卷耳者怀人的忧思和后妃“求贤审官”的忧思类似，故《毛传》说是“忧者之兴也”。《卫风·淇奥》首章前两句“瞻彼淇奥，绿竹猗猗”下《毛传》标兴，说：“猗猗，美盛貌。武公质美德盛，有康叔之馀烈。”以王刍和扁竹的茂盛关联武公的德盛。《王风·有兔》首章前两句“有兔爰爰，雉离于罗”下《毛传》：“兴也。爰爰，缓意。鸟网为罗。言为政有缓有急，用心之不均。”以野兔的自在与野鸡的陷入罗网关联“为政有缓有急，用心之不均”。

由上面的比较可以看出，《毛传》理解的兴是起头、譬喻、虚写、不是诗表达的重点但与下文有联系，而薛君理解的兴仅仅是譬喻，这也进一步说明薛君以兴言《诗》是受《毛传》影响。薛君虽受《毛传》影响而以兴

① ［宋］朱熹：《诗集传》，第82页。
② ［清］马瑞辰：《毛诗传笺通释》，第354页。

解《诗》,但其对兴的理解与《毛传》不同。而《毛传》正是认识到兴是起头、譬喻、虚写、不是表达重点但与下文有联系,才“独标兴体”。虽然他以譬喻解兴,但已经认识到兴与一般的比不同,因而需要标识出来,引起读者的注意。

作者简介

赵茂林,1970年生,甘肃张掖人,西北师范大学文学院教授,主要从事先唐文学与文化研究。

陈奂《诗毛氏传疏·国风》征引《韩诗》探论

杨 玲 张 钊

（兰州大学文学院 甘肃兰州 730000）

内容提要 陈奂《诗毛氏传疏》虽旨在治《毛诗》，然而亦不尽黜三家之学，尤多征引《韩诗》类文献。就《国风》部分而言，陈奂探讨《韩诗》类文献多达240条，广涉113篇诗，形成了完整的学术体例。他的探讨方法有三：一是辨《毛诗》《韩诗》之异，二是以《韩诗》为《毛诗》旁证，三是据《韩诗》补《毛诗》之未言。《诗毛氏传疏·国风》以《诗》主旨、字句、名物、典制为经，以辨异、旁证、补充为纬，两条线索交织互见，学术成就焕然可观。

关键词 陈奂 《诗毛氏传疏》《国风》 征引 《韩诗》

清人陈奂治《诗》，以《毛诗》为尊。他在自己最重要的学术著作《诗毛氏传疏》的自叙中认为《齐诗》《鲁诗》《韩诗》属于异端间出，可以废除，而郑玄虽笺《毛诗》，其学犹有《韩诗》《鲁诗》的影子，并非《毛诗》本来面目，因此他严格依照《诗序》《毛传》作疏。然而，陈奂坚持实事求是的学风，他作疏时能够博览众说取其善者，不仅《郑笺》《孔疏》多有论及，对三家《诗》的遗说亦有所探讨。当今学界就此问题，已有一些成果：林庆彰《陈奂〈诗毛氏传疏〉的训释方法》指出陈奂会对三家遗说广加采用，即使有不合者亦会详细辩证；郭全芝《〈毛诗后笺〉与〈诗毛氏传疏〉比较》认为陈奂会征引三家《诗》说来印证《毛诗》；魏博芳《陈奂〈诗毛氏传疏〉研究》则谈到陈奂对三家《诗》主旨、文字、训诂等方面的取舍。由于《齐诗》《鲁诗》亡佚过久,遗说甚少,后人所据多为依照汉儒师法、家法建构而成的体系,这并非《齐诗》《鲁诗》的原貌,陈奂采用亦极为有限;而《韩诗》唐代犹存,其遗说相对大量地保存在其他书籍的引文里,再加上今本《韩诗外传》尚在,因此陈奂于三家《诗》中探讨《韩诗》最多,仅仅就《国风》156 篇而言,陈奂《诗毛氏传疏》足有 113 篇谈及《韩诗》,数量、比例颇为可观,绝非"尊毛黜三家"可以蔽之者。《国风》篇目在传世本《诗经》中占比过半,且与《雅》《颂》相比,文学性更强,达诂尤其难求,因此历来是《诗经》研究的重镇。今当以此为突破口,按照主旨、字句、名物、典制四个具体的角度,相对全面地思考陈奂《诗毛氏传疏·国风》对《韩诗》的探讨,这对进一步研究陈奂及其《诗毛氏传疏》、研究清人的三家《诗》学等方面具有阶段性的学术意义。

一、陈奂《诗毛氏传疏·国风》征引《韩诗》论述主旨

陈奂《诗毛氏传疏·国风》共有 15 篇诗、17 条疏在探讨诗篇主旨时引用《韩诗》类文献,包括其他古书里保存的二手文献和《韩诗外传》。在这具体的 17 条疏里,有 8 条是陈奂分析《毛诗》《韩诗》在主旨方面的不同,另外 9 条则是借助《韩诗》的说法来为《毛诗》的主旨作旁证。

(一)主旨之辨异

陈奂尊奉《诗序》,往往牵合《序》《传》作疏,他对诗篇主旨的解释来自《诗序》。若有《韩诗》的说法与《诗序》存在出入,陈奂便会在《诗毛氏传疏》引用其说以辨异。我们可以从 8 条辨异中选择具有代表性的 2 条,概括《毛诗》《韩诗》之《国风》主旨辨异的学术特点。

其一,证明《毛诗》主旨为优,以《周南·召南》为例。《周南》《召南》在《毛诗》中占有至高地位,而《关雎》作为《周南》及整部《诗经》的首篇,

更是重中之重。《诗序》认为,《周南》反映出"王者之风"①,《关雎》则体现"后妃之德"②,而"经夫妇"正是"成孝敬,厚人伦,美教化,移风俗"③的必要前提。但是,今考汉人之说,多以《关雎》为刺诗,如《史记·十二诸侯年表》称"周道缺,诗人本之衽席,《关雎》作"④,《关雎》承担起矫正世俗之弊的历史任务;刘向《列女传·仁智传》、班氏《汉书·杜周传》附杜钦传则保存了《鲁诗·关雎》旨在刺周康王好色而晚朝的思想。《韩诗·关雎》同样是刺诗,《后汉书·显宗孝明帝纪》注引薛方丘《韩诗章句》:"诗人言雎鸠贞洁慎匹,以声相求,隐蔽于无人之处。故人君退朝,入于私宫,后妃御见有度,应门击柝,鼓人上堂,退反宴处,体安志明。今时大人内倾于色,贤人见其萌,故咏《关雎》,说淑女,正容仪,以刺时。"⑤这段材料虽未特指刺周康王,但是大体的思想与《鲁诗》相似,皆表示君主在后宫应该有度,不能以此妨碍公事。陈奂在疏解《关雎·序》时论及上述诸说,认为《毛诗·关雎》主旨优于《韩诗》在内的三家之学:

> 然则《毛诗》真得圣人之教者矣。刘向《列女传·仁智》篇、杨雄《法言·孝至》篇、司马迁《史记·十二诸侯年表》序、《儒林传》序、班固《汉书·杜钦传》、范晔《后汉书·明帝纪》《皇后纪》《冯衍传》《杨赐传》《张衡传》所引,皆申培《鲁诗》。又李贤注《明帝纪》《冯衍传》引薛方丘《韩诗章句》,并以《关雎》为刺诗。然《关雎》三章,周公已用,合乡乐作为房中之乐,箸于《仪礼·乡饮酒》《燕》等

① [汉] 毛亨传,[汉] 郑玄笺,[唐] 陆德明音义,孔祥军点校:《毛诗传笺》卷一,中华书局,2018年版,第2页。

② [汉] 毛亨传,[汉] 郑玄笺,[唐] 陆德明音义,孔祥军点校:《毛诗传笺》卷一,第1页。

③ [汉] 毛亨传,[汉] 郑玄笺,[唐] 陆德明音义,孔祥军点校:《毛诗传笺》卷一,第3页。

④ [汉] 司马迁撰,[宋] 裴骃集解,[唐] 司马贞索隐,[唐] 张守节正义:《史记》卷十四,中华书局,2013年版,第641页。

⑤ [刘宋] 范晔撰,[唐] 李贤等注:《后汉书》卷二,中华书局,1999年版,第76页。

篇,三家《诗》别有师承,不若《毛诗》之得其正也。①

陈奂以《仪礼》为佐证,论述《关雎》非《鲁诗》《韩诗》所谓刺诗,这或是受到苏辙《诗集传》的影响:"汉儒之言《诗》者曰:'王道衰,诗人本之衽席,《关雎》作;仁义陵迟,《鹿鸣》刺焉。'……予读《仪礼》,观其燕飨之乐,《风》《雅》之正诗无不咸在。盖《关雎》《鹿鸣》之作也久矣,非复衰世之诗也。"②今考《仪礼·乡射礼》:"笙入,立于县中,西面。乃合乐,《周南·关雎》《葛覃》《卷耳》、《召南·鹊巢》《采蘩》《采苹》。"③《燕礼》:"遂歌乡乐,《周南·关雎》《葛覃》《卷耳》、《召南·鹊巢》《采蘩》《采苹》。"④郑玄注:"《周南》《召南》,《国风》篇也,王后、国君夫人房中之乐歌也。"⑤古者诗、乐合一,既然二《南》此六篇用于合礼奏乐的场合,那么它们的主旨必然非刺,故毛说为优。其他如《周南·芣苢》《鄘风·载驰》同。《秦风·晨风》疏引同时期学者胡承珙《毛诗后笺》对《毛诗》《韩诗外传》中《晨风》主旨的辨异,意在赞同胡承珙取毛舍韩,故应并归于此处。

其二,分述毛、韩主旨而不作抑扬,以《鄘风·蝃蝀》为例。《毛诗·蝃蝀·序》:"《蝃蝀》,止奔也。卫文公能以道化其民,淫奔之耻,国人不齿也。"⑥孔颖达《毛诗正义》:"作《蝃蝀》诗者,言能止当时之淫奔。卫文公以道化其民,使皆知礼法,以淫奔者为耻。其有淫之耻者,国人皆能恶之,不与之为齿列、相长稚,故人皆耻之而自止也。"⑦按此非刺诗,实有褒扬卫文公净化民风之意。《韩诗》则不然,《诗毛氏传疏》解释此

---

① [清]陈奂撰,王承略、陈锦春校点:《诗毛氏传疏》卷二,北京大学出版社,2009年版,第2—3页。

② [宋]苏辙:《诗集传》卷一,宋淳熙七年筠州公使库刻本。

③ [汉]郑玄注:《仪礼》卷五,《士礼居丛书》景宋严州本。

④ [汉]郑玄注:《仪礼》卷六,《士礼居丛书》景宋严州本。

⑤ 同上。

⑥ [汉]毛亨传,[汉]郑玄笺,[唐]陆德明音义,孔祥军点校:《毛诗传笺》卷三,第73页。

⑦ [汉]毛亨传,[汉]郑玄笺,[唐]陆德明音义,[唐]孔颖达疏,郑杰文、孔德凌校点:《毛诗注疏》卷三,北京大学出版社,2010年版,第196页。

诗首章时论及《韩诗》：

李贤注引《韩诗序》云："'《蝃蝀》，刺奔女也。''蝃蝀在东，莫之敢指'，诗人言'蝃蝀在东'者，邪色乘阳，人君淫泆之征，臣子为君父隐藏，故言'莫之敢指'。"《韩序》《传》与毛义异。①

据程元敏《诗序新考》，三家《诗》本无《诗序》，后世所谓《韩诗序》等皆系附会之伪作。② 但是前人多以三家《诗》有《诗序》，因此陈奂亦将其视作《韩诗》之说。依照所谓《韩诗序》的观点，人君淫泆乃是现实正在发生的事，《蝃蝀》旨在批评。陈奂没有其他的有力证据，故不去决断毛、韩孰是孰非，只列其异，体现出严谨的学术态度。其他如《周南·汉广》《王风·黍离》《齐风·鸡鸣》同。

陈奂虽以《毛诗》为正，但他面对毛、韩主旨的差异时，并非牵强附会地扬毛抑韩，而是言必有据、实事求是，无学术门户之弊，如此处理，令人信服。

（二）主旨之旁证

在《诗毛氏传疏·国风》中，有 9 条疏文是陈奂援引《韩诗》说来旁证《毛诗》主旨，今择其要者论之。

《韩诗》学术体系可以划为两部分，一是训诂之学，如《韩故》《韩诗薛君章句》等，它们依《诗》作注，重在阐释本文；二是推演之学，如《韩诗外传》等，它们以《诗》证事，重在衍伸他义。陈奂并未将二者笼统视之，比如探讨《周南·关雎》主旨时，他用《韩诗外传》的内容来证明毛说：

《序》云："《周南》《召南》，正始之道，王化之基。"《驺虞·序》云："人伦既正，朝廷既治，则王道成。"此其义也。韩婴《诗外传》孔

① ［清］陈奂撰，王承略、陈锦春校点：《诗毛氏传疏》卷四，第 137—138 页。
② 程元敏：《诗序新考》，五南图书出版公司，2005 年版，第 137—226 页。

子与子夏论《关雎》:"天地之间,生民之属,王道之原,不外此矣。"《韩外传》与毛义同。①

《韩诗外传》所谓孔子的言论正可印证《诗序》,即皆认为《周南》及《关雎》与王道的根源有着密切的联系。这与上文所述《韩诗章句》的观点有显著的差别,陈奂将二者分开,辨异求同,各得其所。

在讨论《邶风·柏舟》主旨时,陈奂发现了一个问题,即汉代学者刘向在不同的著述中对《柏舟》阐发的思想不同:

《列女传·贞顺》篇以此诗为卫寡夫人所作。《潜夫论·断讼》篇亦云:"贞女不二心以数变,故有'匪石'之诗。"用《列女传》。然与《汉书》本传、《说苑》《新序》所引《诗》义皆不合。此刘子政习鲁说,兼用《韩诗》故欤?凡韩同毛者多,鲁异毛者多,其师承源流盖如此。②

所谓刘向习《鲁诗》者,王应麟《汉艺文志考证》推测云:"《荀卿子》、刘向《说苑》《新序》《列女传》间引《诗》以证其说,与毛义绝异。盖《鲁诗》出于浮丘伯,乃荀卿门人。荀卿之学,《鲁诗》之原也。刘向为楚元王交之孙,交亦受《诗》于浮丘伯,刘向之学,《鲁诗》之流也。"③而后世治三家《诗》学者遂以刘向著述里有关《诗经》的部分皆为《鲁诗》遗说。如清人陈寿祺、陈乔枞父子《鲁诗遗说考》:"《说苑》《新序》出刘向,凡所引《诗》当亦从鲁。"④魏源《诗古微·齐鲁韩毛异同论》:"刘向,楚元王孙,世传《鲁诗》。其《列女传》,以《芣苢》为蔡人妻作,《汝坟》为周南大夫妻作,《行露》为召南申女作……视《毛序》之空衍者,尤凿凿不诬。且其《息夫人传》曰:'君子故序之于《诗》。'《黎庄夫人传》曰:'君子故序之

① [清]陈奂撰,王承略、陈锦春校点:《诗毛氏传疏》卷二,第4页。
② [清]陈奂撰,王承略、陈锦春校点:《诗毛氏传疏》卷三,第69页。
③ [宋]王应麟:《汉艺文志考证》卷二,元至元庆元路儒学刻明递修本。
④ [清]陈寿祺撰,[清]陈乔枞述:《鲁诗遗说考》卷一,清刻《左海续集》本。

以编《诗》。'而向所自著书亦曰《新序》,是《鲁诗》有《序》明矣。"[①]然而,陈奂发现刘向《条灾异封事》《说苑》《新序》引《柏舟》所论的思想与《列女传·贞顺传》不同,因而怀疑刘向实际上兼习《鲁诗》《韩诗》。《毛诗·柏舟·序》:"《柏舟》,言仁而不遇也。卫顷公之时,仁人不遇,小人在侧。"[②]概而言之,属于节义范畴。刘向《条灾异封事》:"是以群小窥见间隙,缘饰文字,巧言丑诋,流言飞文,哗于民间。故《诗》云:'忧心悄悄,愠于群小。'小人成群,诚足愠也。"[③]《说苑·立节》:"《诗》云:'我心匪石,不可转也。我心匪席,不可卷也。'言不失已也。能不失已,然后可与济难矣,此士君子之所以越众也。"[④]《新序·节士》:"故养志者忘身,身且不爱,孰能累之?《诗》曰:'我心匪石,不可转也。我心匪席,不可卷也。'此之谓也。"[⑤]三处皆与节义有关,正似《毛诗》主旨。而《列女传·贞顺传》载此诗为卫国守寡夫人作,"颂曰:齐女嫁卫,厥至城门。公薨不反,遂入三年。后君欲同,女终不浑。作诗讥刺,卒守死君。"[⑥]陈奂推测,既然贞顺为《鲁诗》说,那么节义就属《韩诗》说,此处韩、毛同。考今本《韩诗外传》,凡《邶风·柏舟》诗句出现 6 次,均与节义有关,陈奂所言非虚。实际上,刘向征引《韩诗外传》不在少数,杨波《〈新序〉〈说苑〉与〈韩诗外传〉同题异旨故事比较》指出,"《新序》中有近 60%的故事源于《韩诗外传》"[⑦],《说苑》"在 400 多条故事中有 76 篇本

---

① [清]魏源撰,庄大钧、石玉、曹秋月校点:《诗古微》上编之一,北京大学出版社,2012 年版,第 24 页。

② [汉]毛亨传,[汉]郑玄笺,[唐]陆德明音义,孔祥军点校:《毛诗传笺》卷二,第 35 页。

③ [汉]班固撰,[唐]颜师古注:《汉书》卷三十六,中华书局,1999 年版,第 1512 页。

④ [汉]刘向撰,向宗鲁校证:《说苑校证》卷四,中华书局,1987 年版,第 78 页。

⑤ [汉]刘向:《新序》卷七,《四部丛刊》景江南图书馆藏明覆宋刊本。

⑥ [汉]刘向撰,[清]王照圆补注:《列女传补注》卷四,清光绪八年刻《郝氏遗书》本。

⑦ 杨波:《〈新序〉〈说苑〉与〈韩诗外传〉同题异旨故事比较》,《兰州学刊》2007 年 12 月版。

于《韩诗外传》”①,刘向对《诗经》的态度绝非治三家《诗》学者所谓简单地以《鲁诗》概括之。陈奂可谓跳出学界自画之牢,具有超越时代的学术敏感。

在《诗毛氏传疏·国风》9 条援引韩说证《毛诗》主旨的疏文中,有 8 条出自《韩诗外传》,只有 1 条引用《韩诗章句》。关于《召南·羔羊》主旨,《诗序》:“《羔羊》,《鹊巢》之功致也。召南之国,化文王之政,在位皆节俭正直,德如羔羊也。”②陈奂用《韩诗章句》为旁证:

> 《后汉书·循吏·王涣传》注引《韩诗章句》云:“小者曰羔,大者曰羊。素喻絜白,丝喻屈柔。紽,数名也。诗人贤仕为大夫者,言其德能称,有絜白之性,屈柔之行,进退有度数也。”案韩与毛训同。③

《韩诗章句》正可解释《诗序》“德如羔羊”。

《韩诗》既与《毛诗》分属二家,诗篇主旨自然会以差别为主,而《韩诗外传》作为记事之书,非以《诗经》学为务,反而与《毛诗》多有相合之处。由于陈奂并非治三家《诗》学者,他可以自由、自主地面对《韩诗》学术体系,避免门户之局限,从而得出相对可靠的结论。

二、陈奂《诗毛氏传疏·国风》征引《韩诗》训诂字句

对于理解《诗经》来说,首先要明确主旨,其次便是厘清字句。字句问题,包括字、词、句,正是训诂学的直接研究对象。陈奂《诗毛氏传疏》

---

① 杨波:《〈新序〉〈说苑〉与〈韩诗外传〉同题异旨故事比较》,《兰州学刊》2007 年 12 月版。

② [汉] 毛亨传,[汉] 郑玄笺,[唐] 陆德明音义,孔祥军点校:《毛诗传笺》卷一,第 24 页。

③ [清] 陈奂撰,王承略、陈锦春校点:《诗毛氏传疏》卷二,第 50 页。

引《韩诗》探讨字句问题最多，在《国风》共有194条疏文，涉及99篇诗。其中，有76条系毛、韩辨异，有99条属于借《韩诗》作为旁证，还有19条是以韩说补充《毛诗》之未言。

(一) 字句之辨异

陈奂对待《韩诗》《毛诗》字句训诂的差异，有四种处理方式：证毛为优、取韩之正、求同于异、列异不决。

其一，证明毛训更优。此类在《诗毛氏传疏·国风》凡系于七篇：《王风·黍离》《郑风·猗嗟》《魏风·汾沮洳》、《唐风·绸缪》《有杕之杜》、《秦风·蒹葭》《陈风·东门之枌》。如《王风·黍离》"彼黍离离，彼稷之苗"①，《毛传》只注"彼"字，陈奂乃以《郑笺》申说："《笺》云：'宗庙、宫室毁坏，而其地尽为禾黍。我以黍离离时至，稷则尚苗。'此《笺》申成《传》意也。"②韩说与此大不同，陈奂继而展开比较：

> 《御览》引《薛君章句》云："'彼黍离离，彼稷之苗。'离离，黍貌也。诗人求己兄不得，忧懑不识于物，视彼黍离离，然忧甚之时，反以为稷之苗，乃自知忧之甚也。"此韩与毛异。《湛露·传》："离离，垂也。"下二章言稷穗、稷实亦是离离之状，忧懑不识，故黍、稷莫辨。若首章视黍离离，不得目为稷之苗，苗状不相似。韩不若毛之优。③

《韩诗章句》认为诗人过度忧愁，以至于影响视力，遂将黍(黄米)看作稷(高粱)的苗。陈奂并未直接指斥，而是顺着其思路分析弊端。按《小雅·湛露·毛传》的解释，"离离"为下垂，而《黍离》次章"彼稷之

---

① [汉]毛亨传，[汉]郑玄笺，[唐]陆德明音义，孔祥军点校：《毛诗传笺》卷四，第95页。

② [清]陈奂撰，王承略、陈锦春校点：《诗毛氏传疏》卷六，第179页。

③ 同上。

穗”[①]、三章“彼稷之实”[②]正是下垂的状态,诗人将二者与下垂的黍混淆,尚且情有可原。首章是黍的青苗,向上生长,岂能不辨?因此陈奂断言此处毛义为优。

又如《唐风·有杕之杜》首章“有杕之杜,生于道左”[③],《毛传》:“道左之阳,人所宜休息也。”[④]《郑笺》:“道左,道东也。日之热,恒在日中之后。道东之杜,人所宜休息也。”[⑤]古者左东右西,道路之东正处于阳面,因此行道树应种在左侧。次章“生于道周”[⑥],《毛传》:“周,曲也。”[⑦]陈奂根据《韩诗》的异解作出判断:

> 道曲,犹道左。《卷阿》篇“有卷者阿”,《传》:“卷,曲也。”道之曲与阿之曲同意,亦人所宜休息也。《释文》引《韩诗》云:“周,右也。”韩以上章“道左”,则此当训“道右”。然道树宜在左,毛义优也。[⑧]

《韩诗》的训诂违反了行道树的种植情况,故不如毛说。

陈奂始终是以学术为尺度,取舍有理有据,求真务实。

其二,以《韩诗》为正解,这在《国风》中仅存一例。《陈风·墓门》“歌以讯之”[⑨],讯,陆德明《经典释文》:“本又作‘谇’,音信,徐息悴反,

---

① [汉]毛亨传,[汉]郑玄笺,[唐]陆德明音义,孔祥军点校:《毛诗传笺》卷四,第96页。

② 同上。

③ [汉]毛亨传,[汉]郑玄笺,[唐]陆德明音义,孔祥军点校:《毛诗传笺》卷六,第156页。

④ 同上。

⑤ 同上。

⑥ [汉]毛亨传,[汉]郑玄笺,[唐]陆德明音义,孔祥军点校:《毛诗传笺》卷六,第157页。

⑦ 同上。

⑧ [清]陈奂撰,王承略、陈锦春校点:《诗毛氏传疏》卷十,第292页。

⑨ [汉]毛亨传,[汉]郑玄笺,[唐]陆德明音义,孔祥军点校:《毛诗传笺》卷七,第178页。

告也。《韩诗》:‘谇,谏也。’”[①]陈奂断定“讯”为误字,“谇”为正字,“讯之”当作“谇止”。他先引用清人戴震《声韵考》的论述,从音韵和训诂的角度考订今本《毛诗·墓门》文字的正误[②],然后据《韩诗》异文对比《说文解字》为佐证:

《韩诗》:“谇,谏也。”《说文》:“谇,让也。”义并相近。[③]

这进一步增强了结论的可信度。孔祥军整理本《毛诗传笺》校勘记:“讯,唐石经、日抄本并作‘谇’。案,阜阳汉简 S128 号作‘谇’。”[④]可知戴震、陈奂之正确。

其三,分析毛、韩表异里同。如《卫风·氓》“氓之蚩蚩”[⑤],《毛传》:“氓,民也。蚩蚩,敦厚之貌。”[⑥]陈奂疏:“《释文》引《韩诗》:‘氓,美皃。’美皃谓之氓,则蚩蚩为美。毛、韩训异意同。”[⑦]另如《豳风·七月》“二

---

① [唐]陆德明:《经典释文》卷六,国家图书馆藏宋刻元递修本。

② 戴震《论韵书中字义答秦尚书蕙田》:“《陈风》‘歌以讯之’,与‘萃’为韵;《小雅》‘莫肯用讯’与‘退’‘遂’‘瘁’为韵,而《释文》以音‘信’为正,不知皆‘谇’字之讹也。谇,告;讯,问。谇,音粹;讯,音信。《广韵》二十一震‘讯’字下云:‘问也,告也。’不知‘告’之义属‘谇’,不属‘讯’,入六至不入二十一震也。《释文》于《尔雅》既作‘谇,告也’,引沈音‘粹’、郭音‘碎’,幸而未讹矣。又云:本作‘讯’,音信,是直不辨‘谇’‘讯’之为二字。今《尔雅注疏》本‘谇’字亦与《诗》同讹,而王逸注《楚辞》引《诗》‘谇予不顾’,《后汉书·张衡传》注引《尔雅》‘谇,告也’,《广韵》六至‘谇’字下引《诗》‘歌以谇止’,然则此句‘止’字与上句‘止’字相应,为语词。凡古人之诗,韵在句中者,韵下用字,不得或异。《三百篇》惟‘不可休思’,‘思’讹作‘息’,与此处‘止’讹作‘之’,失诗句用韵之通例,得此正之,尤稽古所宜详覈。”[清]戴震撰,张岱年主编:《戴震全书》第三册《声韵考》卷四,黄山书社,1997 年版,第 335—336 页。

③ [清]陈奂撰,王承略、陈锦春校点:《诗毛氏传疏》卷十二,第 329 页。

④ [汉]毛亨传,[汉]郑玄笺,[唐]陆德明音义,孔祥军点校:《毛诗传笺》卷七,第 178 页。

⑤ [汉]毛亨传,[汉]郑玄笺,[唐]陆德明音义,孔祥军点校:《毛诗传笺》卷三,第 84 页。

⑥ 同上。

⑦ [清]陈奂撰,王承略、陈锦春校点:《诗毛氏传疏》卷五,第 162 页。

之日凿冰冲冲"①,《毛传》:"冲冲,凿冰之意。"②陈奂疏:"《韩诗》云:'冲冲,声也。'训异而意同。"③这些材料正可体现陈奂对《诗经》的深刻理解。

其四,列出毛、韩的异训,不断是非。此种情况最多,限于篇幅,仅列两条。《邶风·谷风》"中心有违"④,《毛传》:"违,离也。"⑤陈奂疏:"《释文》引《韩诗》:'违,很也。'义异。"⑥《齐风·还》"揖我谓我儇兮"⑦,《毛传》:"儇,利也。"⑧陈奂疏:"《释文》引:'《韩诗》作"婘"。婘,好皃。'《广雅》:'婘,好也。'本《韩诗》。"⑨若无证据,宁存两说,陈奂治学之严谨班然可见。

(二)字句之旁证

由于《毛传》简明扼要,源自口耳相传,往往不能直接体现训诂对象与训诂结果之间的经义联系,因此陈奂需要疏解其中的奥妙。他旁征博引,不仅在训诂类书籍中寻找答案,还会参考其他的《诗经》学著作,其中《韩诗》类文献正是除《郑笺》之外引用次数最多的内容。

其一,文字及字义的旁证。《召南·甘棠》"勿翦勿伐"⑩,《毛传》:"翦,去。"⑪颇为简约。陈奂引用《韩诗》的异文加以旁证:

---

① [汉]毛亨传,[汉]郑玄笺,[唐]陆德明音义,孔祥军点校:《毛诗传笺》卷八,第195页。

② 同上。

③ [清]陈奂撰,王承略、陈锦春校点:《诗毛氏传疏》卷十五,第367页。

④ [汉]毛亨传,[汉]郑玄笺,[唐]陆德明音义,孔祥军点校:《毛诗传笺》卷二,第50页。

⑤ 同上。

⑥ [清]陈奂撰,王承略、陈锦春校点:《诗毛氏传疏》卷三,第94页。

⑦ [汉]毛亨传,[汉]郑玄笺,[唐]陆德明音义,孔祥军点校:《毛诗传笺》卷五,第128页。

⑧ 同上。

⑨ [清]陈奂撰,王承略、陈锦春校点:《诗毛氏传疏》卷八,第244页。

⑩ [汉]毛亨传,[汉]郑玄笺,[唐]陆德明音义,孔祥军点校:《毛诗传笺》卷一,第22页。

⑪ 同上。

云"去"者，去其枝叶也。《释文》引《韩诗》作"刬，初简反"。刬谓刬除，与去义相近。蔡邕《刘镇南碑》："蔽芾甘棠，召伯听讼。周人勿刬，我赖其桢。"所据《诗》亦作"刬"。①

他先解释"去"的具体含义，然后再分析异文"刬"在语境中的意思，从而构建起毛、韩的联系。《郑风·溱洧》"溱与洧，方涣涣兮"②，《毛传》："涣涣，春水盛也。"③陈奂仍以异文作解：

《释文》："涣涣，《韩诗》作'洹洹'，音丸。《说文》作'汎汎'，音父弓反。"《说文》"澮"篆注云："'汎'盖'汍'之误。'汍汍'与'洹洹'同。《地理志》作'灌灌'，亦当读'汍汍'，皆水盛沄旋之皃。"《传》云"涣涣，春水盛也"者，《御览·时序部十五》引《韩诗章句》云："洹洹，盛皃也，谓三月桃花水下之时至盛也。"案此篇毛义可据《韩诗》以明之。④

先说明《韩诗》的异文"洹洹"本就有水盛之意，再根据《韩诗章句》印证《毛诗》的训诂，可谓全面而细致。

其二，词义的旁证。在实词方面，如《周南·关雎》"窈窕淑女"⑤，《毛传》："窈窕，幽闲也。"⑥陈奂多方引证，而后以《韩诗》作结尾：

《传》诂"窈窕"为"幽闲"，《尔雅》："冥，窈也。""幽，深也。""窕，肆也。""窕，闲也。"窈，言妇德幽静也。窕，言妇容闲雅也。古者女

① ［清］陈奂撰，王承略、陈锦春校点：《诗毛氏传疏》卷二，第46页。

② ［汉］毛亨传，［汉］郑玄笺，［唐］陆德明音义，孔祥军点校：《毛诗传笺》卷四，第124页。

③ 同上。

④ ［清］陈奂撰，王承略、陈锦春校点：《诗毛氏传疏》卷七，第237页。

⑤ ［汉］毛亨传，［汉］郑玄笺，［唐］陆德明音义，孔祥军点校：《毛诗传笺》卷一，第3页。

⑥ 同上。

> 未嫁,女师教以妇德、妇言、妇容、妇功。后妃在父母家,有如是也。杨雄《方言》云:“美心为窈,美状为窕。”《释文》引王肃述毛云:“善心曰窈,善容曰窕。”张揖《广雅》:“窈窕,好也。”又:“窈窕,深也。”萧统《文选》颜延年《秋胡诗》李善注引《韩诗章句》:“窈窕,贞专貌。”析言、浑言义并相通。①

通过前文的论述,“窈窕”的含义已经非常明确,如是层层推进,至韩说则正可发明毛义。《郑笺》“幽闲贞专之善女”②,亦当合毛、韩而言之。再如《魏风·园有桃》“我歌且谣”③,《毛传》:“合乐曰歌,徒歌曰谣。”④陈奂以《韩诗章句》旁证:

> 《初学记·乐部上》引《韩诗章句》云:“有章曲曰歌,无章曲曰谣。”章,乐章也。无章曲,所谓徒歌也。⑤

如此,“徒歌”也解释清楚了。

在虚词方面,如《周南·芣苢》“薄言采之”⑥,《毛传》:“薄,辞也。”⑦辞即语气助词。陈奂申之云:

> 案《传》为全《诗》“薄”字发凡也。《后汉书·李固传》注引《韩诗章句》:“薄,辞也。”辞,亦当作“词”。今字通作“辞”。⑧

---

① [清]陈奂撰,王承略、陈锦春校点:《诗毛氏传疏》卷一,第4页。

② [汉]毛亨传,[汉]郑玄笺,[唐]陆德明音义,孔祥军点校:《毛诗传笺》卷一,第3页。

③ [汉]毛亨传,[汉]郑玄笺,[唐]陆德明音义,孔祥军点校:《毛诗传笺》卷五,第141页。

④ 同上。

⑤ [清]陈奂撰,王承略、陈锦春校点:《诗毛氏传疏》卷九,第267页。

⑥ [汉]毛亨传,[汉]郑玄笺,[唐]陆德明音义,孔祥军点校:《毛诗传笺》卷一,第12页。

⑦ 同上。

⑧ [清]陈奂撰,王承略、陈锦春校点:《诗毛氏传疏》卷一,第25页。

再如《周南·麟之趾》“于嗟麟兮”[①],《毛传》:“于嗟,叹辞。”[②]陈奂引韩说证之:

> 《文选》谢朓《八公山诗》注引《韩诗章句》亦云:“吁嗟,叹辞也。”于、吁,古今字。[③]

其三,句义的旁证。篇章由句连缀而成,正确理解句义是通晓诗篇的前提。如《召南·行露》“虽速我讼,亦不女从”[④],《毛传》:“不从,终不弃礼而随此强暴之男。”[⑤]看似解释“不从”,实际上是对句义的贯通。陈奂据《韩诗外传》作疏:

> 《韩诗外传》云:“夫《行露》之人许嫁矣,然而未往也。见一物不具,一礼不备,守节贞理,守死不往。”……并合上下两章为训也。[⑥]

按《毛诗》说,男子欲求女子为配偶,然而缺少应有的礼节,所以女子拒绝了他,可是在商纣末年的世道里,男子却致使女子下狱。由于男子所求非礼,因此女子即使下狱被起诉,也要恪守贞节,绝不相从。《韩诗外传》这段材料正可作为旁证,使得句义晓然明白。

再如《鄘风·鹑之奔奔》“人之无良,我以为兄”[⑦],《毛传》:“良,善也。兄,谓君之兄。”[⑧]此二句没有复杂的字词,难点在于整体句义,单

---

① [汉]毛亨传,[汉]郑玄笺,[唐]陆德明音义,孔祥军点校:《毛诗传笺》卷一,第15页。

② 同上。

③ [清]陈奂撰,王承略、陈锦春校点:《诗毛氏传疏》卷一,第33页。

④ [汉]毛亨传,[汉]郑玄笺,[唐]陆德明音义,孔祥军点校:《毛诗传笺》卷一,第23页。

⑤ 同上。

⑥ [清]陈奂撰,王承略、陈锦春校点:《诗毛氏传疏》卷二,第49页。

⑦ [汉]毛亨传,[汉]郑玄笺,[唐]陆德明音义,孔祥军点校:《毛诗传笺》卷三,第70页。

⑧ 同上。

凭《毛传》字词训诂显然不够。陈奂在疏解句义的同时,引用《韩诗外传》辅助论证:

> "人之无良",言人则无善耳。……我,我国人也。《传》云"兄,谓君之兄",公子顽,惠公庶兄也。言人不善,我国人犹谓君之兄也。《韩诗外传》:"颜回曰:'人善我,我亦善之。人不善我,我亦善之。'夫子曰:'回之所言,亲属之言也。《诗》曰:人之无良,我以为兄。'"此最得诗人忠厚之怡。毛、韩同。①

按照陈奂的理解,二句当解读为:虽然公子顽非良善之人,但是我们卫国人依然认他是国君的兄长。《郑笺》的观点相反:"人之行无一善者,我君反以为兄。君,谓惠公。"②此处乃是批评卫惠公的昏聩。陈奂或许是受到《韩诗外传》的启发,认为诗句体现出卫国人的忠厚笃实,故参之以自申。《诗》无达诂,有据则行。

陈奂训诂不拘一格,旁用韩说以明《毛传》,令原本晦涩的内容一时丰富起来,亦可使读者条理清晰,为进一步思考提供了保障。

(三) 字句之补充

《毛传》并非遍注经文,常见有经而无传之处。为此,陈奂需要采择他说以补充,《韩诗》就是其中非常重要的内容,在《诗毛氏传疏·国风》中共有19条疏系以韩说作为字句训诂的补充。

其一,文字及字义的补充。如《邶风·静女》"洵美且异"③,《毛传》不注"异",陈奂举出《韩诗》异文:"异者,'瘱'之假借字。李善注《神女赋》引《韩诗》云:'瘱,悦也。'当是此诗章句。异、瘱一声之转。《韩诗》'瘱,悦也'承上文'说释女美'而言。又《说文》:'瘱,静也。'承上文'静

---

① [清]陈奂撰,王承略、陈锦春校点:《诗毛氏传疏》卷四,第132页。

② [汉]毛亨传,[汉]郑玄笺,[唐]陆德明音义,孔祥军点校:《毛诗传笺》卷三,第70页。

③ [汉]毛亨传,[汉]郑玄笺,[唐]陆德明音义,孔祥军点校:《毛诗传笺》卷二,第62页。

女其姝’‘静女其娈’而言，皆是释此诗之词。”[①]陈奂以异文判断假借，因声求义，并使训诂符合上文的逻辑。再如《郑风·清人》“二矛重乔”[②]，《毛传》不单注“乔”，陈奂作疏：“《释文》云：‘乔，郑居桥反，雉名，《韩诗》作鷮。’……然则《毛诗》作‘乔’为借字，《韩诗》作‘鷮’为本字，谓以鷮羽饰矛也。《笺》言‘县毛羽’，从韩说以申补毛义，非与毛或异也。”[③]此诗首章“二矛重英”[④]，《毛传》：“英，矛有英饰也。”[⑤]“英”既是矛的饰物，则“乔”亦然。陈奂据韩说补充，得诗之要旨。

其二，词义的补充。实词训诂如《周南·葛覃》“是刈是濩”[⑥]，《毛传》不注“刈”，陈奂疏：“《释文》引《韩诗》云：‘刈，取也。’”[⑦]刈是割的意思，整句言将葛割取后用水煮，以备进一步加工。虚词训诂如《周南·卷耳》“维以不永怀”[⑧]，《毛传》不注“维”，陈奂疏：“维，发声。《文选》杨雄《羽猎赋》注及阮籍《咏怀诗》注引《韩诗章句》：‘惟，辞也。’‘维’与‘惟’通。凡全《诗》多用‘维’字为发声者仿此。”[⑨]

其三，句义的补充。如《邶风·雄雉》“瞻彼日月”[⑩]，《毛传》：“瞻，视也。”[⑪]陈奂申说句义：“《韩诗外传》引此而释之云：‘急时辞也，是故

---

① [清]陈奂撰，王承略、陈锦春校点：《诗毛氏传疏》卷三，第116页。

② [汉]毛亨传，[汉]郑玄笺，[唐]陆德明音义，孔祥军点校：《毛诗传笺》卷四，第110页。

③ [清]陈奂撰，王承略、陈锦春校点：《诗毛氏传疏》卷七，第209页。

④ [汉]毛亨传，[汉]郑玄笺，[唐]陆德明音义，孔祥军点校：《毛诗传笺》卷四，第110页。

⑤ 同上。

⑥ [汉]毛亨传，[汉]郑玄笺，[唐]陆德明音义，孔祥军点校：《毛诗传笺》卷一，第6页。

⑦ [清]陈奂撰，王承略、陈锦春校点：《诗毛氏传疏》卷一，第8页。

⑧ [汉]毛亨传，[汉]郑玄笺，[唐]陆德明音义，孔祥军点校：《毛诗传笺》卷一，第7页。

⑨ [清]陈奂撰，王承略、陈锦春校点：《诗毛氏传疏》卷一，第15—16页。

⑩ [汉]毛亨传，[汉]郑玄笺，[唐]陆德明音义，孔祥军点校：《毛诗传笺》卷二，第47页。

⑪ 同上。

称之日月也。’”[①]言此句表示诗人的急切。另如《郑风·溱洧》“且往观乎”[②],《毛传》无训,陈奂据韩作疏:“‘且往观乎’,言姑往观也。……《御览》引《韩诗章句》云:‘故诗人愿与所说者俱往观之。’”[③]此句言郑国男女相约前往洧水之外游玩,经过《韩诗章句》的补充,句义更加易懂。

陈奂治学审慎而详备,他虽以《毛诗》为尊,却不墨守一家,而是积极地吸收其他学派的长处,这从他对《韩诗》的态度上即可看出。字句训诂是《诗经》研究中比重最大的部分,陈奂广征韩说、严加判断,确保了《诗毛氏传疏》的训诂成就。

三、陈奂《诗毛氏传疏·国风》征引《韩诗》考据名物

《论语·阳货》:“子曰:‘小子,何莫学夫《诗》?《诗》可以兴,可以观,可以群,可以怨。迩之事父,远之事君;多识于鸟兽草木之名。’”[④]《诗经》中记载了大量的名物,如生物、建筑、服饰等,由于语言的发展变化,上古时期的名物已经不能全部从字面上了解其内涵,想要读懂往往需要考据的工夫。陈奂在考据《毛诗》名物时,也会从《韩诗》类文献中寻求答案,《诗毛氏传疏·国风》共有 20 篇诗、25 条疏涉此,可以分为辨异和旁证两方面。

(一) 名物之辨异

《毛诗》《韩诗》有时会对同一种名物产生不同的解释,陈奂细致地

---

① [清]陈奂撰,王承略、陈锦春校点:《诗毛氏传疏》卷三,第 87 页。

② [汉]毛亨传,[汉]郑玄笺,[唐]陆德明音义,孔祥军点校:《毛诗传笺》卷四,第 124 页。

③ [清]陈奂撰,王承略、陈锦春校点:《诗毛氏传疏》卷七,第 238 页。

④ 黄怀信主撰:《论语汇校集释》卷十七,上海古籍出版社,2008 年版,第 1551 页。

辨析其区别,以求探索名物的真实情况。名物的辨异共有 14 条疏,涉及三方面:证毛为优、求同于异、列异不决。

其一,证明毛说为优。如《周南·卷耳》之兕觥,乃是用兕牛的角制成的酒器,《毛传》:“兕觥,角爵也。”①而《韩诗》则认为兕觥用于处罚,许慎《五经正义》引《韩诗》说云:“觥亦五升,所以罚不敬。觥,廓也,所以着明之貌,君子有过,廓然着明。”②陈奂通过《左传》使用兕觥饮酒的案例,认为《韩诗》有误:

> 昭元年《左传》:“赵孟、叔孙豹、曹大夫入于郑,郑伯兼享之。赵孟为客。穆叔子皮及曹大夫兴,拜,举兕爵,曰:‘小国赖子,知免于戾矣。’饮酒乐。”“兕爵”即兕觥。此亦飨燕用兕觥之证。觥为最大之爵,三人兴拜而举兕爵,飨燕将终,群人以尽敬于客之礼,故酌此大爵也。《笺》用《韩诗》说“觥为罚爵”,《桑扈·笺》同,恐非是。③

既然兕觥能够用于宴会欢饮的场合,那么“罚不敬”的说法便经不起推敲,因此陈奂认为《韩诗》罚爵之说“恐非是”。《毛传》直训其形制,更为妥当。

又如《召南·羔羊》之“五紽”“五緎”“五緫”,《毛传》:“紽,数也。”“緎,缝也。”“緫,数也。”④而《后汉书·循吏列传》注引《韩诗章句》:“紽,数名也。”⑤两家看似一致,但陈奂认为实际上不同。五,《诗毛氏传疏》:“五,古文作乂,当读为‘交午’之‘午’。”⑥“五”通“午”,作相交

---

① [汉] 毛亨传,[汉] 郑玄笺,[唐] 陆德明音义,孔祥军点校:《毛诗传笺》卷一,第 8 页。

② [清] 陈寿祺撰,曹建墩校点:《五经异义疏证》卷上,上海古籍出版社,2012 年版,第 11 页。

③ [清] 陈奂撰,王承略、陈锦春校点:《诗毛氏传疏》卷一,第 16—17 页。

④ [汉] 毛亨传,[汉] 郑玄笺,[唐] 陆德明音义,孔祥军点校:《毛诗传笺》卷二,第 24 页。

⑤ [刘宋] 范晔撰,[唐] 李贤等注:《后汉书》卷七十六,第 1670 页。

⑥ [清] 陈奂撰,王承略、陈锦春校点:《诗毛氏传疏》卷二,第 50 页。

解。紽,《释文》引“五紽”为“五它”,曰:“本又作‘他’……本或作‘紽’。”①陈奂补充:“‘它’者,‘佗’之假借。”②《小弁·传》曰:“佗,加也。”③故由此得出结论:“五佗,犹交加。”④因“数”作密集解,“五”作相交解,二者结合为“五紽”,而陈奂认定“五紽”表密缝之意,“紽”之“加”便可反推为交加之意。他认为,《羔羊》中“紽”“緎”“總”应“皆为缝裘之名”⑤,故“数与缝同事”⑥。“紽”“緎”“總”皆作交加解,“五紽”“五緎”“五總”同义,用以形容缝制羔裘是一个细致、精密的过程。而高邮王念孙、王引之以《西京杂记》载汉人邹长倩《遗公孙弘书》“五丝为䌰,倍䌰为升,倍升为緎,倍緎为纪,倍纪为緵,倍緵为襚”⑦为据,认为“数”是丝数,且“紽”“緎”“總”分别代表不同的数量——由“五丝为䌰”可推出升为十丝,緎为二十丝,纪为四十丝,总为八十丝,则“五緎”一百丝,“五總”四百丝;又因为春秋时期陈公子佗字五父,推出紽即五丝,则“五紽”二十五丝。⑧ 这其实沿用了《韩诗》以紽为数名的观点,陈奂不以为然:

> 案此说与《韩诗》合。今细绎经义,上句言裘,下句言缝,若但言丝数,而于缝杀之制,其义不明。盖三家泥于“五”字为数名,故有此解。然同是羔裘也,首章止用二十五丝,二、三章又多至一百丝、四百丝,以用丝之多寡为羔裘之制度,其说迂回难通,总不如《尔雅》《毛传》之得经恉也。⑨

---

① [唐]陆德明:《经典释文》卷五,国家图书馆藏宋刻元递修本。

② [清]陈奂撰,王承略、陈锦春校点:《诗毛氏传疏》卷二,第50页。

③ [汉]毛亨传,[汉]郑玄笺,[唐]陆德明音义,孔祥军点校:《毛诗传笺》卷十二,第76页。

④ [清]陈奂撰,王承略、陈锦春校点:《诗毛氏传疏》卷二,第50页。

⑤ [清]陈奂撰,王承略、陈锦春校点:《诗毛氏传疏》卷二,第51页。

⑥ [清]陈奂撰,王承略、陈锦春校点:《诗毛氏传疏》卷二,第50页。

⑦ [汉]刘歆撰,[晋]葛洪录:《西京杂记》卷五,《四部丛刊》景江安傅氏双鉴楼藏嘉靖壬子刊本。

⑧ [清]王引之:《经义述闻》卷五,清道光刻《皇清经解》本。

⑨ [清]陈奂撰,王承略、陈锦春校点:《诗毛氏传疏》卷二,第51—52页。

他坚持己见，认为《毛传》的解释更合乎《羔羊》的本义。

陈奂的观点虽是一家之言，未必为的解，但他采取了笃实的态度，言论皆有所本，具备高度的学术意义。

其二，分析毛、韩表异里同。此情况在《诗毛氏传疏·国风》仅有一例，《齐风·东方之日》"在我闼兮"[①]，《毛传》："闼，门内也。"[②]陈奂在疏解中讨论《韩诗》的异训：

> 《释文》引《韩诗传》云："门屏之间谓之闼。"是毛意以寝门左右塾为闼，韩以寝门内屏为闼，毛、韩自指一处。闼者，本非门内之名。闼在门内，故《传》即门内释之。[③]

虽然毛、韩具体的训诂不同，但是陈奂联系起来，统而释之。

其三，列出毛、韩差异，不作决断。时代沧桑，古意渺茫，有些名物及其称呼已经完全被遗留在历史长河里，无从考证。《国风》中最有代表性的当属《豳风·破斧》，二章"又缺我錡"[④]，《毛传》："錡，凿属。"[⑤]《诗毛氏传疏》："《释文》：'錡，字或作"奇"。'引《韩诗》云：'錡，木属。'与《毛诗》异。"[⑥]三章"又缺我銶"[⑦]，《毛传》："木属曰銶。"[⑧]《诗毛氏传疏》："《释文》引《韩诗》：'銶，凿属也。一解云：今之独头斧。'《玉篇》：'銶，凿属。'本《韩诗》，与《毛诗》异。"[⑨]毛、韩两处注释正好相反，且无

---

① ［汉］毛亨传，［汉］郑玄笺，［唐］陆德明音义，孔祥军点校：《毛诗传笺》卷五，第130页。

② 同上。

③ ［清］陈奂撰，王承略、陈锦春校点：《诗毛氏传疏》卷八，第247页。

④ ［汉］毛亨传，［汉］郑玄笺，［唐］陆德明音义，孔祥军点校：《毛诗传笺》卷八，第201页。

⑤ 同上。

⑥ ［清］陈奂撰，王承略、陈锦春校点：《诗毛氏传疏》卷十五，第380页。

⑦ ［汉］毛亨传，［汉］郑玄笺，［唐］陆德明音义，孔祥军点校：《毛诗传笺》卷八，第201页。

⑧ 同上。

⑨ ［清］陈奂撰，王承略、陈锦春校点：《诗毛氏传疏》卷十五，第380页。

有力旁证,陈奂便列异不决,谨慎处理。

(二)名物之旁证

此类包括11条疏文,或有以韩说之详增益《毛传》之简者,或有毛、韩相似、相申者。如《王风·中谷有蓷》,《毛传》:"蓷,鵻也。"①陈奂疏:"《释文》引《韩诗》:'蓷,茺蔚也。'《正义》引《韩诗》及《三苍》说悉云'益母'。《本草》:'益母,茺蔚也。'刘歆曰:'蓷,臭秽。'……蓷,一名鵻,一名茺蔚。臭秽即茺蔚之转声,今俗通谓之'益母草',华有白、红二种。"②仅依《毛传》不易探知蓷为何物,陈奂乃以《韩诗》所言茺蔚、益母旁证而释之。再如《豳风·九罭·毛传》:"九罭,緵罟,小鱼之网也。"③网眼细密,可以捕捞小鱼。陈奂据《韩诗》旁证:"《御览·资产部十四》引《韩诗》云:'九罭,取虾笓也。'……皆谓小鱼之网。"④毛、韩正可互相发明。

《诗经》中的名物不仅承载着上古时期的知识,而且与"赋""比""兴"直接相关,不晓名物则难通诗旨。比起字句可以在不同的语境中生发不同的内涵,考据名物则必须落到实处。陈奂利用《韩诗》探讨名物,打开了学术思路,效果显著。

四、陈奂《诗毛氏传疏·国风》征引《韩诗》推原典制

周朝制礼设乐以行王政,《诗》作为乐辞,在礼乐体系中发挥着重要的作用。经过太师的整理,《诗》结诸文本,贵族以之为教育。它承载着丰富的上古文化,比如周朝的典章、制度、礼仪等,而由于礼崩乐坏、雅

① [汉]毛亨传,[汉]郑玄笺,[唐]陆德明音义,孔祥军点校:《毛诗传笺》卷四,第99页。

② [清]陈奂撰,王承略、陈锦春校点:《诗毛氏传疏》卷六,第187页。

③ [汉]毛亨传,[汉]郑玄笺,[唐]陆德明音义,孔祥军点校:《毛诗传笺》卷八,第203页。

④ [清]陈奂撰,王承略、陈锦春校点:《诗毛氏传疏》卷十五,第382页。

道陵迟，这些典制文化为后人带来了阅读困难。陈奂在解读这些上古典制时，偶尔会参考《韩诗》遗说，《诗毛氏传疏·国风》中有7篇诗、共7条疏文涉此，可以分为辨异、旁证和补充三方面。

（一）典制之辨异

此类在《国风》只有1例。《邶风·燕燕》“仲氏任只”[①]，《毛传》：“仲，戴嬀字也。”[②]按《左传·隐公三年》：“卫庄公娶于齐东宫得臣之妹，曰庄姜，美而无子，卫人所为赋《硕人》也。又娶于陈，曰厉嬀，生孝伯，早死。其娣戴嬀生桓公，庄姜以为己子。”[③]晋人杜预集解：“嬀，陈姓也。厉、戴皆谥。”[④]《毛传》认为“仲”是戴嬀的字，陈奂对此进行解释：

> 《传》以仲为戴嬀字，女子以伯仲为字，十五笄而字，则十五以后称伯仲，异乎男子之五十以伯仲也。[⑤]

但是，陈奂并不认可《毛传》的说法。他引用《大雅·大明·毛传》和《韩诗》来反驳：

> 《大明·传》云：“仲，中女也。”又云：“大任，仲任也。”彼诗言大任来嫁于周，故称妇之姓而言任。此庄姜呼戴嬀不必系乎姓，故但言仲，而不言仲嬀。《玉篇·人部》引《诗》云：“仲氏任只。仲，中也。”又《众经音义》卷九引《韩诗》云：“仲，中也，言位在中也。”是韩不以“仲”为字矣。[⑥]

---

① ［汉］毛亨传，［汉］郑玄笺，［唐］陆德明音义，孔祥军点校：《毛诗传笺》卷二，第40页。

② 同上。

③ ［晋］杜预集解，［唐］孔颖达疏：《春秋左传正义》卷三，宋庆元六年绍兴府刻宋元递修本。

④ 同上。

⑤ ［清］陈奂撰，王承略、陈锦春校点：《诗毛氏传疏》卷三，第76页。

⑥ 同上。

他认为“仲”当取“中间”之义,正合《韩诗》之训:

> 诸侯一取九女,皆有列位。《小星》“寔命不同”,《传》:“命不得同于列位也。”同列位者,称贵妾。戴妫之位在中,故称“仲”。韩与毛不同,其义甚古,必有师承。[①]

所谓诸侯娶九女,先秦、汉代文献有记载,如《管子·小匡》“九妃六嫔”[②],房玄龄注:“九妃,谓诸侯所娶九女。”[③]《春秋公羊传·庄公十九年》:“诸侯壹聘九女。”[④]陈奂称《韩诗》的解释符合先秦典制,因此判断韩说为优。

(二)典制之旁证

此类有4条疏文,皆是陈奂采取韩说作为《毛传》注解典制之旁证。如《邶风·简兮》“方将《万》舞”[⑤],《毛传》:“以干羽为《万》舞,用之宗庙山川,故言于四方。”[⑥]干是盾牌,羽是羽翟,二者皆舞者所持之物。《礼记·乐记》:“然后钟磬竽瑟以和之,干戚旄狄以舞之,此所以祭先王之庙也。”[⑦]狄、翟通。陈奂申说:“干舞有干与戚,羽舞有羽与旄。曰干、曰羽者,举一器以立言也。干舞,武舞;羽舞,文舞。曰《万》者,又兼二舞以为名也。”[⑧]《毛传》谓《万》舞兼用干羽,这并非定论,如《公羊传·宣公八年》即表示《万》舞用干而不用羽:“《万》者何?干舞也。《籥》者

---

① [清]陈奂撰,王承略、陈锦春校点:《诗毛氏传疏》卷三,第76页。

② 黎翔凤撰,梁运华整理:《管子校注》卷八,中华书局,2004年版,第396页。

③ 黎翔凤撰,梁运华整理:《管子校注》卷八,第396页。

④ [汉]何休解诂,[唐]陆德明音义:《春秋公羊经传解诂》卷三,宋淳熙抚州公府库刻绍熙四年重修本。

⑤ [汉]毛亨传,[汉]郑玄笺,[唐]陆德明音义,孔祥军点校:《毛诗传笺》卷二,第55页。

⑥ 同上。

⑦ [汉]郑玄注:《礼记》卷十一,宋淳熙四年抚州公府库刊本。

⑧ [清]陈奂撰,王承略、陈锦春校点:《诗毛氏传疏》卷三,第102页。

何？籥舞也。"[1]何休解诂："干谓楯也，能为人扞难而不使害人，故圣王贵之以为武乐。《万》者，其篇名。武王以万人服天下，民乐之，故名之云尔。"[2]《郑笺》同《公羊》说。陈奂没有回避这一矛盾，而是借助《韩诗》等其他文献继续论证：

> 《初学记·乐部上》引《韩诗》："《万》，大舞也。"以干羽舞，故《万》舞为大舞，《韩传》亦同毛义。……《公羊》万、籥对文，故以《万》为干舞，《籥》为籥舞。其实《万》则未有不籥也。孔仲达引《异义》公羊说："乐《万》舞以鸿羽，取其劲轻，一举千里。"此乃西京严彭祖、颜安乐两家旧说。以"万"为"羽"，与《公羊传》以"万"为"干"互相发明，最为得恉。又引《韩诗》说以夷狄大鸟羽，则《万》舞有羽，古无异说。[3]

他结合孔颖达（仲达）所引《五经异义》的内容，阐述《公羊传》中《万》舞和干舞的关系并非字面意思，并且前后两引《韩诗》，皆证明《万》舞包括干羽，《毛传》所言不误。

再如《陈风·东门之杨》"东门之杨，其叶牂牂"[4]，《毛传》："牂牂然，盛貌。言男女失时，不逮秋冬。"[5]杨树叶繁盛，时令已逾冬季，不再是男女的婚期。《荀子·大略篇》："霜降逆女，冰泮杀内。"[6]当年的霜降至次年冰消雪融之前，乃是男女可以成婚的日子。汉人董仲舒《春秋繁露·循天之道》："天之道，向秋冬而阴来，向春夏而阴去。是故古之

---

① ［汉］何休解诂，［唐］陆德明音义：《春秋公羊经传解诂》卷七，宋淳熙抚州公府库刻绍熙四年重修本。

② 同上。

③ ［清］陈奂撰，王承略、陈锦春校点：《诗毛氏传疏》卷三，第102—103页。

④ ［汉］毛亨传，［汉］郑玄笺，［唐］陆德明音义，孔祥军点校：《毛诗传笺》卷七，第176页。

⑤ 同上。

⑥ ［清］王先谦撰，沈啸寰、王星贤点校：《荀子集解》卷十九，第566页。

人霜降而迎女,冰泮而杀内,与阴俱近,与阳俱远也。”[①]今本《孔子家语·本命解》:“群生闭藏乎阴,而为化育之始,故圣人因时以合偶男女,穷天数之极。霜降而妇功成,嫁娶者行焉。冰泮而农桑起,婚礼而杀于此。”[②]这些解释了先秦婚礼定期及原因。陈奂论及《荀子》《春秋繁露》之说,并引《韩诗》作为旁证:

> 《媒氏疏》载王肃论引《韩诗传》亦云:“古人霜降逆女,冰泮杀止。”荀、董、韩皆大儒,其言男女之昏时与毛合。[③]

如此则知《毛传》自有典制可考。

(三)典制之补充

此类有2条疏文,乃以《韩诗》补充《毛传》于典制之所未言处。《齐风·猗嗟》“仪既成兮”[④],《毛传》无训,陈奂补而疏之:

> 仪,容仪,射五善之一也。《韩诗外传》云:“景公以为仪而射之,穿七札。”是其义也。[⑤]

射五善,出自乡射之礼,《周礼·地官·乡大夫》:“一曰和,二曰容,三曰主皮,四曰和容,五曰兴舞。”[⑥]陈奂所引《韩诗外传》材料与《猗嗟》无关,只是以此补充射箭之容仪。

《魏风·陟岵》言家中少子行役,陈奂据《韩诗》补充行役制度:

---

① [汉]董仲舒:《春秋繁露》卷十六,宋嘉定四年江右计台刻本。
② [清]陈士珂:《孔子家语疏证》卷六,商务印书馆,1937年版,第170页。
③ [清]陈奂撰,王承略、陈锦春校点:《诗毛氏传疏》卷十二,第326页。
④ [汉]毛亨传,[汉]郑玄笺,[唐]陆德明音义,孔祥军点校:《毛诗传笺》卷五,第138页。
⑤ [清]陈奂撰,王承略、陈锦春校点:《诗毛氏传疏》卷八,第260页。
⑥ [汉]郑玄注:《周礼》卷三,宋婺州市门巷唐宅刊本。

《韩诗》说云:"年二十行役,三十受兵,六十还兵。"此用兵从役之制也。①

通过灵活把握《韩诗》类遗存文献,陈奂努力还原周朝的典制,还原《诗经》的现场。推原典制是清代朴学的一大研究重点,就陈奂在《诗毛氏传疏》中所取得的学术成绩而言,《韩诗》亦有功劳。

结　语

陈奂《诗毛氏传疏·国风》从主旨、字句、名物、典制四个角度入手,以辨异、旁证、补充三种方法探讨《韩诗》类文献,体现出"以我为主、为我所用"的学术本位和实事求是的学术作风,极大提升了《诗毛氏传疏》的学术价值。这是陈奂的个人学养,同时亦离不开清代朴学的深刻影响。

《诗毛氏传疏》不仅有《国风》,还有《雅》《颂》之篇。因此,在目前的研究基础上,可以继续追寻陈奂对《韩诗》以及三家《诗》的探讨。

■ 作者简介

杨玲,1971年生,河南洛阳人,兰州大学文学院教授,主要从事中国古典文学与文献学研究。

张钊,兰州大学文学院硕士研究生,研究方向为中国古典文献学。

① [清]陈奂撰,王承略、陈锦春校点:《诗毛氏传疏》卷九,第269页。

屈原生平创作简谱

赵逵夫

（西北师范大学文学院　甘肃兰州　730070）

内容提要　屈原是我国历史上第一位伟大的诗人，也是浪漫主义文学的奠基人，然先秦两汉史料对其生平事迹及其创作情况的记载失之简略，亦有模糊不清甚至相互矛盾的地方。本文在全面研读楚辞作品及先秦两汉史料的基础上，充分吸纳前贤时修的看法，并结合作者对屈原和楚辞研究的一得之见，对屈原生平及其创作进行编年。

关键词　屈原　生平　创作　简谱

说明：一、所标屈原年龄按传统计岁习俗为虚岁；二、引据材料加括号注明出处。凡引《史记》文，只注出某"世家"、某"列传"、《六国年表》；引《战国策》文只注出"某策"或"某策第几"，以求简要；三、一般只标出楚王、周王之纪年；如当年记事与列国中某国有关，则也标出该国国君之纪年。

前353年，楚宣王十七年，周显王十六年，魏惠王十七年，赵成侯二十二年，齐威王四年，屈原生，一岁。

时为秦孝公用卫鞅进行变法之第七年。又：两年前邹忌说齐威王进行改革。同年申不害相韩，用法家之"术"。

魏军围赵之邯郸，楚令尹奚恤劝宣王无救，景舍劝王救之。楚因使景舍起兵救赵。邯郸破，楚取睢、濊之间。（《战国纵横家书》第二十七章)赵国请救于齐,齐以田忌为将;孙膑为师。田忌用其围魏救赵之计,大败魏庞涓之军于桂陵,庞涓死。(《孙子吴起列传》,并参杨宽《战国史料编年辑注》)

昭奚恤为楚相,江乙恶之于宣王。(《楚策一》)安陵君以美壮得幸于楚宣王。江乙为安陵君计,言当宣王百年之后愿以身殉。后宣王夜猎,极乐之时,宣王问:"吾万岁之后,子将谁与斯乐乎?"安陵君言愿以身殉,宣王乃封为车下三百户。(《楚策一第十章》)。七十多年之后顷襄王"左州侯、右夏侯,辇从鄢陵君与寿陵君,专淫逸侈靡,不顾国政"的情形与之相似。

战国之时秦之西、楚之南皆地域广大,其他五国不能比,而秦终得统一华夏、楚终以亡者,因楚国地域上相对独立,保持旧的奴隶制君臣关系及旧贵族利益,而未能保持吴起变法的成果,政治改革也很难推进。

前350年,楚宣王二十七年,周显王十九年,秦孝公十二年,屈原四岁。

秦卫鞅第二次变法,废除贵族井田制,普遍实行郡县制,统一度量衡,迁都咸阳等。(参杨宽《战国史》)

前340年,楚宣王三十年,周显王二十九年,秦孝公二十二年,屈原十四岁。

秦封卫鞅于商,始南侵楚。是年,楚宣王卒,子威王熊商立。(《楚世家》)商於本楚人发祥之地,有楚先祖之遗迹,而秦封其相卫鞅于此。当年楚宣王死,当因闻此而受打击之故。楚有新君继位时改名之俗,其子继位改名为"商",当是受其父宣王之嘱,要立志夺回商於之地。

前338年,楚威王二年,周显王三十一年,秦孝公二十四年,屈原十六岁。

铎椒为楚威王傅,为王不能尽观《春秋》、采取成败,卒四十章为《铎氏微》。(《十二诸侯年表·序》)

此年前后莫敖子华(沈尹章)向楚威王讲述楚国历史上热爱国家、尽心国事、为国家、百姓之安危不顾个人生死的杰出人物,特别指出有才干之人是否用于世、有所作为,在于君王之识人用人(《楚策一》)。此已是楚悼王用吴起在楚国进行变法,悼王死后吴起受到旧贵族的联合进攻,被车裂而死四十七年之后。

“威王好制。”(《国语·越语下》:“必有以知天地之恒制。”韦昭注:“制,度也。”又:“君行制,臣行义。”注:“制,法度也。”)楚威王应是在沈尹章的影响下重视了法度,因此而妨害了当权的旧贵族利益,昭釐让与威王亲近的中谢佐制对威王说:“国人皆曰:‘王乃沈尹华之弟子也。’”昭王大为不悦,因而疏远了沈尹华。(《吕氏春秋·去宥》)沈尹章事迹以后再不见于史籍。有可能同后来的屈原因草拟宪令受谗言去左徒之职一样,去任三闾大夫之类的闲职。屈原应曾受沈尹章的教诲与影响。

后威王好道家之说。闻庄周贤,遣使者以厚弊迎之,许以为相。庄周言:“我宁游戏于污渎之中自快,无为有国者所羁,终身不仕,以快吾志焉。”拒之。(《老子韩非列传》)

秦孝公卒,其子惠文王立。秦公子度等向惠文王诬告商君谋反,车裂商鞅并灭其家。

前334年,楚威王六年,周显王三十五年,齐威王二十三年,屈原二十岁。

正月,屈原行冠礼,作《橘颂》以明其志。

屈原当于此后不久在朝任初级官吏。《文心雕龙·时序》:“唯齐楚两国,颇有文学。齐开庄衢之策,楚广兰台之宫。”则楚有兰台之宫专供文士学人谈文论理,屈原最初可能是在兰台之宫供职。

前333年,楚威王七年,周显王三十六年,齐威王二十四年,屈原二十一岁。

越兴师,北伐齐,西伐楚。齐威王使人劝越王无彊(《越绝书》作“无疆”)释齐而伐楚。于是越伐楚。楚威王兴兵伐之,大败越,杀越王无彊,尽取故吴地。(《越世家》)

魏惠王与齐威王“会徐州相王”,楚知之,伐齐,围徐州,大败齐将申缚(《战国策·齐策一》《楚世家》)

前329年,楚威王十一年,周显王四十年,屈原二十五岁。

楚威王卒,屈作《大招》招威王魂,辞中表现出对楚国地域广大的自豪和改良政治、统一华夏的理想。

威王之子更名为“槐”继位,即怀王。威王未能收回商於之地,是一生遗憾,必嘱其子无忘此志。其子因而改名为“槐”。因商於之地多槐,地名有“槐里”(在今河南淅川,南朝刘宋置槐里县)。

魏闻楚有丧事,伐楚,取楚陉山。(《楚世家》)

前323年,楚怀王六年,周显王四十六年,秦惠文王更元二年,魏惠王后元十二年,屈原三十一岁。

楚使柱国昭阳攻魏,败之于襄陵(今河南睢县),得八邑。又移兵攻齐,齐患之。时陈轸为秦使于齐,为齐说昭阳,昭阳引兵去。秦使张仪与楚、齐、魏会啮桑(在今江苏沛县以南)。(《楚世家》《齐策二》)

屈原此时应已任三间大夫之职。

前322年,楚怀王七年,周显王四十七年,齐威王三十五年,屈原三十二岁。

齐封田婴于薛,怀王闻之,大怒,将伐齐,齐王有辍封之意。公孙闬闻至楚说怀王,言“齐削地封田婴”,是其自弱之举,楚王遂止伐齐。

此年前后屈原作《九歌》(包括《东皇太一》《东君》《云中君》《大司命》《少司命》《河伯》《山鬼》《国殇》《礼魂》),以供朝廷祭祀大典之用。

前319年,楚怀王十年,周慎靓王二年,齐宣王元年,屈原三十五岁。

屈原任左徒之职。此前一两年中,昭阳继昭鱼为令尹。

齐宣王正式继位时,因屈原任负责外交之左徒一职,奉怀王之命使齐以贺。

楚国在广陵(今江苏扬州)筑城。(《六国年表》)体现出屈原一方面先统一南方,一方面改革政治以增强实力,达到人心归顺、自然统一华夏之目的。

前318年,楚怀王十一年,周慎靓王三年,魏襄王元年,韩宣惠王十五年,赵武灵王八年,燕王哙三年,齐宣王二年,屈原三十六岁。

齐之孟尝君行魏、韩、赵、楚、燕五国,相约以攻秦。至楚,楚王为之赠象牙床,决定由负责外交之职的人员护送至齐。屈原恐因楚赠其大礼在六国中造成分歧,通过孟尝君之门人公孙戍劝孟尝君谢而拒收。(《楚策一》)①

---

① 参拙文《〈战国策〉中有关屈原初任左徒时的一段史料》,《北方论丛》1995年第5期,收入《屈原与他的时代》,人民文学出版社,1996年版。

魏相公孙衍纵约山东六国共攻秦,楚怀王为纵长。兵至函谷关,秦出兵击六国,六国兵皆退。齐独后。[1](《楚世家》)

前315年,楚怀王十四年,周慎靓王六年,屈原三十九岁。

此年前后宋玉生。唐勒应生于宋玉之前数年,景瑳应生于宋玉之后数年中。

前314年,楚怀王十五年,周赧王元年,屈原四十岁。

此年前后屈原与怀王计,进行政治改良。屈原受命草拟宪令。所拟宪令经怀王同意,分次公布。

前313年,楚怀王十六年,周赧王二年,秦惠文王更元十二年,齐宣王七年,屈原四十一岁。

楚上官大夫知屈原所拟《宪令》有伤贵族权利之内容,示意屈原加以删改,屈原不同意,上官大夫等遂诬陷屈原在每一宪令公布后都向人炫耀为自己的功劳。怀王大怒,免去屈原左徒之职。(《屈原列传》)

昭阳也于此年被免去令尹之职,昭鱼继任之。(《史记·魏世家》魏哀王九年)

屈原又回到任三闾大夫之职。此后人皆以"三闾大夫"称之。

秦欲伐齐,而楚与齐纵亲。秦惠文王使张仪南见楚王,答应如楚国与齐绝交,秦王还楚商於之地六百里。怀王大悦,遂绝于齐。然后派一将军赴秦受归地,而张仪言当时所答应为六里。怀王大怒,发兵西攻秦。(《楚世家》《屈原列传》)

前312年,楚怀王十七年,周赧王三年,秦惠文王更元十三年,魏襄王七年,韩宣惠王二十一年,屈原四十二岁。

春,楚与秦战于丹阳(今河南丹水以北),秦大败楚军,斩士八万,虏楚大将军屈匄、裨将逢侯丑等七十余人,取地六百里,置汉中之郡。

---

① 所谓"齐独后",言齐出兵独后。名义上是六国伐秦,实际上是齐因宣王继位不久,虽答应出兵,实则并未出兵。故《史记·六国年表》中作"魏、韩、赵、楚、燕击秦,不胜",《魏世家》中作"五国击秦,不胜而归",《燕世家》中作"与楚、三晋攻秦,不胜而还"。《史记》标点本及不少书引述均于"六国皆退"之后用逗号,似齐国是退于最后,误。

(《楚世家》《秦本纪》《屈原列传》)

《汉书·郊祀志》载谷永言:“楚怀王隆祭祀,事鬼神,欲以获福助、却秦师,而兵挫地削,身辱国危。”陆机《要览》载:“楚怀王于国东偏起沉马祠,岁沉白马,名飨楚邦河神,欲崇祭祀拒秦师。”

怀王悉发国中兵以击秦,战于蓝田(今湖北钟祥西北,汉水边上)。韩、魏闻讯袭楚至邓(今湖北襄樊)。楚兵惧秦魏合兵来攻,惧而退军。齐国因楚国之见利忘义,竟不救楚。(《楚世家》《屈原列传》)

前311年,楚怀王十八年,周赧王四年,秦惠文王十四年,齐宣王九年,屈原四十三岁。

张仪使人告诉楚国之亲秦者昭雎,言如果楚朝廷赶出淖滑、陈轸,秦国将所占鄢郢、汉中之地归还楚国。昭雎转告怀王,怀王喜。屈原闻此,写信给淖滑,要淖滑领自己见怀王,以揭露秦国之阴谋,并求使于齐以恢复齐楚邦交。屈原得使于齐。(《战国策·楚策一》)

秦又使使者至楚,言分汉中之半以与楚和。楚王曰:“愿得张仪,不愿得地。”张仪因与楚怀王亲信靳尚友善,靳尚又得宠于怀王爱姬郑袖,遂至楚。楚王囚张仪欲杀之,郑袖言于怀王,怀王放张仪。张仪离去,“屈原使从齐来,谏王曰:‘何不杀张仪?’怀王悔,使人追仪,弗及。”(《楚世家》《屈原列传》)

前310年,楚怀王十九年,周赧王五年,屈原四十四岁。

根据屈原的建议与推动,淖滑到越国,谋划利用越内部斗争以灭越。(《楚策一》《史记·甘茂列传》载范蜎对楚怀王语)

前306年,楚怀王二十三年,周赧王九年,齐宣王十四年,屈原四十八岁。

齐宣(原误作“湣”)王欲作纵长,恶楚之几次反复又与秦合,乃使人遗楚王书,讲合于秦之弊与六国合以抗秦之利。昭滑(原误作“雎”)言与齐合之利,怀王许之,合齐以善韩。(《楚世家》。原误为“二十六年”,盖“三”之末笔首尾重而中细,易误识为两点。)

淖滑利用越内乱而灭越。(《韩非子·内储说下》)

前305年,楚怀王二十四年,周赧王十年,秦昭王二年,屈原四十九岁。

秦昭王初立,乃厚赂于楚,秦来楚迎妇。[①]（《楚世家》《六国年表》《屈原列传》）

大约在当年四月,屈原被放于汉北任掌梦之职,负责云梦之渔猎与供奉珍奇美味等事。其地当郢都以东、汉水折而东流一段之北面,即云梦之地。初至,作《渔父》。

其秋回忆及君臣合作欲为振兴国家尽力,不料怀王中道改变态度,及自己被放以来心情,作《抽思》(中有“悲秋风之动容兮”之句)。

前304年,楚怀王二十五年,周赧王十一年,秦昭王三年,屈原五十岁。

楚怀王与秦昭王盟于垂沙以北之黄棘(今河南南阳以南)。秦还楚上庸之地(今湖北竹溪县东南)。(《楚世家》《秦本纪》)

春,屈原思念怀王,作《思美人》。同年作《惜诵》。

前303年,楚怀王二十六年,周赧王十二年,秦昭王四年,魏襄王十六年,韩襄王九年,齐宣王十七年,屈原五十一岁。

约此年前后之某一春季,怀王到云梦狩猎,屈原事先准备好要用的矰弋之类,在有的地方铺上网罗。天黑后怀王和臣僚侍卫等打着火把围猎,其间怀王受到一只被射中的野牛的惊吓,恐慌失魂,屈原为此作《招魂》。

齐、韩、魏为楚负其纵亲而合于秦,共伐楚。楚使太子入质于秦而请救。秦乃派遣客卿名通者将兵救楚。三国引兵去。(《楚世家》)

前302年,楚怀王二十七年,周赧王十三年,秦昭王五年,屈原五十二岁。

秦大夫私与楚太子斗,楚太子杀之而亡归。(《楚世家》)

屈原至楚故都鄢郢(在云梦西北之汉水边上)拜谒楚先王庙与公卿祠堂,拜祭楚先祖高阳与屈氏始祖伯庸,心情激动。想己之去留,作《卜居》。后回想自己去留问题等,大半生的努力而终因王之亲信与权臣的反对、中伤而失败,告诉无门,作《离骚》。

---

① 《楚世家》原作“楚往迎妇”,《屈原列传》作“秦昭王与楚婚”。清梁玉绳《史记志疑》卷二二认为当据《六国年表》作“秦来楚迎妇”。今从之。

前 301 年，楚怀王二十八年，周赧王十四年，秦昭王六年，魏襄王十八年，韩襄王十一年，齐宣王十九年，屈原五十三岁。

屈原由在鄢郢先王之庙所看壁上所画古代人物故事，想到历代之兴亡之理因而作《天问》，希望能有机会呈献怀王。

秦、齐、韩、魏共攻楚，杀楚将唐蔑，取楚重丘而去。（《楚世家》，唐蔑原误作唐眛。唐眛为楚之掌天文者。）

齐令匡章将兵。匡章从长远看齐楚关系，因而屯兵六月未开战。正当此时齐宣王卒，其子湣王继位（下一年为其元年），急令章子开战，督促之辞甚严厉。匡章遂夜袭楚军，大败之，杀其将唐蔑。（《吕氏春秋·处方》）楚朝中掌权和受怀王宠信的旧贵族会将一切罪过推向此前主张联齐抗秦者，庄蹻遂率军起事，楚国四分五裂。（《荀子·议兵》《韩非子·喻老》《西南夷列传》）

前 300 年，楚怀王二十九年，周赧王十五年，秦昭王七年，齐湣王元年，屈原五十四岁。

年初，上柱国景翠等在朝的合纵派人物劝从汉北招回屈原。庄跻退出郢都。

庄蹻之军过江至黔中澧、沅之间。后又向南。因怨怀王之无知无能，因而以楚威王遗命的名义，率军南行，伐夜郎，后称王于滇池。

秦复攻楚，大破楚，楚军死者二万，杀楚之将军景缺。（《楚世家》）楚令上柱国景翠以六城赂齐。（《楚策二》）楚使太子为质于齐以求平。（《楚世家》），此次能恢复齐楚邦交，屈原一定做了不少工作。

前 299 年，楚怀王三十年，周赧王十六年，秦昭王八年，屈原五十五岁。

秦复伐楚，取八城。秦昭王遣书楚怀王，约与楚怀王会于武关（地当商於之间，在楚早期聚居地丹阳、三户之西北，丹水边上）。

屈原与昭滑（淖滑）（《楚世家》误作“昭雎”）劝怀王勿往，而怀王幼子劝怀王往。至则秦人挟之至秦。大臣患之。齐乃放归楚太子横。横至，立为王。即顷襄王。顷襄立其弟子兰为令尹。（《楚世家》《屈原列传》）

前 298 年，楚顷襄王元年，周赧王十七年，秦昭王九年，屈原五十六岁。

秦本要挟楚怀王割巫、黔中之郡,不可得,而楚又另立其太子为王,秦发兵出武关攻楚,大败楚军,取析十五城而去。(《楚世家》)

楚人多将劝怀王入秦终不能回国归罪于子兰。子兰当是恐其在太子尚留齐之时劝怀王入秦有谋自立之嫌,故与上官大夫诬陷屈原。屈原被流放于江南之野(郢都附近长江以南,即沅湘一带)。(《屈原列传》)

当年二月,屈原同逃难的百姓一起离开郢都,至陵阳(《汉书·地理志》庐江郡:“庐江出陵阳东南,北入江。”地在彭蠡泽以西)。在那里住了大半年时间。

当年秋冬之际经鄂渚(今武昌)、越洞庭、入沅水,过辰阳,南至溆浦,在溆浦住了一段时间,并写成《涉江》。

其冬沿湘水北行,至湘水下游汨罗江附近(属陵阳邑所管辖),以后即停留于此。

两年后,楚怀王卒于秦,秦归其丧于楚。屈原在江南之野知道这个消息必然很晚,应会有诗,但今不存。

前290年,楚顷襄王九年,周赧王二十五年,屈原六十四岁。

屈原被放之第九年,回忆被放离郢都时情景及九年来对郢都思念之心情,作《哀郢》。

屈原居于湘江下游日久,见当地祭祀习俗,闻有关民间传说,作《湘君》《湘夫人》。在这近十年时间中应还有些表现当地祭祀歌舞风俗、反映自己经历与当时心情之作,今亦不存。

关于朝中情形,屈原应完全不知。其学生辈作家唐勒为掌天文的太史,应早就在朝任职。有《奏土论》《论义御》之作。宋玉、景瑳当时不足三十岁,应在兰台之宫。宋玉常侍于顷襄王身边。宋玉有《高唐赋》《神女赋》《风赋》《钓赋》《大言赋》《小言赋》《登徒子好色赋》《对楚王问》等。景瑳应主要是从政,他的思想更接近于屈原。

前285年,楚顷襄王十四年,周赧王三十年,秦昭王二十二年,屈原六十九岁。

顷襄王与秦昭王会于宛(今河南南阳)。

前284年,顷襄王十五年,周赧王三十一年,秦昭王二十三年,魏昭王十二年,韩釐王十二年,赵惠文王十五年,燕昭王二十八年,齐湣王十

七年，屈原七十岁。

魏与秦、赵、韩、燕共伐齐，齐湣王出逃，燕军入齐都临淄。(《魏世家》)

楚使淖齿救齐，淖齿杀齐湣王而与燕共分齐之侵地与所掠宝器。(《田敬仲完世家》)。

前283年，楚顷襄王十六年，周赧王三十二年，秦昭王二十四年，屈原七十一岁。

当年四月，屈原再次沿沅江南行，与《涉江》所反映第一次南行路线一致，至沅水上游，又由湘水而"进路北次"。故《怀沙》"乱辞"曰："浩浩沅湘，分流汩兮。修路幽蔽，道远忽兮。"从其作品看，屈原至少两次沿沅水南行至沅水上游，第一次在被放之当年。这条路线正是当年庄蹻入滇的路线。从怀王末年楚国形势越来越不好，尤其顷襄王继位后屈原完全失去希望。看来屈原对庄蹻寄予一定希望，希望他在西南的发展能保住国祚不至灭亡。当年初夏，作《怀沙》。

当年春夏间楚顷襄王与秦昭王会于楚故都鄢郢。(《楚世家》其下文曰："其秋，复与秦王会穰"，可知会于鄢郢在春夏间)屈原闻此信息，知楚亡国之日不远，遂投汨罗江而死。一位一生怀着华夏一统观念，希望改革楚国政治、为华夏统一做出贡献的杰出诗人，在二千多年前世界诗歌史上最耀眼的一颗亮星殒落了。

谱后

诗人去世后，景瑳有《惜往日》一诗悼念之。

顷襄王十八年，有人面呈《说弋》一篇(见于《楚世家》)，劝顷襄王勿忘怀王之死，当利用楚国地域的优势以自强。其构思行文有庄辛《谏楚襄王》《说剑》之特征，实亦赋类作品。

顷襄王时代另一位有思想、敢谏的杰出作家庄辛，也出于楚国没落贵族。他在顷襄王二十年劝顷襄王勿只知协亲宠游乐而忘国政，顷襄王不听，即离楚赴赵国。至次年秦人破郢，楚都迁于陈，顷襄王令人迎庄辛回，庄辛谏之，成《谏楚襄王》一文。后又作《说剑》，两篇俱为散体赋类作品。他曾以楚辞体翻译了《越人歌》。

楚都迁于陈之后，宋玉也被疏放，因而有《悲回风》《九辩》表现哀伤之情的作品。唐勒在迁陈之后有《远游》《惜誓》，俱表现了道家思想。

据王先谦考证,赵人荀况在齐国因受人谗言,于楚考烈王八年(前255)至楚,春申君以为兰陵令。荀况对民间文学特别重视,他仿民歌所作《佹诗》和长篇《成相》,其思想与风格显然受屈原《天问》的影响。俱收于《荀子》一书中。

作者简介

赵逵夫,1942 年 12 月生,甘肃西和人。西北师范大学文学院教授,博士生导师,主要从事中国古代文学与古典文献学研究。

《天问》创作缘起、命名与问对体的发展*

潘　莉

（徐州工程学院人文学院　徐州　221018）

内容提要　《天问》是屈原创作的长篇抒情哲理诗。《天问》创作原因复杂，先秦问对体篇章的创作为《天问》创作提供文体借鉴和命名依据，屈原的职掌和才能修养是《天问》创作的主观条件，屈原的经历和遭遇是《天问》创作的根本动因，楚国先公祠庙中的壁画是引发屈原问天情思的现实契机。《天问》在借鉴前人基础上，创造了“一问到底”“以问为议”“似问实答”的写作范式，哲理深邃，情感丰沛，为后代文人创作树立了光辉典范。

关键词　《天问》　创作缘起　命名　问对体

《天问》是屈原创作的长篇抒情诗，内涵丰富，在中国文学史上具有重要的文学价值和思想价值。全诗采用一问到底的方式，提问内容包括宇宙起源、自然现象、神话传说、历史人事等，共370多句，170多个问题，是楚辞中最难理解也最奇特的篇章。《天问》的创作和形成，一直是楚辞研究的热点之一，其中颇具争议的问题是《天问》的创作缘起、命名及其与先秦诸子问对体篇章的关系等。

---

*　本文为江苏省教育厅哲学社会科学基金指导项目《先秦文体发生与流变研究》（项目编号：2020SJA1105）、徐州工程学院培育项目《先秦文体流变研究》（项目编号：XKY2019218）阶段性成果。

一、关于《天问》创作缘起与命名不同见解的辨析

关于《天问》的创作缘起和命名,学界素多争议,至今尚无定论。概而论之,主要有5种观点:一是“呵壁抒愤说”。王逸认为《天问》是屈原于楚先王之庙及公卿祠堂呵壁抒愤而作:“《天问》者,屈原之所作也。何不言问天?天尊不可问,故曰天问也。屈原放逐,忧心愁悴,彷徨山泽,经历陵陆,嗟号昊旻,仰天叹息。见楚有先王之庙及公卿祠堂,图画天地山川神灵,琦玮谲诡,及古贤圣怪物行事。周流罢倦,休息其下,仰见图画,因书其壁,呵而问之,以泄愤懑,舒泻愁思。”[①]清代蒋骥[②]、李陈玉[③]、戴震[④]等学者均附从王逸之说,肯定“呵壁抒愤说”。二是“讽谏怀王说”。20世纪中后期的学者多倾向于这种观点。孙作云认为屈原创作《天问》的目的是讽谏楚怀王,劝其改过自新治理好楚国[⑤]。赵逵夫认为屈原“以‘问天’为由,希望怀王由此而深思之。”[⑥]雷庆翼也认为,屈原通过展示夏、商、周三代兴衰成败的历史,警告楚国当权者[⑦]。杜宏记认为《天问》通过系列深刻、大胆的提问,讽谏楚怀王要施行美政,举贤授能[⑧]。何继恒也认为《天问》是屈原为抒发内心的愤切悲怆、表达劝诫讽谏而创作[⑨]。三是“提纲说”。赵辉认为,《天问》主要内容和楚

---

① [宋]洪兴祖:《楚辞补注》,中华书局,1983年版,第85页。

② [清]蒋骥撰,于淑娟点校:《山带阁注楚辞》,上海古籍出版社,2019年版,第46页。

③ [明]李陈玉:《楚辞笺注》,国家图书馆出版社,2014年版,第87页。

④ [清]戴震:《屈原赋注》,国家图书馆出版社,2014年版,第61页。

⑤ 孙作云:《楚辞研究》,河南大学出版社,2002年版,第516页。

⑥ 赵逵夫:《〈天问〉的作时、主题与创作动机》,《西北师大学报》(社会科学版)2000年第1期。

⑦ 雷庆翼:《楚辞正解》,学林出版社,1996年版,第341—342页。

⑧ 杜宏记:《试论〈天问〉的主旨》,《安阳师范学院学报》2006年第4期。

⑨ 何继恒:《论〈天问〉文学与图像的关系》,《云梦学刊》2018年第2期。

国贵族教育内容基本一致,是屈原给弟子的思考提纲①。翟振业认为《天问》是屈原在其给楚国贵族授课用的提纲基础上集合而成的诗篇②。曹胜高认为《天问》实际是屈原与稷下学派学者进行问对的纲要③。四是"替天立言说"。杨义认为《天问》超越天人之间的尊卑观念,代天立言,借天抒怀④。韩高年认为《天问》实际上也就是《约伯记》中的"上帝问",《天问》篇题的意思就是"上天之问",而不是"问天"⑤。五是"整理对花词说"。刘石林认为《天问》和《九歌》创作过程相似,其素材来源于江南民间丧葬仪典中的"对花词"⑥。

然而,细读《天问》文本,我们发现,"提纲说"作者论述证据不够充分,"整理对花词说"论证也比较牵强。"对花词"多采用一问一答的对话方式,以问引答,答词为主,这与《天问》"一问到底""似问实答"的行文方式差别很大。另外,《天问》通篇与楚地民间"对花词"内容也有很大出入,主观抒情色彩强烈,说其根据楚地民间"对花词"整理而成,显然依据不足。"呵壁抒愤说""讽谏怀王说"和"替天立言说"等三种观点均有可取之处,但也都不够全面。周建忠说:"屈原《天问》之作,正如游国恩所云,'非直为抒愁,亦非专为讽谏',但亦不可回避有'抒愁'与'讽谏'的因素与成分,故《天问》就是'天问',借'天'泄愤,以'天'讽谏,对'天'怀疑,而穷究事理。"⑦周先生的论述全面深刻总结了《天问》的创作原因和主旨,一部文学作品创作动因往往是复杂的,其所呈现的思想内涵也常常是丰富深邃的。

---

① 赵辉:《〈天问〉——屈原给弟子的思考提纲》,《江汉论坛》1985 年第 12 期。

② 翟振业:《〈天问〉是一首讲授自然科学和社会科学的提纲式诗》,《唐都学刊》1988 年第 3 期。

③ 曹胜高:《〈天问〉的原创意图》,《云梦学刊》2006 年第 4 期。

④ 杨义:《〈天问〉:走出神话和反思历史的千古奇文》,《中国社会科学》1998 年第 1 期。

⑤ 韩高年:《从〈楚辞·天问〉与〈圣经·约伯记〉的比较中所想到的》,《贵州社会科学》1996 年第 2 期。

⑥ 刘石林:《楚地丧葬仪典中的"对花"与〈天问〉》,《岳阳职业技术学院学报》2012 年第 3 期。

⑦ 周建忠、贾捷注评:《楚辞》,凤凰出版社,2009 年版,第 77 页。

二、《天问》创作缘起与命名探析

《天问》全文370多句,依照天体、大地、神话历史之顺序分为三大段落。屈原将怀疑与批判的锋芒直指天帝和天道,使《天问》闪烁着彻底的反抗精神和人性的光芒。《天问》的诞生不是偶然的,是文体发展规律、主观条件、抒情契机等因素综合作用下诞生的一篇千古奇文。

第一,先秦问对体篇章为《天问》创作提供文体借鉴。问对文体导源于殷墟甲骨卜辞中一问一答的行文形式。藤野岩友认为,《天问》的文学形式实际上来自问卜之辞的连缀形式。"天问"就是问卜的意思,只是内容已经脱离了卜筮①。先秦诸子沿用这种行文体制,创作大量散文,如《论语·宪问》《论语·哀公问》《墨子·鲁问》《管子·九守·小问》《管子·桓公问》《管子·九守·主问》《荀子·尧问》《孙膑兵法·威王问》等。《管子·九守·主问》中列举了"疑问"的简要提纲:"一曰天之,二曰地之,三曰人之,四曰上下左右前后,荧惑,其处安在?"②王长华、易卫华二人将《天问》和《管子·九守·主问》作细致对比,认为二者的提问与言说顺序非常一致,因此推测这种形式很可能是稷下学士们讨论问题所遵循的一种规则。这个规则要求先言天,次言地,再次言人,最后言及上下左右前后,即自己所处时代环境中的诸问题。《天问》似乎完全是按照上述提纲来进行创作的③。先秦散文中这些以"问"冠名的篇章,分别出自儒家、道家、墨家等学派之手,这说明采用"问对体"议论说理已经是先秦时期一个普遍现象,而屈原对中原文化和诸子百家思想都非常熟悉,《天问》的创作和命名也在一定程度上受到这些问

---

① 藤野岩友著,韩基国编译:《巫系文学论》,重庆出版社,2005年版,第50—53页。

② 黎翔凤撰,梁运华整理:《管子校注》,中华书局,2004年版,第1043页。

③ 王长华、易卫华:《从〈天问〉看稷下学对屈原思想的影响》,《河北师范大学学报》(哲学社会科学版)2003年第5期。

对体篇章的影响。或者说屈原借鉴了先秦"问对体"作品创作经验并进行再创造,赋予了《天问》更多的哲思、雅趣和情感内涵,使之成为中国文学史上文人创作的典范之作。

第二,屈原的职掌和特殊才能修养是《天问》创作的主观条件。屈原做过楚国的三闾大夫和左徒。王逸说:"三闾之职,掌王族三姓,曰昭、屈、景。屈原序其谱属,率其贤良,以厉国士。"①朱熹完全赞同王逸观点②。刘石林认为"谱属"即是负责记录续写王族的历史和王族宗庙祭祀等日常事务③。由此可知,三闾大夫这一职掌让屈原对楚国王族谱系非常熟悉,同时频繁进出楚国宗庙,熟悉庙内壁画。司马迁说:"(屈原)为楚怀王左徒",又说其"博闻强志,明于治乱,娴于辞令。入则与王图议国事,以出号令;出则接遇宾客,应对诸侯。"④由此可知,左徒是楚国兼掌内政、外交的重要官职。屈原要胜任左徒一职,除了"博闻强志,明于治乱,娴于辞令"的能力修养,还应该学习和熟悉包括文体在内的中原文化和思想。这些都为屈原创作《天问》奇文提供主观条件。

第三,屈原的经历和遭遇是《天问》创作的根本动因。屈原忠而被谤、报国无门的政治遭遇,因多次被放逐、长年流徙而形成了强大的内在心理势能,心中的愤懑忧郁已经达到饱和状态,必须一吐为快,这是屈原问天行为发生的根本情感动力。司马迁《史记·屈原贾生列传》云:"夫天者,人之始也,父母者,人之本也。人穷则反本。故劳苦倦极,未尝不呼天也;疾痛惨怛,未尝不呼父母也。"⑤畅孝昌说:"盖凡人之遭遇重大不幸,心灵必受到剧烈震撼,既有之价值观念(如善恶有报)亦必随之突然坍塌,痛极思痛,对现实一切所谓合理者及理无不产生反感,而对一切之创造者,自己往昔心目中至尊而无形之最高存在——天(包

---

① [宋]洪兴祖:《楚辞补注》,第1—2页。

② [宋]朱熹:《楚辞集注》,商务印书馆,2018年版,第7—8页。

③ 刘石林:《楚地丧葬仪典中的"对花"与〈天问〉》,《岳阳职业技术学院学报》2012年第3期。

④ [汉]司马迁撰:《史记》,中华书局,1982年版,第2481页。

⑤ [汉]司马迁撰:《史记》,第2482页。

括天道、天理、天命等)亦不得不顿生怀疑与不满。”[①]这是普遍的人性,多愁善感的诗人更是如此。屈原“正道直行,竭忠尽智以事其君,谗人间之”[②],屡遭疏远、流放,晚年愤懑交加“流于江潭,披发行吟泽畔,颜色憔悴,形容枯槁”(《楚辞·渔父》),“由自身不幸之目光反照宇宙、社会、人生,触目所见,无非疑端,无非不公正……一腔激愤不觉冲天而起,焉能不仰天、呼天而问,而问天哉?”[③]

事实确是如此,细读《天问》,我们深刻感受到屈原的孤独困惑、压抑委屈与焦灼无奈。韩高年说:“如果说《离骚》等作品是屈原遭谗被疏后思想上‘上下求索’的过程,那么《天问》便是诗人苦苦挣扎后借‘天’之问,以问作答,求解脱的方式,同时也是《天问》这篇作品的构思方式。……很明显,诗人创作《天问》《九章》等作品,是为了‘发愤’‘抒情’,进而自救于精神困惑之中。”[④]《离骚》《九歌》《九章》等作品展示了屈原政治上寻求和楚王对话的矛盾、徘徊过程,《天问》则呈现了屈原对话无人,只能“一问到底”“似问实答”的踽踽状态。“一问到底”的提问方式表明此时诗人内心已经彻底绝望,“似问实答”表明诗人欲在自言自语、自问自答中寻求精神解脱,缓释心理压力,正是这些内在因素形成了《天问》独特的构思和行文方式。

仰望星空和追忆历史是人类在面临巨大挫折、深沉忧愤,对现实绝望时的本能选择。尽人事听天命,谋事在人成事在天,当人事、谋事方面都尽最大努力,却仍未能成事时,人们往往只能向命运,向茫茫宇宙和昊天寻找答案,这是人类减缓精神压力的最无奈也是最后的选择。杨义说:“即本原性而诘问,其心灵撞击力倍于陈述句。……屈原追寻

---

① 畅孝昌:《关于屈原〈天问〉之反天命思想》,《山西教育学院学报》1999年第1期。

② [汉]司马迁撰:《史记》,第2482页。

③ 畅孝昌:《关于屈原〈天问〉之反天命思想》,《山西教育学院学报》1999年第1期。

④ 韩高年:《从〈楚辞·天问〉与〈圣经·约伯记〉的比较中所想到的》,《贵州社会科学》1996年第2期。

者乃是问题背后之问题，即终极性问题，寄慨远矣。”[①]洪兴祖说：“《天问》之作，其旨远矣。盖曰遂古以来，天地事物之忧，不可胜穷。欲付之无言乎？而耳目所接，有感于吾心者，不可以不发也。……国无人，莫我知也；知我者，其天乎？此《天问》所为作也。”[②]洪氏从人生、人性的高度深刻揭示了《天问》的创作缘由及过程。《天问》的创作一定是一个复杂曲折的过程，屈原站在生命的高度，观照宇宙自然，反思神话历史，深深感到个体生命的孤独。这种与生俱来的孤独感是敏感、多情的诗人和哲人的精神特质，面对时间的悠久渺远和空间的广袤辽阔，他们情不自禁地表达自己的孤独和忧伤。“这样的忧伤自有一种独立于天地的伟大和悲壮。屈子固然困惑，这困惑中却有一种浩然之气。”[③]正是这种“与天地精神独往来”（《庄子・天下》）的孤独忧伤与天地宇宙的无穷辽远之间的二元对立，让《天问》具有了深邃的哲理意味。

可贵的是屈原提出的疑问和抒发的诗情，并非个人得失的“小我”之情，而是寄生于茫茫宇宙间的个体生命或整个民族乃至人类的共通情感。因而，屈原的“呵壁问天”具有人性的深度和普世价值，屈原不死，亦不朽。

第四，楚国先公祠庙中的壁画是引发屈原问天情思的现实契机。从文学史料来看，在屈原之前的春秋时代，《孔子家语・观周》就有“孔子观乎明堂，睹四门墉，有尧舜与桀纣之象，而各有善恶之状，兴废之诫焉。”[④]刘向《说苑》：“齐王起九重之台，募国中有能画者，则赐之钱。有敬君，居常饥寒，其妻妙色。敬君工画，贪赐画台。”[⑤]这是关于战国时兴壁画的记载。张硕城综合考察《汉书》《后汉书》等传世文献和长沙陈家大山战国“帛画墓”出土的器物、画图等出土文物，论证了战国时楚地存在大型壁画的可能，认为楚人能够用高超的绘画工艺装饰墓葬，也必

① 杨义：《屈子楚辞还原》，中国社会科学出版社，2016年版，第308页。

② ［宋］洪兴祖：《楚辞补注》，第85页。

③ 梁文勤：《〈天问〉：忧伤的困惑》，《云梦学刊》2018年第3期。

④ 王国轩、王秀梅译注：《孔子家语》，中华书局，2011年版，第132页。

⑤ ［汉］刘向撰，向宗鲁校证：《说苑校证》，中华书局，1987年版，第536页。

然会隆重装饰宗庙祠堂这样的重要场所[1]。这个论证说明屈原有“呵壁问天”的可能性。那《天问》究竟是否为屈原在祠堂壁画感发下的激情创作呢?我们可以在《天问》文本中找到答案。《天问》有“白蜺婴茀,胡为此堂?”王逸解释说:“蜺,云之有色似龙者也。茀,白云逶移若蛇者也。言此有倪茀,气逶移相婴,何为此堂乎?盖屈原所见祠堂也。”[2]可见,战国时楚地确实存在装饰着大型壁画的祠堂,这些壁画颜色光怪陆离,其上云彩状如龙蛇,这为屈原的“呵壁问天”行为提供了现实契机。屈原放逐至此,身心俱疲,在楚国先祖祠堂壁画的触发下,将其内心对天地自然、神话历史、国家民族等多重情感,交织联结,即兴迸发,一发不可收,形成《天问》奇文。

三、《天问》的命名与问对体的发展

关于《天问》的命名,很多学者认为就是“问天”。那么《天问》为什么不以“问天”命名呢?王逸解释道:“何不言问天?天尊不可问,故曰天问也。”[3]对此,后世学者多持赞成态度。但也有学者不以为然,尝试从用语习惯角度解释这个问题。雷庆翼、黄震云都认为,“天问”并非王逸所说的“天尊不可问”,而是缘于古人的语言习惯。前者认为,《天问》二字排列顺序乃缘于当时普遍通用的“动宾倒装”规则[4]。后者根据《论语·宪问》《墨子·鲁问》等篇目,认为《天问》之“问”当是一种体例[5]。笔者深受雷庆翼、黄震云二位学者的启发,认为《天问》不以“问天”命名的原因并不在于“天尊不可问”,也不仅仅缘于古人的语言习惯。笔者认为,“问天”行动在前,《天问》篇章形成在后,屈原在做出“呵

---

① 张硕城:《〈天问〉是否呵壁之作》,《学术论坛》1984年第1期。

② [宋]洪兴祖:《楚辞补注》,第101页。

③ [宋]洪兴祖:《楚辞补注》,第85页。

④ 雷庆翼:《楚辞正解》,第105页。

⑤ 黄震云:《楚辞通论》,湖南教育出版社,1997年版,第16—17页。

壁问天”这个行为的时候，已经表明他对“天”的质疑和不敬了。所以，屈原在拟定篇章标题的时候，“天”在“问”前或“问”后与其尊天与否并没有太大关系。《天问》的命名实际上是遵循先秦时期问对体篇章惯用的命名规则。在此之前的典籍中有很多类似篇章，如《孙膑兵法・威王问》、《管子・九守・主问》、《管子・桓公问》、《荀子・尧问》、马王堆帛书《十问》等。就《楚辞》本身来讲，其篇章命名的惯例也是将动词或名词放在后面表示文体，如《离骚》《九歌》《橘颂》等。所以，“天问”二字不存在排列的顺序问题，“问”只能放在天的后面，因为在屈原的心中“天”是一个包含天地、宇宙、自然万物、神话历史在内的一个宽泛的概念，“问”直观上指的是提问、询问，同时也包含文体之义。因此，笔者认为《天问》是屈原在创造性继承先秦问对体篇章内容和形式基础之上创作的一首具有鲜明个性特征的长篇抒情诗歌。天问，表面看是问天，实际上是屈原面对上天表达对历史、社会、人生的感悟、疑问和思考。答案不是终极目标，问的过程才是意义所在。文学家、诗人的使命就是在对天地、宇宙、神话、历史人事的不倦追索中，抒情言志，引发哲思。唐代柳宗元的《天对》，对照屈原《天问》所提问题逐一作答，实在是未得屈子《天问》之精髓与要义。

因此，从文体发展的角度来讲，《天问》的创作是问对体发展链条上的重要环节。《天问》发展并创新了问对体的写作范式，对屈原之后的同类作品影响深远。在《天问》之前，问对体作品已经广泛存在且多以一问一答的形式展开论述或论辩，内容上包括人神对话的卜辞、人人对话的语录体散文、文人单独创作的说理言志篇章等。相较而言，《天问》的书写方式继承了先秦问对体“提问行文”的基本规制，但是又有很多新变。一是提问方法更加丰富多样。《天问》全诗 370 多句，抛出了 170 多个问题，涵盖了疑问、质问、诘问、反问等多种提问方式。正是这些形式多样、节奏铿锵的问句，形象展示了屈原孜孜不倦的求索精神、勇敢磊落的战斗精神和不惧权威的怀疑精神。二是一问到底，有问无答的新变。殷墟卜辞和先秦诸子的问对体散文，都是有问有答，以问引答，答重于问。而《天问》则以“一问到底”“似问实答”的形式成文，通篇提出 170 多个问题，却没有一句应答之词。这是“有意味的形式”，深刻反映屈原在政治上的落寞与不得志，也更突出屈原独自斗争、报国无门的英雄末路式悲慨。然而，“国家不幸诗家幸，赋到沧桑句便工”，正是这种苍凉的孤独感和悲壮感，为《天问》注入了震撼人心的哲理内涵和艺术感召力。

同时，《天问》的创作实践，丰富了问对体的情感内涵，标志着问对体发展的成熟状态。先秦诸子以“问”为标题的问对体散文，内容大多都与君子修齐治平的政治理想相关，较多引用历史人物及典故论述说理，而屈原《天问》除了涉及历史之外，还有大量关于天体、大地和神话传说的内容。屈原为“问对体”注入了更为深广的情感内涵。“《天问》之问是不惑之惑，这意味着诗人内心的愤慨、激动、不平等种种激烈的情绪，在历史事实或个人遭际面前，经历重重打击之后，发生了重大转化。愤怒呼号转化为深重的绝望，尖锐犀利的锋芒内敛为痛苦的忧伤，投射到语言层面即为包含着重重困惑和不解的疑问句式。”①从这个意义上说，《天问》“以问行文”的内敛式语言形式和“问而不答”的留白给读者留下恰到好处的想象空间，让其在思想传达和情感表现上获得了巨大的艺术张力。

透过“天问”，我们看到了屈原的爱憎哀愁，也看到了屈原崇高的理想和伟大的人格。这是对先秦时期问对体篇章表现出来的修齐治平精神的继承和发展。这也是真正意义上的文人作品，构思奇特，哲理深邃，焕发着文学的魅力和光芒。从后世各类文体学著作收录的问对体作品来看，《天问》无疑达到了中国问对体创作的成熟状态，其“瑰诡慧巧”的艺术构思和深广的情感内涵，是先秦和汉代以后的问对体作品都无可比拟的。马晓舟说“先秦时期除《天问》外的问体文学的篇章，或篇幅较为短小、内容单一，或句式及用韵随意、无固定格式。而《天问》在内容和形式两方面的充实与完备显示了其作为这一文体代表的成熟性。”②《天问》部分承袭了甲骨卜辞、诸子散文问对体篇章的文体特点，

① 梁文勤：《〈天问〉：忧伤的困惑》，《云梦学刊》2018年第3期。

② 马晓舟：《论先秦时期的问体文学》，《重庆交通大学学报》(社科版)2012年第6期。

同时创造性运用“一问到底”“似问实答”的新形式，淋漓尽致地展示了其深邃哲思和深沉情感。正如刘晓梅所说，“他用一个个问句连接起来宇宙洪荒、天地万象、历史现实、国家个人等诸多方面，形成一条汹涌澎湃的大河，一个接一个的诘问如一声声铿锵有力的鼓点，敲击着历代读者的心灵。”①后世很多文人模仿《天问》创作大量文学作品，如西晋傅玄的《拟天问》，梁朝江淹的《遂古篇》，唐代柳宗元的《天对》，明代王廷相的《答天问》，黄道周的《续天问》，清代李雯的《天问》，等等。这些摹拟之作虽然数量众多，但是在思想价值和文学价值方面都难以和《天问》相媲美，这足以说明《天问》在问对体这一体裁创作方面达到了高超的艺术水平，难以超越。

《文心雕龙》把《辨骚》篇放在文之枢纽之后，文体论之前，除了与屈原作品“行廉志洁”的情感内涵有关，同时也肯定了其在文体方面的贡献。屈辞文体类别丰富，有的是屈原独创，如骚、诵、思，有的是屈原在继承、发展传统基础上的再创造，如歌、颂、问。刘勰认为，屈原在文人创作方面为后人树立了典范：既能“取镕经意”继承优秀传统，又能“自铸伟辞”结合时代、自身经历等有所创新，让文体内容和形式相辅相成，相得益彰，故能“轩翥诗人之后，奋飞辞家之前”②。《天问》就是这样一个成功的文学创作实践，继承经典，发展经典，自成经典，为后代文人创作树立了光辉典范。

■ 作者简介

潘莉，1978年生，江苏新沂人，文学博士，徐州工程学院副教授，中国屈原学会理事，主要从事先秦两汉文学研究。

---

① 刘晓梅：《“问天”文化心态与〈楚辞·天问〉》，辽宁师范大学硕士学位论文，2017年。

② ［南朝梁］刘勰著，范文澜注：《文心雕龙注》，人民文学出版社，1958年版，第45页。

《史记·楚世家》"鬻熊子事文王"辨析*

吕庙军

（邯郸学院文史学院　河北邯郸　056005）

内容提要　《史记·楚世家》记载"鬻熊子事文王"之"子"在文中并无儿子、养子、弟子、君主等特别含义。在有关诸说中，尊称说与衍文说似乎较为妥当。通过进一步辨析，本文认为在七种说法中，"鬻熊子"为司马迁对鬻熊的尊称。鬻熊与鬻熊子前后文连用，属于司马迁另起行文、变换语气表达对鬻熊事奉文王推崇、赞许之意。

关键词　鬻熊　鬻熊子　子　尊称说　衍文说

"鬻熊子事文王"语出《史记·楚世家》："周文王之时，季连之苗裔曰鬻熊。鬻熊子事文王，早卒。"①长期以来，学术界对"鬻熊子事文王"之理解众说纷纭，莫衷一是。其问题症结在于学者们对句中"鬻熊子"之"子"的认识纠葛不清。下面就此问题对相关诸说逐一辨析。

第一种说法，"鬻熊子"之"子"为儿子说。宋代学者邓明世《古今姓氏书辨正》载："熊出自芈姓。祝融曾孙（裔）鬻熊，为周文王师，其子事文王，早卒。"②他将"鬻熊子"训释为鬻熊之子，由此"鬻熊子事文王"就是鬻熊的儿子事奉文王。乃至现代还有不少学者秉持此说。如安平秋

---

*　本文为国家社科基金项目"清华简所见先秦诸子思想交融问题研究"（项目编号：20BZS013）阶段成果。

①　［汉］司马迁：《史记》，中华书局，1982 年版，第 1691 页。

②　［宋］邓名世：《古今姓氏书辨正》，江西人民出版社，2006 年版，第 6 页。

将“鬻熊子事文王”释为鬻熊的儿子事奉文王①。

将“鬻熊子”理解为鬻熊的儿子，这种说法明显不对。结合《楚世家》对鬻熊及其后世的记载，“周文王之时，季连之苗裔曰鬻熊。鬻熊子事文王，蚤卒。其子曰熊丽。熊丽生熊狂，熊狂生熊绎。”分析上、下文语境，前有“鬻熊子”，后有“其子曰熊丽”，“其”明显是指“鬻熊”。因此，把“子”理解成“儿子”之义实为误读。又，鬻熊后嗣楚武王言：“吾先鬻熊，文王之师也，蚤终。”结合“鬻熊子事文王”两相印证，说明这个鬻熊子只能是鬻熊。根据古人语言习惯，表达某人的儿子时，多见某之子、某子加人名的句式。如《史记·晋世家》载：“唐叔子燮，是为晋侯。晋侯子宁族，是为武侯。武侯之子服人，是为成侯。成侯子福，是为厉侯。厉侯之子宜臼，是为靖侯。”②《令彝》铭文“王令周公子明保尹三事、四方”③，言周公的儿子叫明保。

第二种说法，“鬻熊子”之“子”为像儿子、弟子说。“鬻熊子事文王”，安砚方译为“鬻熊如同儿子般事奉文王。”④韩兆琦译作：“鬻熊以弟子之礼事奉文王。”⑤张正明也认为：“所谓‘子事文王’，意即事文王如子。”⑥

这种说法是将名词“子”作状语来修饰后面的动词“事”，“鬻熊子事文王”就成了鬻熊如同儿子般事奉文王。“子事”就是将自己作为儿子或以儿子的身份来事奉某人。对于“子事”某人之例，揆诸文献十分罕见。文献中类似的用例，有“父事”（以父亲事之）、“师事”（以老师事之）等。如《礼记·曲礼上》：“年长以倍，则父事之。”⑦《国语·晋语四》：

---

① 安平秋：《二十四史全译·史记》（第一册），汉语大词典出版社，2004 年版，第 631 页。

② ［汉］司马迁：《史记》，第 1636 页。

③ 陈梦家：《西周青铜断代》（上），中华书局，2004 年版，第 35—36 页。

④ 杨钟贤、郝志达：《全校全注全译全评史记》（第三卷），天津古籍出版社，1997 年版，第 91 页。

⑤ 韩兆琦：《史记译注》，中华书局，2010 年版，第 3101 页。

⑥ 张正明：《楚史》，湖北教育出版社，1995 年版，第 26 页。

⑦ 杨天宇：《礼记译注》，上海古籍出版社，2004 年版，第 6 页。

“晋公子亡……父事狐偃,师事赵衰,而长事贾佗。”[①]《汉书·游侠传·朱家》:“楚田仲以侠闻,父事朱家,自以为行弗及也。”[②]以上诸例都是将别人(施动对象)作为“父亲”“老师”“长辈”的身份来看待、侍奉。如“父事”是把他人当作父亲一般事奉,而与“子事”将自己作为儿子般来事奉别人用法明显不同。也就是说事奉某人,在文献中见到的多是身份、等级、辈分低下的人来事奉身份、等级、辈分较高的人。“子事文王”表达如同儿子般的事奉文王这一语例与文献中习见用法相反。这使我们怀疑“鬻熊子”之“子”很可能不是表达鬻熊以儿子身份事奉文王的意思。反过来,即令要表达鬻熊以儿子身份事奉文王的含义,照习惯用法来说应该是“鬻熊父事文王”。“鬻熊子事文王”这一用法基本上属于一种孤例,与文献中诸多语例习惯用法表达意思相反且有抵牾之处。因此,可以排除“子”在这里名词做状语来修饰动词的异常用法。至于有学者将“子事”理解为以弟子身份事奉文王的说法也是不对的。“子”并无“弟子”之义,与将“子”理解为“儿子”“如同儿子般”同样不准确。

第三种说法,“鬻熊子”之“子”是一种爵号或者是一种子部落特有称谓说。李玉洁引《华阳国志·巴志》记载“古者远国虽大,爵不过子,故吴、楚及巴皆曰子”,从而将“鬻熊子事文王”理解为鬻熊以子爵职位臣事文王。她认为称楚君为子,当是春秋以后人的概念,西周时期公、侯、伯、子、男五等爵位还未出现。所谓的公、侯、伯、子、男还是一种亲属称谓[③]。香港学者郭伟川亦认为“子事文王”就是鬻熊以子爵之国的国君,尊服文王[④]。

这一说法是将鬻熊子视作一种子爵的职位或子爵之国君主臣事文王。学者多将鬻熊事奉文王或为文王之师视作鬻熊部落投奔、归附周的主要依据。文献记载鬻熊事周,年寿已高,“早卒”“早终”。文王之

① 邬国义:《国语译注》,上海古籍出版社,1994 年版,第 302 页。

② [汉]班固:《汉书》,中华书局,1962 年版,第 3700 页。

③ 李玉洁:《楚国史》,河南大学出版社,2002 年版,第 34—35 页。

④ 郭伟川:《从清华简〈楚居〉论荆楚之立国》,《历史文献研究》(总第 32 辑),华东师范大学出版社,2013 年版。

时,鬻熊归周地位颇高。《周本纪》曰:"闻西伯善养老。……太颠、闳夭、散宜生、鬻子、辛甲大夫之徒皆往归之。"①鬻子即鬻熊,赫然与太颠、闳夭、散宜生并列。而到武王伐商,却不见有关鬻熊事迹记载,可见鬻熊在文王之时即已离世。此时,文王为殷商西伯,未曾对其归附者进行分封爵位。《楚世家》明载到周成王时才将鬻熊之后裔熊绎分封到楚蛮之地,"封以子男之田,姓芈氏,居丹阳。"下文又载楚王熊通曰:"成王举我先公,乃以子男田,令居楚。"熊通自叙先祖熊绎受封历史当为信史。又,《史记·孔子世家》记楚昭王时令尹子西说:"楚之祖封于周,号为子男五十里。"②《汉书·地理志》说:"周成王时,封文、武先师鬻熊之曾孙熊绎于荆蛮,为楚子,居丹阳。"③陕西周原甲骨 H11:83 载"曰今秋楚子来告父后哉"④,可证当时楚君确实"号为子男",熊绎为楚国始封君。史料记载与楚人所言关于熊绎受封子爵完全一致。由此,封以子爵职位的是熊绎,而非指鬻熊。故将"鬻熊子"之"子"理解为子爵的职位或子爵的国君是不妥的。

第四种说法,"鬻熊子"之"子"是男子之通称、尊号说。《四库全书·经部·十一经问对》卷二云:"问:书而称子者何?对曰:子者,男子之通称,自鬻熊子著书,后有七十二子皆以所学自成一家言,故贤者著书称子。"李世佳亦认为,《楚世家》鬻熊、鬻熊子前后互见属于古代史书惯用之写作手法。"鬻熊子事文王"一语,可理解为鬻熊子其人臣事周文王⑤。

将"鬻熊子"之"子"作为男子的通称或尊号,在文献上较为多见。先秦时期,如春秋晋国之赵简子、赵襄子,战国时荀卿子、韩非子、鬼谷子、鹖冠子等。楚国国王熊渠也称作熊渠子,《韩诗外传》卷六:"昔者,楚熊渠子夜行,见寝石以为伏虎,弯弓而射之,没金饮羽,下视知其为石

---

① [汉]司马迁:《史记》,第 116 页。

② [汉]司马迁:《史记》,第 1691—1692、1695、1932 页。

③ [汉]班固:《汉书》,第 1665 页。

④ 陈全方:《西周甲文注》,学林出版社,2003 年版,第 60 页。

⑤ 李世佳:《也说〈史记·楚世家〉"鬻熊子事文王"》,《中国史研究》2015 年第 1 期。

也……熊渠子见其诚心,金石为之开。"①又,《论衡·儒增篇》引儒书言:"楚熊渠子出,见寝石,以为伏虎,将弓射之,矢没其卫。或曰:'养由基见寝石,以为兕也,射之,矢饮羽。'或言:'李广。'便是熊渠、养由基、李广主名不审,无实也。"②尤其《论衡》鬻熊子、鬻熊两名前后互见,与李世佳所引《左传》人名之例"寿""寿子"前后相称明显不同。所谓"《楚世家》鬻熊、鬻熊子前后互见属于古代史书惯用之写作手法"便不能成立。虽然司马迁将鬻熊称作鬻熊子是有可能的,但因为《楚世家》此处所载鬻熊、鬻熊子前后文紧密相承,与其后文"其子曰熊丽。熊丽生熊狂,熊狂生熊绎"文法明显不同。故这种说法仍存在疑点。

第五种说法,"鬻熊子"之"子"是衍文说。日本学者泷川资言较早指出,《艺文类聚》引《史》无"子"字③。此后,中国学者李零注"鬻熊子事文王"曰:"'子'字可能为衍文。"④但李零未说何据。孙重恩则明确指出,"'子'为衍文。《艺文类聚·封爵部·功臣封》篇引该段为'鬻熊事文王,早卒。'可见唐代以前的《史记》即无'子'字。"⑤

以上学者所据唐代类书《艺文类聚》引《史记·楚世家》有关"鬻熊子"详细记载为:"又曰:'鬻熊事周文王,早卒。当成王之时,举文武勤劳之嗣,乃封其后熊绎于楚。'"⑥

"鬻熊子"之"子"衍文说,学者多依据唐代类书《艺文类聚》引"鬻熊事文王"而非"鬻熊子事文王"判断唐代以前《史记》本无"子"字。持衍文说者,大概据《楚世家》"周文王之时,季连之苗裔曰鬻熊。鬻熊子事文王,蚤卒。其子曰熊丽。熊丽生熊狂,熊狂生熊绎"记载,认为"鬻熊子"是因涉下文"其子曰熊丽"中之"子"字而衍。其实,除《史记·楚世

---

① 许维遹:《韩诗外传集释》,中华书局,1980年版,第230页。

② 黄晖:《论衡校释》,中华书局,1990年版,第362—363页。

③ [日]泷川资言:《史记会注考证》,文学古籍刊行社,1955年版,第2477—2478页。

④ 吴树平主编:《全注全译史记》(中册),天津古籍出版社,1995年版,第385页。

⑤ 孙重恩:《楚始受封者——鬻熊》,《江汉论坛》1981年第4期。

⑥ [唐]欧阳询:《艺文类聚》,上海古籍出版社,1985年版,第922页。

家》称鬻熊为鬻熊子外,《风俗通义》也称之为鬻熊子:“楚之先,出自帝颛顼。其裔孙曰陆终,娶于鬼方氏,是谓女溃。……其六曰季连,是为芈。其后有鬻熊子,为文王师。成王举文武勤劳,而封熊绎于楚,食子男之采,其十世称王。”①可见,汉代学者习惯尊称男子为某某子,并非孤例。《艺文类聚》引“鬻熊事周文王”不一定就是《史记》原文而是对其省略之称。从比《楚世家》多一“周”字亦可知并非引用原文。何况汉代人不只司马迁一人称鬻熊为鬻熊子。由此,“鬻熊子”之“子”为衍文说者并不可靠。虽然如此,《艺文类聚》对《楚世家》引文用“鬻熊”而非“鬻熊子”,至少说明作者认为“鬻熊子”之“子”在文中并无特殊含义,故才省称“鬻熊”。

第六种说法,“鬻熊子”之“子”为养子说。这种说法似乎在学术界影响较大。段渝根据周原甲骨 H11:14(释文:楚伯迄今秋来西王之侧)与 H11:83(释文:曰今秋,楚子来告父后□)两片甲骨卜辞记载,认为系鬻熊以楚部落族长身份归顺周文王之事,所以 H11:14 卜辞称其为“楚伯”。由于周文王按照周人习惯法收鬻熊为养子,故 H11:83 卜辞改其称呼为“楚子”,而不再称“楚伯”。故“鬻熊子事文王”意为鬻熊以养子的身份服事周文王②。唐嘉宏亦认为,“楚子”一名的来由与“鬻熊子事文王”有关,是以个人和部落的名义作了周王的养子。楚子并非表示楚国君为“五等爵制”中的子爵,楚子当为周人的养子部落中的首领或酋豪,这两片周原甲骨可以通释为:楚的首领(楚伯)在一个秋天来到西土,拜会周文王。在另一个秋天(可能经过加入式后),作为养子部落的酋豪——楚子来拜会父后周王,有所告请③。

周原甲骨 H11:83 云:“曰今秋楚子来告。”此处“楚子”究竟为谁?学界有鬻熊和熊绎两说。依据《楚世家》记载,成王时封熊绎“以子男之田”,此时熊绎当为子爵,则楚子自是熊绎,而不可能是鬻熊。有学者据

---

① 王利器:《风俗通义校注》,中华书局,1981 年版,第 28 页。

② 段渝:《论周、楚早期的关系》,《社会科学研究》1986 年第 5 期。

③ 唐嘉宏:《试谈周王和楚君的关系——读周原甲骨“楚子来告”札记》,《文物》1985 年第 7 期。

周原甲骨 H11：83 卜辞曰："楚伯乞今秋来从于王其则(侧)。"认为与上引甲骨当为同时事。楚伯乞或释作楚子熊绎,伯为伯仲之伯,乞为绎的同音假字①。这种解释将楚伯和楚子视作熊绎一人,不仅忽略了周、楚之间历史关系的发展变化,在训诂上也未免牵强,不能令人信服。《左传·昭公十二年》载右尹子革曰:"昔我先王熊绎跋涉山川以事天子。"②此与周原甲骨 H11：83 卜辞或可以相互印证,但与 H11：14 卜辞关系却不甚相关。

H11：83 和 H11：14 两片卜辞,一称"楚子",一称"楚伯",两者究竟是五等爵制还是家族内部亲属称呼? 殷周时期有无五等爵制? 史学界颇有争议。我们认为,"楚伯"是楚先祖鬻熊,沿用的是殷商时分封的旧有名号,"楚子"是指周成王分封的楚国先王熊绎。这两片卜辞记录、反映了不同时期周、楚之间政治关系的变化。有学者认为楚子是鬻熊的观点是不对的,因为文献上看不到周对鬻熊分封的历史记载,不能据"鬻熊子事文王"之"鬻熊子"或"鬻子"的名号便误解鬻熊即是"楚子"。

第七种说法,"鬻熊子"之"子"训为"君""主"说。个别学者据《左传》鲁襄公二十二年关于楚康王讨杀令尹子南"王遂杀子南于朝,轘观起于四竟。子南之臣谓弃疾曰'请徙子尸于朝'"记载,认为令尹之家臣称其主为"子",指出"子"有"君""主"的意思。据"子南"之例,鬻熊率领楚族投奔周文王,可称文王为"子"。在"鬻熊子事文王"这一语境中,"子"是名词作状语来修饰"事",说的是鬻熊以君礼臣事文王。

令尹家臣称其主为"子",是古人一种尊称用法,却无"君""主"之义。考之文献,也无"子"作君主之用例。因此,不能据以说明"鬻熊子事文王"之"子"有"君""主"义。故此说不能成立。

综合以上诸说及辨析,可见"鬻熊子事文王"之"子"并无儿子、养子、弟子、君主等特别含义。"鬻熊子"实际上是一种对男子通用的尊称。这在汉代史籍中已屡见不鲜。由于司马迁对鬻熊事奉文王的推

① 陕西周原考古队、周原岐山文管所:《岐山凤雏村两次发现甲骨文》,《考古与文物》1982 年第 3 期。

② 杨伯峻:《春秋左传注》,中华书局,1990 年版,第 1339 页。

崇、赞许，故称之“鬻熊子”，或在《周本纪》直接简称“鬻子”。后来因抄书者如《艺文类聚》改写而省称“鬻熊”，以致流传于今，从而形成千年聚讼。

解决了“鬻熊子事文王”中“子”的含义问题，对文献记载的鬻熊“为文王师”理解便涣然冰释。其实，无论“鬻熊事文王”还是“为文王师”都是臣事文王，两者并不矛盾。鬻熊事文王就是“为文王师”，有如周公旦、师尚父等在周朝廷为官，其长子在封地为诸侯一样，鬻熊在周为文王师，类似于“坐策国事”，相当于文王军师、谋臣一类官职，其子熊丽则率楚族仍居楚。①

■ 作者简介

吕庙军，1969 年生，男，河北邯郸人，历史学博士，邯郸学院文史学院教授，主要从事出土文献与先秦史研究。

---

① 罗运环：《楚国八百年》，武汉大学出版社，1992 年版，第 71—72 页。

论《清华简·系年》的写制及其性质*

藏 岩

（西北师范大学文学院　甘肃兰州　730070）

内容提要　《系年》是清华大学收录战国楚简中的一篇，内容上记载了周初至战国时期的历史，突出表现这一时期各国的兴衰及国际关系。从编写体例上看，《系年》提供了一种新的先秦史书的书写范式，不独为编年或纪事本末，更非删削《左传》而来的摘编或"故志"类史书。笔者以为，《系年》或许不是某一种史书类别，与同期史书相比，其在史料在记载脉络及内容上具有相似性，或为同类公共史料的"变体"，而《系年》正是基于某种目的对这些"公共史料"的重新抄录与整理。

关键词　《清华简·系年》　体例　性质　《左传》　"公共史料"

2008年清华大学受校友捐赠，收入了一批战国楚简，即《清华大学藏战国竹简》（简称《清华简》），其内容多为经、史一类的典籍，经清华大学团队整理，现已出版十二辑，其中第二辑于2011年整理出版，收录史书类的《系年》一篇。李学勤介绍《系年》"原无篇题，因篇中多有纪年，文字体例与若干内容又近似西晋汲冢出土的《竹书纪年》，故拟题为《系年》。"①从形制及书写方式上看，《系年》是一部前后相序、编排整齐的书籍，全书由138支竹简组成，简长约在44.6—45厘米，简的背面有排

* 本文系国家社科基金重大项目"出土文献与上古文学关系研究"（项目批准号：20&ZD264）阶段性成果。

① 李学勤主编：《清华大学藏战国竹简（贰）》，中西书局，2011年版，第135页。

序编号，简序的排列基本展现了原书的文本内容。全篇23个段落，简文每段结束后都画有勾、横之类的标记，且每章结束，都会另起新简书写下一章，可见其段落划分应该是写制者有意为之。现通行释文“全篇计有二十三个段落，为称引方便，释文依之划为二十三章”①，也基本遵循了简文原来的分章。从内容上看，《系年》全篇大致以时间为序，记录了周初至战国时期的历史，其中前四章主要述及西周王室的兴衰以及晋、郑、楚、秦、卫等诸侯国的代兴，五章以后则主要记载了春秋至战国初的重要史实，内容多为晋、楚历史，其中穿插秦、齐、陈、蔡、吴、楚等国的相关内容。所以，李学勤认为《清华简》在性质上是“严格意义的书籍”，内容多与历史有关。②

一、清华简体例说疑

关于《系年》的性质，学术界一致认同它是一部先秦史书，但在史书体例及文本性质的定位上聚讼纷纭，其中最具代表性的观点主要有四种：编年体，纪事本末体、“故志”类史书，以及“××微”类史书。详细考察《系年》文本，对比先秦《春秋》《左传》《竹书纪年》，以及对相关文献的记载及解读，笔者仍有相关思考，现列如下：

编年体。以李学勤为代表的《系年》整理者多以为此书应是“纪年类”编年体史书，指出“其间史事不少记有纪年”③，“与《春秋》经传、《史记》等对比，有许多新的内涵。特别要指出的，是这种史书体裁和已看到的一些文句，都很像《竹书纪年》。”④可见李学勤强调《系年》与《竹书纪年》中在记事方式上的相似性。《竹书纪年》全本已佚，李先生在《由清华简〈系年〉论〈纪年〉的体例》一文指出：“古本《纪年》(至少是一部

① 李学勤主编：《清华大学藏战国竹简(贰)》，第135页。

② 李学勤：《初识清华简》，中西书局，2013年版，第2页。

③ 李学勤：《由清华简〈系年〉论〈纪年〉的体例》，《深圳大学学报》(人文社会科学版)2012年第2期。

④ 李学勤：《清华简〈系年〉及有关古史问题》，《文物》2011年第3期。

分)恐怕不是像《春秋》那样分年排列,其体例很可能更与《系年》有接近之处。"①但从现辑佚的条目来看,《纪年》逐年记事,而且其整理者断定该书为"魏国史书,大略与《春秋》皆多相应。"②李学勤先生将《竹书纪年》定性为编年体纪年类史书,则是《竹书纪年》在内容上首先以纪年为主,其次则是按时间先后的编纂顺序。谢保成认为:"纪年,仅记某王年发生某事,虽有年月,却是孤立记事……而编年,则是将孤立的'纪年'连贯起来,按年进行编纂。"③故李零以为"纪年类的古书是编年类古书的来源。"④杜预言《春秋》"记事者,以事系日,以日系月,以月系时,以时系年,所以纪远近、别同异。故史之所记必表年以首事。"⑤可见,《春秋》在记事上是以时间系事,编年而纂,盖《竹书纪年》整本应该均是此种编年体形式。但对比《系年》记事,内容上确实记录了某王某年发生某事,可以说是采用了"纪年"的形式,但其并非严格按照编年而连贯,在23章中使用有周、晋、楚多国君王纪年,有的同时使用两国君主的交叉纪年,如18章先后以"晋庄平公立十又二年,楚康王立十又四年"交叉纪年。其他许多章内纪年甚少,个别篇章如3、5、9、13章甚至一个纪年也没有。而且从纪年在文本中出现在位置来看,有篇首和篇中两种方式,这些与《春秋》《竹书纪年》之类史书的纪年方式大不相同。美国芝加哥大学夏含夷教授认为中国上古时期主要有两种纪年形式的史书,一种是单国的历史编年;一种是多个国家综合、比较的编年体,"清华《系年》似乎也属于后一种类型"。⑥ 可以看出,《系年》并不完全符合单国纪年的体例,但其以记载某王某年发生某事的形式却是符合"纪

① 李学勤:《由清华简〈系年〉论〈纪年〉的体例》。

② [晋]房玄龄等撰:《束皙传》,《晋书》卷五一,第五册,中华书局,1974年版,第1432页。

③ 谢保成:《中国史学史》,商务印书馆,2006年版,第109页。

④ 李零:《简帛古书与学术源流》,生活·读书·新知三联书店,2007年版,第286页。

⑤ 杜预《春秋序》,阮元校刻:《十三经注疏·春秋左传正义》,中华书局,1980年版,第1703页中栏。

⑥ [美]夏含夷:《原史:纪年形式与史书之起源》,"简帛·经典·古史"国际论坛,2011年。

年”。李零认为“纪年”注意到的是“年代”,其特点是“以事系年”[①],而《系年》在部分篇章中仍特别强调年代,如8章“晋文公立七年,秦晋围郑,郑降秦不降晋,晋人以不慭。”[②]10章(晋)灵公高立六年,秦公以战于堇阴之故,率师为河曲之战。”[③]11章“楚穆王立八年,王会诸侯于厥貉,将以伐宋。”[④]等等,一定程度上确实符合纪年的形式,而且其篇章以时间列次,故今人题名为“系年”。所以,李学勤关注到其记载方式上与《竹书纪年》相似也是有一定的道理,但并不能说明《系年》与《竹书纪年》为同一类历史文献。

纪事本末体。这一观点最早见于廖明春、许兆昌、齐丹丹等学者的专论。2011年12月19日《清华大学藏战国竹简(贰)》成果发布暨学术座谈会上,廖名春曾提出此竹书并非为编年体史书,而是纪事本末体,其《清华简〈系年〉管窥》一文认为“该书23章,基本上都属于按照史事始末记事,而非简单地以时纪事。每章的内容都是叙述事情的始末,可称之为‘故事’或‘古事’;而章与章之间,都按时间先后编排,基本上是年代早的故事在前,年代晚的史事在后,从这一角度而言,则可称之为‘系年’,”“应该定名为《古事系年》或《故事系年》。”[⑤]许兆昌、齐丹丹所论与此同,他们在《试论清华简〈系年〉的编纂特点》一文指出,《系年》“其述史,因事成篇,纪事本末;其谋篇,统一规划,布局宏大;其叙事,重视时间,前后照应;其所载史迹,记事为主,少量记言。”[⑥]是《系年》叙事,主要在于概括史事,因事成篇而重视事情发展始末。《系年》的写制有一定的体例,在陈述方式上虽呈现出“纪事本末”的述史特点,但在记述上并非全部按纪事本末来体现,如2章本为介绍周平王及东周政权

---

① 李零:《简帛古书与学术源流》,第281—282页。

② 李学勤主编:《清华大学藏战国竹简(贰)》,第155页。

③ 李学勤主编:《清华大学藏战国竹简(贰)》,第159页。

④ 李学勤主编:《清华大学藏战国竹简(贰)》,第160页。

⑤ 廖名春:《清华简〈系年〉管窥》,《深圳大学学报(人文社会科学版)》2012年第3期。

⑥ 许兆昌、齐丹丹:《试论清华简〈系年〉的编纂特点》,《古代文明》2012年第4期。

的建立，并引出晋文侯如何协助而“始立之于京师”的史实，却突然插入郑国及楚文王的历史。

> 周幽王取妻于西申，生平王，王或取褒人之女，是褒姒，生伯盘。褒姒嬖于王，王与伯盘逐平王，平王走西申。幽王起师，围平王于西申，申人弗畀。曾人乃降西戎，以攻幽王，幽王及伯盘乃灭，周乃亡。邦君诸正乃立幽王之弟余臣于虢，是携惠王。立廿又一年，晋文侯仇乃杀惠王于虢。周亡王九年，邦君诸侯焉始不朝于周，晋文侯乃逆平王于少鄂，立之于京师。三年，乃东徙，止于成周，晋人焉始启于京师，郑武公亦正东方之诸侯。武公即世，庄公即位；庄公即世，昭公即位。其大夫高之渠弥杀昭公而立其弟子眉寿。齐襄公会诸侯于首止，杀子眉寿，车轘高之渠弥，改立厉公，郑以始正。楚文王以启于汉阳。①

根据系年史料的呈现内容，主要记录周平王建立东周政权的史实，而这一过程中晋文侯“逆平王于少鄂，立之于京师”，又协助东迁于成周，才有后面“晋人焉始启于京师”的记述。但此处突入“郑武公亦正东方之诸侯”，并未言明其在周平王建立东周政权过程中的史实。《左传·隐公六年》周桓公(周公黑肩)言“我周之东迁，晋、郑焉依”。②《左传·僖公二十四年》记载:“郑有平、惠之勋。”③《史记·郑世家》:“犬戎杀幽王于骊山下，并杀(郑)桓公。郑人共立其子掘突，是郑武公。”④再《帝王世纪》载:“平王元年，郑武公为司徒，与晋文侯股肱周室。”⑤是郑国这一时期受周王朝事件的影响，而且郑武公也参与到了周平王的相关史实中，但《系年》记述不清，只言其为东方诸侯之长则显得有些突

---

① 李学勤主编:《清华大学藏战国竹简(贰)》，第 138 页。

② 杨伯峻:《春秋左传注》(修订本)，中华书局，2009 年版，第 51 页。

③ 杨伯峻:《春秋左传注》(修订本)，第 424 页。

④ [汉]司马迁:《郑世家》,《史记》(卷四二)第 5 册，中华书局，1959 年版，第 1759 页。

⑤ [晋]皇甫谧:《帝王世纪》，齐鲁书社，1998 年版，第 46 页。

然，而且随后言郑国世系及政治发展，完全与前面周平王建立政权之事并不相关。再者，其末尾于郑国世系之后记载“楚文王以启于汉阳”，叙述中心再次转变为楚国，并未介绍其与周平王事件或与晋、郑等的关系，在整个篇章中显得比较突兀。此章在记事上虽以周平王共和执政的史实为始，牵涉及晋文侯在立平王、定周室之后立之于京师的事件脉络，但同时又引出郑武公这一时期“正于东方诸侯”之事，所以整体上《系年》还是重视时间的，这一点许兆昌、齐丹丹文中有所提及①。而且在郑武公之后郑国世系的记载以及郑襄公平定内乱之后又言楚文王起于南阳之事，也是在大致同一时段，但这恰恰说明《系年》在记事过程中不仅重视事件发展的本末，更注意同一时间段上的史实叙述。所以《系年》的编者是有意识地将这些内容放置于一起，绝非仅仅单纯的呈现事件发展始末。

《铎氏微》类史书。夏含夷指出“《系年》之名并不妥当，这个文献更像《国语》的样子”。“《系年》甚至不排除与《铎氏微》具有某种关联，属于该书纵向授受或者横向流传中的某一版本。”②冯时《郑子家丧与〈铎氏微〉》一文附记认为《系年》实与编年体史书如《春秋》《竹书纪年》不同，而采用分章叙事的著述形式，所谓《系年》与《铎氏微》当属同类形式的史书。③ 陈伟则进一步认为《系年》体裁似从《左传》一类文献改编而成，疑与《铎氏微》相关，其的写作年代与铎椒为威王傅时间相当，其记事方式与“《铎氏微》‘采取成败’、‘抄撮’的特征颇为相符，也与《左传》的风格相仿佛”。④ 其《不禁想起〈铎氏微〉——读清华简〈系年〉随想》一文中提到，“依据司马、刘向等汉代学者的记载在战国中期，有改造、剪裁《春秋》以撰集史书的传统”，而“《系年》与这一传统似有着直接的关系。鉴于国别相同、年代相近或相当、记述时限相合，其章数（二十三

① 许兆昌、齐丹丹：《试论清华简〈系年〉的编纂特点》。

② 参引自陈伟《清华大学藏竹书〈系年〉的文献学考察》一文（《史林》2013 年第 1 期）。

③ 冯时：《郑子家丧与〈铎氏微〉》，《考古》2012 年第 2 期。

④ 陈伟：《清华大学藏竹书〈系年〉的文献学考察》，《史林》2013 年第 1 期。

章)与史载不同,可能是抄录或者进一步删减的结果"。[①] 依陈伟之言,我们现在所见的《系年》可能就是战国楚人抄撮《左传》编写而成的《铎氏微》之类的史书。沈玉成、刘宁指出"《铎氏微》《虞氏微传》乃至列在一起的《左氏微》《张氏微》都是《左传》的节本"。[②] 金德建也认为,《铎氏微》和《虞氏微传》"就是所谓运用抄书的方法而进行的历史创作;它的材料完全取之于《春秋》,仅仅只把分书于历年的或者各国的历史事件,分类摘录出来,另立题目,加以概括罢了"。[③] 可见这些"××微"都取自于《左传》,是《左传》的摘编。

但考察《系年》的记事特征,所述史事虽然多与《左传》相合,但却不是《左传》的摘编。首先,《系年》所记史事多有不见于《左传》者,如 20 章晋越会盟伐齐;21 章晋楚争宋以及黄池大战;22 章晋越会盟以及三晋破齐;23 章楚郑之战以及晋楚武阳之战等等均不见于《左传》。其次,《系年》在内容上虽与《左传》一样记载了春秋时期主要的相关史事,而且在一些记载上脉络大体相同,但《系年》与《左传》在细节上亦有相为出入的地方,这绝不是抄撮、删削所能解释的,如 6 章如关于晋公子重耳流亡十九年的路线的记载。《系年》所记路线为:狄—齐—宋—卫—郑—楚—秦,《左传》则为:蒲城—狄—卫—齐—曹—宋—郑—楚—秦。不仅顺序不同,而且相比于《左传》,《系年》并未记载居蒲城和经过曹国的事。再者如 7 章楚成王"伐齐"以及晋文公"思齐及宋之德";15 章申公巫臣娶夏姬的经历、楚灵王伐吴、伍员与伍之鸡逃归吴,及伍员为吴太宰的历史;17 章崔杼杀齐庄公的直接原因等等,都与《左传》所记史事不符。所以,系年在史料来源上绝不是单纯的抄撮《左传》,其为《铎氏微》之类史书也有可讨论的余地。

"故志"类史书。学者陈民镇对《系年》编年体之说提出疑义,认为

---

① 陈伟:《不禁想起〈铎氏微〉——读清华简〈系年〉随想》,武汉大学简帛研究中心网页。

② 沈玉成、刘宁:《春秋左传学史稿》,江苏古籍出版社,1992 年版,第 77—78 页。

③ 金先生此处的《春秋》是包括《春秋》经传的,而在史事上的摘编主要是指《左传》。(金德建:《司马迁所见书考》,上海人民出版社,1963 年版,第 128 页。)

《系年》应为“故志”，他在《〈系年〉“故志”说——清华简〈系年〉性质及撰作背景刍议》一文中认为，先秦典籍中如《军志》《礼志》等专门的“志”书之外，志书“通常指涉记事的史书，且有为现实提供借鉴的作用”，并且指出《系年》作为教材具有“四方之志”的性质。① 从作者对“志”所引的材料解说来看，《系年》确有四方之志的可能。可惜《志》一类的文献大部分早已失传，但根据早期一些文献的记载仍可窥其大略。从《左传》引用的《军志》《周志》来看，“志”主要是对其嘉言善语的举列，王树民考证，“大致早期的‘志’以记载名言警句为主，后经发展，也记载一些重要的事实，逐渐具有史书的性质。其后则追记远古之事，杂记明神之事，泛记当时之事，成为别具一格的史书了。其名称除用‘志’外，亦可称为‘书’或‘记’。”②“志”“书”“记”为一类，最为明显的莫过于《逸周书·史记篇》及司马迁的《史记》之类。按照陈氏举例《国语·楚语》记载范无宇之言“其在‘志’也”主要是“志于诸侯”者，如“叔段以京患庄公，郑几不封，栎人实使郑子不得其位。卫蒲、戚实出献公，宋萧、蒙实弑昭公，鲁弁、费实弱襄公，齐渠丘实杀无知，晋曲沃实纳齐师，秦有征、衙实难桓、景，皆志于诸侯。”③其“志于诸侯”，即被各国记录在册，如《左传·文公十五年》：“君之先臣督，得罪于宋殇公，名在诸侯之策。”④《左传·襄公二十年》：“卫宁惠子疾。召悼子曰：‘吾得罪于君，悔而无及也，名藏在诸侯之策曰：孙林父、宁殖出其君。’”⑤即各国的史书，如鲁《春秋》、晋《乘》、楚《梼杌》之类。但《系年》所记，首先在系年上属于综合性纪年，即周、楚、晋等等，或单记，或混合纪年，难以看出是某一诸侯之“志”。其次，《国语·楚语上》记载“教之故《志》，使知废兴者而戒惧焉。”⑥是《志》主要

---

① 陈民镇：《〈系年〉“故志”说——清华简〈系年〉性质及撰作背景刍议》，《邯郸学院学报》2012年第2期。

② 王树民：《释“志”》，《文史》，第32辑，中华书局，1990年版，第316页。

③ 徐元诰撰，王树民、沈长云点校：《国语集解》，中华书局，2002年版，第498页。

④ 杨伯峻：《春秋左传注》（修订本），第609页。

⑤ 杨伯峻：《春秋左传注》（修订本），第1055页。

⑥ 徐元诰撰，王树民、沈长云点校：《国语集解》，中华书局，2002年版，第486页。

在于记载“兴废”,王晖指出“‘故志’是专记前代兴衰成败的书,《逸周书·史记》及《左传》成公十五年子臧所引《前志》、文公二年所引《周志》、昭公元年子产所引《故志》均是此类。”①《前志》《故志》《周志》不见全貌,但从《逸周书·史记篇》来看,《系年》与其虽同为战国时期文献,但《史记篇》的形式完全与《系年》不同,《逸周书·史记篇》记录各国兴衰存亡,而且指明其中的兴衰的原因,以此来告诫君王。而且《逸周书·史记篇》主要是瞽史说教的韵语,这与《左传》所引《志》类文献主要在于“语”的形式相合。如此,《系年》为“故志”类文献的推测还有可讨论的空间。

由以上四种体例形式的说法可见,《系年》的史学价值在于它提供了一种新的先秦史书的文本形式,可与其他先秦史籍相发明,但李零认为“史书在早期时数量很多……无法以《春秋》或《春秋》三传的概念范围之。”②所以,《系年》作为史书的体例仍有待而明。笔者以为《系年》或许不是某一种史书类别。就同批竹简来看,其中内容丰富,而且文献抄录留存具有一定的范围及水平,其或是基于某种目的对相关史料的重新抄录与整理。许兆昌在谈到《系年》的编纂特点时说道:“全篇具有统一的谋篇布局,而非简单的史料汇编。这主要表现在以下三个方面。《系年》在第1章中通过叙述西周王朝的治乱简史,总结归纳出决定历史上成败兴衰的两个主要因素,从而达到总揽全篇的目的……自第2章至第5章简述西周以来重要诸侯国的历史变迁,铺展春秋战国时期诸侯霸业争夺的背景与形势……第6章至末章,以晋、楚迭为中心,交织叙事,从而完整地再现了春秋至战国早期霸业发展的全过程。”③由此可见,《系年》的写制是有脉络的整体布局,其用力点在于诸侯国的兴衰和大国争霸等方面,内容上从周武王克商一直记到战国初期三晋伐楚,楚师大败。用极为简明的记载勾勒了这一期间的国家兴亡与国际大势,主旋律是战争及与战争相关的内政外交,并且略去历史事件的诸多细节,只相当于这一时期的历史大纲,所以,军事与政权更迭及国际

① 王晖:《商周文化比较研究》,人民出版社,2000年版,第196页。
② 李零:《简帛古书与学术源流》,第281页。
③ 许兆昌、齐丹丹:《试论清华简〈系年〉的编纂特点》。

关系相关的史事是《系年》的主要选材。而且从《系年》的史料记事来看，其与《左传》《国语》等史料的记载具有一定的相似性，笔者以为《系年》在记事上与《左传》等相关史书具有相似性，或许可以从公共素材的传播角度来理解《系年》的史书性质。

二、《系年》的写制及其性质

《系年》史料来源，自有其多样性和复杂性。《系年》叙史，与《左传》依附《春秋》经的时间框架而逐年展开的体例不类，但其所述史料内容在记载脉络及大致细节上与《左传》有极大的相似性，这不得不引起我们的注意。如《系年》第 5 章记蔡、息两国因息妫而产生的矛盾，致使楚文王灭息的史实：

> 蔡哀侯取妻于陈，息侯亦取妻于陈，是息妫。息妫将归于息，过蔡，蔡哀侯命止之，曰：以同姓之故，必入。息妫乃入于蔡，蔡哀侯妻之。息侯弗顺，乃使人于楚文王曰："君来伐我，我将求救于蔡，君焉败之。"文王起师伐息，息侯求救于蔡，蔡哀侯率师以救息，文王败之于莘，获哀侯以归。①

《左传·庄公十年》记载：

> 蔡哀侯娶于陈，息侯亦娶焉。息妫将归，过蔡。蔡侯曰：吾姨也。止而见之，弗宾。息侯闻之，怒，使谓楚文王曰："伐我，吾求救于蔡而伐之。"楚子从之。秋九月，楚败蔡师于莘，以蔡侯献舞归。②

蔡国与息国因息妫而产生的矛盾，《系年》和《左传》的记载相同，只

① 李学勤主编：《清华大学藏战国竹简(贰)》，第 147—149 页。
② 杨伯峻：《春秋左传注》(修订本)，第 148 页。

有细节的差别。在事件整体脉络记载上则是蔡、息二国因为息妫而息侯引楚文王灭蔡,在细节上《系年》与《左传》在文字记载上亦有相同,如"蔡哀侯取妻于陈,息侯亦取妻于陈。""蔡哀侯娶于陈,息侯亦娶焉。"息侯对文王之言"君来伐我,我将求救于蔡,君焉败之。""伐我,吾求救于蔡而伐之。"以及结尾"文王败之于莘,获哀侯以归。""楚败蔡师于莘,以蔡侯献舞归。"等等。由此可见,《系年》和《左传》在史料来源上具有一定的关系。李守奎针对这一点认为《系年》的作者"看到过《左传》作者所见到的史料"①,侯文学、宋美霖通过对《左传》与《系年》关于夏姬的叙述断定"《系年》和《左传》的作者所面对的基本史料大致相同。"②这些论断均关注到了《系年》与《左传》在史料记载上的相似性,沈建华对此做出了解释,指出《系年》与《左传》二者的文本的并存与资源共享之间的关系。

> (《系年》)与《左传》可以相互印证,但也存在明显差异,属于"异本共存"的关系,虽然在史料资源上有共用的地方,但通过比较,可以推测史料来源属于不同系统。③

"资源共享"意味着两者在史料来源的取材上,差不多源于相同的公共历史资源。李学勤先生在论及《竹书纪年》时认为《竹书纪年》具有通史性质④,说明其并非史官原始之作,《系年》也是一样,《系年》上自西周建立,下迄战国之末的通史规模,说明它不可能是史官的原始记录。《系年》与《左传》《国语》等传世史书相比,在叙史框架的整体脉络上大致吻合,文字也有相似之处。这说明这一时期的历史资料基本上以此脉络传播,但文本不同,反映出历史书写传播的多样性。徐建委指出,"刘向校

---

① 李守奎:《楚文献中的教育与清华简〈系年〉性质初探》,《出土文献与古文字研究》2015年期,第301页。

② 侯文学、宋美霖:《〈左传〉与清华简〈系年〉关于夏姬的不同叙述》,《吉林师范大学学报(人文社会科学版)》2015年第4期。

③ 沈建华:《试说清华〈系年〉楚简与〈春秋左传〉成书》,《简帛·经典·古史》,上海古籍出版社,2013年版,第165页。

④ 李学勤:《由清华简〈系年〉论〈纪年〉的体例》。

书之前，古书多数属‘开放性’文献……在不同地域、不同时段、不同拥有者之间不完全相同。即使拥有者手中的一篇，也并非是‘闭合’的，拥有者还可能采择或撰述相关的内容，增加进去，甚至还有删除某一两章的可能。[①] 如此，史实是唯一的，故而相关资料的来源具有一致性，但文本在书写和传播过程中的多元性，则构成了早期史书历史书写的基本特质。

春秋后期至战国时期，礼乐崩坏，学术下移，国家诸多典籍，尤其是史书不再是周王朝的专利，而是散播于社会。故墨子尝言“吾见百国春秋”[②]。而这一时期的学者在著述之际往往从史书中汲取材料，或以为论说的根据，或重新纂辑以成新著。如司马迁《十二诸侯年表序》“荀卿、孟子、公孙固、韩非之徒，各往往捃摭‘春秋’之文以著书，不同胜纪。”“（楚威王）不能尽观《春秋》，（铎叔）采取成败，卒四十章，为《铎氏微》。”[③]所谓“捃摭春秋”“采取成败”者，即是在各国《春秋》的基础上按自己的见解提炼史事，《左传》也正是在充分占有各国史料的基础上而成。清华简《系年》的作者也不例外，其对西周及秦、卫等国史事的稔熟来看，《系年》的写制者掌握大量的各国史料文献，故许多学者以为《系年》可能是一部相关史料的摘抄本。许兆昌、姜军则明确指出《系年》的史料则来源于史官载笔的“春秋”类文献。

> 《系年》不是原始记录，这一点毫无疑义，因而在编纂时，必有其相应的史料来源。结合前文对于《春秋》叙事成就的讨论，我们认为，从行文及叙事特征看，春秋时期各国史官载笔而成的《春秋》一类的简明原始记录，应是《系年》最主要的史料来源之一。[④]

---

① 徐建委：《战国秦汉间的“公共素材”与周秦汉文学史叙事》，《中山大学学报（社会科学版）》2012 年第 6 期。

② ［清］孙诒让撰，孙启治点校：《墨子间诂》，《新编诸子集成》，2001 年版，第 683 页。

③ ［汉］司马迁：《十二诸侯年表序》，《史记》（卷一四）第 2 册，中华书局，1959 年版，第 509—510 页。

④ 许兆昌、姜军：《试论〈春秋〉历史叙事的成就——兼论清华简〈系年〉的史料来源问题》，《史学月刊》2019 年第 1 期。

因此,《系年》在写制上是对史料的二次加工,是对早期史书记载的再次传播与“变体”,正如于凯所言,早期“史记类”文献在编年和事语之余有故事体史书,这种史书主要是以史官记注或记录为基本素材,“在进一步‘整合’多种相关文献的基础上,经过有意‘撰述’而形成的新的历史叙事文本。”①而《系年》的史料来源则正是早期史官对相关历史的记载,其文本实际上呈现了先秦书籍以及相关记载的传播情况,其与《左传》等传世文献在历史记录上的相似性及相异性也说明了文献在传播过程中的多元性。

早期知识阶层是文化的承载,而先秦书籍传播,主要依靠这些知识分子的流动。黄儒宣注意到,《系年》虽以楚人为立场,用楚文字抄写,但其中“个别文字具有三晋特征,文本形成应与三晋地区有关。”②可以说,清华简的写制有着复杂的区域文化背景,一定程度上体现了当时三晋乃至中原地区文化在楚地的流传情况。李学勤指出,“作为随葬的书籍,总是和墓主的身份与爱好有一定关系的。”③而《系年》为清华简一种,其来源是否源自墓葬有待而明,但从其出土的同类文献来看,其文本的纂集一定程度上体现了写制者的水平。清华简还有与《尚书》《国语》《仪礼》《周易》《诗》有关的书,李向奎指出此简的持有者是太师或相辅之类身份的人物,而且“很有可能是吴起之类的外来之客……为了资政或教学编写了这种史书的缩减本,寓教于事。”④而且从内容及书写体例来看,《系年》又不是对于各国史料的简单改写,而是融入了作者对于春秋至战国初期历史主题的思考,并形成了自己独特的历史见解的一部史学文献,是实用性的历史读本。简文在记叙历史事件后,多附以该事件对国际局势的影响,如第15章“焉始通吴晋之路,教吴人叛楚”,

---

① 于凯:《早期古史书写及其体例的流变与分衍——以近40年新发现涉史类简帛为中心》,《社会科学战线》2018年第10期。

② 黄儒宣:《清华简〈系年〉成书背景及相关问题考察》,《史学月刊》2016年第8期。

③ 李学勤:《初识清华简》,中西书局,2013年版,第2页。

④ 李守奎:《楚文献中的教育与清华简〈系年〉性质初探》,《出土文献与古文字研究(第六辑)》,上海古籍出版社,2015年版,第302页。

第18章"至今齐人以不服于晋,晋公以弱"等等,都是基于现实的评价。李学勤《清华简〈系年〉及有关古史问题》指出,"《系年》的作者志在为读者提供了解当前时事的历史背景,也起到以史为鉴的作用。篇中时代较后的一些章,有时还明显结合当时形势。"①实际上这种历史教学文本的形成与当时的环境有着极大的关系。战国时期,周天子权柄下移,诸国纷争,弱肉强食,封建制度遭到严重破坏,而各地诸侯看重的是纵横谋略、兵法谋术,以期在战争中取得较大的胜利。在这样的大时代背景下,自然需要有一部能帮助读者快速了解诸国纷争渊源及现状的读物,《系年》便是在此环境下形成,这也是为何《系年》在内容上更关注列国之间的关系的原因。也正因为如此,作者不关注礼乐秩序、道德伦常,更不会将其与国家的兴衰相联系。而于儒家思想润色过的《左传》而言,《系年》的作者并无对历史人物的道义评价,也无意通过历史叙述来重构社会,它仅仅是属于时代的历史产物,目的在于助读者快速了解诸国纷争渊源及现状。

综上而言,《系年》呈现了一种新的先秦史书文本形式,由史官的史料记载而来,一定程度上呈现了早期史料记载在纪年、记事本末等形式上的特点。但其与其他文献记载的相似性,又体现了春秋战国以来文献在来源上的一致性以及传播上的多元性。再者,通过这些史料文献纂集的不同内容及形式,进一步说明《系年》在写制过程中具有一定的目的性,而其围绕各国之间的事件发展及国际关系的变化是其写作的中心,是战国时代背景下帮助读者快速了解诸国纷争渊源及现状的读物,通过阅读《系年》达到以史为鉴的目的。

作者简介

藏岩,1993年生,甘肃天水人,西北师范大学文学院2019级博士生,研究方向为先秦两汉文学。

① 李学勤:《清华简〈系年〉及有关古史问题》,《文物》2011年第3期。

伏羲八卦对中国人思维的根源性影响

李小成

（西安文理学院文学院　陕西西安　710065）

内容提要　中国文化始于伏羲八卦，中国人的思维亦根源于他的天、地、人三画卦。伏羲八卦之三爻，在某种程度上影响自古至今中国人的思维方式，这其中有宏观的思维方式、以人为中心的人本思维方式，还有三段论的思维方式。最根源的思维方式是一种形象的思维，先秦诸子的哲理性寓言，也都是具有形象的描述性，究其根源，均来自伏羲八卦。八卦本身对后来的中国文化影响也是多方面的。

关键词　伏羲八卦　思维　根源性

人类的思维演进有一个漫长的发展进步过程，最初的思维方式是原始思维。法国社会学家列维·布留尔在《原始思维》一书中认为，原始思维是一种"原始逻辑的思维"。① 所谓原始逻辑就是神秘的、充满情感体验的"集体表象"，在"互渗律"支配下的思维。② 从终极意义来说，思维是对事物本质、整体和内部联系的反映。不过伏羲那个时代的思维，是从对客观事物的直接感知过渡到抽象思维，这中间有一个重要环节就是表象，不是一下子就到了抽象层面。中国文化源远流长，从人文始祖到今天的中华文明，这其中有一种精神在不断地延续，从未断裂，这就是从伏羲八卦所确立的中国人思维方式。它的影响力亘古未

① ［法］列维—布留尔：《原始思维》，商务印书馆，1981 年版，第 71 页。

② 苗启明：《原始思维》，上海人民出版社，1993 年版，第 1 页。

断一直到今天,我们在处理许多国际问题的时候,还是采用这种思维方式的。但是西方有偏见的学者认为我们的思维缺乏逻辑,德国哲学家及数学家莱布尼兹在1697年的《中国近事》一书中说:"看来中国人缺乏心智的伟大之光,对证明的艺术一无所知。"①固然我们古代逻辑学没有得到充分发展,诸子百家中的名家没有得到壮大,以至于造成了逻辑思维方面与其他文明的差距。表面上看来我们不擅长推理与证明,思辨能力不强,但中国人的思维也有着不同于西方明显的优势。

一、伏羲与宏观思维

中国人与西方人思维方式最大的区别,是我们的思维方式有民族特色,其优势是它观察世界的宏观性,而西方人的思维方式则是微观的。西方人以自我为中心,关注自身与个体的自由与发展,故而利己。而我们中国人考虑的是个体与群体之间的关系,故孔子言"和为贵",这是利他主义者。究其原因,就在于中国人的思维方式是从大处着眼,以宏观思维观察一切。

这种有别于西方微观思维的认知方式是中国人特有的。究其根源,源于伏羲的八卦。据诸多文献记载,伏羲乃三皇之首,为中华文明做出过巨大贡献。《风俗通义》卷一"三皇"云:"《含文嘉》记:'伏戏、燧人、神农。伏者,别也、变也。戏者,献也,法也。'……伏羲始别八卦,以变化天下,天下法则,咸伏贡献,故曰伏羲也。"《尚书大传》云:"伏羲以人事纪,故托戏皇于人。盖天非人不因,人非天不成也。"②清人马骕《绎史》于伏羲所辑文献较多,卷三"太皓纪"曰:"《帝王世纪》:太昊帝庖犠氏,风姓也。燧人之世,有巨人迹出于雷泽,华胥以足履之,有娠,

① 转引自韩琦:《中国科学技术的西传及其影响》,河北人民出版社,1999年版,第59页。

② [汉]应劭撰,王利器校注:《风俗通义校注》,中华书局,1981年版,第3页。

生伏羲于成纪,蛇身而人首,有圣德。……燧人氏没,庖犧氏代之,继天而王,首德于木,为百王先。帝出于震,未有所因,故位在东方,主春,象日之明,是称太昊,都陈。……《白虎通》:‘古之时,未有三纲六纪,民人但知其母,不知其父,能覆前而不能覆后,卧之詓詓,行之吁吁,饥即求食,饱即弃余,茹毛饮血,而衣皮韦。于是伏羲仰观象于天,俯察法于地,因夫妇,正五行,始定人道,画八卦以治天下,天下服而化之,故谓之伏羲。’”①按《帝王世纪》所云,伏羲出生于成纪,作为地名的成纪,最早出现于《史记·孝文本纪》的“黄龙见成纪”,黄龙即伏羲。《〈史记〉地名族名词典》曰:“成纪,县邑名。战国秦昭襄王二十七年(前280),取西戎地置成纪县,盖取嘉名,隶陇西郡,今甘肃静宁县西南(一说今甘肃省秦安县)。汉武帝元鼎三年(前114),改隶天水郡。”②在《史记》中成纪一名出现了七次。《括地志》云:“成纪,汉县,在秦州成纪县北二里。”③《元和郡县志》卷第三十九云:“本汉旧县,属天水。伏羲氏母曰华胥,履大人迹,生伏羲于成纪,即此丘也。周成纪县,属略阳郡,隋开皇三年罢郡,县属秦州。皇朝因之。”④成纪,本属古西戎之地,战国时期羌、戎居其地,秦昭王伐义渠戎而得其地。

依史迹而观,伏羲故里在天水,应不是神话时代的传说,这一点由渭河上游大地湾遗址的发掘而得到证实。大地湾遗址位于甘肃省秦安县五营乡邵店村东侧。2016年6月22日在天水,笔者参加过公祭伏羲大典后,曾前往考察过。这里出土的陶、石、骨、角、玉器等各类文物近万件,还有房址241座,灶址104座,灰坑和窑穴321个,墓葬79座,防护和排水用的壕沟9条,其文明可分为五期,从距今约八千年一直持续到四千八百年前。孙周秦、宋进喜在《从大地湾遗址看中华文化的起源》中列举了大量的考古事实之后得出结论:“我们完全可以肯定,中华

---

① [清]马骕撰,王利器整理:《绎史》,中华书局,2002年版,第16—17页。

② 郭声波编著:《史记地名族名词典》,中华书局,2020年版,第69页。

③ [唐]李泰等著,贺次君辑校:《括地志辑校》,中华书局,1980年版,第220页。

④ [唐]李吉甫撰,贺次君点校:《元和郡县图志》,中华书局,1983年版,第981页。

文明史并非传统所说的上下五千年，大地湾遗址的考古研究成果将中华文明史上溯到了距今 8 000 年！大地湾是华夏文明孕育的一方温床。大地湾文化与我国其他地区的原始文化相互融合，相互影响，相互促进，才形成了薪火相传、绵延至今的中华文明，从而推动了人类社会和人类文明的不断进步。”①在大地湾文化的背景下，三皇之一的伏羲就诞生在这里。从这里走出的人文始祖伏羲，和他所画的代表天、地、人三画卦，开启中国人宏观思维的基本模式。

在尚无文字的时代，伏羲所画的三画卦蕴藏着无尽解读的自然与社会的丰富密码。伏羲伫立于天地之间，思考着过往今来、宇宙人生，先画下了这个符号**—**，是谓一画开天地，以之作为阳爻，代表头顶的天，再画一条与之区别的断开的一杠— —，代表人们脚下的地，在天地之间还有站立着人类自身，就再画上一杠，是之谓三画卦。仅此三爻足矣，老子由此悟出了三生万物。宏观思维最明显的体现，就是道家提出的“气”论，这种理论随之便应用于医学。中医学就是在气一元论的指导下，把人看成一个有机整体，同时又把人与自然看成一个整体。在早期的医学论著《素问》中，这种观念便已提出了。《中医阴阳的“天—地—人”体验哲学》一文认为：“中医阴阳理论具身认知不离《素问·著至教论篇》天文、地理、人事的范围，也可称之为医道发展的‘天、地、人’隐喻认知模式。”②在中国哲学中，气是生命的本原，在中医中，气也是人体生命的根基。《素问·宝命全形论》曰：“天覆地载，万物悉备，末贵于人。……人以天地之气生，四时之法成。……人生于地，悬命于天，天地合气，命之曰人。”③从中医的思维角度看来，整个宇宙就是一个大的生命体，人生活于天地之间，人的生化寿夭，都和外在的自然有密切的联系。

从天地宇宙出发的思维对后世影响极大。政治上的秦皇汉武，天下一统，筑长城，通西域。文学上的汉大赋，一个大字说明了汉赋展现

---

① 孙周秦、宋进喜：《从大地湾遗址看中华文明的起源》，《天水师范学院学报》2008 年第 4 期。

② 刘宁、贾春华：《中医阴阳的“天—地—人”体验哲学》，《北京中医药大学学报》2021 年第 1 期。

③ 姚春鹏译注：《黄帝内经》，中华书局，2010 年版，第 230—231 页。

出的恢弘气度,洋溢着令人惊叹的大汉气象。在美学上,创造大与美结合的艺术境界,在史学上司马迁的第一部通史《史记》的出现。凡斯种种,无不体现出从伏羲以来这种阔大思维的影响。陆机《文赋》云“伫中区以玄览”,是说作家在创作构思时要进入虚静的精神状态,长久地站立在天地之间。刘勰《文心雕龙·原道》:“仰观吐曜,俯察含章;高卑定位,故两仪既生矣。惟人参之,性灵所钟,是谓三才。为五行之秀,实天地之心。”①这里的人处天地之间,而在三才之中人为天地的核心。这种思维不能不说是阔大的。时代虽然不断发展,这种弘大的思维方式依然如故,来自人文始祖伏羲。今天的“一带一路”战略的提出,它是“丝绸之路经济带”和“21 世纪海上丝绸之路”的简称,这就充分地体现了中国人的宏观思维。2017 年 5 月,习近平主席在北京举行的“一带一路”国际合作高峰论坛上,从“两个维度”道出初心:“这项倡议源于我对世界形势的观察和思考。”追究这种思维方式的源头,不能不说到人文始祖。伏羲的思维方式是从象出发的,因为那个时代还没有文字,不会有完整的逻辑体系的表达,而且是以人为中心的。伏羲仰观俯察,头顶有天,脚下是地,人处天地之间,为宇宙之精华,万物的主宰。《周易·系辞下》云:“古者包牺氏之王天下也,仰则观象于天,俯则观法于地,观鸟兽之文与地之宜,近取诸身,远取诸物,于是始作八卦,以通神明之德,以类万物之情。”②天地人三者之中,人处天地之间,为宇宙之主宰,故而古人的思维是以人为出发点,天地只是人思维的对象,后世有人本主义者,即是以人为根本、以人为中心来思考问题。儒家的教育即就如此,它不是以传授知识为第一要务,而是着力把人培养成一个君子。

二、三画卦与以人为主宰的思维模式

中国人的思维有明显的特点,就是事事以人为中心,由此而及于万

---

① 黄叔琳注,李详补注,杨明照校注拾遗:《增订文心雕龙校注》,中华书局,2000 年版,第 1 页。

② [唐]李鼎祚撰:《周易集解》,中华书局,2016 年版,第 450—451 页。

物。这种思维模式初源于伏羲八卦，八卦以天、地、人为三大主干，《系辞下》曰："《易》之为书也，广大悉备。有天道焉，有人道焉，有地道焉。"而三者之中人是天地之核心，为万物之主宰，天地虽不因人而存在，然有人天地才更有存在的意义。《说文解字》云："人，天地之性最贵者也。"①天地之间，人是最尊贵者。《礼记·礼运》亦云："故人者，天地之心也，五行之端也。"②《尸子》亦言："天地生万物，圣人裁之。"③王夫子在释《复》卦中亦言："夫人者，天地之心。"④自古以来，人们都有一种根深蒂固的观念，那就是人是天地的核心，于是有人就认为中国人的思维取向是以人为主要对象、并以人为中心而辐射出去的，如孔子所言之北辰，"居其所而众星共之"(《论语·为政》)。在先秦诸子百家鼎沸时期，各家各派的价值取向皆以人为核心，以此建构中国传统文化的思想体系，儒、道以及后来的释，皆以人为中心构建自己的理论。在宗教中的三位一体，两虚一实的状态，也体现了三极之道的思维模式。

儒家对中国思想文化影响最大，后世人们的世界观和行为规范无不受其影响，而儒家的思维模式也是以自我为中心的。儒家的最高理想，就是追求人生的最高境界，要把自己修养成一个至德的君子。儒家的开创者孔子就极为崇拜古代的圣人先贤，《论语·泰伯》云："大哉！尧之为君也。巍巍乎，唯天为大，唯尧则之。荡荡乎，民无能名焉。巍巍乎！其有成功也，焕乎！其有文章！"荀子更把圣人置于天地之上，以"功参天地"(《荀子·臣道》)而论之。儒家为什么要称颂圣人？因为他们首先是从人之所为人的理念出发，构建以人道精神为核心的生存价值系统，高扬人的主体人格理想。正像荀子说的"道者，非天之道，非地之道，人之所以道也，君子之所道也"(《荀子·儒效》)。儒家的一切都是以人为中心、以人为出发点的，正如李友广《先秦儒家政治哲学的整

① [汉]许慎撰，[宋]徐铉校定：《说文解字》，中华书局，2015年版，第159页。

② [汉]郑玄注，王锷点校：《礼记注》，中华书局，2021年版，第303页。

③ [战国]尸佼撰，黄曙辉点校：《尸子》，华东师范大学出版社，2009年版，第14页。

④ [清]王夫之著：《周易外传》，中华书局，1977年版，第57页。

体性思维架构及其理论特征》所说:“先秦儒家以探究人(人道)为本,以三代政治(王道)为据,以天道为价值指引,整体上呈现出天地人相贯通,过去、现在、未来相衔接的立体式思维结构。先秦儒家政治哲学所呈现出的这种结构,恰恰体现出在儒家的立场与视野之下,政治哲学是有着强烈的价值指向的,而与西方学者所讲的强调价值、道德中立的政治科学并不相同。从儒家的学派性质和理论指归上来看,称儒学为人学毫不为过。”①先秦儒家“以民为本”的思想起源很早,早在虞夏时期,《尚书·夏书·五子之歌》篇即言:“皇祖有训:民可近,不可下;民惟邦本,本固邦宁。”②这一理念表明人才是国家的基础,只有基础稳固安定,国家才能实现政治的太平。后来儒家孔子的“爱民”“富民”的思想、孟子的“民为贵”、荀子的“恩惠于民”“平政爱民”,都是以人为中心构建政治社会的。儒家认为生命至上,故而就把人放在至高的地位。《论语·乡党》云:“厩焚。子退朝,曰:‘伤人乎?’不问马。”表明了孔子对人的生命的尊重。不仅如此,儒家还尊重每一个人,“己所不欲,勿施于人”,“己欲立而立人,己欲达而达人”,由尊重人而平等待人,将心比心,以心换心。儒家最核心的思想是“仁”,即爱人,故而一切皆为人,所有一切皆围绕人而展开。正如《大学》所言“自天子以至庶人,皆以修身为本”,人人必须修身,修身就是自我完善,自主自律,儒家的最高理想就是把人培养成君子,完善的个体人格是社会和谐的必要条件。

道家虽然讲天人合一、随顺自然,而它的出发点还是人,那就是总站在以自我为中心的角度来思考问题。例如道家的庄子,他是以利己为中心来思考问题的。庄子虽然生活窘迫,连吃饭都成问题,还要向监河侯去贷米,而此时楚国请他做宰相他却不愿去,为什么呢?去做宰相不但能发挥自己的才能、服务于社会,最重要的是还可以解决一家人的生计问题,庄子不去的原因是,站在他的角度来说,那对自己不利,做官

---

① 李友广:《先秦儒家政治哲学的整体性思维架构及其理论特征》,《中原文化研究》2021年第6期。

② [宋]蔡沈注,钱宗武、钱忠弼整理:《书集传》,凤凰出版社,2010年版,第69页。

太累，又不能随心所欲。《庄子·齐物论》云："天地与我并生，而万物与我为一。既已为一矣，且得有言乎？既已谓之一矣，且得无言乎？一与言为二，二与一为三。自此以往，巧历不能得，而况其凡乎！故自无适有，以至于三，而况自有适有乎！无适焉，因是已！"①在庄子看来，天、地、人三者是同时产生的，人是万物之一种、是自然的一分子，是整体的一部分。庄子"天地与我并生"的思维就是一种宏观思维，"我"与天地三者是平等的，整个宇宙之中只有"我"与天地，所以这个"我"是巨大无边的。因为"我"与天地对等，故庄子善用大，如《逍遥游》中的大鹏、大年、大瓠、大树。《老子》第二十五章亦言："有物混成，先天地生，寂兮寥兮，独立而不改，周行而不殆，可以为天地母。吾不知其名，强字之曰道，强为之名曰大。大曰逝，逝曰远，远曰反。故道大，天大，地大，人亦大。域中有四大，而人居其一焉。"道家从"大"出发，以"大"的思维把人置于天地宇宙之间，故《说文》言："大，天大，地大，人亦大，故大象人形。"②"大"字何以象人形？这个字从正面看去，犹如正面站立的人，上面两手伸展，下面双腿分立，顶天立地，与其为三。在上古时期的伏羲仰观俯察，头顶是天，脚下是地，人居其中，与之为三，故后世造字，以人形为大。宇宙之大，无非为天、地、人三者，以此思维的人就是胸怀开阔的人、有大格局的人。所以自伏羲而至老庄哲学中常常涉及"大"，如"大方无隅""大器晚成""大音希声""大象无形""大成若缺""大盈若冲""大直若屈""大巧若拙""大辩若讷"等等。这种以天地宇宙而展开扩大的思维在中国人心中就此生根发芽，在文化的不断传承中，形成了中国人以天地人三者为核心的思维模式。

十九世纪五六十年代，以马斯洛为首的一批具有批判和革新精神的心理学家们创立的人本主义心理学就受到中国道家思想的影响。陈明在《当代西方心理学的哲学转向及其对道家思想的借鉴与融合》一文中认为："马斯洛对老子进行研究，受道家价值观影响，马斯洛创造性地提出道家范式：道家式的科学、道家式客观性、道家式教授、道家式情

① [清]郭庆藩撰，王孝鱼点校：《庄子集释》，中华书局，1961年版，第79页。

② [汉]许慎撰，[宋]徐铉校定：《说文解字》，中华书局，2015年版，第212页。

人等一系列概念,阐述了道家'无为'、'道法自然'的心理保健价值,罗杰斯在道家的影响下创立了'以人为中心'的心理疗法,马斯洛、罗杰斯等为代表的心理学家们着重吸收了老子生存智慧并为其反思心理学传统研究范式开创新的研究领域奠定了一定的基础,从而促使人本主义心理学的诞生,俗称心理学第三势力。荣格以及晚年的马斯洛在对中国的老子、孔子、释迦摩尼等这些古老的文化传统中超越性智者进行关注与研究,并在涉足道教修炼后促使他们意识到一些人(少部分人)有着对更高存在价值与超越性、精神性的追求,他们意识到'我们需要某种大于我们的东西作为我们敬畏和献身的对象'"。[①] 马斯略和罗杰斯等人从道家的老子哲学中受到启发而提出以人为中心的心理疗法,而老子哲学的指归是要指导现世的人们如何生活,就像方东美所说的:"道家理想亦需贯注到现实人生中。"[②]

陈鼓应在这一点上说得更为明确,他在《中国哲学中的道家精神》一文中引了《老子》第二十五章后说:"首先,老子将人的地位提升到宇宙中的四大之一,在思想史上这是史无前例的;其次,老子要人效法地的厚度、天的高远以及道的自主自为的精神。这两层意义和西方宗教高扬上帝的绝对权威以及视人为其被造物相对比,更加突显出老子在人文思想发展史上的特殊意义。"[③]老子尊重个性,倡导自由,得到了英国哲学家罗素的赞赏:"中国最早的圣人是老子,道家的创始人。……我对于他的哲学比对孔子的要有兴趣。他认为每个人、每个动物乃至世间万物都有其自身特定的、自然的方式方法。……庄子比他的老师更让人感兴趣。他们所提倡的哲学是自由的哲学。"[④]老子和庄子的这一点正是受到了《易经》的启示,在伏羲的八卦系统中人是核心,胡正平、谢增虎在《伏羲文化精神的现代意义》中说:"《周易》最关心的是人

① 陈明:《当代西方心理学的哲学转向及其对道家思想的借鉴与融合》,《湖湘论坛》2017 年第 5 期。

② 方东美:《原始儒家道家哲学》,台北黎明文化事业股份有限公司,1983 年版,第 18 页。

③ 陈鼓应:《道家的人文精神》,中华书局,2012 年版,第 122 页。

④ 陈鼓应:《道家的人文精神》,第 121 页。

类，把人与自然界统一起来，从中寻求生命的意义和规律。卦、爻辞所提出最根本的问题，就是人类生命在天地这一巨系统中如何产生、发展和实现发展目标的问题。在《易经》的整体结构中，自然界是一个不断变化着的有序过程，人则是这一过程中的生命主体。……《周易》不仅认识到生命的某种意义，从自然界寻求人类生命的来源和根据，并且重视人类生命活动的实践意义和社会意义，这就实现人的主体性，表现出主体思维的特征。主体思维就是重视主体即人在有机整体中的地位和作用，甚至意识到，主体在实现天人合一方面能起到决定性作用。”①从先秦儒家的人文精神和民本思想，到十九世纪五六十年代西方兴起的人本主义心理学，都是以人为中心构建自己的理论体系的，再到当今的“中国梦”和“和谐社会”的建设，更无不以人为核心。

三、八卦中的三与八的思维模式及文化意义

在中国古代里有许多神秘的数字，这些数字具有哲学的或是宗教的深奥含义，直至今日仍对我们的生活有着不可忽视的影响。后代的许多数字都与伏羲八卦有密切的联系，虽然在生活中我们往往忽略它的源头，可一深究起来，其源头就在人文三始祖这里。伏羲所画的八卦是三个爻，一共八个卦象，这三和八两个数字与后世的许多概念都有某种联系。《汉书·艺文志》中言及《周易》的作者与成书时代时，亦以“三”言之：“易道深矣，人更三圣，世历三古。”②伏羲三画卦之三爻之“三”与八经卦之“八”对中国乃至东方文化都有某种隐秘性影响作用，大致来说，“三”的影响多都是形而上的，“八”的影响多都是形而下的。

① 胡正平、谢增虎：《伏羲文化精神的现代意义》，《甘肃社会科学》2010年第6期。

② ［汉］班固撰，［唐］颜师古注：《汉书》，中华书局，1962年版，第1704页。

首先,“三”对中国文化的深层影响是方方面面的。为什么伏羲画卦只有三爻?有人从“卦”字的结构来分析三爻之来由:“卦”字左边是两个叠起来的土堆,在土堆之上插一根杆子,以观察日月之影的长短,此即“卦”字的来由。“卦”字右边一竖,代表杆子,而斜着的一点代表日影或月影的长短。两个土和一个杆子三者,伏羲用三个爻表示,如同树由冠、干、根三部分组成一样,亦如人由头部、上半身和下半身三段之组成。关于三画卦还有一种说法,就是伏羲认为要做成一件事情,必须要有天时地利人和,这是对早期的渔猎农耕时代先民们生存经验的总结,没有这三者的相互配合,单凭个人的意愿和能力是很难完成一件事情的。这么分析三爻的由来是有一定道理的,伏羲八卦三爻含义和影响极为深远,在老子那里,一生二,二生三,三生万物,三就是道,事物发展到第三阶段就要产生新的质变,重新进入下一个发展阶段。《周易正义》卷首第一论“易”之三名曰:“布以三位,象三才也。”卷首第四论卦辞爻辞谁作案:“《礼稽命徵》曰:‘文王见礼坏乐崩,道孤无主,故设礼经三百,威仪三千。’其三百、三千,即周公所制《周官》《仪礼》。”《论语》亦言“三人行,必有我师焉”,“《诗三百》,一言以蔽之,曰思无邪”。《诗》之分类为三:风、雅、颂,《诗》之艺术手法亦为三:赋、比、兴,皆为三也,何也?另如中国的“三皇”,《史记·三皇本纪》记载,三皇为燧人氏、伏羲和神农。古代职官中地位最尊显的三公,《周礼》以为太师、太傅、太保;《礼记》等以为三公是指司马、司徒、司空。在佛教中的“三生”“三世”的世界观,有情人之间亦常用“三生三世”传递美好愿景。杜甫有诗史《三吏》《三别》。《三国演义》中刘、关、张的桃园三结义,其誓曰:“上报国家,下安黎庶”,匡扶汉室,成就蜀汉伟业。封建社会提倡的“三纲五常”的正统伦理观。凡斯种种,皆以三为纲。

庞朴认为儒家的思维模式是一分为三,[①]这是他在“中国文化首届

---

① 庞朴“一分为三”的观点是八十年代以后着力阐释的,2004 年 9 月 4 日他参加“中国文化首届深圳论坛”上作了题为“儒家的思维模式”的报告,又一次强调提升了这个观点。2020 年山东大学陈珊的博士论文《庞朴“一分为三”说研究》,专门研究庞朴这一观点。

深圳论坛”上讲的,但他并没有作明确解释,只是举了很多例子来说明中国人以三极之道来处理世间的一切问题。起初庞朴有一个信念,他认为西方的辩证法是“一分为二”,中国的辩证法是“一分为三”,他也曾计划写一部中国辩证法思想史,但未能如愿。2004 年他在接受记者采访时说:“我快八十岁了,如果我还能做点事情的话,剩下的就是这几件:把‘一分为三’理论体系化,‘三重道德’思想明朗化和普及‘火历说’。”[①]庞朴晚年在山东大学,主要是作“一分为三”的体系化建设,这些都体现在山东大学出版社 2005 年出版的《庞朴文集》中,尤其是第三卷的序言《一分为三——中国传统思想考释》一文讲得比较恳切,还有一些相关的文章。[②] 作为研究中国思想文化的大家,庞朴的这些观点无疑是无形中受到了伏羲三画卦的影响。其实,孔子当初编订《诗经》,编集的原则也是一分为三,他诗将三百零五篇分为风、雅、颂三大类。到后来的《毛诗大序》,则在风、雅、颂的基础上提出了“六义”说,进而把《诗经》的艺术表现方法也分为赋、比、兴三者。唐初孔颖达《毛诗正义》曰:“然则风、雅、颂者,诗篇之异体;赋、比、兴者,诗文之异辞耳,大小不同,而得并为六义者,赋、比、兴是诗之所用,风、雅、颂是诗之成形,用彼三事,成此三事,是故同称为义,非别有篇卷也。”在郑玄之后,孔颖达对自周以来的“六诗”作了更为明确的阐释,以“三”作为事物的分类原则深入人心,应用普遍。

逻辑学上讲的三段论思维是西方的,和我们传统文化中的“三”的思维模式从传承上来说是没有联系的。三段论就是由大前提、小前提、结论构成形式逻辑的三要素,它是西方亚里士多德开创的一种科学思维方式,爱因斯坦的相对论也是依据三段论推理出来的。三段论的推理其实也很简单,比如,所有人都是会死的,孔子是人,所以,孔子是会死的。这就是一个三段论。那么,我们古人也有这种思维方式,先秦诸

① 庞朴:《历尽劫波归于平静》,《新京报》2004 年 8 月 28 日。

② 庞朴:《说“参”》,《中国社会科学》1981 年第 5 期。《对立与三分》,《中国社会科学》1993 年第 2 期。《浅说一分为三》,《东方》1995 年第 1 期。《黑格尔的先行者——方以智〈东西均·三征〉疏解》,《中国文化》1996 年第 14 期。

子百家多有这种思维方式,墨家最典型。其三段论是这样的:《墨子·大取》云:“夫辞(结论),以故(小前提)生,以理(大前提)长,以类(例证)行者也。立辞而不明于其所生,妄也。今人非道(即理)无所行,虽有强股肱而不明于道,其困也,可立而待也。夫辞以类行者也,立辞而不明于其类,则必困矣。”①先秦诸子的名家最擅长辩论,代表人物有邓析、公孙龙、宋钘、尹文、惠施等,司马谈《论六家要旨》总结先秦学术流派时归为“名家”,是他们开创了中国思辨逻辑的思维方法。到了明末清初的哲学家、思想家方以智的《东西均》亦有着严密逻辑结构,同时也有着比较科学的思辨特色。《所以篇》云:“既生以后,则所以者即在官骸一切中,犹一画后,太极即在七十二、六十四中也。于是乎六相同时,世相常住,皆不坏矣;称之曰‘无二’。无二分无断、无别,事理不二,即如如佛。有、无二无,无二亦灭,特玄其语耳。慈湖所守之‘无知’,文成所标之‘良知’,即真常、真我之易名也,随流见得,不落有无。吾何妨以贯虚于实、即有是无、遮照存泯,同时俱镕此一味之‘中道法界’耶?”②方以智以辩证思维来探寻有无、虚实、出世与入世的根本规律。方以智的主要贡献是他哲学体系的三分建构,他最重要的哲学著作《东西均》就是以三分法作为认知世界的方法,就像庞朴所说的:“方以智比较强调一在二中,一参于二,因而万象便不仅是对立的二,同时还是统一的一,以及由这个统一的‘上一点’与‘下两点’所形成的三。”③方以智的辩证法也是建立在一分为三的理论体系的基础之上的,其应用在于他的三教思维,关于这一点,廖璨璨的《〈易〉统三教:方以智的三教会通思想》讲得很详细,兹不赘述。④

其次,“八”的神秘影响多是实用性层面的,这与八卦的思维模式是密不可分的。如:治理国家用“八政”,天子礼仪享受用的“八佾”,《论语·八佾》:“八佾舞于庭,是可忍孰不可忍也。”祭祀所用的“八簋”,车

① 朱越利校点整理:《墨子》,辽宁教育出版社,1997年版,第104页。

② 庞朴:《东西均注释》,中华书局,2016年版,第309页。

③ 庞朴:《东西均注释》,第11页。

④ 廖璨璨:《〈易〉统三教:方以智的三教会通思想》,《道家文化研究》2018年第1期。

所用的“八鸾”，驭臣用之以“八柄”，统率万民用之以“八统”，如是等等。还有作为乐器统称的八音，《周礼・春官・大师》：“皆播之以八音：金、石、土、革、丝、木、匏、竹。”①何以要为八音呢？还有八方之说，《逸周书・武寤》：“王赫奋烈，八方咸发。”②在《左传・隐公五年》《吕氏春秋》《淮南子》《说文解字》等中都有记载。《汉书・司马相如传下》：“是以六合之内，八方之外，浸浔衍溢。”颜师古注：“四方四维谓之八方也。”③到了宋儒提出了做人的根本原则即“八德”：孝、悌、忠、信、礼、义、廉、耻。还有清朝满族的军队组织和户口编制制度的八旗，何以要分为正黄、正白、正红、正蓝、镶黄、镶白、镶红、镶蓝八旗，而不是九旗、十旗呢？为什么必须是数字八？“八”并不是纯粹的数字，而是有着丰富的文化内涵，追其文化源头，则在伏羲之八卦。“八”在中国古代有自己朴素的哲学内涵，它意味着天地人的相互照应。《易・系辞上》云：“天一，地二，天三，地四，天五，地六，天七，地八，天九，地十。天数五，地数五，五位相得而各有和。”《周易正义》曰：“此言天地阴阳自然奇偶之数也。易以极数通神明之德者，谓易之为道，先由穷极其数，乃以通神明之德也。‘故明易之道，先举天地之数’者，此章欲明神之德，先由天地之数而成，故云‘故明易之道，先举天地之数’也。”④在《易经》中“数”很重要，因为它是变化莫测的属性。八为地，为偶数，在人们心目中是吉祥美好的数字。何丽野的《八字易象对性二元论的思想贡献及其意义——兼论术数对中国古代哲学的影响》，⑤对天人关系的八字易象术数作了深入的挖掘。八字易象的思想观点和术数活动影响了宋代理学性二元论，它

① [汉]郑玄注，[唐]贾公彦疏：《周礼注疏》，上海古籍出版社，2010年版，第877页。

② 贾二强校点整理：《逸周书》，辽宁教育出版社，1997年版，第26页。

③ [汉]班固撰，[唐]颜师古注：《汉书》，中华书局，1962年版，第2585、2586页。

④ [清]阮元校刻：《十三经注疏》，中华书局，1980年版，第81页。

⑤ 何丽野：《八字易象对性二元论的思想贡献及其意义——兼论术数对中国古代哲学的影响》，《周易研究》2015年第2期。同时，何丽野还有一本专著《八字易象与哲学思维》，中国社会科学出版社2004年10月出版。

在性、理、气等问题上具有一定的思想深度,该文把八字易象提升到哲学层面来认识有一定的意义。在《八字易象与哲学思维》①中,何丽野更是从象思维的角度来审视八字这一术数,从京房易中衍生出来的这种结合阴阳与五行的术数,作为一种文化现象对中国古代哲学尤其是宋明理学的本体论和人性论思想都产生了潜移默化的影响。

八字文化在历史发展中由雅而俗,在民间影响最大的就是用于算命的"八字",亦称四柱(年柱、月柱、日柱、时柱),每柱两个字,上为天干(甲、乙、丙、丁、戊、己、庚、辛、壬、癸),下为地支(子、丑、寅、卯、辰、巳、午、未、申、酉、戌、亥),两相配和而为八字,所以称为"八字",它的预测是根据人出生的年月日时来所组成的四组天干地支来预判吉凶祸福的。据说八字源于唐代李虚中,至五代的徐子平加以完善,继之与五行、生肖结合。在民间应用最为广泛的是"八字合婚",即取男女双方的生辰八字而预判婚姻的吉凶。

总而言之,如果深究中国人思维模式的源头,即在于原始思维时期的伏羲三画卦。它是以形象思维为切入点的一种阔大的理性思维,看似简单却含蕴宏大。在几千年的历史发展中,这种思维模式伴随着中国文化不断丰富的进程,同时也在与异域文化的碰撞中完善着,但伏羲八卦无疑是中国人的灵魂。

■ 作者简介

李小成,1963年生,陕西华州人,西安文理学院文学院教授,主要从事先秦两汉文学与古代经学研究。

① 何丽野:《八字易象与哲学思维》,中国社会科学出版社,2004年版。

陇原黄帝的传说*

董芬芬

（西北师范大学文学院　甘肃兰州　730070）

内容提要　黄帝作为中华文明起源历史中的重要人物，他的许多传说都与陇原大地有着密切的关系。作为黄帝部族发祥之地的姬水在陇东的黄土高原上，其具体位置在董志塬一带泾河的某个支流或者二级支流。甘肃庆阳正宁县的黄帝衣冠冢以及天水、庆阳、平凉崆峒山的黄帝传说也证实着黄帝与陇原大地的关联。陇南地区氐族雕题风俗也足以说明陇南仇池山一带为刑天部落失败后的盘桓之地，是炎黄部落东迁争夺中原之战的历史证明。仰韶文化鼎盛时期的庙底沟文化遗址中的宫殿、房屋建筑等文明遗迹对应着文献记载中黄帝的各种发明创造事迹，创造了仰韶文化巅峰的黄帝部族早期正是在陇东黄土高原上活动、发展和崛起的。

关键词　黄帝　传说　华夏文明起源　陇原

黄帝是五帝之首。《大戴礼记·五帝德》篇所载五帝是黄帝、颛顼、帝喾、尧、舜，这是孔子时代的五帝系统。汉初司马迁作《史记》以《五帝本纪》开篇，也是以黄帝为首。中国人自称炎黄子孙，中华民族古称“华夏”，都与黄帝有关。

---

*　本文系国家社科基金重大项目“出土文献与上古文学关系研究”(20&ZD264)阶段性成果。

一、“黄帝以姬水成”

《史记·五帝本纪》说:“黄帝者,少典之子,姓公孙,名曰轩辕。生而神灵,弱而能言,幼而徇齐,长而敦敏,成而聪明。”①《史记索隐》引皇甫谧云:“黄帝生于寿丘,长于姬水,因以为姓。居轩辕之丘,因以为名,又以为号。”②这是把黄帝看作个体的人。其实,黄帝既是人名,也是氏族之名,代表着几百年的漫长时代。《大戴礼记·五帝德》记载,孔子弟子宰我听说黄帝三百年,觉得奇怪,就问孔子:“请问黄帝者人邪？抑非人邪？何以至于三百年乎?”孔子回答说:“生而民得其利百年,死而民畏其神百年,亡而民用其教百年,故曰三百年。”春秋时期盛传黄帝三百年,孔子把三百年视为黄帝氏族由盛到衰的历史。徐旭生先生说:“他不惟活着的时候可以代表,就是死以后,经过若干时期还可以代表。名字开始或者属于个人,如果他这个人能力很大,特别煊赫,他死以后就很可能成为氏族的名字。”③徐旭生对三皇五帝名号的理解与孔子“黄帝三百年”的解读一脉相承。

黄帝强盛时,“东至于海,登丸山,及岱宗。西至于空桐,登鸡头。南至于江,登熊、湘。北逐荤粥,合符釜山,而邑于涿鹿之阿”④(《五帝本纪》),势力范围很大,对周边影响广泛。因此,古代又有黄帝“四面”“六相”的传说。《太平御览》卷七十九引《尸子》说:

> 子贡曰:“古者黄帝四面,信乎?”孔子曰:“黄帝取合己者四人,四方不计而耦,不约而成,此之谓四面。”⑤

① [汉]司马迁:《史记》,中华书局,1959年版,第1页。

② [汉]司马迁:《史记》,第2页。

③ 徐旭生:《中国古史的传说时代》,广西师范大学出版社,2003年版,第45页。

④ [汉]司马迁:《史记》,第6页。

⑤ [宋]李昉等撰:《太平御览》第4册,上海书店出版社,1936年版,第59页。

孔子对“黄帝四面”也做了精彩的解读。《管子·五行》说黄帝“六相”：“昔者黄帝得蚩尤而明于天道，得大常而察于地利，得苍龙而辩于东方，得祝融而辩于南方，得大封而辩于西方，得后土而辩于北方。黄帝得六相而天下治，神明至。”[①]黄帝“四面”“六相”之说，都极言黄帝所向披靡，影响广大。

黄帝和炎帝常常并称，《国语·晋语四》说：

> 昔少典娶于有蟜氏，生黄帝、炎帝。黄帝以姬水成，炎帝以姜水成。成而异德，故黄帝为姬，炎帝为姜。[②]

少典生黄帝、炎帝，这是对传说时代人物、氏族关系的特殊表达，意思是黄帝、炎帝都是少典氏、有蟜氏的后裔。黄帝部族发祥于姬水，故得姬姓；炎帝部族发祥于姜水，故得姜姓。弄清楚姬水和姜水在哪儿，也就弄清楚了黄帝和炎帝两个部族的发祥地。

姜水比较清楚，《水经注》“渭水”条说：“岐水又东径姜氏城南为姜水。”[③]在郦道元笔下，姜水和岐水其实是同一条水，流经岐山、武功的一段称岐水，再向东南流经姜氏城，改称为姜水。《宝鸡县志》对郦道元的说法进行了辨正：“出杜阳之大岭者，岐水也；出秦岭之大散关者，姜水也。”[④]今宝鸡市渭水南有地名姜城堡，从秦岭中流出一水名清姜河，从姜城堡南流过，后人以为这个姜城堡即姜氏城，清姜河即姜水。姜城堡有典型的仰韶文化早期遗址，发掘出很好的彩陶。把今天的清姜河视为炎帝部族的姜水，就算不很准确，也差不多在附近区域。宝鸡一带有许多关于神农、炎帝和姜嫄的传说。姜水是渭水的支流，炎帝部族早期活动于渭水流域，主要分布于今关中西部。

---

① [唐]房玄龄注，[明]刘绩补注：《管子》，上海古籍出版社，2015年版，第299页。

② 徐元诰：《国语集解》，中华书局，2019年版，第355—356页。

③ [北魏]郦道元撰，陈桥驿点校：《水经注》，上海古籍出版社，1990年版，第357页。

④ 《宝鸡县志》卷十三，1922年铅印本。

至于姬水,一直没有确论,但学者们相信姬水与姜水相距不会太远。刘起釪先生认为姬水应该在甘肃境内,他推测可能与姬家川有关系:“今甘肃临夏就有姬家川的地名,而流过临夏注入黄河的就有一条大夏河,夏与姬的渊源关系很深,则姬水也有可能就是这条水。”①把寻找姬水的目光投向甘肃境内,很有见地。《山海经》提到黄帝,大部分都在西部,如《西山经》说“其原沸沸扬扬,黄帝是食是飨”,《海外西经》有“轩辕之国在穷山之际。其不寿者八百岁”,《大荒西经》有“轩辕之国”“轩辕之台”。《山海经》尽管奇奇怪怪,但这些奇怪的文字曲折地反映了传说时代的某些历史,与黄帝相关的姬水,也应该在西部。

探讨黄帝部族的发祥地,一个最简便的办法,就是从周民族的起源入手。周民族也是姬姓,徐旭生等学者也是通过姬姓部族早期活动的地域来推断黄帝部族的发祥地,探求姬水的大致所在。

周民族早期生活在西部,《山海经·大荒西经》:

> 有西周之国,姬姓,食谷,有人方耕,名曰叔均。帝俊生后稷,稷降以百谷,稷之弟曰台玺,生叔均。叔均是代其父及稷播百谷,始作耕。②

后稷是周民族的始祖,擅长农耕,他所在区域,就是周民族早期活动的地方。《山海经·海内西经》又说:“后稷之葬,山水环之。在氐国西。”③氐国与刑天神话有关(下文将谈到),刑天是炎帝部族的一支,后裔在甘肃西和仇池山一带繁衍生息。活动在氐国之西的周民族,也在甘肃境内。

后稷的儿子叫不窋,《国语·周语上》祭公谋父说:“昔我先王世后稷,以服事虞、夏。及夏之衰也,弃稷弗务,我先王不窋用失其官,而自

---

① 刘起釪:《古史续辨·我国古史传说时期综考》,中国社会科学出版社,1991年版,第53页。

② [清]郝懿行:《山海经笺疏》,中华书局,2019年版,第349页。

③ [清]郝懿行:《山海经笺疏》,第285页。

窜于戎狄之间。”①所谓“戎狄之间”，就是今甘肃庆阳一带。《史记·周本纪》张守节《正义》引《括地志》说：“不窋故城在庆州弘化县南三里。即不窋在戎狄所居之城也。”②《括地志》所说的庆州弘化县，就是今天的庆城县。古代庆州、宁州一带是周祖不窋和公刘活动的地方，公刘在这里建立古豳国。周民族以农业见长，今天马莲河、蒲河之间的董志塬依然有“陇东粮仓”之称。《诗经·豳风·七月》描写的就是豳地周先民的生产和生活。

董志塬东边正宁县有黄帝的衣冠冢，周先民事迹和黄帝的传说在这里重合。徐旭生先生说：“看古代关于姬姓传说流传的地方，可以推断黄帝氏族的发祥地大约在今陕西的北部。”③他以姬姓早期的活动区域溯源黄帝氏族的发祥地，思路是对的，但他没有关注到甘肃庆阳一带姬周的传说和正宁县的黄帝冢，故结论稍有偏差。按照今天学界的研究，姬周起源于陇东泾水流域，特别在董志塬一带，故而这里也应该是黄帝部族的发祥地。刘起釪先生认为姬水在甘肃是正确的，但不是临夏的姬家川，而是在陇东的黄土高原上。黄帝被称为“黄帝”，大概因其出于黄土高原。姬水具体不知是哪条河流，但应该是董志塬一带泾河的某一支流或二级支流。

二、陇原大地上的黄帝传说

与“黄帝以姬水成”的说法相呼应，陇原大地流传着许多黄帝的故事。天水自古就有黄帝生于“伏羲之宇”的说法。西汉焦延寿《焦氏易林》“恒”卦说：“黄帝所生，伏羲之宇，兵刃不至，利以居止。”④《水经注》

---

① 徐元诰：《国语集解》，第3—4页。

② ［汉］司马迁：《史记》，第113页。

③ 徐旭生：《中国古史的传说时代》，第49页。

④ ［西汉］焦延寿撰，徐传武、胡真校点集注：《易林汇校集注》，上海古籍出版社，2012年版，第1189页。

“渭水”之“又东过上邽县”条下注:

> 渭水又东南合泾谷水,水出西南泾谷之山,东北流与横水合,水出东南横谷,西北迳横水圹,又西北入泾谷水,乱流西北出泾谷峡,又西北,轩辕谷水注之,水出南山轩辕溪,南安姚瞻以为黄帝生于天水,在上邽城东七十里轩辕谷。[①]

故清梁玉绳《人表考》中说:“以戊己日生黄帝于天水。”[②]清修《甘肃通志》卷六“清水县”说:“轩辕谷,东南七十里,相传黄帝生于此。”[③]天水本是“羲皇故里”,是伏羲的出生地,也就是说,传统观点中黄帝与伏羲出生地相同。

除了出生地相同,黄帝和伏羲的传说还有许多共同点。传说黄帝之母由大电绕北斗而生,和伏羲有相似的感生传说。《史记·五帝本纪》唐张守节《正义》说:“母曰附宝,之祁野,见大电绕北斗枢星,感而怀孕,二十四月而生黄帝于寿丘。”[④]罗苹注《路史》说:“寿丘在上邽。”[⑤]上邽即今天的天水清水县。学者以为今天水市南境的齐寿山,很可能便是寿丘。[⑥] 黄帝和伏羲的形象都与龙有关。伏羲为人首蛇身,黄帝也有蛇身或龙身之说。《山海经·海外西经》说轩辕之国“在女子国北,人面蛇身,尾交首上”。[⑦]《史记·天官书》说:“轩辕,黄龙体。”[⑧]黄帝和伏羲的事功也有重合,都发明了火,开始熟食,发明书契,创造乐器,伏羲始作八卦,而黄帝化生阴阳,等等。黄帝的传说中,隐约闪现着伏羲的

---

① [北魏]郦道元撰,陈桥驿点校:《水经注》,第349页。

② [清]梁玉绳撰,梁学昌附录:《人表考》卷一,清光绪广雅书局刻民国九年番禺徐绍棨汇编重印广雅书局丛书本。

③ 《清水县志》卷二,清乾隆六十年抄本。

④ [汉]司马迁:《史记》,第2页。

⑤ [宋]罗泌:《路史》后纪卷五,明万历三十九年乔可传刻本。

⑥ 祝中熹著,刘光华主编:《甘肃通史·先秦卷》,甘肃人民出版社,2013年版,第118页。

⑦ [清]郝懿行:《山海经笺疏》,第252页。

⑧ [汉]司马迁:《史记》,第1299页。

影子，说明黄帝与伏羲存在某种文化上的承袭关系，也说明二者在地域上有密切关系。①

甘肃庆阳正宁县有黄帝的衣冠冢。《五帝本纪》说："黄帝崩，葬桥山。"②张守节《正义》说：

> 《括地志》云：黄帝陵在宁州罗川县东八十里子午山。《地理志》云：上郡阳周县桥山南有黄帝冢。案：阳周，隋改为罗川。《尔雅》云：山锐而高曰桥也。③

上郡阳周县西汉初年置，隋代改为宁州罗川县，即今天甘肃庆阳正宁县。《太平寰宇记》卷三十四"贞宁县"说："桥山，一名子午山，在县东八十里。黄帝冢在桥山上。"④章太炎《序种姓》一文说："黄帝葬于桥山，地在秦陇。"⑤桥山，一般认为即今天的子午岭，地处黄土高原腹地，山势呈南北走向，是甘肃、陕西两省的分界山脉，介于泾河与洛河两大水系之间。子午岭西边有正宁县的黄帝冢，东边有延安黄陵县的黄帝陵，子午岭东西两边应该都是黄帝部族早期活动的区域。

传说黄帝升天而去，正宁县桥山只是黄帝的衣冠冢。《史记·孝武本纪》记载，汉武帝北巡朔方，勒兵十余万，还祭黄帝冢桥山，问："吾闻黄帝不死，今有冢，何也?"有臣回答说："黄帝已仙上天，群臣葬其衣冠。"黄帝部族在中原大地取得辉煌的业绩，但从未忘记他们的发祥地，黄帝的衣冠冢，有不忘故乡、叶落归根之意。《史记正义》引《列仙传》云："轩辕自择亡日与群臣辞。还葬桥山，山崩，棺空，唯有剑舄在棺焉。"⑥《列仙传》用"还葬"一语，意思是黄帝葬回了他的故乡。

---

① 祝中熹著，刘光华主编：《甘肃通史·先秦卷》，第116、117页。

② ［汉］司马迁：《史记》，第10页。

③ ［汉］司马迁：《史记》，第11页。

④ ［宋］乐史撰，王文楚等点校：《太平寰宇记》，中华书局，2007年版，第727页。

⑤ 章太炎：《章太炎全集》(三)，上海人民出版社，1984年版，第175页。

⑥ ［汉］司马迁：《史记》，第11页。

庆阳还有黄帝太医岐伯的传说。我国著名的“医家之宗”《黄帝内经》汇集了战国至西汉诸多医家的著作和成果,以托名黄帝和岐伯问答的形式写成。《孝武本纪》说:“黄帝时虽封泰山,然风后、封钜、岐伯令黄帝封东泰山,禅凡山合符,然后不死焉。”《正义》说:“岐伯,黄帝太医。”①《黄帝内经》强调后天调养可以延年益寿,提倡恬淡虚无,精神内守,饮食有常,起居有节,始终贯彻“天人合一”、“天人相应”的观念。中医学素称“岐黄之术”,托名黄帝、岐伯,有其由来。今天的庆城县据说是岐伯故里。

甘肃平凉崆峒山也有黄帝的传说。《庄子·在宥》篇有黄帝上空同山向广成子问道的故事:

> 黄帝立为天子十九年,令行天下,闻广成子在于空同之上,故往见之,曰:“我闻吾子达于至道,敢问至道之精。吾欲取天地之精,以佐五谷,以养民人,吾又欲官阴阳,以遂群生,为之奈何?”②

黄帝与广成子的对话、细节虽然出自庄子的虚构,但黄帝与崆峒山的关系并非向壁虚造。《五帝本纪》说黄帝“西至于空桐,登鸡头”。空同、空桐,都指今天的崆峒山。《史记正义》说:

> 《括地志》又云:“笄头山一名崆峒山,在原州平高县西百里,《禹贡》泾水所出。《舆地志》云或即鸡头山也。郦元云盖大陇山异名也。《庄子》云广成子学道崆峒山,黄帝问道于广成子,盖在此。”③

六盘山南段又叫陇山,古代也称崆峒山,而今天的崆峒山古代又名鸡头山,是陇山的支脉,陇山和崆峒山是总体和部分的关系,名称上的交错

① [汉]司马迁:《史记》,第485页。
② 郭庆藩:《庄子集释》,中华书局,2012年版,第388—389页。
③ [汉]司马迁:《史记》,第7页。

重叠也很自然。今天所称的崆峒山，在甘肃平凉市城西12公里处，泾河与胭脂河南北环抱，山势雄伟，景色秀丽，被誉为中国道教第一山。受黄帝传说的感召，秦始皇、汉武帝、唐太宗等雄才大略的帝王频频巡视西北，特意登临此山。在崆峒前峡、泾水北岸，有黄帝问道宫，又叫轩辕谷。这里背山面水，环境清幽，宛如人间仙境，让人飘飘然，顿生羽化遗世之念。东边胭脂水和泾河交汇处的山峰，名望驾山，据说是黄帝问道时，臣民们相望等候的地方。

三、刑天神话与陇南仇池山

《国语·晋语四》说："黄帝以姬水成，炎帝以姜水成。"[①]从姬水、姜水的大致地域可知，黄帝、炎帝起初都居于西部，黄帝部族主要在陇东泾水流域生息繁衍，董志塬是其中心。炎帝部族主要在关中，分布在渭水两岸，依靠八百里秦川。两个部族农业都比较发达，起初相安无事，后来随着生产力提高，人口增加，都需要向东发展，开疆拓土。黄河中下游平原，气候温暖，土地肥沃，是发展农业、定居生活的理想地方，成为炎黄的必争之地。徐旭生认为黄帝部族东迁的路线大约偏北，顺着北洛河南下，到大荔、朝邑一带，东渡黄河，沿着中条及太行山边逐渐向东北走。山西南部姬姓国家中，芮、骊戎、鲜虞、蓟等国，不是出自姬周，很可能是黄帝部族的后裔，它们指示着黄帝部族东迁的路线。而炎帝部族大约顺着渭水东下，沿黄河南岸向东，路线偏南。[②] 炎黄两族的目标都是中原肥美开阔之地。

经过艰苦的竞争和战斗，黄帝部族最终成为黄河中游平原的主人。《五帝本纪》说：

> 轩辕之时，神农氏世衰。诸侯相侵伐，暴虐百姓，而神农氏弗

① 徐元诰：《国语集解》，第356页。

② 徐旭生：《中国古史的传说时代》，第50—52页。

能征。于是轩辕乃习用干戈,以征不享,诸侯咸来宾从。而蚩尤最为暴,莫能伐。炎帝欲侵陵诸侯,诸侯咸归轩辕。轩辕乃修德振兵,治五气,艺五种,抚万民,度四方,教熊罴貔貅貙虎,以与炎帝战于阪泉之野。三战,然后得其志。蚩尤作乱,不用帝命。于是黄帝乃征师诸侯,与蚩尤战于涿鹿之野,遂禽杀蚩尤。而诸侯咸尊轩辕为天子,代神农氏,是为黄帝。①

以渔猎为主的伏羲时代之后,中国进入以农业为主的神农时代,漫长的神农时代末期,黄帝和炎帝两个部族为争夺土地、水草等资源大兴干戈。黄帝经阪泉之战打败炎帝,实现由陇东和陕西、山西北部向南到中原大地的移动;而涿鹿之战的胜利,又挡住炎帝部族蚩尤的进攻。战败者或被驱逐远遁,或被同化合并。胜利者形成多方联盟,黄帝成为各部落的盟主,创造出灿烂的史前文明,奠定了后来夏商周三代的国家基础。

在古籍中,炎帝有时和神农氏混为一人,有时又说神农氏生炎帝,②这反映炎帝部族是继承伏羲、神农一系文化的代表。炎黄之战是传统文化与新崛起力量之间的决战,战争持续时间长,参战部落众多,非常惨烈,在中华远古史留下非常深刻的记忆。炎帝战败后,有一支逃至甘肃陇南仇池山一带,与当地土著融合,成为古代氐族的祖先。《山海经·海外西经》所载“刑天舞戚”即此事:

形天与帝至此争神,帝断其首,葬之常羊之山。乃以乳为目,以脐为口,操干戚以舞。③

常羊之山,即今陇南西和县仇池山,“与帝争神”是与黄帝争统领之权。④ 常

① [汉]司马迁:《史记》,第3页。

② 《史记》第3页如《史记集解》引皇甫谧说:“《易》称伏羲氏没,神农氏作,是为炎帝。”《正义》引《帝王世纪》云:“神农氏,姜姓也。母曰任姒,有蟜氏女,登为少典妃,游华阳,有神龙首,感生炎帝。人身牛首,长于姜水。”

③ [清]郝懿行:《山海经笺疏》,第248页。

④ 赵殿举:《形天葬首仇池山说》,《甘肃民族研究》1988年第1期。

羊山也有炎帝感生的传说，沈约《宋书·符瑞志》云："有神龙首感女登于常羊山，生炎帝。"[①]刑天属于炎帝部族，据说是炎帝的乐官。《路史·后纪三》说："炎帝乃命邢天作《扶犁》之乐，制《丰年》之咏，以荐釐来，是曰下谋。"[②]炎帝化生，刑天葬首，俱在仇池山，则陇南仇池山一带为刑天部落失败后的盘桓之地。

刑天的名字就是氐族雕题风俗的反映，"刑天"即"形天"，"形"是刻画的意思，"天"是指人的额头。"形天"是在额头上刻画纵目，正是氐族先民雕题的风俗，俗称"三只眼"。赵逵夫认为，形天神话发生在陇南，氐人也最早发现于陇南一带。《山海经·大荒西经》所说的"氐人之国"就在这里："有互(氐)人之国。炎帝之孙，名曰灵恝，灵恝生互人，是能上下于天。"[③]远古时代这里是氐族先民生活、繁衍的地方。东汉末年，杨姓氐人盘踞仇池山，建立仇池国，前后二百余年，所以，这一带关于杨二郎的传说也很多，有不少"二郎庙""二郎壩"等地名。杨二郎最突出的外貌特征是三只眼，正是氐人先民雕题风俗的反映。汉以前氐族人中白马氐最强大，他们以白马为图腾，白马氐祭祀的祖先神灵为白马神，或称"马王爷"。"马王爷，三只眼"，这是多少年来流传的俗语。而天班中的马元帅，也是三只眼。这些都反映了氐族同形天神话的关系。[④] 炎帝部族的刑天等，虽然战败，但在民间信仰的神坛上，依然拥有重要的地位。

四、炎黄部族与仰韶文化

黄帝在古代史籍中也是一个"箭垛式"的人物，史前千年间的文明硕果几乎都算在他身上：

---

① [南朝梁] 沈约：《宋书》，中华书局，1974年版，第760页。

② [宋] 罗泌：《路史》后纪卷三，明万历三十九年乔可传刻本。

③ [清] 郝懿行：《山海经笺疏》，第361—362页。

④ 赵逵夫：《古代神话与民族史研究》，见《古典文献论丛》(增订本)，中华书局，2014年版，第445—454页。

> 治五气,设五量,抚万民,度四方。(《大戴礼记·五帝德》)

> 时播百谷草木,故教化淳鸟兽昆虫,历离日月星辰,极畋土石金玉,劳心力耳目,节用水火材物。(《大戴礼记·五帝德》)

> 及黄帝造屋宇,制衣服,营殡葬,万民故免存亡之难。(《史记·五帝本纪》)

《帝王世纪》更是集中所有的传说,把黄帝说成上知天文、下知地理、治国化民、创制衣食住行无所不能的人物:

> 始垂衣裳以班上下,刳木为舟,剡木为楫,舟楫之利,以济不通。服牛乘马,以引重致远。重门击柝,以待暴客。断木为杵,掘地为臼,杵臼之用,以利万人。弦木为弧,剡木为矢,弧矢之利,以威天下。

> 又使岐伯尝味草木,典医疾,今经方本草之书咸出焉。其史仓颉又象鸟迹,始作文字。自黄帝以上,穴居而野处,死则厚衣以薪,葬之中野。结绳以治。及至黄帝,为筑宫室,上栋下宇,以待风雨。而易以棺椁,制以书契。百官以序,万民以察,神而化之,使民不倦。①

黄帝播百谷、历象日月星辰制定历法、制衣裳,发明舟楫、车马、杵臼、弓矢、草药,始作文字书契,筑宫室,这么多的贡献和发明,不可能属于某一个人,而是属于氏族,甚至整个华夏民族。其中造屋宇筑宫室,与仰韶文化的房屋建筑成就相符。严文明把仰韶文化的房屋分为大、中、小三类,最为突出的是仰韶文化中期即庙底沟期的宫殿建筑。② 天水大

① 钱保塘辑:《帝王世纪续补考异》续补,清光绪贵筑杨氏刻《训纂堂丛书》本。

② 严文明:《仰韶房屋和聚落形态研究》,《仰韶文化研究》,文物出版社,1989年版。

地湾四期文化的F901大型宫殿建筑群，即仰韶文化的遗迹，具备前堂后室、两侧为厢房的传统格局，代表我国史前时代建筑之冠。

范文澜说仰韶文化就是黄帝族的文化。① 炎黄时代大致是仰韶文化的后期。仰韶文化主要有半坡类型和庙底沟类型，半坡类型的中心在关中西部，正好与炎帝部族所居之地相符；庙底沟类型的中心在河南三门峡地区，与传说中的黄帝有熊国所在地新郑还有些距离，但毕竟同在中原地区，都属于仰韶文化区域。半坡类型和庙底沟类型有共同的文化渊源，与炎、黄有共同的祖先一致；两个文化类型的成熟地与炎、黄所成之地相同；两个文化类型起源的时代与炎、黄时代相当。所以，黄怀信推定："仰韶文化半坡类型相当于炎帝部的文化，庙底沟类型相当于黄帝部的文化。"②黄帝部族东迁至中原，创造了仰韶文化的庙底沟类型，把仰韶文化推向高潮，也达到中国新石器时期文化的鼎盛。"华夏"之"华"，是对黄帝文化的美称。苏秉琦认为，仰韶文化庙底沟类型彩陶上的花卉图案，可能就是华族得名的由来。③ 的确，仰韶文化鼎盛时期庙底沟文化的创造者身份，才能配得上黄帝的声望和影响。

仰韶文化早期分布在甘肃东部和南部，包括庆阳、平凉、天水等地区。甘肃最早的仰韶文化目前只发现于泾河支流马莲河流域的合水、宁县、正宁县等地，与上文所考黄帝部族发祥于陇东泾河流域、特别是董志塬一带的结论相符，正宁县桥山有黄帝的衣冠冢就不奇怪了。黄帝部族作为仰韶文化巅峰的创造者，早期在陇东黄土高原上活动、发展、崛起，再一次证明陇原大地在华夏文明起源问题上的重要地位。

■ 作者简介

董芬芬，1968年生，甘肃庄浪人，西北师范大学文学院教授，博士生导师。主要从事先秦文学与文化研究。

---

① 范文澜：《中国通史简编》(上)，商务印书馆，2017年版，第9页。

② 黄怀信：《仰韶文化与原始华夏族——炎、黄部族》，《考古与文物》1997年第4期。

③ 苏秉琦：《关于仰韶文化的若干问题》，《考古学报》1965年第1期。

从“帝令”到“天命”：周初八诰的政治建构

林甸甸

（中国社会科学院文学研究所　北京　100872）

内容提要　甲骨文中，“命”“令”相通，用于指称上帝、商王下达的使命或指令，具有明确的方向性和权力色彩。殷周革命中，对“帝”的崇拜被“天”取代，“帝令”演化为“天命”，从主谓结构转换为专有名词。从周初八诰的发布次序来看，周人的天命观是在政治实践中逐渐积累、丰富而成的一套政治话语体系，用以解释武王对天命的继承权、文王受命与殷人坠命的内在逻辑，并最终建构出关于三代政统的历史叙事。结合甲骨文与金文材料进行话语分析，可证周初八诰中关于“天命”的阐释，是一个累积与渐进的历史过程。

关键词　周初八诰　天命　话语建构　历史叙事

考察甲骨文本，“命”由“令”转变而来，其中最常见的是口头的“发号”“使令”“任命”。商王不但会占卜是否应当发布某一个“令”，甚至还会占卜应当以什么样的语气或形式来发布此“令”。可见早在殷商时期，人们已经将“令”视作一种话语，既关注其内容，也关注其表现形式。从更广泛的文化语境来看，一种话语方式虽产生于制度和仪式，但仪式本身并非天然完善，恰恰是话语方式背后的“观念—言说”机制，为仪式的沿革提供了稳定的文化轨道。

西周时期，宗教观念发生变革，去人格化的“天”代替了人格化的“帝”，“天命”“大命”成为周人阐释权力合法性的关键词。殷商时期，

“帝令”是风雨等自然事象的起源；西周时期，“天命”成为伐殷的合法性依据。从中可以看出，“命”或“令”的本质，概括而言就是上位者向下位者“赋予使命”，其变格是“赋予价值”。作为话语的“命”，就是这种权力关系的具象体现。

“帝令”向“天命”的转折，是在周初八诰的话语建构中逐次完成的。周初八诰来自周公“神道设教”的努力，是西周训诫政治的开端。苏轼《东坡书传》总结周初八诰的写作目的，谓：“自《大诰》《康诰》《酒诰》《梓材》《召诰》《洛诰》《多士》《多方》八篇，虽所诰不一，然大略以殷人不心服周而作也。”①后世研究者也一般同意，周初八诰是为安置与统治殷人而写作的。在这一前提下，从《大诰》《康诰》到《酒诰》《梓材》《召诰》《洛诰》，再到《多士》《多方》，清晰地呈现出周人改革“帝”观念及“帝令”话语，自证“天命”继承权、论述“受命”内在原因，以及构建“受命—坠命”历史叙事的话语建构之努力。

一、“王令”与“天命”：受命卜祀的话语属性

“命”和“告”是商周龟卜仪式中的两个重要环节。从《仪礼》中一系列关于龟卜仪式的记载中可以看出，当一个陈述从主人传达到贞人，再传达到灵龟时，这一由上及下的话语活动被称为“命”②；而当兆象显陈之后，由占者向主人自下而上的陈辞就称为“告”③。“命”和“告”也广

---

① ［宋］苏轼著，李之亮笺注：《苏轼文集编年笺注》，巴蜀书社，2011 年版，第 449 页。

② 宗人受卜人龟，示高。莅卜受视，反之。宗人还，少退，受命。命曰：“哀子某，来日某，卜葬其父某甫。考降，无有近悔。”许诺，不述命；还即席，西面坐；命龟，兴；授卜人龟，负东扉。（《仪礼·士丧礼》，［清］阮元校刻：《十三经注疏·仪礼注疏》卷三七，中华书局，1980 年版，第 2475 页。）

③ 宗人退，东面。乃旅占，卒，不释龟，告于莅卜与主人：“占曰：‘某日。’”从。授卜人龟，告于主妇。主妇哭。告于异爵者。使人告于众宾。（《仪礼·士丧礼》，第 2477 页。）

泛见于龟卜仪式之外的其他仪式场合。如告祭活动中对先祖、神灵自下而上的“告”,以及册命活动中对诸侯、王臣自上而下的“命”。这两种话语体现着主客之间的权力关系,在商周时期具有严格的使用规范。

“命”在甲骨文中与“令”相通,《说文》谓“发号也”,屈万里谓“任命”,罗振玉谓“集众人而命令之”[①]。其发出者通常为商王,对象为王臣或其他宗族,具有使动的意味,如“丁巳卜,贞:王令毕伐于东邦。”(《合集》33068)“癸亥,贞:王令多尹圣田于西受禾。”(《合集》33209)等。除了“令”之外,卜辞中还有一些其他的使令动词构成兼语句式,如“呼”“使”等。

梅军在《殷商西周散文文体研究》中,将甲骨刻辞的“令”“乎(呼)”“使”三种连动句式都归类为“命”文,认为其表现出“命”的文体特征[②],所见甚是。但是正如张玉金等文字学者指出的那样,在“令”“使”“呼”同时出现的情况下,“令”具有更高的优先级,首先在内容上,“令”的内容常常是征伐、祭祀等大事,而“呼”更常用于来、往等日常使令;其次在形式上,多种使令动词同时出现时,“令”的位置往往在最前,如“贞:王其令呼射鹿?”(合集 26907)同时“令”字句在各种使令句式中相对完整和正式,通常不省略主语和兼语[③]。此外,“令”的主体除了“王”之外,有时还是“帝”,而“使”与“呼”则不见有这一等级的话语主体。“帝”在殷人观念中是气象指令的发布者,如“帝令雨”“帝不令风”,也体现出一种由上及下的话语关系。西周金文则于“令”字形上添一“口”形而成“命”,强调了“令”的话语色彩。

总而言之,作为话语方式的“命”,起源于殷商时期的令、使、呼等下达指令、给予任命的口头指示。这种指令关系是由上及下的,主体通常为“王”或“帝”。殷人非常重视“王令”的形式,认为不同的表述方式关系到行事的吉凶福祸,这就说明“令”是一种具有神圣性的口头话语。

出于对祖先神的崇拜,对“帝”的遵从,殷人构筑起了一整套复杂而

---

① 参见于省吾:《甲骨文字诂林》第一册,第 364—365 页。

② 梅军:《殷商西周散文文体研究》,科学出版社,2016 年版,第 74 页。

③ 参见张玉金:《甲骨文语法学》,学林出版社,2001 年版,第 252—253 页。

具有深刻文化含义的祭祀占卜制度。这套仪式广泛流行于方国同盟，使殷人的神灵观念为诸国所接受。在周原甲骨中出现的一些祭祀商王先祖的卜辞，反映了先周文化对"帝"观念的吸收。周原甲骨中H11之1、82、84、112四版卜辞，有"文武丁秘""文武帝乙宗"之谓，指殷先王文丁宗庙与帝乙宗庙。传统意见认为，"神不歆非类，民不祀非族"，不同的族群应有相应的祭祀对象，而不同的神灵系统又左右着先民对自身族属的认知。也因此，对于周原甲骨中祭祀成汤、太甲、文武丁的记录，早年的学者多认为其非周人所遗，或是殷商卜人出奔时所携，或是武王克商后作为战利品归藏。近年学界普遍相信这些甲骨正是周人遗物，周人有可能曾在周原建造殷人先王宗庙，并进行典祭。

上述四版卜辞就"不佐于受"一事向文丁、帝乙殷商先王祈祷，卜问假如周人不辅佐事奉商王受，是否能得到殷商先王的佑护，应作于灭商之前的帝辛时代①。这正符于《逸周书·世俘》中武王告庙所说"古朕闻文考修商人典，以斩纣身"的记录。文王尊奉商人先祖，在殷商先王的佑助下伐灭纣王，这不但是帝辛"昏弃厥肆祀弗答"所造成的后果，也是周人"受命"的重要象征。

有学者进一步指出，这些卜辞反映的正是文王受命的史事。其"曹周方伯"一语，非指文王被商王册封为周方伯之事；结合下文的"不佐于受"来看，此句指的是"天"对此时的周方伯，亦即文王，加以进一步的册封，也就是令文王领殷商天命②。从文献中广泛流传的"文王受命"记载来看，周人话语中的"天命"，实以文王为源头。晁福林在《从上博简〈诗论〉看文王"受命"及孔子的天道观》③一文中，对"文王受命"的含义及过程，作出了极为精当的辨析。虽然以现有殷商文字材料难以解释"命"的始终，但周人对"受命"的大致解释是：殷人之"命"原由上天赐降予殷先王，而后殷人不修祭祀，天命失坠。文王向殷商先王进行祭祀

① 释文参见杨莉：《凤雏H11之1、82、84、112四版卜辞通释与周原卜辞的族属问题》，《古代文明》2006年第01期。

② 李桂民《周原庙祭甲骨与"文王受命"公案》，《历史研究》2013年第2期。

③ 载于《北京师范大学学报(社会科学版)》2006年第2期。

与占卜之后,确定天命已被转授予周,因而伐崇作邑,“有此武功”①。

与周原卜辞的一个区别在于,周人的传世文献中,并无对殷商先王进行卜祀的记载,也就是天命降于文王,并不需要殷人先祖作为中介。此间的差异,关系到商至先周时期对“命”与“天命”的理解,与西周建制之后的文献所见并不相同。这也暗示了“天命”从词义至观念,应该也经历了一定的维新,才得以成为西周权力合法性的主要话语。

首先,我们已经知道,纵贯有商一代,祖先神在现实政治生活中的地位,远较“帝”为重要。周原卜骨证明,周人伐纣前曾祈于殷人宗庙。在占卜中得到某种预兆之后,他们就得到了“不佐于受”的正式许可,于是攻打崇,又营建丰邑。这些违逆商王的行为,不但会造成严重的后果,更有悖于邦国方伯的责任与义务,在利益与道德两方面都存在巨大风险。因此,在此之前先举行祭祀占卜,有助于平息异议,明确政治目标,对此刻正面临着历史抉择的周人是极为必要的。占卜在周原的两处殷先王宗庙中举行,贞卜内容大致为:次日或此后某日,由王行诏祭、侑祭等不同祭法,分别祭祀成汤、太戊、武丁、大甲,报以祭品若干,得命兆之辞“思正”“思有正”,并结合贞卜事项加以解释:“不佐于受,有佑。”卜辞中的干支信息仅有“癸巳”“乙酉”两条,中间相距不过七日,很可能是在较短时间内举行了多次祭祀与占卜。仅以存世四版卜辞来看,周人的贞卜虽然反复,但其重点不在于对祭法、祭品的选择,而是在于祭祀对象的不同。四位祭祀对象均为殷商的贤明君王,而占卜给出的兆示是十分统一的“正”“有正”,亦即吉兆。

如果将占卜与祭祀的职能分割而论,占卜揭示了周人祈福于殷先祖宗庙的目的,即“不佐于受”而“有佑”;那么在举行占卜的这个时段,周人应当已经确立了“不佐于受”的行动方针,并开始验证这一决定的吉凶。当占卜给出吉兆之后,大局既定,祭祀就成了对殷商先王的告慰与安抚。因此,祈祷与祭祀在这一环节之中的功能,实际上是较为微弱的。周人之所以在后来屡称受天之命,并越来越少提及殷商先祖的庇佑之功,就是由于占卜行为象征着天之意旨,较之祖先神的赐福具有更强的决定性。

---

① 《诗经·文王有声》:“文王受命,有此武功;既伐于崇,作邑于丰。”

二、"殪殷"与"受土"：政治合法性的转换

周人在《牧誓》中以"行天之罚"作为伐商的理由，但它并不能直接推导出周人拥有取代商人行使统治的资格。在商覆灭之前，部族间的侵伐和吞并常常有之，但当被消灭的对象是同盟诸族之长，其领土、资源、民众应当如何分配，就成了并无前例可循的难题。而在一切难题中最为核心的问题是：作为战胜者的周人，是否能够继承商人作为"王"的政治权力。

文王伐商前曾以龟卜求贞，被授予了可以伐商的"命"。由于文王早逝，"大命"未成，武王于是以文王之名义伐商。一些传世文献在描述伐商过程时，也强调了伐商之命来自文王。如《史记·周本纪》："为文王木主，载以车，中军。武王自称太子发，言奉文王以伐，不敢自专。"直到周初的《尚书》八诰、《诗经》的雅颂诸篇以及彝器铭文中，我们都能看到"文王受命"的叙事表达，从中可以判断周人"大命"最初的起源：

> 文王在上，於昭于天。周虽旧邦，其命维新。（《诗经·文王》）

> 文王受命，有此武功。既伐于崇，作邑于丰。（《诗经·文王有声》）

> 敷贲，敷前人受命，兹不忘大功。予不敢闭于天降威用……天休于宁王，兴我小邦周，宁王惟卜用，克绥受兹命。（《尚书·大诰》）

> 天乃大命文王，殪戎殷，诞受厥命，越厥邦厥民。（《尚书·康诰》）

> 文王受命惟中身，厥享国五十年。（《尚书·无逸》）

> 天不可信，我道惟宁王德延，天不庸释于文王受命……君奭，在昔上帝，割申劝宁王之德，其集大命于厥躬……乃惟时昭文王。迪见冒闻于上帝，惟时受有殷命哉。（《尚书·君奭》）

惟时上帝,集厥命于文王。(《尚书·文侯之命》)

肆文王受兹[大命]。(何尊,《集成》6014)

丕显文王受天有大命……先王受民受疆土。(大盂鼎,《集成》2837)

在伐商成功之后,周人在铭文、诗、诰等一切涉及“大命”“天命”的叙述时,一样会将之归于文王。但在我们上述所举的引文中,其实还存在着两种对“受命”具体内容的不同表述:其一为“殪殷”“武功”的征伐权,其二为“受土”“受民”的统治权。从殷周的占卜传统来看,龟卜所作的通常只是针对一件事情的吉凶判断,不足以作为长期有效的合法性证明。因此,文王所获得的征伐之合法性,应当如何转换为武王、成王乃至周人世代的统治合法性,这需要更稳定和可持续的意识形态话语。

周王朝遇到的第一次危机,其实就是统治的合法性危机。武王于克商后第二年去世,直接引发了诸侯的动乱,其中不但包括武庚等殷遗势力,更包括管叔、蔡叔等周室内部力量。《尚书·金縢》解释管蔡作乱的原因是怀疑周公“将不利于孺子”。而《尚书·大诰》中却明确指出这次动乱的本质是殷人乘势试图复国。《金縢》谓管、蔡作乱是为辅助成王,这与武庚复国的诉求可以说是南辕北辙,二者何以能够联合?考虑到《大诰》是为东征时的诰命,《金縢》的核心文本是周公对先王的祝告,后半部分的叙事很可能来自东周史官的补充①。关于三监之乱的本质,《大诰》所述应当更接近历史事实,即这是一场有姬姓方伯参与的殷商复国叛乱。而叛乱所针对的核心问题,根据《大诰》文本来看,乃在于对“天命”的怀疑。全篇以成王口气拟定,其中“矧曰其有能格知天命”显然是很有针对性的质问,应当是对三监或武庚一方的直接回应。今天我们已经看不到管、蔡、武庚一方在发动战争前后以诰、誓等形式流传下来的文本,自然也无从得知他们的政治主张,但就周王朝的应对看

① 参见刘起釪:《古史续辨》,中国社会科学出版社,1991年版,第372页。

来，叛乱者应该是对周自称的"替上帝命""受兹命"作出了质疑：即，武王继承自文王的伐商之"命"，是否适用于成王、周公以及未来的周室子孙永久维系统治。从管、蔡的参与来看，周人内部对成王与周公在武王死后的执政合法性问题，应当也存在分歧。在从来不曾有"取而代之"征服革命之前例的西周初期，周人内部有此疑惑，应当出于对宗教及宗法伦理的赤诚。

成王接下来说明，虽然自己不能知晓天命，但文王留下的"大宝龟"一定知晓，因为它曾"敷前人受命"。于是成王与周公用其进行贞卜，并将结果公布于众，证明周人伐商时所受之"命"，是上天降予文王以"兴我小邦周"之"命"，而自己既"不敢替上帝命"也"不敢不极卒宁王图事"，以谦虚谨慎的姿态，恭敬而被动地再次领受了上帝的意旨——"成宁考图功"，发扬文王的功绩。从中可以发现，周人所受的统治之命，实际上仍处于文王所受之命的延长线上，周人仍以"文王受命"作为唯一且最神圣的合法性来源。

最后，周公在《大诰》中进一步对"天命"作出了描述，说它不但"不僭"，并且"不易"，必将应验且永远持续。"天命"因此不再以"行天之罚"为结果，而是以"兴我小邦周"为结果，革命的合法性于是转换为执政的合法性。征伐的成功被理解为"受土""受民"，而"受"的本质就是被上天赋予了统治的权力。"命"的范围从一次性的征伐，转换为长时段的统治。周公以东征的胜利，再次证明"天命"站在周人一方，更准确地说，站在文王的合法继承人一方。

"天命"自此成为周人统治合法性的依傍，但周人并不将其视为一种理所当然。成书于东周以后的《西伯戡黎》①，就将"我生不有命在天"的傲慢表述，作为纣王恶行之一，以此批判统治者对权力失去敬畏之心，从而丧失自省的精神。反过来讲，正是周人为解释"天命"而建构的德治话语以及历史叙事，构成了西周最灿烂的文化图景。这二者分别针对的，正是周初话语建构的两个核心议题：德治思想用以解释周

① 陈梦家认为其为战国时代著作。参见氏著：《尚书通论》(增订本)，中华书局，1985年版，第112页。

人何以受命,历史叙事用以解释殷人何以坠命——而它们都涉及对早期宗教思想的接受和改造。

三、"坠命"与"敬德":天命观下的德政论

殷商的灭亡,将"殷鉴"这一议题呈现在王朝未来的统治者们面前。《逸周书·度邑》描述了武王克商以后,面对殷人既有的文明成果,对比其亡国之忽,而产生的敬惧戒惕之心:武王登高而观朝歌,归来竟无法安眠。从他与周公围绕"定天保,依天室"亦即营建洛邑的讨论来看,正是商邑的宏伟壮丽,对比朝歌的一夕而陷和纣王的惨烈身死,令这位征服者感到畏惧,以至于无法沉浸于胜利的喜悦。如此辉煌的王朝竟无法逃避倾覆的命运,周人又当何以自免于"坠命",换言之,如何建立起可堪与"大邑商"相比肩的文明,并永久地保有"天命",这是武王克商后最为担心的问题。

《周本纪》《宋微子世家》《尚书大传》都描述了武王克殷后问政于箕子,后者传《洪范》的故事。箕子虽然是帝辛时期最知名的异议者和政治囚徒,但同样也是殷王朝血系的传承者,作为宗族中的男性长老,他被相信保有某种政治智慧,并拥有谏诫君主的资格。"武王问政于箕子"这一至少在汉代已被广泛传播和接受的叙事,显示周王与殷遗民之间可能曾存在一种咨议和训诫的关系。人们因而相信,借由"洪范九畴"这套玄妙深奥的文本,"圣人政治"的奥秘得以在获得"天命"的统治世代之间秘密传承。《周本纪》记载武王"问箕子殷所以亡。箕子不忍言殷恶,以存亡国宜告。武王亦丑,故问以天道"①。这段从"问殷鉴"到"问天道"的叙事,与《尚书大传》中武王直接求问箕子如何建设"彝伦攸叙"的社会秩序,相较有所出入。从问殷鉴到问天道,虽不一定是武王问政的历史真实,但确实反映出周初统治者的思考过程,即以"殷人何以坠命"之殷鉴为起点,对"何谓天命""何以受命""何以不坠命"等一

① [汉]司马迁撰:《史记》卷四,中华书局,2003年版,第131页。

系列接近于政治哲学的议题作出了探索和解释。

上述这些议题拥有相同的核心，即如何去理解权力，并保有权力。而周人思考后得出的结论，是富于人文色彩的“德治”。周人认为，殷的灭亡是出于听信妇言、轻忽祭祀、扰乱宗族秩序①、沉湎于酒②等十分具体的政策错误。这些错误之间其实并无必然的关联，是并列关系而非递进关系。而随着《多士》《多方》等诰令的完成，周人逐渐建立了更完整的历史叙事，和更抽象的概念描述。他们以夏的灭亡来比照殷的灭亡，将王朝倾覆的命运总结为“天降丧”。“天”作为行为主体的恒常、唯一与不易，削弱了周人伐商的主体性，使他们成为天意的代行者，也因此淡化了周人与殷商之间的敌对关系。“天降丧”的叙事，将夏末、商末的统治错误，描述为一种必须被“惩罚”的“罪行”。夏桀、殷纣的政治错误、道德缺陷，全部被概括为“罪行”，那么与它相对的反面，当然就是“善举”——具体来说，就是以文王为榜样的道德以及其所行之德政。在《康诰》中，周人更是直接描述出“文王行德政—闻于上帝—帝命文王”的受命逻辑：

> 惟乃丕显考文王，克明德慎罚。不敢侮鳏寡，庸庸，祗祗，威威，显民。用肇造我区夏，越我一二邦以修。我西土惟时怙冒，闻于上帝，帝休。天乃大命文王，殪戎殷，诞受厥命，越厥邦厥民。

周人在各种诰令中不断完善着对诸种历史细节的表述，并尽可能从中抽象出价值内涵。从“恭行天罚”到“文王受命”，完成了对权力合法性的解释；从“殷商失天命”到“夏、殷失天命”，建立起有关权力交接的历史叙事；从“帝辛以无德失命”到“文王以德受命”，发展出以德治为中心的政治哲学论述。概念重置、历史叙事、思辩论述，三种话语方式互相支撑，共同构成周初的话语体系。

---

① 《尚书·牧誓》：“今商王受，惟妇言是用，昏弃厥肆祀弗答，昏弃厥遗王父母弟不迪，乃惟四方之多罪逋逃。”

② 《尚书·酒诰》：“在今后嗣王酣身……惟荒腆于酒，不惟自息，乃逸。”

以周初八诰为代表的“诰诫”，通过特定的话语形式，在周人宗室内部、周人与诸方国、周人与殷遗之间，以话语关系来塑造权力关系，并从多个方面确立了德治思想。针对“德政”的具体内容，文王以其“受命”身份，成为后继者分析和解读的对象，以及继承和效法的榜样，在诰类文献中被反复训示。

《康诰》为三诰之首，开篇即以“孟侯，朕其弟，小子封”称呼康叔，强调血缘的认同感。接下来首段就追述“丕显考文王”的种种德政。文王受命的原因被描述为行使德政而感动上帝，武王的克商伟业，是对文王之命的领受和继承。据此，周公告诫康叔，应当追随文王的德政，好好管理殷遗民。这份政治责任被周公称为“助王宅天命”，也就是将“天命”稳固和安顿下来。因为既以德政作为领受天命的基础，那么也暗示着“惟命不于常”。《康诰》中的这段言说，正如《牧誓》《大诰》的内容一样，只探讨“天命”与周人之间的关系，并没有解释殷人失国的原因，也就是说，有“受命”“固命”，还没有“失命”。但是，《康诰》迈出的重要一步，是建立了“德政”与“天命”之间的关联。“天命”的得失不再是随机的、不可预测的，人们可以通过行德政来领受和巩固它，也可能因为执政失当而失落它。如果说《大诰》还将“天命”视为幸运的嘉奖，并仍存在着自证的焦虑；那么作于政权初定时期的《康诰》则体现了周公对“天命”的自信与接受，对成功原因的反思，以及总结历史规律的初步努力。

后续的《酒诰》《梓材》也将文王受命的原因分别归于谨慎饮酒与“勤用明德”，其中，《酒诰》借由殷亡之鉴，进一步反思了殷人失国与天命之间的关联，但论述并未深入。《酒诰》“天降丧于殷”的表述类于《牧誓》“行天罚”，将殷人失国归于天降惩罚。对于这种惩罚发生的机制，周公引入了“天命”话语，但没有深入论述。在《酒诰》中，也只见“受命”，未见“失命”对举。周公谓殷王因荒腆于酒，不行祭祀，“厥命罔显于民祇”，最终招致灾祸：“故天降丧于殷，罔爱于殷，惟逸。天非虐，惟民自速辜。”这里值得注意的是对“天降丧”的解释：上天并非暴虐，只是“罔爱于殷”。这里的“爱”，可以理解为眷爱，庇佑之义。殷人酗酒——失于祭祀——失去庇佑——受天降丧，这就构成了最朴素的因果链条。这一逻辑中的“天”，虽不一定能通过祭祀来取悦，但若失去其庇佑，则可能将自身置于天然灾祸的随机性之中，加速招致灾难，此之谓“天非虐”。可以看出，《酒诰》对殷鉴的思考，主要建立在祭祀和天命之间的关联上，符合晚商至先周时期的一般宗教观念。

作于其后数年的《召诰》《洛诰》两篇文献，应是洛邑建成后的祭祀仪式上所发布的诰教文本。通过对清华简《保训》《逸周书·作雒》的研究可知，洛邑的建造与周人的天命宣传有着极为重大的关联。

> 公不敢不敬天之休，来相宅，其作周匹休。公既定宅，伻来，来，视予卜，休恒吉。我二人共贞。公其以予万亿年敬天之休。（《洛诰》）
>
> 公称丕显德，以予小子扬文武烈，奉答天命，和恒四方民，居师。（《洛诰》）

《作雒》谓周公以作大邑成周“俾中天下”，而后设祭祀上帝、后稷、先祖之丘，并使诸侯效仿作大社。《洛诰》记述周公以“基命”“定命”为营建洛邑的目标，按《尚书集传纂疏》：“凡有造基之而后成，成之而后定；基命所以成始也，定命所以成终也。”始建洛邑是为奠天命之基，作成洛邑是为定天命之本。从相宅到告卜这一系列政治举措，具有“敬天之休”“奉答天命”的宗教内涵。营建洛邑，既有地缘政治的考虑，又出于宗教事务的要求，正合何尊所记“宅兹中国，自兹乂民”，对刚刚建立新政权的周人而言，有着巩固“天命”的政治意义。

《召诰》作于《洛诰》之前，对这一事件的意义有着更详尽的阐释。在建成洛邑的第一次祭祀中，诰文以大段的天命话语作为起始：

> 呜呼！皇天上帝，改厥元子。兹大国殷之命，惟王受命，无疆惟休，亦无疆惟恤。呜呼！曷其奈何弗敬？天既遐终大邦殷之命，兹殷多先哲王在天，越厥后王后民，兹服厥命。厥终智藏瘝在。夫知保抱携持厥妇子，以哀吁天，徂厥亡出执。
>
> 呜呼！天亦哀于四方民，其眷命用懋。王其疾敬德。相古先民有夏，天迪从子保，面稽天若，今时既坠厥命。今相有殷，天迪格

保,面稽天若,今时既坠厥命。今冲子嗣,则无遗寿耇,曰:其稽我古人之德,矧曰其有能稽谋自天?呜呼!有王虽小,元子哉!其丕能諴于小民。今休。王不敢后用,顾畏于民碞。

王来绍上帝,自服于土中。旦曰:“其作大邑,其自时配皇天,毖祀于上下,其自时中乂。王厥有成命,治民今休。”

……

我不可不监于有夏,亦不可不监于有殷。我不敢知曰,有夏服天命,惟有历年。我不敢知曰,不其延。惟不敬厥德,乃早坠厥命。我不敢知曰,有殷受天命,惟有历年。我不敢知曰,不其延。惟不敬厥德,乃早坠厥命。今王嗣受厥命,我亦惟兹二国命,嗣若功。(《召诰》)

这段话语对“天命”的阐述,有几个突出的特点。

第一,首次出现了“殷之命”的提法,与“惟王受命”相承接,点明了“命”的唯一性与可转移性。通过“天命”的一“坠”一“受”,明确了“天命”的转移过程,点明了商周政权的继承关系。在此之前,“受命”专指周人发动战争的正当性,从字面义来看,最初应为上天授意周人克商的“命令”。到了《召诰》时代,周人已建成洛邑,需要将革命的合法性转化为执政的合法性,即所谓“固命”“定命”。殷王朝虽已灭亡,但围绕着它的氏族、方国体系仍巍然安在,周人并不可能也无必要进行全新的政治社会改革。最平稳也最省力的权力转移方式,就是继承殷人的王权合法性[①]。为此,周人慷慨地承认殷人也曾拥有“天命”,鉴于“文王受命”已为广大部族普遍接受,周王朝的政权自然也就是继承于殷王朝而来。为了加强这一认识,周人又将“命”上溯至“有夏”。这样一来,“命”就成了在有夏、殷商、姬周之间代代相传的事物。那么,祭祀与治理权力的转移,显然也是“命”的体现。于是,通过把“命”共享于前朝,周人执政合法性得以获取。

---

① 许倬云谓周人以六七万人,治理东部平原百万之众。参见许倬云:《西周史》,三联书店,1994年版,第113页。

第二，首次出现了“坠命”的表述。既然夏、商用都曾拥有“命”，受到上天庇佑，那么为何他们的政权最终消亡了呢？《召诰》解释说，这是“坠厥命”的缘故。回顾《牧誓》《酒诰》，那时仍以“天罚”“天降丧”来定义商王朝的覆亡，这与“坠命”在哲学上的意义是不同的。“天罚”是对现有状况施加负面的影响，“坠命”是在现有条件下削减某种已有之物。在“天罚”的语境下，殷商王权是先在的，亡国是上天为之降下的灾殃；在“坠命”的语境下，“天命”是先在的，早在商王朝拥有之前，亦曾为有夏氏所有，因而商王朝失落“天命”，是从“有”复归于“无”。从语言情感来看，“降丧”与“天罚”的表述带有一定攻击色彩，更容易在战争环境中凝聚力量；而“坠命”的表述则相对中性，作为面向同邦同族的诰教发言，“坠命”一词将商王朝的灭亡过程变得中性化，减弱了周人身为天罚执行者的骄傲感，代之以有节制的恭慎之情。

第三，用“民”与“德”解释了“天命”的原理和“坠命”的过程。《召诰》解释道：殷先王与后来的周先王一样拥有“在天”的神格，因而庇佑着后人之“命”。然而后来殷人“坠命”，是因为贤良退藏，人民受困，上天哀怜四方百姓的吁叹之声，因而改换了天命，使其归于有德者，亦即当时的周文王。但是，“坠命”的提法虽然能有效地弱化殷商王权的先在性与神圣性，却同样也削减了周王权的绝对性。其“命”既有“受”有“坠”，那么对于周人而言，这份“天命”亦是不稳定的，有失坠之忧。这就引出了诰文所用意告诫的内容：敬德保民，祈天永命。“敬德保民”的主张，应当来源于周初统治者对殷鉴的政治反思，已超越了《牧誓》《酒诰》将殷亡归于不行祭祀，得罪上天的宗教观念。另一方面，由于周人和东部方国之间仍存在相当的实力差距，“德政”所带有的怀柔色彩，对周人而言也是更为理性的政略方针。

四、“袭汤之绪”：天命观下的历史叙事

周初八诰中的最后两篇，是《多士》《多方》。这两诰的意义在于建立了以天命观为核心的历史叙述。它们同为诰殷遗民所作，用以劝诫

他们臣服与安居。就内容来看，《多士》《多方》中的历史叙事在诸诰中显得尤为完整，不但三代史事趋近定型，同时也已建立起自洽的解释体系。

《多方》的主要内容，是以夏亡汤兴的历史经验来诰教、训诫各个方国。方国体系有着悠久的历史传统，对夏商之变的回顾，本质上是援引历史上的王权变革作为今日之变的前例，有助于方国领袖接受新政权的统治。诰文开篇即提出了“命”的概念，并以夏桀为例，陈述了“命”的重要性。但是，《多方》中并没有出现类似于“坠命”的表述，这是其完善性略逊于《召诰》政治思想的一个表现。通过对夏氏灭亡过程的叙述，我们可以窥测《多方》天命思想的面貌。首先，夏氏甫一出现即为“受命”的状态，至于这份“天命”的最初来源，《多方》没有给出解释。之后，夏氏因天命而骄纵，其表现有三：第一，不重祭祀；第二，生活逸乐；第三，政治暴虐。其中，“不重祭祀”是招致“帝降格”的首罪，民众怨怒是上天降命成汤的导火索。《多方》中，成汤受命具有三层内涵，其一是“求民主”，其二是“显休命”，其三是“刑有夏”。需要注意的是，这其中并无“有夏坠命”之类的表述。“天命”仍然只是一种只能被观测到其“有”，而不能被观测到其“无”的事物。同样的，《多方》后续段落中，屡次出现“天降时丧”“大罚殛之”“致天之罚”“自速辜”的表达，用以描述亡国的状态。而用以修饰“天命”的，有“享天之命”“熙天之命”“大宅天命”等，用以描述与周王权合作并因此得益的状态。总而言之，《多方》与《召诰》一样承认夏、商之“命”，但没有建立起“坠命”的表述，其对政权兴亡的认知仍以“天罚”式的惩诫理念为主，接近于《牧誓》《酒诰》；对亡国原因的反思则包括了祭祀、德行、民生等多方面，对前者又有所超越。根据其思想的这几个特点，也可以赞同学界《多方》早于《召诏》的观点。

《多士》作为对殷人的告诫，在夏亡教训之外，更多地关注到了殷亡之鉴，用以训诫将迁他国的殷遗民们。与《多方》相比，《多士》文本中的天命话语具有几种重要特征：第一，对殷商王权的覆亡，以“终命”“废命”来表述；对周王朝的建立，以“弋命”“畀命”“革命”来指称。“终命”“废命”与《召诰》“坠命”相似，描述的均是“天命”之“无”的状态。“弋命”“畀命”则是代替、分受的意思，强调了商周“天命”的继承关系。第二，对夏、商、周三代的“受命”“终命”历史进程作出了简明清晰的叙述，这也是第一次系统总结三代得政失政的始末。为了引出对历史的回顾，周公首先仍以训诫的口吻，用“天降丧”“致王罚”的严厉之辞，明示了自己下达诰教的正当性。接下来，周公以“我闻曰”起领，开始讲述有夏坠命的过程：一开始，上帝有着明确的德性要求，但有夏氏未能执行上帝的要求。于是上帝作出了决定，一方面对夏人“废元命，降致罚”，一方面“命尔先祖成汤革夏”。“天命”清晰地展现为其本义“命令”的形式。然而，后来的商王纣“诞罔显于天”，注谓“大不明于天道”，也就是不能理解上天的意旨，恐怕也暗示着对“命”的不解与不行。于是，上帝再次做出决定，不再保佑殷人的福祉，“降若兹大丧”。至于本在殷人之身的“天命”，因此就需要被分配给其他方国。其中，“不明厥德”的四方大小邦，没有被“畀命”的权利，唯有“周王丕灵承帝事”，最能听从上帝的意旨，于是接到了上帝“割殷”的命令。这段文字到此为止，都把“天命”具体化为上帝的意旨和命令，并将汤、武兴起的原因，归结于能听从上帝命令，而夏、商覆亡的理由，也就被归因于不听从上帝的命令。违抗天命者必将招致殛罚——在这一逻辑的驱动下，迁徙殷遗民的决策也被描述为一种“天命”，周人不得已而从之：“予惟时其迁居西尔，非我一人奉德不康宁，时惟天命。无违，朕不敢有后，无我怨。”“非予罪，时惟天命。”

这几句话带有一定自辩色彩，可见周人对殷遗民的处理，应当是激起了一定反抗情绪的。周公在诰令中，陈述了“天命”的绝对性以及违逆“天命”的后果，意在安抚殷遗民接受被迁徙的政治安排。对此，郭沫若认为：“周人根本在怀疑天，只是把天来利用着当成了一种工具。”“凡是极端尊崇天的说话是对待着殷人或殷的旧时的属国来说的，而有怀疑天的说话是周人对着自己说的。”①然而郭沫若所举的，所谓“怀疑天”的例子，却是值得商榷的。“天非忱”“命不于常”“天不可信”这类表

① 郭沫若：《先秦天道观之进展》，见于《郭沫若全集·历史编》第一卷《青铜时代》，人民出版社，1982年版，第334—335页。

述,恰恰是最敬畏天的表述。“天”或“上帝”不同于可以求告的祖先神,它们源自早期人类巫术和祭祀的失败经验,多为灾难或不可逆的自然意志之象征①,即使是殷人,也只能以最大的小心卜问之,而不敢向其祈求任何帮助。“天命靡常”即为“天命”之“常”,这应当是为先民所广泛认同的观念,而非周人独力发明的怀疑论。

或许是受郭沫若这一观点的影响,许多研究者将周人的“天命”话语和“殷鉴”反思分为向周人内部陈说和向殷人诰诫的两方面。但是根据《牧誓》和周初八诰的文本,可以发现周人的天命观在克商及此后的短短几年内,迅速地完成了自我更新和完善,最终以《多士》中的天命史观为成熟的标志。“天命”自此不再是革命的合法性话语,而是构成历史叙事的观念性话语。通过历史叙事的发布和写定,周人得以将“天命”观念播散到宗族内外,大小方国之中。周王权的合法性从而烙印在天命观的历史叙事之中。

在“天命”这个隐喻的背后,包括了对商王朝权力的承认,对武王伐商行动的确认,对周王朝权力的承认这三个方面。因为有“天命”作为贯穿整个殷周之变的线索,周之代商,就不仅仅是权力在地方部族之间的转让,而是权力在两代中央王朝之间的传递。可以说,正是“天命”将权力兴衰的空间性转化为了时间性,在这个基础上才有了“正统”。

到了西周建制之后,尤其在周初时期,周王仍行殷礼,行殷祭,以示对殷人之“命”的继承。《洛诰》:“王肇称殷礼,祀于新邑,咸秩无文。”《墨子·非攻下》:“王既已克殷,成帝之来,分主诸神,祀纣先王,通维四夷,而天下莫不宾,焉袭汤之绪,此即武王之所以诛纣也。”②

“袭汤之绪”解释了武王克商的胜利原因,也可以佐证我们对西周革命本质的讨论。“天命”自有夏及商,体现为权力者对“帝令”的占有。这种占有分为对帝令的“领受”,亦即主持仪式的权力;以及对“帝令”的

---

① “较为精明的人们到一定时候就觉察出来了:巫术的仪式和咒语并不能真正获得如他们所希望产生的结果……这个发现的意义是:人们第一次认识到了他们是无力随意左右某些自然力的。”[英]弗雷泽著,汪培基等译:《金枝》,商务印书馆,2013年版,第101—102页。

② 孙诒让撰:《墨子间诂》,中华书局,2001年版,第151—152页。

阐释，亦即下达占断的权力。在殷商早期，商王与方国首领以贞人集团的身份分享着领受与阐释的权力，然而随着王权的集中，"帝令"最终被商王专有，这体现为卜辞的制作从头至尾为商王所把控。王权所发生的这一变化，激化了商王与方国之间的矛盾，也为周人提供了革命的合法性。文王受命以太姒之梦为标志，这一事件在偶然性之外，恐怕与太姒出身有莘氏，具有夏后氏血缘有关。《吕氏春秋·诚廉》借伯夷、叔齐之口，批判周人革命是一场投机和阴谋："今周见殷之僻乱也，而遽为之正与治，上谋而行货，阻丘而保威也。割牲而盟以为信，因四内与共头以明行，扬梦以说众，杀伐以要利，以此绍殷，是以乱易暴也。"[①]这样的表述，实际上公然质疑了借受命传说而成立的武王革命正当性。从《大诰》的自证中，可以发现早在西周初年，东部旧邦就对周人天命话语隐然存有质疑，这一思想可能独立于王朝史官文献的载录，自有传承；但《吕氏春秋》中这段文字对周人受命过程的批判，更多地与这部文献作成的历史语境有关。

早在《吕氏春秋》作成以前，周王室的权力已然衰微，对周初天命话语的反思与质疑一时并起。在诸子生活的时代，"天命"已随周室一道衰微，然而由于天命论中的权力改易是时间性的而非空间性的，如果用它来鞭策诸侯勤政进取，就意味着煽动一场地方向中央夺权的革命。在周天子仍为名义上的政治领袖，并且诸侯只以称霸、兼并为理想的战国时代，对天命的言说是超过诸子言论边界的。然而，天命观念为政治话语的建构提供了极具说服力的范式，在很长一段历史时期中，士人对政治合法性的言说都未能超越"天命论"的范式，亦即从自然合理性中推求政治合理性，或建立"天—人"的政治隐喻。因此，战国诸子看似驳斥批判"天命论"，但他们又通过对"天命"概念的阐释和重构，为各自的立论建立起制高点。例如荀子重新定义"天道"，将固化的"天命"理解为朴素的"自然规律"；道家以"道"先于万物，认为天地之外有着更为高邈的存在；墨家斥"天命"而立"天志"，重新阐释"天"的美德与向其效法的必然性；阴阳家消解了"天命"的中心性和唯一性，以五行循环作为全

---

① 许维遹撰：《吕氏春秋集释》卷一二，中华书局，2009年版，第268页。

新的自然规律与政治法则。

诸子虽然驳斥天命观,却又未能超越自然秩序作为政治合理性的隐喻,因而他们的言说反而扩展了天命观念的范畴,丰富了天命观念的内涵。但也因此,西周初期建立的,线性、唯一、中心论的天命观念被打破和去中心化。既然西周天命话语以历史叙事为成熟形态,那么在多样化的观念背景中应运而生的《吕氏春秋》,首先就以历史叙事作为解构西周天命的切入点,从文王受命史事开始,消解"天命"的神圣性,为嬴秦走向天下之路做出铺垫。然而,德治话语虽为权力者后期的建构,但包覆着现实的理念外衣同时也构成了"文明"本身。当战国末年的暴力与阴谋堂皇地成为最终的胜者,即是天命话语真正失坠的一刻。

五、余　　论

本文讨论西周天命话语,而未过多涉及西周"命"体。一者在于西周天命观的革新,主要是通过周初八诰而非"命"体文献呈现;一者在于,今人论及西周"命"体时,常以册命文本为唯一对象,以册命制度为唯一的制度性背景,似可商榷。册命文本确实是命体文献中最为常见的种类,原因是西周中后期册命制度的繁荣,以及彝器铭文带来的幸存者偏差——彝器的制作通常与夸耀先祖功绩有关,册命仪式因而成为其铭文的主要写作内容。其他仪式场景中发布的"命",如"遗命"和甲文中常见的军事命令等,与"册命"相比,缺乏更坚固的物质载体,因而消失在文本研究的视野中。因此,西周时期以"命"为名的文本,在文体层面之外,往往存在着值得重视的仪式语境。册命制度及其所对应的册命文类,虽非"命"体的唯一形式,但也是各类"命"体的典型代表,也是"命"发展为成熟的礼仪制度后所产生的文本形态。"册命"兼有"赋予使命"和"赋予价值"的两重功能,是仪式变革和演化的结果,而非文体诞生的源头。

出于这种先入之见,今文尚书《顾命》前半篇中的"遗命",就常常被后半篇的"册命"所遮蔽。《顾命》记载了成王遗命,太子钊受册命的历史事件，考其文本，可以看到其事固有先后，其“命”亦非同一。《顾命》首先记载成王在遗命中要求诸臣辅佐太子钊，维持统治秩序，接下来又极为详细地描述了太子钊亦即周康王的册命典礼，其中最重要的环节是太史宣读册命之辞，康王领命并完成仪式。前一则“命”是由成王向太保奭等臣属发出的，“审训命汝”，是为遗命；而后者是成王向康王发出的，“皇后凭玉几，道扬末命，命汝嗣训”，是为册命。成王之遗命、太史之册命，这两条口述的“命辞”是《顾命》叙事所依据的核心文本，因此《顾命》应当是围绕王位接替这一事件，依据时间顺序，将两篇性质不同的命书缀连成一篇完整的叙事文本。以此观之，《顾命》中段以大篇幅对仪式场面的描写，其细节远繁于册命铭文，反而颇类后世礼书，可能是缀合其他文类写作而成。相比之下，《周书·文侯之命》全篇只记录了“王曰”“王若曰”的两段口头命辞，应当更接近“命”体文献最初的形态。

《书》的编成和传播，与两周时期的贵族教育有关。而其中具体篇目来源既异，功能亦有别。按陈梦家考定的成书年代来看，《今文尚书》诸篇中，最先作成的是西周初期的诰体、命体，其后出现誓体，最后出现诸种托于虞夏的典、范、谟①。“尚书六体”所列的“典、谟、训、诰、誓、命”，这一次序排列的依据是文本内容所表现的时代，与前述排序恰好相逆。

在口述传统与书面传统并行的商周时代，“书写”是一项劳动成本高昂的活动。从殷商时期留存的文字记录来看，在物质媒介上的文字书写通常伴随着制度性的背景，也就是必须被书写的理由。笔者曾撰文讨论从记事刻辞到命辞、占辞、验辞的刻写背景，并发现，当话语被写定时，它的性质和功能通常会发生变化，更进一步地说，文本作者对言说内容的选取、剪裁，本身即构成一种修辞②。在书面传统以外，更多话语是以口头方式传承的，其中诰、命最初也来自特定仪式上的口头表

---

① 参见陈梦家：《尚书通论》(增订本)，第 112 页。

② 参见拙文《从贞人话语看早期记录中的修辞》，《中国社会科学》2019 年第 4 期。

述,作为文本单独成立时,其性质趋近于官方的公告文书。但这些文书被编纂为"书"类文献时,在一定程度上被附加了史实上的前因后果,以为道德之垂范;有时不同场合发布的文书又因其史事具有前后关联,而被缀连成一个篇目。

最后,无论是否如史传所述那样,确凿地存在着"武王问政"等历史细节,我们都可以明确地看到,周人对殷鉴的思考是真实存在的,他们留下的种种诰诫文献,以及神道设教的活动,构成了具有一致性的文化系统,其发生和演化的过程也具有内在的逻辑性。或者说,正是殷鉴触发了周人对王权合法性的思考,他们对此所作出的论证与解释,最终凝结成以文献活动为代表的一系列话语实践。为了理解权力,并更有效地保有权力,周人将对概念的思考,对历史的叙述,对德治的思辩,融入以诰诫、诗教、垂范为代表的诸种话语方式之中,并以此构筑起礼乐文明的蓝图。这份对权力的畏惧戒惕之心,是周初文献活动的出发点,也是历史意识萌芽的土壤。尽管在未来的数百年间,西周的君王行事或有相违;甚至在更远的千年之内,这份儆诫最终成为意识形态的共谋,但从更广阔深远的文化图景来看,它是中国政治哲学史上第一次基于合法性的危机,而对政治合理形态的发问。因此这份戒惧之心至少在当时的真诚是毋庸置疑的。

■ 作者简介

林甸甸,1986 年生,浙江绍兴人,文学博士,中国社会科学院文学研究所副研究员,主要从事殷商西周文学研究。

论先秦到汉魏人才理论的嬗变

——以《吕氏春秋》《人物志》为中心

延娟芹

（华南师范大学文学院　广东广州　510631）

内容提要　《吕氏春秋》是先秦时期讨论人才问题最重要的著作，《人物志》是中国古代最早的系统的人才学理论专著。通过细致梳理两部典籍的人才理论，可以发现，《人物志》与《吕氏春秋》的人才识鉴方法本质无太大差别。但《人物志》对人才的分类较《吕氏春秋》更细密，已经涉及人才的性格、气质等内在要素，与现代心理学对人气质的分类有暗合之处。《人物志》的人才使用原则继承《吕氏春秋》而来，但在对每种人才的特点、优劣以及所适宜的职官等方面的论述又有较大的发展。《人物志》更多强调人先天的气质禀赋，忽视后天的学习锻炼对人才的影响，较《吕氏春秋》是一种退步。二书的共同点是都注重人才的政治作用，对其他方面的人才有所忽略。先秦到汉魏，人才理论发展流变的轨迹是，考察因素由外部表现到内在气质，由以德为主到才德并重，人才分类由笼统粗疏到具体细致，其理论由重学理探讨到具体实践方法的指引，现实指导意义越来越突出。

关键词　《吕氏春秋》　《人物志》　人才识鉴　人才类型　人才使用

人才，古代多称为“士”。① 人才对社会国家的兴衰至关重要，是成

① “士”之内涵，有一个演变过程。周初，周人将殷代遗留的旧贵族统称为“殷士”，《诗经·文王》中有“殷士肤敏，祼将于京”，《尚书》中有《多士》，是西周初年周公代成王对殷遗民的训诫。西周、春秋时期，“士”指宗法分封社会中贵族的一个等级，即天子、诸侯、卿大夫、士，士包括文士与武士。战国以后，“士”泛指知识分子、人才。

功治理国家的关键因素。战国是人才非常活跃的时期，许多士人自由活动于各个诸侯国。诸侯国为富国强兵，也在积极招揽人才，甚至卿大夫也在争相养客，人才有了展示自己才能的舞台。受尊崇人才之风的影响，当时积累了不少考察识别人才、使用人才的经验。《吕氏春秋》因在先秦诸子著作中编撰最晚，其人才理论吸取了其他学派的合理部分，是诸子各学派人才理论的总结，书中士人论、人才论以及对尚贤思想的论述，散见于许多篇章。李家骧认为，《吕氏春秋》考察人的思想在中国人才思想史上有着重要的价值和地位。[①]

汉到魏晋时期，实行人才举拔制度，人物品评盛极一时。加之群雄逐鹿，人才问题显得更加突出。当时积累了许多富有经验的人才理论。据《隋书·经籍志》记载，魏晋时期出现的有关人才理论的著作有魏文帝的《士操》，姚信的《士纬新书》，卢毓的《九州人士论》，以及撰者不明的《通古人论》等，其中以刘劭[②]的《人物志》为代表。《人物志》是中国古代第一部专论人才的著作，前人对《人物志》的人才理论做了不少有益的探索，本文拟以《吕氏春秋》和《人物志》为考察对象，探求先秦到汉魏人才理论的嬗变情况。

一、《吕氏春秋》产生之前的人才理论

《吕氏春秋》产生之前，诸子已经多次谈及人才问题，如人才的分类，人才的作用，理想志向与成才，道德修养与成才，教育与成才，人才的选拔，人才的考察管理等，其中儒家论述最为突出。儒家讨论人才问题常常与道德修养、理想志向、教育学习等相结合。

孔子将人才分为四种：德行、言语、政事、文学。另外儒家还有圣人、贤人、仁人、君子等较为笼统的划分，整体上对人才的德行最为重

① 李家骧：《吕氏春秋通论》，岳麓书社，1995年版，第306页。

② 刘劭之“劭”，《三国志·魏书·刘劭传》作劭，《隋书·经籍志》作邵，本文从《三国志》。

视。其他学派对人才的划分大体与儒家类似，都较为模糊，缺乏具体细致的划分标准和考量指标。

孔子对人才的鉴识方法主要是察试。《论语·为政》说："视其所以，观其所由，察其所安。人焉廋哉？"[①]与孔子同时期的晏婴也有关于人才识鉴的言论，《晏子春秋·问上》记载景公问晏婴如何求贤，晏婴做了如下回答：

> 观之以其游，说之以其行，君无以靡曼辩辞定其行，无以毁誉非议定其身，如此，则不为行以扬声，不掩欲以荣君。故通则视其所举，穷则视其所不为，富则视其所不取。夫上士，难进而易退也；其次，易进易退也；其下，易进难退也。以此数物者取人，其可乎！[②]

孔子、晏婴主要采用一般观察法。战国时期，孟子提出更为细致的"眸子观察法"，即通过观察一个人的眼睛，了解他的真实思想。《孟子·离娄上》说："存乎人者，莫良于眸子。眸子不能掩其恶。胸中正，则眸子瞭焉；胸中不正，则眸子眊焉。听其言也，观其眸子，人焉廋哉？"[③]内心光明坦荡，眼睛就明亮；内心邪恶奸诈，眼睛就灰暗无神。《庄子·列御寇》中托孔子之口提出观察人的九征法："远使之而观其忠，近使之而观其敬，烦使之而观其能，卒然问焉而观其知，急与之期而观其信，委之以财而观其仁，告之以危而观其节，醉之以酒而观其则，杂之以处而观其色。"[④]主张通过观察一个人在特定环境下的反映与表现了解其人。

其他学派也有关于人才的零星论述。墨家提出"圣人听其言，迹其行，察其所能而慎予官"（《墨子·尚贤中》）的用人原则[⑤]。法家崇尚法、术、势，并不把人才放在第一位，虽然也提倡任贤使能，但更注重人

---

① 杨伯峻：《论语译注》，中华书局，1980 年版，第 16 页。

② 吴则虞：《晏子春秋集释》，中华书局，1962 年版，第 212 页。

③ 杨伯峻：《孟子译注》，中华书局，1960 年版，第 177 页。

④ 陈鼓应：《庄子今注今译》，中华书局，1983 年版，第 844 页。

⑤ 吴毓江：《墨子校注》，中华书局，1993 年版，第 73 页。

才的实用性。法家对人才的要求是,尽心尽力忠君事君,勤于职守,行为符合法律标准的法术之士。在对人才的任用和考核方面,也严格以法律条文、赏罚为原则。道家力图把人才从政治功利性中解放出来,追求精神的绝对自由,总体讲对人才的使用、培养并不热衷。

此外,《六韬·龙韬》中提出了考察军事人才的“八征法”,①《逸周书·官人解》提出了“六征”鉴别法,以及“九用”(适宜担任不同官职的九种人才分类)原则。②

总体看,《吕氏春秋》产生之前的人才理论较为零散。对人才作用的阐述常常与重贤、尚贤思想相结合,对人才识鉴、使用、考核等方法的论述更为简单笼统,实践性较差。《六韬》与《逸周书》虽然涉及一些具体的人才考察方法,但这两部书成书时间复杂,很难考证《吕氏春秋》是否对这两部著作有借鉴。

二、《吕氏春秋》的人才理论

《吕氏春秋》是先秦诸子著作中讨论人才理论最多的典籍,其论人才常与评论士人、讲为臣之道相结合。

(一) 人才的功能与作用

《吕氏春秋》认为,明君为政,选贤任能是根本和关键。《求人》:“身定,国安,天下治,必贤人……得贤人,国无不安,名无不荣;失贤人,国

① 《六韬》是古代著名兵书。《汉书·艺文志》著录有《周史六弢》和《太公书》,《六韬》始见于《隋书·经籍志》,作《太公六韬》。今本六卷,应是战国后期人托名“太公”所作。今人译注本有娄熙元、吴树平:《六韬译注》,河北人民出版社,1992年版。

② 今本《逸周书》七十一篇,各篇不出一手,年代不同。自宋代以来,有人认为出于战国人之手,见曹道衡、刘跃进:《先秦两汉文学史料学》,中华书局,2005年版,第156页。今人校注本有黄怀信:《逸周书汇校集注》,上海古籍出版社,2007年版。

无不危，名无不辱。”[①]强调了贤才在国家治乱中极其重要的作用。

人才的作用是辅佐进谏。《吕氏春秋》高度强调进谏的作用，如《直谏》:“无贤则不闻极言，不闻极言，则奸人比周，百邪悉起。若此则无以存矣。”《恃君》:“故忠臣廉士，内之则谏其君之过也，外之则死人臣之义也。”

(二) 理想人才的标准

何谓人才?《吕氏春秋》用《士容》《士节》《下贤》等数篇文字描绘了理想人才的标准，如《士容》说:

> 士不偏不党，柔而坚，虚而实。其状朗然不儇，若失其一。傲小物而志属于大，似无勇而未可恐狼，执固横敢而不可辱害，临患涉难而处义不越，南面称寡而不以侈大，今日君民而欲服海外，节物甚高而细利弗赖，耳目遗俗而可与定世，富贵弗就而贫贱弗朅，德行尊理而羞用巧卫，宽裕不訾而中心甚厉，难动以物而必不妄折。此国士之容也。

《吕氏春秋》作者心目中理想的人才，高瞻远瞩，志向远大，重义贵德，坚韧不拔，无所畏惧，刚毅果敢，不慕权贵，谦虚谨慎，超世脱俗，通达生死，既有高尚的道德，又有辅佐君主的奇特才能，还敢于直言劝谏。这种人才，以儒家的理想为主，同时也渗透了道家思想。

(三) 人才的识鉴

这是《吕氏春秋》人才理论最重要的内容和贡献。《吕氏春秋》首先提出识鉴人才的基本原则：要以实审名、以理审言，按照一个人的实际情况考察他的名声。《审分》:“故按其实而审其名，以求其情;听其言而察其类，无使放悖。夫名多不当其实，而事多不当其用者，故人主不可以不审名分也。”

---

① 本文所引《吕氏春秋》，均引自陈奇猷《吕氏春秋新校释》，上海古籍出版社，2002年版。

《吕氏春秋》探讨了识别人才的具体方法。《论人》篇云:

> 凡论人,通则观其所礼,贵则观其所进,富则观其所养,听则观其所行,止则观其所好,习则观其所言,穷则观其所不受,贱则观其所不为。喜之以验其守,乐之以验其僻,怒之以验其节,惧之以验其特,哀之以验其人,苦之以验其志。八观六验,此贤主之所以论人也。论人者,又必以六戚四隐。何谓六戚?父、母、兄、弟、妻、子。何谓四隐?交友、故旧、邑里、门郭。内则用六戚四隐,外则用八观六验,人之情伪、贪鄙、美恶无所失矣。譬之若逃雨,污无之而非是。此圣王之所以知人也。

论人要听言观行,要在不同的环境中加以考察识别。对外要用八观六验。八观主要是观察处在不同社会地位的人的不同表现,这是根据一个人在显达、尊贵、富有、听言、赋闲、学习、困窘、贫贱等不同境遇中的行为表现,了解其心理品质的观察法。

六验类似实验法,即通过一定的方法,设置六种不同的情境,诱导出一个人相应的喜、乐、怒、惧、哀、苦等情感,观察这个人在这些情感支配下的种种行为,以鉴别其节操、邪念、气度、品行、仁爱、意志等人格特征。

衡量人才的方法对内用六戚,对外用四隐。六戚即父、母、兄、弟、妻、子;四隐即朋友、熟人、乡邻、亲信四种亲近的人。从一个人处理与父母、兄弟、妻子的关系上,考察其能否遵守伦理规范;从处理与熟人、乡邻、门客、亲信的关系上,考察其能否贵公去私。

《吕氏春秋》提出的八观六验、六戚四隐的识鉴方法,观察法、实验法并举。通过内外两个方面,对观察对象的相貌表情、言谈举止、心理品质、社会关系等进行全方位的考察,这样,一个人的操守、情伪、善恶可见。可以看出,《吕氏春秋》虽然论述简略,但这种识鉴人才的方法比较系统科学、全面细致,已经具备现代心理学的一些要素。

对人才进行鉴识后,《吕氏春秋》还要求在任用人才之前,对其进行一番调查工作,《疑似》篇强调:"疑似之迹,不可不察。察之必于其人也。"对于相似之物要认真辨察,识别人才也如此,这样才能知晓人才的真伪高下，以免在任用时出现问题。

《吕氏春秋》提出了人才试用法，主张到实践中去考察。《谨听》："夫尧恶得贤天下而试舜？舜恶得贤天下而试禹？"尧、舜因为担心得不到真正的贤人，才分别对舜和禹进行了长期考验，用这种方法果然得到了真正的人才。

(四) 对人才的察访、使用

要想得到人才，君主首先要有礼贤下士的胸襟和气度。《下贤》："有道之士，固骄人主；人主之不肖者，亦骄有道之士，日以相骄，奚时相得？若儒墨之议与齐荆之服矣。贤主则不然，士虽骄之，而己愈礼之，士安得不归之？"君主认识到人才的重要性，并不等于得到了人才。有识之士常常隐居山林，或躬耕田园，求贤若渴的君主需不辞辛苦，不分贵贱，亲自邀请，尊之以礼，待之以诚，方能使贤才归附。《求人》说："先王之索贤人无不以也，极卑极贱，极远极劳。"

《吕氏春秋》使用贤才的总原则是待之以义。战国时期，西周以来的分封等级制度逐渐瓦解，这时的士脱离了等级，有了相对独立的人格。人才多为有节之士，他们往往无功不受禄，以道义为己任，所以《知分》说："凡使贤不肖异：使不肖以赏罚，使贤以义。"

《吕氏春秋》还提出要灵活使用人才，在任用人才时重视主要方面，忽略次要方面，用其所长，不求全责备。要量材而用，因能授官。《知度》："犹大匠之为宫室也，量小大而知材木矣，訾功丈而知人数矣。故小臣、吕尚听，而天下知殷、周之王也；管夷吾、百里奚听，而天下知齐、秦之霸也；岂特骥远哉？"殷、周重用伊尹、吕尚，成就了王业。齐、秦重用管夷吾、百里奚，成就霸业。这都是因能授官的典型范例。

任人不疑，用人以专，不干扰人才的工作，要放手让人才开展工作。《知度》："人主之患，必在任人而不能用之，用之而与不知者议之也。绝江者托于船，致远者托于骥，霸王者托于贤。"《吕氏春秋》还对人才的教育与培养进行了论述，主要见于《劝学》《尊师》《善学》等，与儒家的教育思想类似，此处不赘。

总体来看，《吕氏春秋》的人才理论，儒家成分较多，同时也有道家、法家、墨家的一些特点,可以说是集先秦诸子人才论的大成,有些内容不见于其他诸子著作,显然是作者自己的发挥与创造。《吕氏春秋》中的这些人才理论,对当今的用人仍有启迪。

战国中后期,秦国经过商鞅变法后,迅速崛起,吸引了大量人才,其他国家的士人纷纷向西流入秦国。当时政治舞台上活跃的许多人物,都曾经入秦,如商鞅、范雎、张仪、荀卿、韩非、李斯等,大都为秦所重用,秦国成为战国时期成功使用人才的典范。可以说,秦国能够统一全国,与其对人才的充分利用有很大关系。《吕氏春秋》中丰富的人才理论,就产生于这一大背景。尤其是书中对人才的使用原则、对人才的识鉴理论,直接影响了后代相关著作。在中国士(人才)文化史上,《吕氏春秋》有承上启下的作用,既对先秦的人才理论做了总结与发展,又开了后代重贤、举才的传统。

三、《人物志》对《吕氏春秋》人才理论的吸纳与发展

《人物志》为刘劭所著,现存 12 篇。《隋书·经籍志》著录于名家类,后代目录学著作多从之。

刘劭生活于汉末三国时期的魏国,曾主持制订《皇览》《汉魏新律》,以及为朝廷制定详细的考核官吏的办法,即《都官考课》七十二条,“凡所撰述,《法论》《人物志》之类百余篇。”(《三国志·魏书·刘劭传》)①其作品大部分已亡佚,今存较完整者只有《人物志》。刘邵博学多才,陈寿在其本传中对他作了高度评价:“该览学籍,文质周洽。”②

《人物志》是中国最早的人才学专著。“物”是品类的意思,“人物”指将人分成不同的品类。刘劭从汉魏品评人物的需要出发,对人才的生理素质、心理特点、识别方法和使用原则等问题,都展开了深入探讨

① [晋]陈寿:《三国志》,中华书局,1959 年版,第 620 页。

② [晋]陈寿:《三国志》,第 629 页。

和精当概括，提出了许多卓越的见解，是研究汉魏思想史、人才学、心理学、伦理学和政治学的重要资料，堪称我国古代人才理论的经典著作。明代郑旻为重刻《人物志》专门写了《跋》，称其为“事核词章，三代而下，善评人品者，莫或能逾之矣……著论体裁，纚然有荀卿、韩非风致，而亹亹自成一家言”，[①]对其评价甚高。

（一）以阴阳五行学说建构人才学理论

《九征》是《人物志》的首篇，也是刘劭建构人才学理论的基础。刘劭认为，人的性情是可以通过阴阳五行学说探讨的，“凡有血气者，莫不含元一以为质，禀阴阳以立性，体五行而著形。”[②]“其在体也，木骨、金筋、火气、土肌、水血，五物之象也”，将五行与五体相配，认为人的性情是由他所禀受的五行之气决定的，五行之气又与五种道德属性仁、礼、信、勇、智相配，“骨植而柔者谓之弘毅，弘毅也者，仁之质也。气清而朗者谓之文理，文理也者，礼之本也。体端而实者谓之贞固，贞固也者，信之基也。筋劲而精者谓之勇敢，勇敢也者，义之决也。色平而畅者谓之通微，通微也者，智之原也。”这样，我们就可以通过一个人所禀受的五行之气来探求他的性情和道德品质，同理，我们也可以反过来通过一个人的道德品质和性情，推测他所受的五行之气。

刘劭的这一理论听起来有些玄妙与牵强，但用阴阳五行思想作为理论基础是战国以来的普遍现象。《吕氏春秋》体现最为明显。《吕氏春秋》与《人物志》所谈论问题的侧重点不同，《人物志》重在谈论人才问题，《吕氏春秋》则是一部政治理论著作，书中除了人才理论之外，还包括治国、道德、军事、历史、教育、音乐、农业、养生等内容，战国时期各学派思想也大都收录其中。《吕氏春秋》与先秦其他子书最大的区别是，它不是由某一学派后学将本学派代表人物的单篇文章或语录逐渐收集

① 见柏原《人物志译注》附录郑旻《重刻〈人物志〉跋》。柏原：《人物志译注》，湖南科学技术出版社，1990 年版，第 174 页。

② 本文所引《人物志》，均引自伏俊琏：《人物志译注》，上海古籍出版社，2008 年版。

编辑而成,而是在编撰之前有一个统一的编撰理念,按照这一理念对全书的结构进行周密的编排,故《吕氏春秋》标志着中国真正意义的书籍编撰的开始。全书按照二级编排,分为纪、览、论。纪包括十二纪,配一年十二个月,每纪五篇,以合五行之数。览共八种,每览又包含八篇,以合大自然中的八方。论有六种,每论又包括六篇,以配大自然中的六合。而在十二纪又按照"春生夏长秋收冬藏"的自然节律进行编排,如有关养生的篇章出现在《孟春纪》和《仲春纪》,既符合"春生",又使得有关养生的篇章集中出现。有关音乐的内容在《仲夏纪》和《季夏纪》,有关战争杀伐的篇章在《孟秋纪》和《仲秋纪》,有关节葬文字在《孟冬纪》等。这样,全书虽然思想体系不一,却并不杂乱,而是井然有序,浑然一体。这种二级分目的形式是《吕氏春秋》的独创,如此整齐划一的结构在《吕氏春秋》之前从未出现过,在秦汉以后也不多见。司马迁编撰《史记》,分为十二本纪、三十世家、八书、十表等,编撰思路明显吸纳了《吕氏春秋》。

从全书规模和体例来看,《人物志》因所讨论问题较《吕氏春秋》更为具体,范围更小,因此在体例方面远不及后者宏大、开阔,但二书都以阴阳五行作为理论的基础是共同点。《吕氏春秋》的编撰思路,直接影响了包括《人物志》在内的后代典籍的编撰理念。

(二)人才的类别

《人物志》对人才有较细致分类,主要见于《九征》《体别》《英雄》。刘劭认为,人的生理和心理素质不仅存在着不同类型,而且存在等级差异。在《九征》一篇中,他根据人的才能的差异,将人才分为三个等级:

> 三度不同,其德异称。故偏至之材,以材自名;兼材之人,以德为目。兼德之人,更为美号。是故兼德而至,谓之中庸。中庸也者,圣人之目也。具体而微,谓之德行。德行也者,大雅之称也。一至谓之偏材,偏材,小雅之质也。

三个等级分别为兼德、兼才、偏才。兼德之才,为最上等,即圣人。兼才之人次之,具有多种美德,但不十分完善。偏才之人又次之,是在某一方面有突出才能的人,这类人才数量最多。此外,《九征》还提到两类人,依似之人,即似是而非的人;间杂之人,即善恶间杂、心无定是的人。这两类人只是伪人才,人之末流,并不能称作人才。刘劭又根据人的性格气质的不同,将人才中的偏才分为十二类,分别为强毅之人、柔顺之人、雄悍之人、惧慎之人、凌楷之人、辨博之人、弘普之人、狷介之人、休动之人、沉静之人、朴露之人、韬谲之人。刘劭对十二种性格的基本特征以及利弊,都进行了详细深入的剖析。如刚直、严肃、坚毅的性格,优点是为人刚正不阿,缺点是容易过激,常常攻击别人的短处;温柔、仁恕、安顺的性格,优点是宽容待人,缺点是缺乏决断等。

《吕氏春秋》对人才没有具体的分类和等级的说明,但多次提到圣人、贤人、和士。圣人与士明显有高下之别。书中对士的评价,以德为主,兼及才能,如《士节》:“士之为人,当理不避其难,临患忘利,遗生行义,视死如归。”《人物志》的人才分类,则是将德、识、才、学统一起来。如果说,《吕氏春秋》作者只是不自觉地初步意识到人的不同生理、心理素质,朦胧地涉及心理学的零星知识,而刘劭已经明确注意到人才的生理、心理素质,兼顾到人才的不同特点,自觉按照人的不同生理、心理特点,即心理学的标准,对人进行了细致分类。这一点,《人物志》较《吕氏春秋》有较大发展,视野更开阔全面。

人才是多种多样的,每个人都有自己擅长的领域,也有不足之处。魏晋时期是思想解放、个性张扬的时代,出现了各种类型的人物,被后世誉为“魏晋风度”。这为刘劭研究各种性格类型的人才提供了很好的素材。刘劭更强调人天生的气质禀赋,这也是魏晋时期品评人物时关注的重点,不再如汉代着眼于人物的孝廉等德行,更加看重人物内在的神韵气度。刘劭对人物性格类型的分析,正是在这一背景下产生的。

(三) 人才的识鉴

《人物志》中《九征》《接识》《八观》《七缪》《效难》几篇主要探讨识鉴人才的方法。每个人的才能有别,性格各异,因此,在识鉴人才时要从才能学识和性格素质两方面着眼,对其进行综合的考量,才能作出合乎客观实际的评价。

刘劭首先对传统的衡量人才的标准——德与智的关系问题做了说明。德智关系,类于古代常说的德才关系。《八观》认为:“智者,德之帅也。”在中国古代,更多强调人的道德,德往往是考察人才的首要条件,这一基本倾向,贯穿于整个封建社会。刘劭却主张才德并重,不可偏废,强调才智对道德品质发展的影响。现代认知学派认为,人的道德是随着认知的发展而发展的,刘劭的智帅德说,与现代认知学派的观点不谋而合。

《人物志》对人物的评价标准受到当时风气的影响。魏晋是各种势力互相争战的时期,这时人物的才能显得尤为重要。如曹操虽曾学习儒家经典,但对于儒家的伦理名教,并不特别重视,他欣赏的人才,是那些有权谋有胆略的英雄。他曾以朝廷诏令的形式向全国发布:“夫有行之士未必能进取,进取之士未必能有行也。陈平岂笃行,苏秦岂守信耶?而陈平定汉业,苏秦济弱燕。”[①](《三国志·武帝纪》)又《武帝纪》二十二年裴松之注引《魏书》:“负污辱之名,见笑之行,或不仁不孝而有治国用兵之术,其各举所知,勿有所遗。”[②]堂堂的政府诏令,将儒家培植了几百年的伦理道德,全盘放弃。受社会思潮的影响,《人物志》在强调德的同时,也高度重视智,正是这一思潮的产物。

刘劭十分重视人的不同才能,批评了时人认为才能有大小的观点,《材能》认为:“人材各有所宜,非独大小之谓也”,“人材不同,能各有异”。人的才智各有差异与优势,不能仅仅用才能大小来衡量一个人。

关于具体的识鉴方法,刘劭提出八观和五视。《八观》即:

> 一曰观其夺救,以明间杂。二曰观其感变,以审常度。三曰观其志质,以知其名。四曰观其所由,以辨依似。五曰观其爱敬,以知通塞。六曰观其情机,以辨恕惑。七曰观其所短,以知所长。八曰观其聪明,以知所达。

五视法是“居,视其所安。达,视其所举。富,视其所与。穷,视其

---

① [晋]陈寿:《三国志》,中华书局,1982年版,第44页。

② [晋]陈寿:《三国志》,第49—50页。

所为。贫，视其所取。”（《人物志·效难》）刘劭能用辩证的思维去识鉴人才，他认为人的才性的不同方面常会互相损益，彼此混杂，所以全面了解一个人，不能只看其表面行为，还要深入到行为的实质。一个人才性方面的长处，往往是以其对应的缺点为表征的，所以，通过观察一个人的短处，也可以了解到他的长处。

刘劭指出识鉴人才容易出现两大偏颇。一是识鉴者常常各有偏好，标准不一。《效难》云：

> 众人之察，不能尽备。故各自立度，以相观采。或相其形容，或候其动作，或揆其终始，或揆其儗象，或推其细微，或恐其过误，或循其所言，或稽其行事。八者游杂，故其得者少，所失者多。

人们常常根据自己的偏好确立识鉴人才的标准，结果只能观察到人才的某一方面，不能有一个全面的认识，自然“得者少”而“失者多”。针对以上问题，刘劭重点指出几种错误：以毁誉为标准的错误；以爱恶为标准的错误；以富贵、贫贱为标准的错误等。提出需根据人才的具体行动进行鉴定。

第二个偏颇是人们在识鉴人才时往往表里不一，似是而非。《材理》云：

> 若乃性不精畅，则流有七似。有漫谈陈说，似有流行者。有理少多端，似若博意者。有回说合意，似若赞解者。有处后持长，从众所安，似能听断者。有避难不应，似若有余而实不知者。有慕通口解，似悦而不怿者。有因胜情失，穷而称妙，跌则掎蹠，实求两解，似理不可屈者。凡此七似，众人之所惑也。

这七个方面都会使人迷惑不解，增加了识鉴人才的困难。针对以上问题，刘劭又重点指出几种错误：缪于现象、不见本质的错误；只明一点、不求全体的错误；滞于一端、不通其化的错误。

这两大偏颇，前者属于标准问题，后者属于方法问题，他提出要用全面发展的观点评价人才。

总体说,在识鉴人才的具体方法方面,《人物志》对《吕氏春秋》有明显的吸纳与继承。《人物志》的八观五视法,与《吕氏春秋》的八观六验、六戚四隐本质无太大差别,但《人物志》有些方法不免玄虚,如观其夺救,观其情机,观其志质,就有些难以把握,反而不及《吕氏春秋》平实简单。这一点也与魏晋品评人物用语相类似,常常是只可意会,很难具体说明。

《人物志》也有《吕氏春秋》不及的优点。《吕氏春秋》的八观六验法,若用于不同的人,则有些简单,若用于同一人,则时间跨度较大,不易操作实施;所观验的内容也较为表面化、肤浅化,多是一些政治方面的行为表现,未能触及人才的才智与个性。《人物志》则重在对人才生理和心理特质的观察和分析,深入到人的本质与个性,与现代心理学更多暗合之处,识鉴人才的方法更科学。书中从正反两方面进行了多角度的梳理,尤其是所列举的人才情状,其细密程度堪称空前。在中国心理学发展史上,《人物志》的地位不容忽视。

刘劭在识鉴人才时,表现出儒道融合的趋势,如仁德与才智并重,"兼德而至,谓之中庸",中庸实质是兼备众才,是理想化的人才标准。刘劭的理论中还体现出平淡与聪明兼备的特点,他指出"圣贤之所美,莫美乎聪明"(《自序》),又说"先察其平淡,而后求其聪明"(《九征》),平淡即淡泊处世。在《人物志》中,刘劭专设一篇《释争》,指出君主为人处事的态度是不争谦让,这都是道家的特点。聪明,即"智",属于儒家的理论范畴,道家摒弃知识、摒弃人的聪明才智。在刘劭的人才理论中,儒家与道家共存,有机统一。相对而言,《吕氏春秋》的人才论儒家色彩更浓一些。

另外,无论是《吕氏春秋》还是《人物志》,识鉴人才方法涉及具体技巧偏少,理论论述较多,如类似现代心理学的霍兰德职业量表等具体的方法几乎看不到。当然,我们也不能苛求古人。

(四)人才的使用

刘劭从使用人才的角度,将人才分为八种类型。主要见于《流业》《材理》《材能》《利害》几篇。如《材能》云:

是故自任之能，清节之材也。故在朝也，则冢宰之任，为国则矫直之政。立法之能，治家之材也。故在朝也，则司寇之任，为国则公正之政。计策之能，术家之材也。故在朝也，则三孤之任，为国则变化之政。人事之能，智意之材也。故在朝也，则冢宰之佐，为国则谐合之政。行事之能，谴让之材也。故在朝也，则司寇之佐；为国则督责之政。权奇之能，伎俩之材也。故在朝也，则司空之任，为国则艺事之政。司察之能，臧否之材也。故在朝也，则师氏之佐；为国则刻削之政。威猛之能，豪杰之材也。故在朝也，则将帅之任；为国则严厉之政。

刘劭一生历任数职，尤其是曾任尚书郎，负责选拔人才等事务。在工作实践中，他通过观察各种不同类型的人才，总结了他们的差异、优劣以及各自适宜的工作岗位。

刘劭对人才的使用，是以不同人才在治理国家中的特殊作用为标准。他尊重人才的个性，认为对于人的个性，不能强求其改正过失，而应顺其自然，用其所长。要综合考察人才的特点，努力实现性格、特点、才能与职位的高度统一，要把人才放到适合他的职位上，才能充分发挥其长处与特点。这一思想，对我们今天的用人依然有重要的指导意义。

《人物志》人才使用论是《吕氏春秋》量才授官、不求全责备思想的具体运用。但《吕氏春秋》仅提出用人的指导思想，《人物志》则对每类人才的优劣都作了细致的评述，更利于根据每类人才的特点授官任用。较《吕氏春秋》宏观笼统的论述，《人物志》更有现实指导意义。

《人物志》的人才理论虽然取得了前所未有的成就，但刘劭的人才思想也有局限性。如只注重观察人物，不注重提升人才的修养。刘劭过分看重人才出于自然禀赋，认为人的性格趋向生来已经定型，不可改变，以静止的眼光看待人才，看不到人的才干在社会实践中的发展变化，当然也无需去通过学习提升修养。这一方面，《人物志》较《吕氏春秋》反而退步了。

《人物志》更多专注于人才在政治、国家治理方面的作用，对其他领域的人才如商业经济、科学技术、文学艺术等方面的才能未能关注，他的眼光,还未能跳出传统的注重政治实用的局限。这是《人物志》与《吕氏春秋》的共同倾向。

任继愈曾评价《人物志》说:“在古代典籍中,还不曾有过第二本像《人物志》这样系统、深刻的关于‘人才学’的理论著作。”①《人物志》的出现,既有时代风气的影响,也有前代著作的孳乳,《吕氏春秋》中的人才理论,为《人物志》的写作提供了启迪与借鉴。刘劭正是在广为吸纳包括《吕氏春秋》在内的前代著作基础上,充分结合自己的从政经验和人生阅历,参以当时的社会知识经验,撰写出这部在中国人才理论史上具有里程碑意义的著作。

透过《吕氏春秋》和《人物志》两部著作,我们得以看到先秦到汉魏人才理论的发展流变轨迹。先秦时期,政治实用是识鉴和使用人才的唯一考量因素,强调人才的重要作用、重贤任贤思想是当时的普遍现象,但对人才的分类、对识鉴使用人才的具体方法,论述都较为笼统,现实指导意义有限。考察人才,也多从人才的外部表现着眼,未能深入到其内在的性情气质。汉代的人才察举总体倾向与先秦一脉相承,依然以德为主。到三国时期,对人才的识鉴标准由外部表现向内在精神气质转化,才德并重,对人才的认识更为深入,分类更细致,也更具辩证思维和现实指导意义。

作者简介

延娟芹,1973年生,山西中阳人,文学博士,华南师范大学文学院教授,主要从事先秦两汉地域文学与先秦诸子研究。

① 任继愈:《序》,郑玉光:《知人善任的奥秘——刘邵〈人物志〉研究译注》,山西人民出版社,1992年版,第3页。

孔子“五十以学《易》”及易学传承之问题

魏代富

（山东师范大学文学院　山东济南　250014）

内容提要　《论语·述而》中“加我数年，五十以学《易》”属于双重假设，“加我数年”是假设上天能增加我的寿命，“五十以学《易》”是假设我能早点学《易》，若两种假设成立，则可以达到“无大过”的地步。孔子并不认同《周易》的占卜功能，而是从义理角度阐释《周易》，马王堆帛书《昭力》《缪和》等以及“十翼”中的《系辞》，皆以义理说《易》；汉代《易》学蹈入象数一派，是背离了孔子的《易》学理念的。

关键词　“五十以学《易》”　双重假设　义理　《易》学传承

《论语·述而》：“子曰：‘加我数年，五十以学《易》，可以无大过矣。’”何晏曰：“《易》穷理尽性，以至于命，年五十而知天命，以知天命之年读至命之书，故可以无大过。”[①]据孔子“五十而知天命”[②]（《为政》）认为孔子于五十岁之时学《易》。《史记·孔子世家》亦记载此事，作：“孔子晚而喜《易》，序《彖》《系》《象》《说卦》《文言》。读《易》，韦编三绝，曰：‘假我数年，若是，我于《易》则彬彬矣。’”[③]依照司马迁之排序，“于是孔

---

① ［清］阮元校刻：《十三经注疏·论语注疏》，中华书局，1980 年版，第 2482 页。

② ［清］阮元校刻：《十三经注疏·论语注疏》，第 2461 页。

③ ［汉］司马迁撰，［南朝宋］裴骃集解，［唐］司马贞索隐，［唐］张守节正义：《史记》，中华书局，1959 年版，第 1937 页。

子自楚反乎卫。是岁也,孔子年六十三,而鲁哀公六年也”[①],“其明年,吴与鲁会缯,征百牢”[②],“其明年,冉有为季氏将师,与齐战于郎,克之”[③],将此事系于孔子六十五岁返鲁之后,与何晏说不同。关于孔子究竟多少岁学《易》,后世说法很多,有读“易”为“亦”的[④],有以“五十”为“卒”之误的[⑤],有读“五十”为“吇”而解作“其”的[⑥],或“五十”分读[⑦],或以“五十”为虚拟语气[⑧],或曰:“‘加我数年’这句话,是他向上天的恳求,延长他的生命。”“五十以学《易》是孔子晚年的设想,如果说自己在五十岁开始学习《周易》,就可以没有过失了。”[⑨]或曰:“‘加我数年,五十以学《易》’,方‘可以无大过’。这是一个假设句。‘五十以学《易》’是虚拟条件,‘无大过’也是假设结果。”[⑩]或译为:“再让我多活几年吧,(这样我)五十岁已经开始学《易》历程,就可以没有大的过错了。”[⑪]或曰:“此章中‘过’通‘祸’,意思是如果再年轻几岁,从五十岁开始研习

---

① [汉]司马迁撰,[南朝宋]裴骃集解,[唐]司马贞索隐,[唐]张守节正义:《史记》,第1933页。

② 同上。

③ [汉]司马迁撰,[南朝宋]裴骃集解,[唐]司马贞索隐,[唐]张守节正义:《史记》,第1934页。

④ 《经典释文》:“鲁读‘易’为‘亦’。”则读“亦可以无大过矣”。见[唐]陆德明:《经典释文》,中华书局,1983年版,第348页。定州汉简《论语·述而》即作“亦”字。

⑤ 朱熹:“古本‘五十’作‘卒’字。”见[宋]黎靖德编,王星贤点校:《朱子语类》,中华书局,1986年版,第887页。

⑥ 周乾溁:《“五十以学易”之谜》,《孔子研究》1989年第1期。

⑦ 俞志慧曰:“本章可译为:如果天假我年,或五年,或十年,沉潜于大《易》之中,那么我庶几可以无大过矣。”见俞志慧:《〈论语·述而〉“加我数年,五十以学易”章疏证》,《孔子研究》2000年第3期。

⑧ 赵法生:《〈论语·述而〉篇“五十以学〈易〉”章考辨》,《社会科学论坛》2016年第12期。

⑨ 马玉山:《孔子“五十以学易”浅探》,《黄淮学刊》1992年第1期。

⑩ 廖明春:《〈论语〉“五十以学易”章新证》,《中国文化研究》1996年第1期。

⑪ 程旺:《孔子“五十以学〈易〉”辨正》,《东方论坛》2013年第6期。

《周易》，就不会遇到大的祸患。”①迄无定论。马王堆帛书《要》篇有两段与此相关的内容：

> 子曰：“吾好学而毚（才）闻要，安得益吾年乎？”②
>
> 夫子老而好《易》，居则在席，行则在橐。子赣（贡）曰：“夫子它日教此弟子曰：‘德行亡者，神需（灵）之趋；知（智）谋远者，卜筮之蘩（繁）。’赐以此为然矣。以此言取之，赐缗仞之为也。夫子何以老而好之乎？”夫子曰：“君子言以杲（榘）方也。前羊而至者，弗羊而巧也。察亓（其）要者，不趍（诡/恑）其辤（辞）。《尚书》多于矣，《周易》未失也，且又（有）古之遗言焉。予非安亓（其）用也，予乐其辤（辞）也。女（汝）何尤于此乎？”【子赣（贡）曰】：“如是，则君子已（已）重过矣。赐闻诸夫子曰：‘孙（逊/遜）正而行义，则人不惑矣。’夫子今不安亓（其）用而乐亓（其）辤（辞），则是用倚（奇）于人也，而可乎？”子曰：“校（绞）戋（哉），赐！吾告女（汝）《易》之道。□【□□】□【□□□】，此百生（姓）之道【也，非】《易》也。夫《易》，冈（刚）者使知瞿（惧），柔者使知图，愚人为而不忘（妄），慚（渐）人为而去詐（诈）。文王仁，不得亓（其）志，以成亓（其）虑。纣乃无道，文王作，讳（违）而辟（避）咎，然后《易》始兴也。予乐亓（其）知（智）之自【□】，□之自□也。予何安乎事纣乎？”子赣曰：“夫子亦信亓（其）筮乎？”子曰：“吾百占而丰（七十）当，唯（虽）周粱（梁）山之占也，亦必从亓（其）多者而巳（已）矣。”③

第二段的“老而好《易》”，即《史记》所言“晚而喜《易》”，可见司马迁所言是有所本的。第一段“安得益吾年”，已有学者指出即《论语》“加我

① 袁青：《论语“五十以学〈易〉”章辨正》，《周易研究》2016 年第 6 期。

② 裘锡圭主编：《长沙马王堆汉墓帛书集成》（叁），中华书局，2014 年版，第 114 页。

③ 裘锡圭主编：《长沙马王堆汉墓帛书集成》（叁），第 116 页。

数年"之义[①]。根据《史记》的意思:"如果上天多给我几年,要是真能这样,我就真的能掌握《周易》的道理了。"属于假设疑问句,"五十以学《易》"包含在假设之后,若欲解释的通,只能将"五十以学《易》"也看作假设疑问句。此句可以翻译为:"如果上天多给我几年,又或者我能从五十岁就开始学习《周易》,那么就不会有什么过错了。"此处属于双重假设,均针对"晚而喜《易》",因为自己生命不多而发出"假我数年"的假设,因为自己学习《周易》较晚而发出"五十以学"的假设。

孔子如何解《周易》,先秦文献无征,但可以从孔子对《周易》的态度来推测。上引马王堆帛书《要》篇子贡对孔子喜欢《周易》提出了质疑,因为孔子曾说"德行亡者,神灵之趋;智谋远者,卜筮之繁",没有德行的人,才会崇拜神灵;智谋疏阔的人,才会频繁卜筮,是反对《周易》的占卜功能的。孔子说:"《周易》未失也,且有古之遗言焉。予非安其用也,予乐其辞也。"《周易》一书存在古人留下的大道理,我不是因为它能用来占卜,只是喜欢它的文辞。又曰:"夫《易》,刚者使知惧,柔者使知图,愚人为而不妄,渐人为而去诈。"从《易》文辞的功效而说,也非针对其卜筮的作用。子贡又问孔子是否信卜筮,孔子曰:"吾百占而七十当,虽周梁山之占也,亦必从其多者而已矣。"周梁山之占未见,《孟子·梁惠王下》:"昔者大王居邠,狄人侵之。事之以皮币,不得免焉;事之以犬马,不得免焉;事之以珠玉,不得免焉。乃属其耆老而告之曰:'狄人之所欲者,吾土地也。吾闻之也:君子不以其所以养人者害人。二三子何患乎无君?我将去之。'去邠,逾梁山,邑于岐山之下居焉。"[②]盖言周太王卜居岐山之事,但未言

---

① 赵建伟《出土简帛〈周易〉疏证》:"此'益年'……也有可能即《论语》的'加(益也)我数年'的意思。"郭沂《帛书〈要〉篇考释》:"'吾好学而才闻要,安得益吾年乎',当与《论语·述而》'子曰:"加我数年,五十以学《易》,可以无大过矣"'一段相关。……《论语》'加'可能应读本字。《广雅·释诂二》:'益,加也。''加我数年',即如果老天能够增加给我几年,意思仍然是'如果我再年轻几岁',这句话仍然应该为孔子五十几岁之后、六十岁之前所说。"赵、郭之说转引自刘彬:《帛书〈要〉篇考释》,光明日报出版社,2009 年版,第 83 页。

② [清]阮元校刻:《十三经注疏·孟子注疏》,中华书局,1980 年版,第 2682 页。

卜筮之事[①]。依文义推之，孔子之意，占卜之时要多次占卜，然后听从占卜出现较多的结果。这是与“初筮告，再三渎，渎则不告”[②]（《周易·蒙》）的占卜要求相违背的，也说明孔子对《周易》的卜筮功能不太认同。《要》篇又说：“子曰：‘《易》，我后亓(其)祝卜矣！我观亓(其)德义耳也。幽赞而达乎数，明(明)数而达乎德，又【□】□者而义行之耳。赞而不达于数，则亓(其)为之巫；数而不达于德，则亓(其)为之史=(史。史)巫之筮，乡(嚮/向)之而未也，始(恃)之而非也。后世之士疑丘者，或以《易》乎？吾求亓(其)德而巳(已)，吾与史巫同涂(塗/途)而殊归者也。君子德行焉求福，故祭祀而寡也；仁义焉求吉，故卜筮而希(稀)也。祝巫卜筮亓(其)后乎！’”[③]则明确说自己和史巫对待卜筮的态度不同。史巫是通过卜筮来观吉凶，孔子则是通过修饰德行、仁义来观祸福。

《要》篇之外，孔子对《周易》的态度还见于《论语·子路》，“子曰：‘南人有言曰：“人而无恒，不可以作巫医。”善夫！’‘不恒其德，或承之羞。’子曰：‘不占而已矣。’”[④]孔子赞扬南方人俗语及《周易·恒》卦中两条提倡人要有恒心的话，但后面又补上一句“不占而已矣”，强调只是赞同“人而无恒”“不恒其德”，但并不认同“巫医”、《周易》二者的占卜功能[⑤]。《荀子·大略》篇亦曰：“善为《诗》者不说，善为《易》者不占，善为《礼》者不相，其心同也。”[⑥]真正擅长《周易》的人是不去占卜的，荀子的

---

① 《诗经·大雅·绵》：“周原膴膴，堇荼如饴。爰始爰谋，爰契我龟。”郑笺：“此地将可居，故于是始与豳人之从己者谋。谋从，又于是契灼其龟而卜之。卜之则又从矣。”先与民众谋划，民众觉着可以定居在此；又占卜之，占卜的结果也是可以定居于此。故太王定居于岐山。《要》篇之义似与此无关。见[清]阮元校刻：《十三经注疏·毛诗正义》，中华书局，1980年版，第510页。

② [清]阮元校刻：《十三经注疏·周易正义》，中华书局，1980年版，第20页。

③ 裘锡圭主编：《长沙马王堆汉墓帛书集成》(叁)，第118页。

④ [清]阮元校刻：《十三经注疏·论语注疏》，第2508页。

⑤ 郑玄注：“《易》所以占吉凶，无恒之人，《易》所不占。”认为没恒心的人用《周易》占卜就不会显示结果。这种解释则变成孔子认同《周易》的占卜功能，与马王堆帛书《要》篇相违。见[清]阮元校刻：《十三经注疏·周易正义》，第20页。

⑥ 董治安、郑杰文、魏代富整理：《荀子汇校汇注附考说》，凤凰出版社，2018年版，第1390页。

这一思想或即是继承孔子的。

目前能见到的与孔子解《易》有关的资料,一是《史记》提到的"序《彖》《系》《象》《说卦》《文言》",《正义》云:"夫子作十翼,谓上《彖》、下《彖》、上《象》、下《象》、上《系》、下《系》、《文言》、《序卦》、《说卦》、《杂卦》也。"①一是马王堆帛书《二三子问》《系辞》《衷》《要》《缪和》《昭力》六篇。马王堆帛书《系辞》与今本相比,整体上基本相同,除了部分文字有差异外,缺了"大衍之数五十"一章;《衷》篇部分内容分别见于今传《系辞下》《说卦》;《要》篇部分内容见于今传《系辞下》。无论是十翼还是马王堆帛书的"孔子曰"②,均是从义理的角度来阐释《周易》的。《系辞上》:"子曰:'《易》,其至矣乎! 夫《易》,圣人所以崇德而广业也。'"③《易》是圣人所作,用以崇扬道德而增广事业。上引《要》篇:"后世之士疑丘者,或以《易》乎? 吾求亓(其)德而巳(已),吾与史巫同涂(塗/途)而殊归者也。"

孔子解《易》的目的是挖掘圣人所崇扬的道德,通过详尽地剖析《周易》,探究每句话所蕴含的义理。如《系辞上》:"《同人》:'先号咷而后笑。'子曰:'君子之道,或出或处,或默或语。二人同心,其利断金。同心之言,其臭如兰。'"④《同人》的本义根据九三"伏戎于莽,升其高陵,三岁不兴"⑤、九四"乘其墉,弗克攻"⑥来看,"同人"应是指战争中共同作战的士兵,九五"同人,先号咷而后笑。大师克相遇"⑦承"乘其墉,弗克攻"而来,"乘其墉,弗克攻"言去攻打敌人失败,"号咷"即说此;"大师克相遇"言大部队支援到来,"后笑"即说此。《诗经·秦风·无衣》"与

① [汉]司马迁撰,[南朝宋]裴骃集解,[唐]司马贞索隐,[唐]张守节正义:《史记》,第1937页。

② 此处所以限定为"孔子曰"的内容,是因为《说卦》涉及八卦意象说卦,《彖》《象》涉及以爻位、意象说卦,而以爻位、意象说卦和以义理说卦是完全不同的两种方法。

③ [清]阮元校刻:《十三经注疏·周易正义》,第79页。

④ 同上。

⑤ [清]阮元校刻:《十三经注疏·周易正义》,第29页。

⑥ [清]阮元校刻:《十三经注疏·周易正义》,第30页。

⑦ 同上。

子同袍”“与子同仇”①云云，可为“同人”二字之注脚。孔子解此句，将其引申到朋友之间相处二人当保持一心，用“二人同心，其利断金。同心之言，其臭如兰”说“同人”；同时朋友相处之道，无论出门还是在家，默默无言还是相互谈论，都应该保持“同心”，用“号咷”与“笑”对立，引申出“或出或处，或默或语”。又如马王堆帛书《昭和》：“问曰：‘《柰(泰)》之“自邑告命”，何胃(谓)也？’子曰：‘昔之贤君也，明(明)以察乎人之欲亚(恶)，《诗》《书》以成亓(其)虑，外内亲贤以为纪刚(纲)。夫人弗告则弗识，弗将不达，弗遂不成。《易》曰《柰(泰)》之“自邑告命，吉”，自君告人之胃(谓)也。’”②此句出《泰》上六：“城复于隍。勿用师，自邑告命。贞吝。”③城墙倒塌在城壕中，从邑中传来命令，不要发动战争。孔子则着眼于“告”字，引申为贤君能通过观察、读书、修德来行事，普通人没有这个水平，要想成功则需要贤君的指导。孔子就是通过这种方式，不断感悟哲理，以此作为个人乃至国家行为的指导法则。

马王堆汉墓当汉文帝时，从与今传文本的差异来看，“十翼”在汉初尚未形成固定的文本；从文本形成的历时性来看，马王堆帛书的内容当在先秦时已经形成。将其定为先秦时，还有一条直接的证据。《荀子·非相》载：

> 凡言不合先王，不顺礼义，谓之奸言；虽辩，君子不听。法先王，顺礼义，党学者，然而不好言，不乐言，则必非诚士也。故君子之于言也，志好之，行安之，乐言之，故君子必辩。凡人莫不好言其所善，而君子为甚。故赠人以言，重于金石珠玉；观人以言，美于黼黻文章；听人以言，乐于钟鼓琴瑟。故君子之于言无厌。鄙夫反是：好其实，不恤其文，是以终身不免埤污佣俗。故《易》曰：“括囊，无咎无誉。”腐儒之谓也。④

① ［清］阮元校刻：《十三经注疏·毛诗正义》，第373页。
② 裘锡圭主编：《长沙马王堆汉墓帛书集成》(叁)，第152页。
③ ［清］阮元校刻：《十三经注疏·周易正义》，第28页。
④ 董治安、郑杰文、魏代富整理：《荀子汇校汇注附考说》，第248页。

杨倞注:"腐儒如朽腐之物,无所用也。引《易》以喻不谈说者也。"梁启雄曰:"《易·坤》六四爻辞《正义》:'括,结也。囊所以贮物,以譬心藏知也。闭其知而不用,故曰"括囊";功不显物,故曰"无誉";不与物忤,故曰"无咎"。'比喻不谈说的人们,无恶可称,也无善可纪,老是采取旁观的态度,所以呵斥他们为'腐儒'。"均以"不谈说"来解释引《易》的目的。笔者旧亦认同其说,因为古人对"括囊,无咎无誉"皆持肯定态度,从而提出"荀子解此文,盖断章取义"之说①。既研读《周易》,始悟旧说之非。此段论述君子之言合乎礼义,腐儒之言不合礼义,不是说腐儒"不谈说"。马王堆帛书有两处对"括囊,无咎无誉"的解释:

《二三子问》:"《易》曰:'聒(括)囊,无咎无誉。'孔=(孔子)曰:'此言箴(缄)小人之口也。小人多言多过,多事多患,【□□】可以衍矣,而不可以言。箴(缄)之,亓(其)猷(猷—犹)"聒(括)囊"也。莫出莫入,故曰"无咎无誉"。'二厽(三)子问曰:'独无箴(缄)于圣人【之】口乎?'孔=(孔子)曰:'圣人之言也,德之首也。圣人之有口也,猷(猷—犹)地之有川浴(谷)也,财用所繇(繇—由)出也;猷(猷—犹)山林陵泽也,衣食庶物【所】繇(繇—由)生也。圣人壹言,万世用之。唯恐亓(其)不言也,有(又)何箴〈箴(缄)〉焉?'"②

《衷》:"君子言于无罪之外,不言于又(有)罪之内。又(有)口能敛之,无舌罪,言不当亓(其)时,则闭慎而观。《易》曰:'聒(括)囊,无咎。'子曰:'不言之胃(谓)也。'夫【□】□□,【何】咎之又(有)?墨(默)亦无誉。"③

《衷》篇的解释和后世的解释一致,均是言君子当慎言。然《二三子问》则说小人言多过,故应该将小人的口给封起来;君子言多善,故应该

① 杨注、梁注、笔者说皆参见董治安、郑杰文、魏代富整理:《荀子汇校汇注附考说》,第252页。

② 裘锡圭主编:《长沙马王堆汉墓帛书集成》(叁),第45页。

③ 裘锡圭主编:《长沙马王堆汉墓帛书集成》(叁),第105页。

让君子多说话。将其代入《荀子》，荀子在言鄙夫“好其实，不恤其文，是以终身不免埤污佣俗”之后引《易》，是说鄙夫乱说话，故依照《周易》“括囊，无咎无誉”的意思，应该将鄙夫之口封起来。如此解释，句义方得疏通。《二三子问》中此义已经亡佚，而与《荀子》契合，正说明其思想渊源有自。

孔子以义理解《易》的方法对于先秦两汉哲学是有巨大促进作用的，笔者旧读《周易》，因后世解《易》蹈入象数一派，从而对《易》“群经之首”①的地位产生怀疑。既读《缪和》论《困》之一段②，始明孟子苦志劳心之论③、太史圣贤发愤之义④，皆本乎《易》。则《易》之用岂不大矣哉！

作者简介

魏代富，1985年生，山东莒县人，文学博士，山东师范大学文学院副教授，主要从事古籍整理与先秦两汉文学研究。

---

① 皮锡瑞《经学通论》：“《易》为群经之首。”见[清]皮锡瑞：《皮锡瑞集》，岳麓书社，2012年版，第1212页。

② 《缪和》：“缪和问于先生曰：‘凡生于天下者，无愚知(智)、贤不宵(肖)，莫不颤(愿)利达显荣。今《周易》曰：“困，亯(亨)。贞大人吉，无咎。又(有)言【不】信。”敢问大人何吉于此乎?’子曰：‘此耶(圣)人之所重言也，曰“又(有)言不信”。凡天之道，壹阴壹阳，壹短壹长，壹晦壹明(明)。夫人道厹(仇)之。是故汤【□□】王，文王絇(拘)于条(羑、牖)里，秦【缪公困(?)】于殽，【齐桓(桓)公】辱于长餉(勺)，戉(越)王句(勾)贱(践)困于【会稽】，晋文君困于骊氏。古=(古古—故古)至今，柏(霸)王之君未尝忧困而能□【□】之任，则遗【□□】也。夫困之为达也，亦猷(猷—犹)【□□□□□□】□□故《易》曰：“困，亯(亨)。贞大人吉，无【咎。又(有)言】不信。”【亓(其)此】之胃(谓)也。’”见裘锡圭主编：《长沙马王堆汉墓帛书集成》(叁)，第123页。

③ 《孟子·告子下》：“舜发于畎亩之中，傅说举于版筑之间，胶鬲举于鱼盐之中，管夷吾举于士，孙叔敖举于海，百里奚举于市。故天将降大任于是人也，必先苦其心志，劳其筋骨，饿其体肤，空乏其身，行拂乱其所为，所以动心忍性，曾益其所不能。”见[清]阮元校刻：《十三经注疏·孟子注疏》，第2768页。

④ 《报任安书》：“古者富贵而名摩灭，不可胜记，唯俶傥非常之人称焉。盖西伯拘而演《周易》；仲尼厄而作《春秋》；屈原放逐，乃赋《离骚》；左丘失明，厥有《国语》；孙子膑脚，《兵法》修列；不韦迁蜀，世传《吕览》；韩非囚秦，《说难》《孤愤》；《诗》三百篇，大抵贤圣发愤之所为作也。此人皆意有所郁结，不得通其道，故述往事、思来者。乃如左丘明无目，孙子断足，终不可用，退论书策以舒其愤，思垂空文以自见。”见[汉]班固撰，[唐]颜师古注：《汉书》，中华书局，1962年版，第2735页。

早期儒家礼容之学谫论

陈丹奇

（西北师范大学文学院　甘肃兰州　730070）

内容提要　礼容制度源于周代王官之学，早期儒家通过私学的方式，将其发展为一种知识理论兼备的专门之学。孔子不但传承保氏所授“六仪”，还将礼容改造为君子日常的行为规范，强调礼容践履以“仁”为核心而遵循“恭敬”“中庸”“孝亲”的原则。孔门七十子后学将礼容纲目简化为容体、颜色、言辞，并阐释了礼容与个人性情、国家治理的内在联系。孟子进而从心性的角度出发，认为礼容可修养仁义礼智的本性。荀子则着眼于礼容与礼意的辩证关系，提出礼容的实行须遵循礼意。

关键词　孔子　七十子后学　孟荀　礼容之学

儒家自孔子始，就有“礼容”的知识传授与礼仪践履。“礼容”主要指行礼者在特定的礼典与场景中展现出相适宜的容貌、体态、动作等。作为周礼的基本构成要素，其与礼法、礼义、礼器、辞令、等差相并列①。沈文倬曾指出，容礼（“礼容”之倒文）在礼书撰成以前，可与礼典结合，也可以单独表现；在礼书撰成之后，仍然单独流传②。可见礼容多运用于周代贵族的冠、昏、丧、祭、朝、聘、乡、射等礼典之中，又能在礼典之外单独地演习与传授。早期儒家立足周代王官之学的礼容制度，既在礼

① 参见彭林：《中国古代礼仪文明》，中华书局，2013 年版，第 38—52 页。

② 沈文倬：《略论礼典的实行和〈仪礼〉书本的撰作》，《菿闇文存》，商务印书馆，2006 年版，第 25 页。

仪践履上损益其外在的实用纲目，又在知识传授中赋予其内在的思想意蕴，从而形成内容系统而思想深刻的“礼容之学”[1]。本文即勾稽先秦典籍中涉及礼容的内容，并参照郭店简、上博简中的相关出土材料，来考察早期儒家“礼容之学”的形成与发展[2]，以就正于方家。

一、孔子对礼容制度的损益

春秋末年，随着诸侯、卿大夫对礼制的不断僭越与王官之学的持续衰落，贵族阶层已然不再重视礼容[3]。以孔子为代表的儒家学派则信而好古，通过私学的形式继续传承周代礼容。孔子授徒讲学，传习《诗》、《书》、礼、乐，在礼学的传习中格外重视礼容。究其缘由，一方面是其“儒”者身份的需要。陈来辨析众说，认为前孔子时代的儒可能是对六艺六仪有专门知识者，既用以教人，也可应人咨询，相助礼事[4]。

---

① “礼容之学”即关于“礼容”的学问，本文借此指称早期儒家关于“礼容”的系统知识与思想。

② 对于“礼容”的专门研究，始于沈文倬的《容礼考》一文。鲁士春《先秦容礼研究》则是此类研究的首部专著。就早期儒家“礼容之学”而言，目前学界的相关研究可分为三类：一是依据出土文献的相关材料来论述，如彭林《论郭店楚简中的礼容》(武汉大学中国文化研究院编《郭店楚简国际学术研讨会论文集》，湖北人民出版社，2000 年版)、曹建敦《战国楚简所见容礼与容礼观研究》(《战国竹书与先秦礼学研究》，人民出版社，2018 年版)；二是运用西方文化人类学的相关理论来阐释，如台湾学者彭美玲《君子与容礼：儒家容礼述义》(《台大中文学报》2002 年第 6 期)；三是从思想发展史的角度来考察，如石超《儒家“容礼之学”探析》(《学术交流》2015 年第 4 期)。以上研究或只针对早期儒家的某一历史阶段，或强调其仪式化的性质，或偏重思想史的发展。本文则试图在钩稽文献的基础上对早期儒家“礼容之学”加以系统论述，对其外在的礼仪践履与内在的思想蕴含作综合考察。

③ 孙作云据《诗经》的相关文献认为，在春秋末年，随着贵族阶级的没落，贵族们已经不大讲究威仪了。参见氏著《诗经与周代社会研究》，中华书局，1965 年版，第 157 页。

④ 陈来：《古代思想文化的世界——春秋时代的宗教、伦理与社会思想》，生活·读书·新知三联书店，2009 年版，第 383 页。

孔子所创立的儒家学派,是在“儒”的基础发展而来,理应重视“儒”所必备的“六仪”(即《周礼·地官·保氏》所谓祭祀、宾客、朝廷、丧纪、军旅、车马等六种礼容)。另一方面,也是孔子继承家族传统的结果。据《左传·昭公七年》所载,孔子先祖正考父曾在鼎铭中被颂赞为“一命而偻,再命而伛,三命而俯。循墙而走,亦莫余敢侮”①。《正考父鼎铭》反映了正考父进退揖让、周旋俯仰的礼容,故其态度非常谦恭无人敢于欺辱。正考父作为宋国博学多才的贵族,自然深谙这种专门的学问。孔子虽然出身贫贱,但作为贵族后裔,其在儿时便“陈俎豆,设礼容”。总之,孔子既具有贵族传统,又是文质彬彬的君子儒,实为礼容的集大成者。在《论语·乡党》的记载中,孔子展现的礼容涉及王官之学中保氏所教授的“六仪”:

> 入太庙,每事问。
>
> 君召使摈,色勃如也,足躩如也。揖所与立,左右手,衣前后,襜如也。趋进,翼如也。宾退,必复命曰:“宾不顾矣。”
>
> 朝,与下大夫言,侃侃如也;与上大夫言,訚訚如也。君在,踧踖如也,与与如也。
>
> 升车,必正立,执绥。车中不内顾,不疾言,不亲指。②

其中第一节叙述孔子在太庙助祭时,对礼典进程中的每件事都要详细询问。孔颖达疏曰:“礼仪祭器虽知之,犹每事复问,慎之至也。”③即孔子并非不知祭祀之容,而是为谨慎地展现礼容才“每事问”。第二节记述的摈礼中,孔子被国君所召接待外国宾客。在接待宾客的礼典中,孔子分别展现了合于摈礼的色容、足容、手容等。第三节所载朝廷礼仪,

---

① 杨伯峻:《春秋左传注》,中华书局,1981 年版,第 1295 页。

② 程树德撰,程俊英、蒋见元点校:《论语集释》,中华书局,1990 年版,第 820—947 页。

③ [宋]邢昺:《论语注疏》,李学勤主编《十三经注疏》(标点本),北京大学出版社,2000 年版,第 155 页。

朱熹《论语集注》认为:“此一节记孔子在朝廷事上接下之不同也。”①即孔子面对下大夫、上大夫、国君时分别展现出不同的朝廷之容。第四节记载了孔子乘坐车马时的礼容,此与《礼记·曲礼》所载“车上不广咳,不妄指。立视五巂,式视马尾,顾不过毂”②的车马之容相符。以上所举祭祀之容、宾客之容、朝廷之容、车马之容均是在特定的礼典或行礼情境中必须展现的,是孔子掌握的最为基本的礼容纲目,也是其对西周礼容的传承。但孔子对西周礼容又不是全盘接受,而是有所损益。如《孔子家语·曲礼公西赤问》中孔子对祭祀之容的变通:

> 孔子尝,奉荐而进,其亲也悫,其行也趋趋以数。已祭,子贡问曰:“夫子之言祭也,济济漆漆焉。今夫子之祭,无济济漆漆,何也?”
>
> 孔子曰:“济济者,容也远也;漆漆者,自反。容以远,若容以自反,夫何神明之及交?必如此,则何济济漆漆之有?反馈乐成,进则燕俎,序其礼乐,备其百官,于是君子致其济济漆漆焉。夫言岂一端而已哉?亦各有所当也。”③

按子贡所言,孔子在传习祭祀之容时强调要“济济漆漆”。这与汉代郑玄注解“六仪”所谓“祭祀之容,齐齐皇皇”相类,应是继承保氏“六仪”的礼容教育。但子贡又云孔子祭祀时未曾按照这样的原则。孔子对此加以解释,认为庄严恭敬(济济)会显得疏远,仪容反复修整(漆漆)会显得自我矜持,这样的礼容是无法与亲人的神灵相交流的。天子诸侯在宗庙举行祭祀,应当具有“济济漆漆”的祭祀之容,这是盛大隆重的礼典情境所决定的。而君子在祭祀自己的先祖时,重在表达对先祖亲人的怀念,不必遵照天子诸侯那样庄重的礼典与繁琐的仪节,所以没有过分强调形式而表现出质朴的容貌、仪态。由此,孔子对周代礼容制度的损益

---

① 程树德撰,程俊英、蒋见元点校:《论语集释》,第 827 页。

② [唐]孔颖达:《礼记正义》,李学勤主编《十三经注疏》(标点本),北京大学出版社,2000 年版,第 114—115 页。

③ 杨朝明、宋立林主编:《孔子家语通解》,齐鲁书社,2013 年版,第 574 页。

可见一斑。

孔子对礼容的损益与发展,更多地表现为其在非礼典、行礼情境下的日常生活中,依然遵循礼制原则而展现礼容。首先,孔子在家燕居时始终保持礼容。如“虽疏食菜羹,瓜祭,必齐如也”[①],即使一般的粗茶淡饭,也要像斋戒一样恭敬地祭祀。又如“食不语,寝不言”“席不正,不坐”“寝不尸,居不客”[②]。就是在家吃饭、睡觉、坐立时都要使自己礼容合理而得体。其次,孔子在乡党的日常交接中也特别注重礼容。如“见齐衰者,虽狎,必变。见冕者与瞽者,虽亵,必以貌。凶服者式之。式负版者”[③]。即孔子遇见穿孝服治丧之人,要改变礼容以表示同情。而遇见戴礼帽者和盲人时也要展现合适的礼容。孔子在车中遇见拿凶服的人时,要向前俯下身体并用手伏着车前横木。当遇见背负国家图籍的人也要展现这样的礼容。其中“见齐衰者”“凶服者式之”可以作为对丧纪之容的有益补充,而“见冕者与瞽者”“式负版者”显然已超出丧纪之容的范围,是孔子将丧纪之容在日常生活中的进一步推演。针对《乡党》篇中孔子日常礼容的大量书写,彭国翔认为孔子将日常生活礼仪实践化,同时也将礼仪实践日常生活化,正可以确保日常生活中任何时空条件下的举手投足、动容语默都成为一种身心修炼的功夫践履[④]。孔子在一定程度上改造了王官之学的保氏“六仪”,使礼容日常生活化。而礼容的日常生活化,也意味着孔子已经对礼容有了新的体认。简言之,就是礼容不再局限于特定的礼典情境,应当视为君子日常化的行为规范。在文献所载的孔子言论中,可大致归纳其在礼容方面所提倡的若干原则:

其一,礼容要主“恭敬”。在待人接物的过程中,展现礼容在于表达对他人的恭敬。《大戴礼记·劝学》载孔子言曰:“君子不可以不学,见

---

① 程树德撰,程俊英、蒋见元点校:《论语集释》,第903页。

② 程树德撰,程俊英、蒋见元点校:《论语集释》,第902、906、933页。

③ 程树德撰,程俊英、蒋见元点校:《论语集释》,第935—936页。

④ 彭国翔:《作为身心修炼的礼仪实践——以〈论语·乡党〉篇为例的考察》,《台湾东亚文明研究学刊》2009年6月,第25页。

人不可以无饰，不饰无貌，无貌不敬，不敬无礼，无礼不立。”[①]礼容的有无关乎恭敬，君子在日常交接中不在意礼容，就无法传达出自己的恭敬。故孔子曰：“居上不宽，为礼不敬，临丧不哀，吾何以观之哉?”[②]即没有展现礼容时会不恭不敬，这种容貌、体态是无法直视的。《孔子家语·曲礼子夏问》载孔子言曰：“敬为上，哀次之，瘠为下。”[③]在丧礼中，容貌的哀伤是次要的，面目憔悴是最为下等的，只有恭敬的礼容才最为重要。由此推之，君子在各种礼典情境与日常生活中都要力求通过礼容传达出恭敬。

其二，礼容崇尚“中庸”。朱熹认为：“中者，无过无不及之名也。庸，平常也。”[④]孔子所谓“中庸”，即讲求适度而符合常理。《论语·子路》载孔子言曰：“不得中行而与之，必也狂狷乎！狂者进取，狷者有所不为也。”孟子解此言云：“孔子岂不欲中道哉？不可必得，故思其次也。”[⑤]孔子之所以选择狂者与狷者，是因为其得不到中行之人而求其次。中行之人为言行符合中庸的人，这种礼容崇尚中庸者，才是孔子最希望结交的君子。《礼记·杂记下》载孔子言曰：“颜色称其情，戚容称其服。”[⑥]在丧礼中，君子的礼容要与哀伤的情感、穿着的丧服相称。换言之，就是礼容要无过无不及，表现得恰到好处。只有在礼容展现时崇尚中庸，才能既不过于粗野，又不过于虚浮，从而做到文质彬彬。

其三，礼容体现“孝亲”。《论语·为政》载：“子夏问孝。子曰：‘色难。有事，弟子服其劳；有酒食，先生馔，曾是以为孝乎？’”[⑦]在孔子的孝亲观念中，父母有事情，儿子必然效劳。有美酒佳肴，要让父母享用。这些都不能算是真正的孝。而子女们在父母面前经常保持愉悦的礼容才是为孝的难事。《礼记·祭义》载：“孝子之有深爱者必有和气，有和气者

① ［清］王聘珍撰，王文锦点校：《大戴礼记解诂》，中华书局，1983年版，第134页。

② 程树德撰，程俊英、蒋见元点校：《论语集释》，第290页。

③ 杨朝明、宋立林主编：《孔子家语通解》，第550页。

④ ［宋］朱熹：《四书章句集注》，中华书局，1983年版，第91页。

⑤ 杨伯峻：《论语译注》，中华书局，1958年版，第139页。

⑥ ［唐］孔颖达：《礼记正义》，第1398页。

⑦ 程树德撰，程俊英、蒋见元点校：《论语集释》，第113页。

必有愉色,有愉色者必有婉容。”[1]即在父母面前表现出和气愉悦的礼容,才是真正的孝亲。又《礼记·玉藻》载:“亲瘠,色容不盛,此孝子之疏节也。”[2]也就是父母生病时,儿子忧虑而顾不得讲究礼容,是其孝心粗疏的表现。所以在父母面前始终保持适宜的礼容,是孝亲的重要表现。

总之,孔子所提倡的礼容原则主要为“恭敬”“中庸”“孝亲”,这三者又均属君子之道德。如“子谓子产:‘有君子之道四焉:其行己也恭,其事上也敬’”[3],即“恭敬”是君子道德的要素之一。又如“子曰:‘中庸之为德也,其至矣乎’”[4],即“中庸”为君子最高的道德。再如“孝弟也者,其为仁之本与”[5],即孝亲是君子仁德的基础。孔子的思想学说以“仁”为核心,“仁”统摄着“恭敬”“中庸”“孝亲”等具体的道德原则。上博简《君子为礼》有云:“君子为礼,以依于仁。”[6]君子礼容的实行,在总体上要以仁为依靠。君子各种礼容的展现,均蕴含着“仁”的道德观念。与此相反,当君子礼容失当后,又会被评价为没有仁德。正如孔子所云“巧言令色,鲜矣仁”[7]。因此,孔子发展了西周王官之学的礼容制度,将其损益为君子日常化的行为规范。这种行为规范以“仁”为核心,在日常化的礼容践履中又强调其“恭敬”“中庸”“孝亲”的道德原则。

二、七十子后学及孟荀对礼容之学的建构

孔子不仅在礼学教育中重视礼容的传授,还在日常生活中敦促弟

---

① [清]孙希旦撰,沈啸寰、王星贤点校:《礼记集解》,中华书局,1989年版,第830页。

② [清]孙希旦撰,沈啸寰、王星贤点校:《礼记集解》,第830页。

③ 程树德撰,程俊英、蒋见元点校:《论语集释》,第421页。

④ 程树德撰,程俊英、蒋见元点校:《论语集释》,第548页。

⑤ 程树德撰,程俊英、蒋见元点校:《论语集释》,第16页。

⑥ 马承源主编:《上海博物馆藏战国楚竹书(第五册)》,上海古籍出版社,2005年版,第254页。

⑦ 程树德撰,程俊英、蒋见元点校:《论语集释》,第21页。

子们积极演习。如《史记·孔子世家》所载:“孔子去曹适宋,与弟子习礼大树下。”[①]但礼容毕竟繁多复杂,要想熟练地掌握并展现绝非易事。孔子亦云:“礼经三百,可勉能也;威仪三千,则难也。”[②]因而孔门弟子中长于礼容者寥寥数人。在《论语·先进》的记载中,公西华立志作宗庙会同的小相,可见其对礼容非常娴熟。《孔子家语·七十二弟子解》所谓“(公西华)束带立朝,闲宾主之仪”[③],亦是其明证。按《孔子家语·七十二弟子解》所载,注重礼容展现的孔门弟子还有子游(时习于礼)、子张(为人有容貌资质)、子羽(有君子之姿,孔子尝以容貌望其才)三人。而孔门后学中,又以子夏、子张两派尤其重视礼容传习。如《论语·子张》所载:“子夏之门人,小子当洒扫应对进退,则可矣。”[④]又《荀子·非十二子》云:“弟佗其冠,神禫其辞,禹行而舜趋,是子张氏之贱儒也。正其衣冠,齐其颜色,嗛然而终日不言,是子夏氏之贱儒也。”[⑤]荀子之言虽是对这两派过于重视礼容而忽视内在礼义的批评,但也从反面证实了子夏、子张两派在礼学传习中确实偏重于礼容的践履。

如上所述,在早期儒家中能够娴熟地通过容貌、体态展现礼容的孔门七十子后学尚属个别。但通过梳理《礼记》若干篇目及郭店简、上博简中讨论礼容的材料,我们发现在孔孟之间的儒家各派都无不发展了孔子的礼容之学。以下以时间为维度,归纳孔孟之间这一时段儒家礼容发展的几个特点:

其一,君子的礼容被概括为容体、颜色、言辞三目,并成为君子为礼的必要基础。《论语·泰伯》载曾子言曰:“君子所贵乎道者三:动容貌,斯远暴慢矣;正颜色,斯近信矣;出辞气,斯远鄙倍矣。”[⑥]曾子将君

---

① [汉]司马迁撰,[宋]裴骃集解,[唐]司马贞索隐,[唐]张守节正义:《史记》,中华书局,1959年版,第1921页。

② 杨朝明、宋立林主编:《孔子家语通解》,第137页。

③ 杨朝明、宋立林主编:《孔子家语通解》,第439页。

④ 程树德撰,程俊英、蒋见元点校:《论语集释》,第1697页。

⑤ [清]王先谦撰,沈啸寰、王星贤点校:《荀子集解》,中华书局,1988年版,第123页。

⑥ 程树德撰,程俊英、蒋见元点校:《论语集释》,第672页。

子的礼容化繁为简,归结为容体、颜色、言辞三方面。注重自己的体态就能够避免他人的懈怠,端正自己的脸色就能够使人相信,考虑自己的言辞与声调则可以远离粗鄙。可见曾子对礼容的简化,实际上是将礼容具体落实到君子日常的待人接物上。《论语·子张》载子夏言曰:"君子有三变:望之俨然,即之也温,听其言也厉。"何晏疏曰:"望之、即之及听其言也,有此三者,变易常人之事也。"①远望时只可观其庄严可畏的大致体态,相对时则能观其温和可亲的颜色、听其严厉的言辞。由此容体、颜色、言辞的并举也缘于君子人际交接时的逻辑顺序。值得注意的是,《礼记·冠义》有载:"凡人之所以为人者,礼义也。礼义之始,在于正容体。齐颜色、顺辞令。容体正,颜色齐,辞令顺,而后礼义备。以正君臣,亲父子,和长幼。君臣正,父子亲,长幼和,而后礼义立。"②这里不仅以容体、颜色、言辞的并举指代君子的礼容,还将其作为礼义的基础与开端。即只有具备端正的容体、得当的颜色、和顺的言辞,才能使得君臣关系、父子关系与长幼关系各得其所。换言之,君子在掌握礼容的一般规律后,方才可以奠定自己行礼的根底。故在《礼记》一书中,"体、色、言"三者并举已经上升到理论高度③。

其二,礼容与人的性、情密切相关,礼容有助于君子调节自身的内在之性与外在之情。郭店简《性自命出》有云:"喜怒哀悲之气,性也。及其见于外,则物取之也。性自命出,命自天降。道生于情,情生于性。"④首先,人之命由天所赋予,这种自天而降的命运决定了人的本性;其次,性是人内心的东西,而情是性的外在表现。李零认为:"'喜怒哀悲之气'是'性',这种'气'见于外,成为'喜怒哀悲',则是'情'。"⑤《性自命出》又云:"礼作于情,或兴之也。当事因方而制之,其先后之序

---

① 程树德撰,程俊英、蒋见元点校:《论语集释》,第1693页。

② [唐]孔颖达:《礼记正义》,第1883页。

③ 左建:《士与礼——春秋知识阶层研究》,浙江大学2010年博士论文,第130页。

④ 李零:《郭店楚简校读记》(增订本),中国人民大学出版社,2007年版,第136页。

⑤ 李零:《郭店楚简校读记》(增订本),第151页。

则宜道也。又序为之节，则文也。至容貌所以文，节也。”[1]礼因情而制作，也就是为约束人的内在之性所外化的感情。即《礼记·坊记》所谓：“礼者，因人之情而为之节文。”[2]而约束情感的方式又是通过礼的秩序来节制，即行礼时容貌、体态等繁复的修饰。与此同时，人通过不同等差、礼典情境的容貌、体态，就是礼的秩序对情感的节制[3]。由此，礼容是节制人情感的有效方式。郭店简《语丛一》有云：“号邪容邪，夫其行者，物各止于其所。”[4]李零认为这是讲礼号和礼容，它们都是外在于“性”，用来规范“性”的东西[5]。即礼容也是规范人内在之性的必要手段。所以彭林认为，一定的礼，都是要体现一定的情感，如冠礼之喜悦、祭礼之诚敬、丧礼之哀痛等等，从而使中心之性外化，使体态、容色、声音随之变化，舍此则不成其为礼。这是行礼必须有礼容的理论依据[6]。

其三，君子的礼容关乎人民安乐与国家太平。《礼记·乐记》有云：“故乐也者，动于内者也。礼也者，动于外者也。乐极和，礼极顺，内和而外顺，则民瞻其颜色而弗与争也，望其容貌而民不生易慢焉。故德辉动于内，而民莫不承听。理发诸外，而民莫不承顺。”[7]乐使得人内心平和，礼使得人外貌恭顺。在礼乐的培养下，君子内心平和而外貌恭顺，从而展现出合适的礼容。在君子得体的礼容面前，民众自然不会与其相争，更不会产生怠慢之心。而君子礼容所蕴含的道德也会令民众耳濡目染，从而使得百姓变得恭听而顺从。由此，君子如果能展现出蕴含道德的礼容，就能成为民众的表率，使民众被道德感化而变得恭顺。又

---

① 李零：《郭店楚简校读记》(增订本)，第137页。

② ［唐］孔颖达：《礼记正义》，第1635页。

③ 季旭升认为“又序为之节，则文也。至容貌所以文，节也”，强调“节”与“文”是既对立又统一。“致容貌”，看起来是一种“文”，但是不同的人事时地有不同的容貌，这就是一种“节”。转引自郭沂《〈性自命出〉校释》，《管子学刊》2014年第6期。

④ 李零：《郭店楚简校读记》(增订本)，第210页。

⑤ 李零：《郭店楚简校读记》(增订本)，第217页。

⑥ 彭林：《论郭店楚简中的礼容》，武汉大学中国文化研究院编《郭店楚简国际学术研讨会论文集》，第134—142页。

⑦ ［唐］孔颖达：《礼记正义》，第1330页。

《礼记·射义》有云:“是故天子以备官为节,诸侯以时会天子为节,卿大夫以循法为节,士以不失职为节。故明乎其节之志,以不失其事,则功成而德行立。德行立,则无暴乱之祸矣,功成则国安。”[①]在射礼中实行礼容时需要以乐为节。天子以官职完备之乐为节,诸侯以按时面见天子之乐为节,大夫以遵循法度之乐为节,士以不失职责之乐为节。若他们均能严格按照这些乐节而展现礼容,也就意味着他们可使政事顺利且德行树立。德行树立就会避免国家的祸乱,政事顺利则会使国家太平。因而君子实行的礼容反映其德行,礼容合于乐节就意味着德行足以不失其职。治国的君子们礼容均合于自身的乐节,则各司其职、政事成功,国家自然也就会国泰民安。彭林从郭店简的相关材料立论,也认为先秦儒家已经把礼容作为治国之道的重要组成部分来看待了[②]。

在孔子损益礼容制度的基础上,孔孟之间的七十子后学进而把礼容视为一种思想资源。他们运用礼容建构儒家礼学思想,解释人如何调节自己的性、情,阐发统治者如何依靠礼乐来治理国家。

七十子后学之后,孟、荀对礼容作了更为深入的理论探讨。孟子将礼作为人内在的心性,探讨礼容与心性的关系。《孟子·尽心上》载孟子言曰:“君子所性,仁义礼智根于心。其生色也,睟然见于面,盎于背,施于四体,四体不言而喻。”[③]沈文倬指出,孟子所谓施于四体者,就是揖让周旋的礼容[④]。因而仁义礼智内在于君子的本性,又通过礼容表现在容貌、肩背、手足四肢上。换言之,君子的礼容能体现其仁义礼智的本性。又《孟子·尽心下》载孟子言曰:“尧舜,性者也;汤武,反之也。动容周旋中礼者,盛德之至也。”杨伯峻认为:“尧舜的行仁德是出于本

---

① [唐]孔颖达:《礼记正义》,第1914页。

② 彭林:《论郭店楚简中的礼容》,武汉大学中国文化研究院编《郭店楚简国际学术研讨会论文集》,第134—142页。

③ [清]焦循撰,沈文倬点校:《孟子正义》,中华书局,1987年版,第906页。

④ 沈文倬认为:“威仪者,足容重,手容恭,趋以采齐,行以肆夏,进则揖之,退则扬之,无非见于四体,即此为四方之纲,维民之则,亦所为匡国之纲。”参见[清]焦循撰,沈文倬点校:《孟子正义》,第908—909页。

性，汤武经过修身来回复本性然后力行。”[①]汤武回复善性的修身方式即动容周旋的礼容，当礼容无不合于礼时，便具有了高尚的道德。由此，孟子认为礼容作为一种修身养性的方式，意在回复君子仁义礼智的本性。

荀子的思想以礼为重。《荀子·礼论》有云：“凡礼，始乎梲，成乎文，终乎悦校。故至备，情文俱尽；其次，情文代胜；其下，复情以归大一也。”王先谦认为：“情谓礼意，丧主哀、祭主敬之类。文谓礼物、威仪也。”[②]荀子追溯礼的起源，以为礼的完备在于有了礼物、礼容等文饰。又将礼文与礼意的相得益彰视为最为完备的礼。因而荀子肯定了礼容在周礼中的地位与价值，将其视为周礼成熟周备的必要因素。那么在至备之礼中，礼容与礼意的关系又如何？《荀子·修身》有云：“容貌、态度、进退、趋行，由礼则雅，不由礼则夷固僻违，庸众而野。”[③]礼容遵循礼意则温文尔雅，不遵循礼意则傲慢固执，像乡野之人一样粗鄙。可见荀子非常注重礼意对礼容的决定意义。在《荀子·非十二子》中，荀子先后罗列了士君子与学者的各类礼容：

> 士君子之容：其冠进，其衣逢，其容良，俨然，壮然，祺然，蕼然，恢恢然，广广然，昭昭然，荡荡然，是父兄之容也。其冠进，其衣逢，其容悫，俭然，恀然，辅然，端然，訾然，洞然，缀缀然，瞀瞀然，是子弟之容也。
>
> 吾语汝学者之嵬容：其冠絻，其缨禁缓，其容简连；填填然，狄狄然，莫莫然，瞡瞡然，瞿瞿然，尽尽然，盱盱然。酒食声色之中则瞒瞒然，瞑瞑然；礼节之中则疾疾然，訾訾然；劳苦事业之中则儢儢然，离离然，偷儒而罔，无廉耻而忍謑詢：是学者之嵬也。[④]

士君子的礼容温文尔雅，作为父兄有父兄的礼容，作为子弟有子弟

---

① 杨伯峻：《孟子译注》，中华书局，1960 年版，第 314 页。

② ［清］王先谦撰，沈啸寰、王星贤点校：《荀子集解》，第 419—420 页。

③ ［清］王先谦撰，沈啸寰、王星贤点校：《荀子集解》，第 27 页。

④ ［清］王先谦撰，沈啸寰、王星贤点校：《荀子集解》，第 120—122 页。

的礼容。究其缘由,是其礼容严格遵循礼意的结果。相形之下,学者的容貌、动作尽显丑态而不合于礼容的要求。因而荀子才会批评偏重礼容践履的子张、子夏门人为贱儒①。可见荀子所谓的“学者”,正是这种过于注重礼容的形式却忽略礼意的儒者。这些儒者未曾深入理解礼意,只是单纯地掌握了流于表象的礼容的动作形态。所以一旦脱离特定的礼典情境,就会表现出粗鄙的容貌与体态。因此在荀子看来,礼意对于礼容的展现至关重要。

综上所述,孔子将西周礼容制度损益为一种君子的日常行为准则。其以仁德为内涵,具体表现为“恭敬”“中庸”“孝亲”的道德原则。孔门七十子后学在此基础上将礼容加以理论化,赋予其礼的价值、人的性情与国家治理的思想内容。孟子继续深化礼容与心性的关系,认为礼容可以修养仁义礼智的本性。荀子则进而肯定礼容对礼的价值,提出完备之礼需要礼容与礼意的相辅相成,礼容的实行必须遵循礼意。

■ 作者简介

陈丹奇,1991年生,甘肃山丹人,文学博士,西北师范大学文学院讲师,主要从事先秦文学与文化研究。

① 《荀子·非十二子》有云:“弟佗其冠,神禫其辞,禹行而舜趋,是子张氏之贱儒也。正其衣冠,齐其颜色,嗛然而终日不言,是子夏氏之贱儒也。”参见[清]王先谦撰,沈啸寰、王星贤点校:《荀子集解》,第123页。

《鹖冠子》圣人观及其价值初探*

来森华　付　蓉

（湘潭大学文学与新闻学院　湖南湘潭　411105）

内容提要　随着《黄帝四经》出土而带来的《鹖冠子》价值的重估，对其中论说甚多的圣人观进行梳理研究很有必要。《鹖冠子》中对于老子的圣人观在继承的基础上又有所发展，主张在遵循自然之道的前提下充分发挥圣人的能动性，通天地、因时而动、序物成事、知人等；另外在发挥能动性的过程中往往又赋予圣人神性色彩。《鹖冠子》中强调选拔圣人以治世，富于智谋的圣人作为辅政者应该受到君主的重用。《学问》篇中提出圣人"九道"之概念，标榜圣人应该学贯九种学问并付诸实践，不但彰显出黄老学派对诸家之"道"的融汇，而且体现了这个学派的政治理想。《鹖冠子》中的圣人观对后世及当代的政治建设、文学批评、个体人格塑成等领域有一定启示价值。

关键词　《鹖冠子》　圣人观　能动性　辅政者　"九道"　价值

圣人作为一种理想人格，先秦时期不同政治或知识阶层各有论说，其中尤以诸子为甚。对于诸子言圣以张论之现象，前贤时修立论者不胜枚举，然目前尚无专门成果系统探讨《鹖冠子》中论说之圣人。究其原因，最主要还是跟《鹖冠子》这本书长期以来由于存在各种难以厘清的问题而颇受冷遇有关。随着《黄帝四经》出土而带来的《鹖冠子》价值的重新认识，加之"由于认为圣人存在与否是治乱的根本，

* 本文为湘潭大学博士科研启动项目"战国子书中圣人观及其价值研究"的阶段性成果。

对圣贤的重视贯穿在《鹖冠子》全篇之中"[①],同时本书中的圣人观对后世及当代诸多领域又具有启示价值,故对其进行专门研究就显得很有必要且合乎时宜。基于以上缘由,本文以《鹖冠子》为本,同时参照其他先秦典籍中的相关表述,拟对《鹖冠子》中的圣人观及其价值作一专论。

一、圣人具有能动性

作为老子的重要思想,自然无为同时也是其标榜的圣人品格之一,如"是以圣人处无为之事,行不言之教""天地不仁,以万物为刍狗;圣人不仁,以百姓为刍狗""是以圣人去甚,去奢,去泰""是以圣人不行而知,不见而名,不为而成""是以圣人欲不欲,不贵难得之货;学不学,复众人之所过,以辅万物之自然而不敢为"等[②]。黄老学派在继承的基础上又有所发明,他们主张在遵循自然万物规律的前提下有所作为,即充分发挥人认识与利用自然规律的能力而最终成就万物,作为体道的圣人又是其中的代言人与佼佼者。这种思想在《鹖冠子》中体现得尤为突出,《泰录》篇中说到神圣之人之所以"尊重"和"敏明",是因为其于天地之间能够做到"改动"与"制断";同样在本篇中又言:"精神者,物之贵大者也。内圣者,精神之原也。"[③]无疑将圣人思想在发挥能动性时的作用拔得很高。而在《近迭》篇中鹖冠子回答庞子时更是将"人道"置于圣人之道之先。圣人作为认识与利用"道"之最大能力者,《环流》篇曰:"生、成在己,谓之圣人。惟圣人究道之情,唯道之法公政以明。"《能天》篇亦有"道者,圣之所吏也""故圣,道也,道非圣也"等言。圣人是道的主宰,

① 杜晓:《简论〈鹖冠子〉的篇章结构与思想主题》,《中国哲学史》2012 年第 2 期。

② 此处所引《老子》文本,参见楼宇烈:《老子道德经注校释》,中华书局,2018 年版。

③ 黄怀信:《鹖冠子校注》,中华书局,2014 年版,第 249—250 页。下文所引常见古籍文献在文中标明篇名的情况下不再一一赘注。

但不是道本身。圣人作为道的主宰,而在体道过程中发挥自己的能动性。

圣人发挥能动性并非毫无依据而肆意妄为,首先在于其通天地,以天地为准则。《道瑞》篇提到君主“量人”之法,其中一条即是“测深观天,足以知圣”,具有观测天地之本领者方可目其为圣。而在其他篇章中“天”“地”“人”往往又三者合一,如《度万》篇即言“天人同文,地人同理”,《泰录》亦言“天地者,同事而异域者也”“故圣人出之于天,收之于地”。又如《泰鸿》篇托泰一之言“天、地、人事,三者复一也”“上圣者与天地接,结六连而不解者也”“故圣人立天为父,建地为母”,皆在表明圣人与天地之间密切、牢靠的关系。关于这种关系的表述,又不为《鹖冠子》所独创,如《管子·势》篇亦云:“人先生之,天地刑之,圣人成之,则与天同级”“已得天级,则致其力”等。而在《鹖冠子·能天》篇中对因天地阴阳而成事的圣人品格有精彩阐发,其云:

> 故圣人者后天地而生,而知天地之始;先天地而亡,而知天地之终。力不若天地,而知天地之任;气不若阴阳,而能为之经;不若万物多,而能为之正;不若众美丽,而能举善指过焉;不若道德富,而能为之崇;不若神明照,而能为之主;不若鬼神潜,而能著其灵;不若金石固,而能烧其劲;不若方圆治,而能陈其形。

圣人不与天地同寿,但是可以知其终始。此处的圣人无所不通,能够按照自然之道客观地认识并有所作为于天地、阴阳、万物、大众、道德、神明、鬼神、金石、方圆(规矩)等。另外,天地又有四时阴阳之变化,作为执道序物成事之圣人,也就应该通晓时变的道理,因时而动,如《泰录》云:“故圣人者,出之于天,收之于地,在天地若阴阳者,杜燥湿以法义,与时迁焉。”《环流》篇亦言:“时、命者,唯圣人而后能决之。”《庄子·秋水》有“知穷之有命,知通之有时,临大难而不惧者,圣人之勇也”之言,很明显《鹖冠子》中的圣人在知时知命之余又进一步突显主体之作用,赋予其一种在时命面前因势利导、转危为安的本领。圣人因时而动之品质,在马王堆汉墓出土的《黄帝四经》中亦有经典之言,如“圣人不朽,时反是守"①与"圣人之功,时为之庸。因时秉[宜],[兵]必有成功"。

圣人因循天地之道而发挥能动性,其目的在于序物成事,使万物各得所宜、百姓各得其安,《天则》即言"寒者得衣,饥者得食,冤者得理,劳者得息,圣人之所期也"。关于圣人循道序物之功,《能天》明言"道者,通物者也;圣者,序物者也"。《道瑞》亦曰:"天者,万物所以得立也;地者,万物所以得安也。故天定之,地处之,时发之,物受之,圣人象之。"《周易・系辞上》有相似的表述,例如"法象莫大于天地,变通莫大于四时""备物致用,立成器,以为天下利,莫大于圣人""天垂象,见吉凶,圣人象之"诸语,张金城引之并阐释到:"言天地立位,四时流行,万物承之以化生,圣人象之以成器也。"②相关的表述在《黄帝四经》中亦不乏其例,《经法・国次》有云:"天地位,圣人故载。"又与《周易・系辞下》所言"天地设位,圣人成能"颇为相类。另,《十大经・观》云:"天道已既,地物乃备。散流相成,圣人之事。"皆言圣人因循天地而成就万物之理。这种观念,在《泰录》篇中论述得更为系统,其言:"彼天地动作于胸中,然后事成于外;万物出入焉,然后生物无害。阖阖四时,引移阴阳,怨没澄物,天下以为自然,此神圣之所以绝众也。"圣人之所以有过人之处,是因为其熟知天地四时阴阳之道而后能够自然成事。"怨没澄物,天下以为自然"句,明显是继承《老子》"成功遂事,百姓皆谓我自然",圣人成事序物皆循其道而非妄为。另外又将天地立位而圣人如何成就万物的过程分别以"神圣之齐""神圣之鉴""神圣之教"作以概括③,彰显出圣人是多知多能的知识权威。

圣人不但要通天地、序物成事,而且还要知人。《备知》开篇即言:"天高而可知,地大而可宰。万物安之? 人情安取?"高大如天地者尤可知,知晓万物与人情自不待言。篇尾在引用诸多实例后道出,"费仲、恶

① 陈鼓应:《黄帝四经今注今译》,商务印书馆,2007 年版,第 229 页。下文所引《黄帝四经》原文俱出此版本,不再一一赘注。

② 张金城:《鹖冠子笺疏》,《台湾师范大学国文研究所集刊》第 19 期。

③ 《鹖冠子・泰录》有言:"陈体立节,万世不易,天地之位也。分物纪名,文圣明别,神圣之齐也。法天居地,去方错圆,神圣之鉴也。象说名物,成功遂事,隐彰不相离,神圣之教也。"

来者，可谓知心矣，而不知事；比干、子胥者，可谓知事矣，而不知心。圣人者必两备而后能究一世。”只有圣人，既能知事，又能知心。而知心之途径，口为其一，因为“口者，所以抒心诚意也”，通过一个人的言辞即可知其心，《能天》篇所言“诐辞者，革物者也，圣人知其所离；淫辞者，因物者也，圣人知其所合；诈辞者，沮物者也，圣人知其所饰；遁辞者，请物者也，圣人知其所极；正辞者，惠物者也，圣人知其所立”，反映了圣人强大的言辞辨别能力以及藉口知心的本领。

值得注意的是，《鹖冠子》中标榜圣人具有能动性时往往又赋予其神性色彩，最明显的文献现象就是神、圣并举或一体。从根本上讲，神与圣是属于不同领域与性质的概念，对此先秦时人早有识见。《墨子·耕柱》篇记载巫马子问墨子“鬼神孰与圣人明智”，墨子回答道：“鬼神之明智于圣人，犹聪耳明目之与聋瞽也。”钱穆在《湖上闲思录》中对神、圣关系亦有精彩总结，其言：“神与圣皆是超人生而不离人生者。但中间也有别：神是非人间的，圣则是人间的。神是超人间而投入于人间的，圣是人间的而又是超出于人间的。”①然而，正是由于圣的这种“超凡性”，加之在早期相关的仪式中同时作为人的“公选者”与神的“传声筒”，一边要降神、事神，一边还要播授神的旨意，使得其不可避免地又沾染有一定程度的神性色彩。有学者即将这种现象称之为“某种自我超越的趋神性”，并且认为由此导向神圣一体②。关于《鹖冠子》中圣人通神及神圣一体等现象，略举如下。《度万》篇载庞子问鹖冠子之言有云：“圣与神谋，道与人成。”《泰鸿》有云：“故圣知神方，调于无形，而物莫不从。”又云：“圣人之道与神明相得，故曰道德。”《泰录》篇亦载：“圣道神方，要之极也；帝制神化，治之期也。”又言：“圣王者不失本末，故神明终始焉。”均言圣人通于神域。《王鈇》通篇庞子与鹖冠子关于“成鸠氏之政”的问答之言，最后庞子感叹到：“圣人高大，内揣深浅远近之理，使鬼神一失，不复息矣，与天地相蔽，至今尚在，以钲面达行。”圣人能使

① 钱穆：《湖上闲思录》，生活·读书·新知三联书店，2005年版，第67页。

② 刘刚、李冬君：《中国圣人文化论纲》，山西教育出版社，2014年版，第116页。

鬼神受制、与天地长存。另外,《泰鸿》《泰录》《王鈇》等篇又数见“神圣”合称现象,如“神圣践承翼之位”“神圣详理”“神圣之齐也”“神圣之鉴也”“神圣之教也”“神圣乘于道德”“神圣之人,后先天地而尊者也”等,在一定程度上沾染了神性的圣人更能发挥其能动性。

二、圣人是辅政者

基于“内圣外王”的传统,圣与王关系紧密甚至于异名同实,这在中国古代政治思想史领域中是主流。但也应该认识到圣并不是王的专称,二者之间不能简单地画上等号,尤其先秦典籍中所言说的圣,有时指向辅政之臣。一方面,先秦时期的求圣意识由来已久,如《墨子·尚贤中》引《汤誓》有云:“聿求元圣,与之勠力同心,以治天下。”又如《墨子·尚贤下》引先王之书《竖年》曰:“晞夫圣武知人,以屏辅而身。”另据《国语·楚语下》记载,楚人王孙圉有“圣能制议百物,以辅相国家,则宝之”之言,并将圣人置于国之六宝之首。可以看出到了春秋时期,时人依旧在强调求圣人以辅政的重要性。另一方面,战国诸子基于各自的学派立场对于圣臣品格各有论说。《荀子·臣道》篇专门讨论为臣之道,其中将人臣明确分为态臣、篡臣、功臣、圣臣四类,人主要想称王天下,就要任用伊尹、姜太公这样的圣臣。《韩非子》中的圣臣品格又体现为对于天下大势与君主心理均要熟悉,且于国危之际要敢于直谏等。由此可见,标榜作为辅政者之圣人既渊源有自,又诸家争鸣,黄老学派于此更是论之甚多,在以《鹖冠子》为代表的黄老文献中有大量的呈现。

《鹖冠子》首篇《博选》即言要广博地筛选人才,“君也者,端神明者也;神明者,以人为本者也;人者,以贤圣为本者也;贤圣者,以博选为本者也;博选者,以五至为本者也”。所谓“五至”即本篇所举伯己、什己、若己、厮役、徒隶,基于“五至”选人论,此处强调君王应该以人为本、不问出处、不拘一格,选圣贤以治天下。《道瑞》篇也指出天下之事非君王一人之能力可以独揽,故应该仕贤任能,“是以先王置士也,举贤用能,无阿于世。仁人居左,忠臣居前,义臣居右,圣人居后”。之所以任用圣人，是因为“圣人者，君之师傅也”；君主务必依据能力而做到知人善任，“故临货分财使仁，犯患应难使勇，受言结辞使辩，虑事定计使智，理民处平使谦，宾奏赞见使礼，用民获众使贤，出封越境适绝国使信，制天地御诸侯使圣”，因为圣人之功“定制于冥冥，求至欲得，言听行从，近亲远附，明达四通”，“制天地御诸侯”之圣人的事功与地位明显高于信臣、贤士、礼臣、贞谦、智士、辩士、勇士和仁士。《度万》篇于庞子与鹖冠子的对话中，鹖冠子解释“五正之事”时言“因治者招贤圣而道心术”，又言“事治者招仁圣而道知”，同样是说君主在治国过程中应该延揽有知之圣人。《泰鸿》篇又言：“故九皇受傅，以索其然之所生。傅谓之得天之解，傅谓之得天地之所始，傅谓之道得道之常，傅谓之圣人。圣人之道与神明相得，故曰道德。”此处的圣人依旧为君之傅，之所以任用他是因为具有通天地、了解自然规律之本领，还能够与神明相得益彰而具有一定程度的神性。

圣人作为辅政者的形象，在其他黄老文献中亦被频繁塑造。在《黄帝四经》的《经法·六分》中讲到称王天下就应该讲求“王术”，而讲求“王术”的重要方面即尊重人才，圣人作为精英阶层亦会选择为“知王术者”效力，“圣人其留，天下其兴”；而不懂得“王术”，其结果就是“圣之人弗留，天下弗兴”。《称》作为类似格言与谚语的荟萃，文中亦有一条讲到治国行兵要尊重贤圣的谋略与辅助而非自恃勇猛之力，其言：

> 不用辅佐之助，不听圣慧之虑，而恃其城郭之固，怙其勇力之御，是谓身薄；身薄则殆，以守不固，以战不克。

单纯凭借城池的坚固与兵力的强盛而不考虑圣贤的谋略，就会显得势单力薄，依此攻守皆失。以上两处塑造的圣人形象，作为治国之辅助者，富于知识与智慧。《管子·枢言》①载有管仲之言，管仲认为国家

---

① 《形势》《枢言》诸篇，依陈鼓应先生论证，认为其中存有黄老思想而将其看作稷下道家文献。详参陈鼓应：《管子四篇诠释——稷下道家代表作解析》，商务印书馆，2006年版，第55—86页。

有“宝”“器”“用”,并且指出先王之所以能够得到天下是因为“重其宝、器而轻其末用”,其中的“器”即指“圣智”,依此告诫君主要想取得天下大治就应该重用圣智之人。另在《形势解》中解说具体语句,习惯将“明主之道”与“乱主之道”并置而形成比照,明主往往又是任用圣人的典范,如解说“自媒之女,丑而无信”时明言“明主之治天下也,必用圣人而后天下治”,再如解说“毋与不可”时亦言“明主与圣人谋,故其谋得;与之举事,故其事成”。

综上所析,黄老学派在标榜治国主张时特别重视选拔与任用圣臣以辅政,反之富于智谋的圣臣在一定程度上又具有黄老特征。

三、圣人“九道”

前面揭示出具有能动性和富于智谋的圣人为黄老家面孔,除此之外,由于《鹖冠子》一书思想的庞杂性与包容性,其中标榜的圣人在一定程度上往往又戴着其他学派的面具。《近迭》篇载鹖冠子回答庞子之问,认为“人道”当位于“圣人之道”之先,而“人道”之先又当为“兵”,由此可见圣人重视兴兵之道,但是接下来鹖冠子又言“兵者,礼义忠信也”,主张行兵有德,体现出对兵家与儒家思想的包容。同样在此篇中,当庞子问及鹖冠子所言“滑正之智”之内涵时,鹖冠子回答道:“法度无以,噫意为摸,圣人按数循法尚有不全,是故人不百其法者,不能为天下主。”圣人又是重视法度的代表。《鹖冠子》中亦不乏具有儒家品性之圣人,与《庄子》中对行仁义礼乐之圣人多有非议与贬斥不同,在《鹖冠子》中却认为圣人依据礼乐仁义忠信卜察世之得失顺逆。《学问》篇载鹖冠子答庞子言即云:“圣人以此六者,卦世得失逆顺之经。”《泰录》篇亦载:“夫错行合意,扶义本仁,积顺之所成,先圣之所生也。”其中由“扶义本仁”作为前提之一而产生的先圣无疑为儒家所主张与尊崇。

另外,在《学问》篇中通过问对之言更是提出圣人之学终于“九道”之说,对圣人学养或境界作了极其全面而又严格的规定,从而塑造出近乎完美的圣人形象。此不避繁冗,侈录于下:

庞子问鹖冠子曰:"圣人学问服师也,亦有终始乎?抑其拾诵记辞,阖棺而止乎?"

鹖冠子曰:"始于初问,终于九道。若不闻九道之解,拾诵记辞,阖棺而止,以何定乎?"

庞子曰:"何谓九道?"

鹖冠子曰:"一曰道德,二曰阴阳,三曰法令,四曰天官,五曰神徵,六曰伎艺,七曰人情,八曰械器,九曰处兵。"

庞子曰:"愿闻九道之事。"

鹖冠子曰:"道德者,操行所以为素也;阴阳者,分数所以观气变也;法令者,主道治乱,国之命也;天官者,表仪祥兆,下之应也;神徵者,风采光景,所以序怪也;伎艺者,如胜同任,所以出无独异也;人情者,大小愚知贤不肖雄俊豪英相万也;械器者,假乘焉,世用国备也;处兵者,威柄所持,立不败之地也。九道形心,谓之有灵。后能见变而命之,因其所为而定之。若心无形,灵辞虽缚捆,不知所之。彼心为主,则内将使外。内无巧验,近则不及,远则不至。"

细绎文本可以看出,其一,圣人非天成,而是学而可至,"始与初问,终于九道",备"九道"之学问者方可成圣人。仅就这一点,与《荀子》中学而成圣的思想又有相似之处①,只不过二者的学习内容各不相同。其二,"九道"是指圣人应该具备的九种学识,而从更深层次探究,其实体现了诸家之"道"的融汇,对应并涵盖有道家、阴阳家、法家、方术家、儒家、墨家、兵家等,"看起来似乎杂乱无统,但却真实地反映了战国末期黄老学派兼容并包的思想特征"②。其三,圣人多面,但以道家为基,"以黄老刑名为本"③,从将"道德"置于首位并以之作为操行之本可见

---

① 《荀子》中主张学习礼法以成圣,如《劝学》篇即言:"礼者,法之大分,类之纲纪也。故学至乎礼而止矣,是之谓道德之极。"

② 谭家健:《〈鹖冠子〉试论》,《江汉论坛》1986年第2期。

③ 李学勤:《马王堆帛书与〈鹖冠子〉》,《江汉考古》1983年第2期。

一斑,显示了黄老家兼采百家,使之有机融入自己的理论体系最终又超越百家的态度①。其四,强调九道统摄于心,如此心中方能有灵,否则"不知所之"。然依"后能见变而命之,因其所为而定之""彼心为主,则内将使外"等语观之,此依旧属于前已有揭的圣人能够发挥能动性的范畴。换言之,"九道"是圣人能够充分发挥能动性的知识积淀或经验。其五,"九道"存于心并非终极目标,学问有着现实应用价值。关于这一点,即有时贤目其为"帝王之学","'九道'作为圣人之学,必然要服务于帝王,或内化于帝王自身"②,通过这种学问实际上培养的是理想的君主。那么,学贯"九道"并能"命之""定之"的圣人也就成了鹖冠子心目中完美帝王的典范或化身,此与《老子》中数言圣人实则指向君王的路数相通③。关于圣人"九道"之地位,李学勤曾言:"《鹖冠子·学问篇》所论'九道',是这个学派学术的纲领。"④诚为良言。更进一步,将"九道"目为这个学派的政治追求或理想亦无不可。

另外,学贯"九道"之圣人,其品格之全、形象之丰满,诸子所举鲜有逮者。《诗经·定之方中》毛传举君子"九能",盖由于《诗经》作为经典的文本特性,揭櫫其义者代不乏人,从而成为文化史领域一个为人熟知的概念。相对而言,由于著作本身长期以来不受重视,加之"九道"的内容过于宽泛,而"九能"所指更加具体以及可操作性更强,《鹖冠子》中所标榜的圣人"九道"并未引起足够关注,就其在思想史、文化史等领域的价值还有更进一步挖掘的必要与余地。

四、余　论

通过以上梳理与探析,《鹖冠子》中呈现出的圣人观明显具有黄老

① 白奚:《论先秦黄老学对百家之学的整合》,《文史哲》2005年第5期。

② 林冬子:《〈鹖冠子〉研究》,宁夏人民出版社,2016年版,第48页。

③ 详参过常宝:《〈老子〉文体考论》,《首都师范大学学报(社会科学版)》2011年第2期。

④ 李学勤:《马王堆帛书与〈鹖冠子〉》,《江汉考古》1983年第2期。

学派的特点，同时展现出一定的启示价值，既影响后世，又启发当代。

就政治建设领域而言，《黄帝四经》作为黄老之学的典型代表，陈鼓应先生曾指出其中的思想“使老子的道论向着更积极的方向发展，引出了一系列社会政治法则”①。这个论断对于《鹖冠子》同样适合甚至更加贴切，其中通过各种方式论说的圣人具有极浓的社会政治功用色彩，典型如重用圣人辅政与圣人执“九道”而治世。以前者为例，《鹖冠子》中言“圣人者，君之师傅也”，并且强调君主应该以人为本、知人善任、举贤任圣，基于其本领和事功，尤其要招揽圣人以治世，不但呼应着先秦时期的求圣意识，而且可视为置之四海皆准、行之古今皆通之真理。

就文学批评领域而言，《鹖冠子》中圣人作为道的主宰而在体道过程中发挥主观能动性。“道乃圣之所吏”的思想甚至影响到后世的文学批评，如赵逵夫先生即认为“这种思想，对后世文学理论主张‘征圣’的思想，有着深远的影响”②。另外，在《能天》篇中又提到圣人对于诐辞、淫辞、诈辞、遁辞和正辞具有强大的辨别能力并根据言辞能够知晓内心，此与后世文学批评中考察文学与作家修养之关系的范畴无疑又有共通之处。

就个体人格塑造领域而言，《鹖冠子》中强调在尊重自然万物规律的基础上发挥主观能动性的积极圣人品格，如“道者，通物者也；圣者，序物者也”“圣人者必两备而后能究一世”“圣人立天为父，建地为母”“圣人者后天地而生，而知天地之始；先天地而亡，而知天地之终”等，对于当下公民人格的塑成具有一定启示价值，能够更好地指导我们处理好个体与万物、个体与他人、个体与社会及个体与自然的关系。而在另一个层面，关于圣人“九道”的系统表述，对于个体学习知识更是颇具指导意义。如“始于初问，终于九道”，说明学习非一朝一夕之事，要持之以恒；再如“九道”之学以“道德”为基但又不排斥其他学问，这启发个体在构建知识体系过程中一定要处理好专与博、主与次的关系，而非主次不分、泛而不精，抑或一叶障目而排斥异端；复如“九道形心，谓之有灵。

① 陈鼓应：《黄帝四经今注今译》（前言），第 47 页。

② 赵逵夫：《先秦文论全编要诠》，人民文学出版社，2010 年版，第 821 页。

后能见变而命之,因其所为而定之"之表述,文本中虽然最终指向了政治领域,但是就个体而言此属于有效的知识实践论范畴。学问切忌空洞,而是要学以致用。

作者简介

来森华,1986年生,文学博士,湘潭大学文学与新闻学院副教授,主要从事唐前文学与文化研究。

付蓉,湘潭大学文学与新闻学院硕士研究生。

《商君书》中“君臣”思想与秦国君主专制的形成*

黄　效

（中共中山市委政策研究室　广东中山　528400）

内容提要　《商君书》中的“君臣”思想是非常复杂的，也是历时性的，它大概可以分为三个阶段，而且每个阶段的特点是不同的。具体而言，在商鞅时期，他对“法”非常推崇，认为君对臣的统率应该通过“法”来实现；在对臣下的识别、晋升方面，也要“按功而赏”，反对以“知”和“誉”作为用人的标准；他虽然推尊君主，但也是基于“法治”所带来的附带效果，还没有到达主张“乾纲独断”的境地。商鞅死后至秦昭襄王时期，作者又非常反对结党营私，继续推崇法治，并崇尚刑罚之力。秦昭王死后至秦始皇统一天下时期，首先是各类观点明显增多，思想内涵更为丰富。其次，各种观点在本阶段都趋于极端。最后，本阶段的许多观点融合性较强。当然在这众多观念中，商学派在整体上较为重视法、公和功的观念，这些观念虽然在不同时期被重视的程度是不同的，但应该是整个商学派“君臣”思想的底色。这些都应该改变了秦国官场的生态，同时也加强了君主权力的集中和独断。

关键词　《商君书》　“君臣”思想　君主制

约从春秋时期开始，中国社会逐渐由分封世袭制向封建君主制转变，这种转变至秦帝国的建立而基本定型。在这个过程中，君主的权力

*　本文系国家社科基金重大项目“先秦诸子综合研究”（项目编号：15ZDB007）阶段性成果。

得到不断加强,而大臣的权力被逐步削弱,最终形成了后来的君主专制。刘泽华谓:“分封制是在诸侯、卿大夫之间错综复杂的斗争中衰落的。”①可见,君臣之间的权力矛盾,是分封世袭制向封建君主制转变的重要动力。

秦国在商鞅变法之前由于一直存在分封世袭制,故常有一个较为稳定的分权力量与君权共存,这对当时秦国君主的权力常常构成威胁。商鞅变法以后,世袭贵族的力量虽然被削弱,但是以功业为根基的新兴权臣又逐渐出现。故秦始皇以前,秦国的君主们始终面临着加强自身地位和中央集权的任务。而本文所谓的“君臣”思想者,就是把君与臣放在一个相对的关系中观照,是考察《商君书》中如何看待君与臣之间的关系的问题。具体而言,就是要考察在《商君书》中,君与臣的权力应该如何配置,国君应该用什么样的标准和方法来任用与驱使大臣等问题。这些问题,不仅仅涉及君与臣具体的权力斗争,还涉及对君主专制形成的历史过程的认识。

目前学界多认为,《商君书》是一部历时性著作,它主要记载了秦孝公到秦始皇统一天下前商鞅及其后学们的思想。这段时间,正是秦国形成封建君主专制非常关键的时期。而就在这样一个特殊的时期,商鞅及其后学们要么生活在秦国,要么就是想入仕秦国,他们时刻关注着秦国局势的发展,这当然也包括秦国将如何加强君主地位和中央集权的问题。加之秦国在商鞅变法后国势日隆,其所提倡的思想自然也会举足轻重。故《商君书》的思想,对于我们了解秦国君主专制的形成具有十分重要的作用。但或许由于《商君书》的成书过于复杂,让学界难以把握其思想发展历程,故目前有关《商君书》中“君臣”思想的研究还相对较少,郑良树在其著作《商鞅及其学派》《商鞅评传》中有所提及,但亦是浅尝辄止。故相关问题还有待理清。

---

① 刘泽华:《中国的王权主义——传统社会与思想特点考察》,上海人民出版社,2000 年版,第 8 页。

一、《商君书》中所见“君臣”思想

《商君书》中有关“君臣”的思想，主要散见于《商君书》的各个篇章之中。对于这些篇章的创作时间，学界多有争议，笔者已另有小文考证出一些结论①。简而言之，《商君书》中的《垦令》《境内》《农战》这三篇都应该是商鞅所作。《战法》《立本》《兵守》《开塞》《君臣》《立法》六篇虽然找不到确凿的证据，但也极有可能是商鞅所作。《更法》《去强》《说民》《弱民》《赏刑》《徕民》《慎法》《外内》这八篇大约成书在商鞅死后到秦昭王之间，其中《更法》篇当为战国时的史官所作，余为商鞅后学或当时崇尚商鞅学说的法家者流所作。《算地》《错法》《壹言》《靳令》《修权》《画策》《禁使》《定分》这八篇应该是秦昭王死后至秦始皇统一天下前的作品，其中《定分》篇可能是《商君书》中最晚的作品。而把它们结集成书的，则极有可能是在秦始皇统一六国后推行“书同文，车同轨”时官方主导下所为。下面我们按照《商君书》中各篇的成书时间，来看这些篇章中“君臣”思想的主要内容：

(一) 商鞅时期

这一时期总体上涉及“君臣”思想的比较少，而且也很少将他们之间的关系对立起来，比如《农战》篇谓：“善为国者，官法明，故不任知虑。”只是在任人标准上有所论及。这一时期有关“君臣”思想的重要论述，主要见于《君臣》篇之中：

> 1. 古者未有君臣、上下之时，民乱而不治。是以圣人列贵贱，制爵位，立名号，以别君臣上下之义。地广，民众，万物多，故分五官而守之。民众而奸邪生；故立法制、为度量以禁之。是故有君臣

① 黄效：《〈商君书〉各篇的作者、创作时间及其成书考》，《管子学刊》2021 年第 1 期。

之义、五官之分、法制之禁,不可不慎也。

2. 处君位而令不行,则危;五官分而无常,则乱;法制设而私善行,则民不畏刑。君尊则令行,官修则有常事,法制明则民畏刑。法制不明,而求民之行令也,不可得也。民不从令,而求君之尊也,虽尧、舜之知,不能以治。

3. 明王之治天下也,缘法而治,按功而赏。

4. 今世君不然,释法而以知,背功而以誉。

5. 故明主慎法制。言不中法者,不听也;行不中法者,不高也;事不中法者,不为也。……故国治而地广,兵强而主尊,此治之至也。

材料 1 中作者首先从历史进化的角度论述了别"君臣之义""五官之分""法制之禁"的必要性和重要性,这三者本质上是一套统治秩序。这套秩序的每个项,对应的社会功能都是不同的,它们之间也不是孤立存在的,而是相辅相成的。在材料 2 中,作者论述它们相应的功能和"法制"与"君尊"之间的关系。在作者看来,只有法制严明,君主才会得到尊崇,即君主的权威取决于执法的程度。在理清了这层关系后,作者接着在材料 3、4 中提出了自己理想的治理状态,即"缘法而治,按功而赏",反对"释法以知,背功以誉",最后在材料 5 中把"法"当作了一切行为的标准,并把 "法治",当作了实现富国强兵和加强君主权威最为有效的手段。

那么在这一理论当中,君、五官和法制这三者,哪个是最重要的呢?郑良树认为"在这段文字里,作者提出'君''官'和'法'的三角关系作为政治的最高权力结构。……其中以'君'的地位最尊贵,五官及法律都'服务'于国君。"但是,其本身的观点也存在矛盾,因为他接着说:"将五官及法律的地位贬低在国君之下,实际上并非本期商学派的心意。《君臣》篇最后一段(见材料 5)所说的,就是最好的证明。"这段话的意思似乎在说《君臣》篇最后一段将国君置于法律及五官之下。但是他下面又说:"换句话说,国家一切都合乎法律的规定,国家才会强大,国君的地位才会提高。在三者之中,法律看来也在五官之上,地位仅次于国君。"[①]又将国君提到了最高的位置。那么,在《君臣》篇中,国君、法律、五官到底谁才是最重要的呢?首先,文中从来没有把五官看得重于国君和法律。在君主制社会里,国君是国家的象征,将国君的政治地位看得高于法律,这在君主专制建立后是有可能的,因为在君主专制的社会里,君主不但是世俗中的王,而且是天子、圣人,掌握着神的意志和参透了宇宙的规律,地位在法律之上还可以理解。但是五官只是天子的臣下,他们虽然代表着天子牧民,但也应该遵守种种规则,加之商鞅本人本身就提倡法治,法不仅适用于平民,也适用于贵族官僚。《君臣》篇既为商鞅所作,五官不太可能有重于法制之理。那么国君与法制在本篇中哪个比较重要呢?从材料 5 所提供的信息看来,国君显然也不能在法制之外胡作非为,故笔者认为在此篇之中,法制才是作者论述的重心。这里已然有绝对法治主义的倾向了,只是还不太明显,明确提倡绝对的法治主义,还要到下文的《修权》篇。

此外,本篇作者虽然声称要别"君臣之义",但在实际的行文中常常将"臣"与"民"混为一谈,文中的许多地方,虽然说的是"民",事实上也包括"臣"在内。比如材料 2 中"法制设而私善行,则民不畏刑"应该就是如此。因为所谓行"私善"的对象,不仅仅可以是"臣"对"民",而且也可以是"君"对"臣"或"君"对"民"。后文既然推崇绝对的"法治",把"法"当作一切行为的标准,那么"君"对"臣""民"的关系当然也不能例外,只是作者或许对"君"与"臣"、"君"与"民"、"臣"与"民"之间的区别与联系还未有清晰的认识,所以常常将臣民混谈。由《农战》《君臣》篇可知,商鞅的"君臣"思想主要有三点:一是对"法"的绝对推崇,君对臣的统率主要是通过"法"来实现;二是在臣下的识别、晋升上,主要是"按功而赏",反对以"知""誉"作为用人的标准;三是推尊君主,当然这一时期对君主的推尊还是基于"法治"所带来的附带效果,还没有到达"乾纲独断"的时候。

---

① 郑良树:《商鞅及其学派》,上海古籍出版社,1989 年版,第 239—240 页。

(二) 商鞅死后到秦昭王时期

这一时期涉及“君臣”思想的论述,整体上也比较少。《弱民》篇最后一段出现了一句专门论述“君臣”之间关系的话,谓“明主之使其臣也,用必加于功,赏必尽其劳”,但这句话所表现的思想相对于整部《商君书》而言,却是老生常谈、平淡无奇。这一时期有关“君臣”的思想主要见于《慎法》篇中:

1. 凡世莫不以其所以乱者治,故小治而小乱,大治而大乱,……奚谓以其所以乱者治?夫举贤能,世之所治也,而治之所以乱。世之所谓贤者,言正也;所以为善正也,党也。听其言也,则以为能;问其党,以为然。故贵之不待其有功,诛之不待其有罪也。此其势正使污吏有资而成其奸险,小人有资而施其巧诈。

2. 彼而党与人者,不待我而有成事者也。上举一与民,民倍主位而向私交。民倍主位而向私交,则君弱而臣强。

3. 故有明主忠臣产于今世而散领其国者,不可以须臾忘于法。破胜党任,节去言谈,任法而治矣。使吏非法无以守,则虽巧不得为奸;使民非战无以效其能,则虽险不得为诈。夫以法相治,以数相举者,不能相益;訾言者,不能相损。民见相誉无益,相管附恶;见訾言无损,习相憎不相害也。夫爱人者不阿,憎人者不害,爱恶各以其正,治之至也。

4. 千乘能以守者,自存也;万乘能以战者,自完也;虽桀为主,不肯诎半辞以下其敌。外不能战,内不能守,虽尧为主,不能以不臣谐所谓不若之国。自此观之,国之所以重,主之所以尊者,力也。于此二者力本,而世主莫能致力者,何也?使民之所苦者无耕,危者无战。二者,孝子难以为其亲,忠臣难以为其君。今欲驱其众民,与之孝子忠臣之所难,臣以为非劫以刑而驱以赏莫可。

由上可知，作者在材料1中将世俗所谓的"举贤能"称之为党人，这些人结党营私，赏罚不由功过，是非全凭好恶，互相标榜、沆瀣一气，故往往能成其奸险巧诈。这种现象，如果任由其发展，必然会对君主的权力产生威胁，故在材料2中作者明确指出了这样的危害，具体而言就是会造成"不待我而有成事"和"君弱而臣强"的大权旁落的局面。在论述了现象和危害后，作者在材料3中提出了人主要用"任法而治"的办法来"破胜党任，节去言谈"以达到"爱人者不阿，憎人者不害，爱恶各以其正"的"至治"境界。这实际上主张以法为重，崇尚实功和破除好恶。除此之外，作者还关注到了如何加强君主权威的问题，材料4中作者认为君主权威主要来自"力"，即所谓的"国之所以重，主之所以尊者，力也"。这种"力"是靠君主对臣下"劫之以刑""驱之以赏"而得来的，因此从根本上说是刑罚的威力。故《慎法》篇的"君臣"思想主要有三点：一是反对结党营私；二是推崇法治；三是崇尚刑罚之力。

如果拿《慎法》篇的"君臣"思想和《君臣》篇进行对比，我们就会发现《慎法》篇的"君臣"思想有许多新的发展。首先是针对性更强。在《君臣》篇中，作者所论大多比较宽泛，以致常常把"臣"与"民"的关系混为一谈，这或许也说明当时的"君臣"矛盾还没有太过激烈。到了《慎法》篇，虽然文中偶尔还有臣民混为一谈的现象，但针对"臣"的意图是非常明显的，证明作者此时已有较为清晰的"君""臣""民"的界限，对"君"与"臣"之间的矛盾认识也已经加深了。其次，《慎法》篇中注意到了"朋党"现象，这是《君臣》篇中所没有的，也证明了作者对臣子这个群体认识的深化。最后，虽然《君臣》《慎法》篇都主张推尊"君主"，但在推尊的方法上，《君臣》篇主张通过加强"法治"来达到目的，《慎法》篇虽然也和《君臣》篇一样将"任法"称之为"治之至也"，但在如何加强君主权威方面，却更重视赏罚的威力，主宰意识更为强烈。

（三）秦昭王死后至秦始皇统一天下时期

这一时期有关"君臣"思想的论述整体上比较多，观点也比较多样化。就其分布的情况而言，主要分布在《算地》《错法》《修权》《画策》《禁使》这五篇之中。这五篇的创作时间，据笔者的考证，《算地》《禁使》篇应该产生在韩非前后;《错法》《修权》篇应该产生在秦武王后的战国末年时期;《画策》应该在秦始皇元年至其一统天下之前。所以这五篇在产生时间上较为接近,下面请看具体分析。

首先是《算地》篇,这篇中有关"君臣"思想的论述主要有两处。第一处是讲权柄数术的内涵及其作用:

> 主操名利之柄而能致功名者,数也。圣人审权以操柄,审数以使民。数者,臣主之术,而国之要也。故万乘失数而不危、臣主失术而不乱者,未之有也。今世主欲辟地治民而不审数,臣欲尽其事而不立术,故国有不服之民,主有不令之臣。

那么何为权柄?何为术数呢?由上文可知,权柄是和名利相关,对于名利的作用,《算地》篇谓:"民之性:饥而求食,劳而求佚,苦则索乐,辱则求荣,此民之情也。民之求利,失礼之法;求名,失性之常。奚以论其然也?今夫盗贼上犯君上之所禁,而下失臣民之礼,故名辱而身危,犹不止者,利也。其上世之士,衣不煖肤,食不满肠,苦其志意,劳其四肢,伤其五脏,而益裕广耳,非性之常也,而为之者,名也。故曰:名利之所凑,则民道之。"由此可知,名利的主要作用在于导民,亦即使民。所以,所谓的"审权以操柄"者,就是考虑如何利用名利来驱使百姓。那么,何为数呢?尹桐阳谓:"数,术也,法也。"将其等同于术和法。高亨谓:"数,事物前进发展的必然顺序和前因后果的必然关系,古语叫做'数',所以'数'等于今语所谓定律。"张觉认同尹氏数即为法的说法而反对高氏的定律说。① 笔者认为,此处对于数术的理解还是应该基于这里的具体语境。其文中明确讲"数者,臣主之术",证明在作者眼里,数即术。又谓"主操名利之柄而能致功名者,数也",可见此处所谓的"数",就是人主通过操纵名利的方式来使自己或国家获得"功"和"名"的方法,故所谓的权柄数术之道,就是君臣之间玩弄名利之道。

第二处是讲权柄数术所带来的效果:"故君子操权一正以立术,立

① 张觉:《商君书校疏》,知识产权出版社,2012 年版,第 95—96 页。

官贵爵以称之，论荣举功以任之，则是上下之称平。上下之称平，则臣得尽其力，而主得专其柄。”由此可知，主张权柄数术之道的主要目的，就是要达到大臣能充分发挥才能，而君主能牢牢握住权力的效果，即所谓的“臣得尽其力，而主得专其柄”，其君主专制的倾向越来越明显。

其次是《错法》篇。和《算地》篇一样，本篇与“君臣”思想相关的论述也有两处。第一处谓：“是以明君之使其臣也，用必出于其劳，赏必加于其功。”注重功劳的观点无需赘述。第二处谓：

> 人君有爵行而兵弱者，有禄行而国贫者，有法立而乱者。此三者，国之患也。故人君者先便请谒而后功力，则爵行而兵弱矣。民不死犯难而利禄可致也，则禄行而国贫矣。法无度数，而事日烦，则法立而治乱矣。是以明君之使其民也，使必尽力以规其功，功立而富贵随之，无私德也，故教流成。如此，则臣忠、君明，治著而兵强矣。故凡明君之治也，任其力不任其德，是以不忧不劳，而功可立也。

文中先是描述了当时社会中存在着“爵行而兵弱”“禄行而国贫”“法立而乱”三种乱象，并指出导致这些乱象的原因是私德横行、利禄易得和法无度数，最后作者相应地提出人主应该注重实绩和杜绝私德，而这些观念的核心就是要“任其力不任其德”。由上文可知，《慎法》篇对“力”也非常推崇，那么这两者所推崇的“力”是否相同呢？我们在上文中说《慎法》篇的“力”只是涉及刑罚的威力，而这里的“力”似乎和法、功与公这三方面有关。但是如果我们综合《慎法》全篇来看，其实《慎法》中的“力”也和法、功与公相关，在本质上它们大致相通。

再次是《修权》篇。这篇有关“君臣”思想的论述一共有三处：

> 1. 国之所以治者三：一曰法，二曰信，三曰权。法者，君臣之所共操也；信者，君臣之所共立也；权者，君之所独制也，人主失守则危。君臣释法任私必乱。故立法明分，而不以私害法，则治。权制独断于君则威。

2. 公私之分明,则小人不疾贤,而不肖者不妒功。故尧、舜之位天下也,非私天下之利也,为天下位天下也;论贤举能而传焉,非疏父子亲越人也,明于治乱之道也。故三王以义亲天下,五霸以法正诸侯,皆非私天下之利也,为天下治天下。是故擅其名而有其功,天下乐其政,而莫之能伤也。今乱世之君、臣,区区然皆擅一国之利而管一官之重,以便其私,此国之所以危也。故公私之交,存亡之本也。

3. 夫废法度而好私议,则奸臣鬻权以约禄,秩官之吏隐下而渔民。谚曰:“蠹众而木析,隙大而墙坏。”故大臣争于私而不顾其民,则下离上。下离上者,国之“隙”也。秩官之吏隐下以渔百姓,此民之“蠹”也。故有“隙”、“蠹”而不亡者,天下鲜矣。是故明王任法去私,而国无“隙”、“蠹”矣。

材料1中将治国的手段分为法、信、权三种,其中的权独归于君主,法则君与臣都可以用,信也要君与臣共同来建立。那么,既然权是独归君主,这是否就意味着君主可以仗着自己手中的权力为所欲为呢?并非如此,材料2中作者进一步要求君臣严公私之分,不能以私害公,甚至还非常极端地认为即使君主大位也应该“为天下位天下也”。这就意味着将过去世代传承的皇权不再看作是某家某族的私事,而是事关天下苍生的公事。君主的职位如此,大臣的职位也是如此,故其非常反对“区区然皆擅一国之利而管一官之重,以便其私”的人。材料3中更将这些“便其私”者称为国之“隙”和“蠹”,并认为要防止这两者的产生就必须推重法,只有君主“任法去私”,国家才能无“隙”和“蠹”。故《修权》篇虽然将法、信和权区别开来,并认为权应该独归君主,但是这种独占之权显然不能凌驾在法律之上,也不能用这种权来谋取私利,所以《修权》篇是对法和公的绝对推崇,程度甚至超过了君主的权威。

最后,是《画策》和《禁使》两篇。这两篇整体上涉及“君臣”思想的地方不多,大约有三处,而且有一定的相似性。

1. 所谓“治主无忠臣,慈父无孝子”,欲无善言,皆以法相司

也，命相正也。(《画策》)

2. 圣人知必然之理、必为之时势，故为必治之政，战必勇之民，行必听之令。……所谓义者，为人臣忠，为人子孝，少长有礼，男女有别；非其义也，饿不苟食，死不苟生。此乃有法之常也。圣王者不贵义而贵法，法必明，令必行，则已矣。(《画策》)

3. 得势之至，不参官而洁，陈数而物当。今恃多官众吏，官立丞、监。夫置丞立监者，且以禁人之为利也；而丞、监亦欲为利，则何以相禁？故恃丞、监而治者，仅存之治也。通数者不然也。别其势，难其道，故曰：其势难匿者，虽跖不为非焉。故先王贵势。(《禁使》)

材料1中作者反对所谓的“忠臣”“孝子”说法，而主张一切以法和命为准。材料2中，作者将法等同于必然之理和时势，故对法的把握，也是对这种理和势的把握。当然，所谓的“君臣”关系也应该纳入到这种理和势之中。“臣忠”“子孝”也不再是某种道德高尚的表现，而是遵纪守法的常态。可见，于此作者实际上把法理想化了。对于势的强调，在材料3中进一步强化。材料2中的“势”还和“法”联系在一起，贵“势”就是贵“法”，但到了材料3“势”和“数”似乎已经从“法”那里独立了出来，本身成了一个十分重要的手段。而且这种手段似乎比制度规定的监察官员还有效。故《画策》《禁使》这两篇的“君臣”思想主要有：一、重视法；二、将法和势相结合，但最终强调的是法；三、贵势。

如果拿第三阶段的“君臣”思想和前两个阶段相比，那么第三阶段的思想特点也是比较明显的。首先是各类观点论述明显增多，思想内涵更为丰富。前两个阶段涉及“君臣”思想的篇幅较少，主张也较为单一，但是这个阶段有五篇之多，主张也较为复杂。像《算地》篇主张的“独操权柄”；《错法》篇注重“力”；《修权》篇主张法治；《禁使》《画策》篇贵势等等，观点繁多不一。其次，各种观点在本阶段似乎都趋于极端。像《修权》篇对法和公的绝对强调，《算地》篇对权柄的强调，《禁使》篇对势的强调等等都是如此。最后,本阶段的许多观点融合性较强。像权、势、术这类观念,商鞅本人应该关注得较少,但本阶段作者笔下多有强调。而且,其对儒家“仁”“义”“忠臣”“孝子”等观念也多有关注。

二、《商君书》中“君臣”思想的原则要点

由上述可知,《商君书》的“君臣”思想整体上是非常复杂的。首先从时间上看,它大致可以分为三个阶段,而且每个阶段的思想都各具特点。其次从它的分布上看,它分布在多个篇章之中。《商君书》不是一部成于一人一时之手的著作,所以其中的“君臣”思想也不止出自一人。但是,在如何处理好君臣关系,或在君臣关系中应该坚持什么样的原则这个问题上,这些作者还是有一些共同的价值取向的。

第一,依法原则。对于法在处理“君臣”关系上的作用,《商君书》在总体上是比较重视的,但法在君臣关系中到底应该发挥多大的作用,其间又有所差异。《君臣》篇谓:“故明主慎法制。言不中法者,不听也;行不中法者,不高也;事不中法者,不为也。……故国治而地广,兵强而主尊,此治之至也。”把“法”当作了国家治理的最高标准,并将以法为准的治理称为“治之至也”,君臣关系作为国家治理的一部分,自然也在这个标准之内。在商鞅之后的一段时期内,商学派也大致沿袭了这种思想,《慎法》篇谓:“破胜党任,节去言谈,任法而治矣。使吏非法无以守……爱恶各以其正,治之至也。”再次将“法治”称为“治之至也”。但是这种情况在秦昭王死后至秦始皇统一天下时期发生变化。这第一个变化是继续沿着《君臣》《慎法》篇的方向并有所强化,强调法在国家治理生活中至高无上的作用,如《修权》篇,甚至有用法来限制君权的倾向。第二个变化是将法深化,使其与理、势、数等结合起来。这种结合本来可以起到限制君主滥权效果,但结果却是强化了君主的权力。对此,刘泽华先生谓:“令人遗憾的是,思想家们把操必然之理的权利只交给了君主、圣人,一般的平民百姓无力,也无权问津。这样一来,一个非常理性的

命题却带来了一个反理性的结果，即君主、圣人独操和垄断理性。"①《画策》篇所强调的"圣人知必然之理、必为之时势"就是这种情况，这样一来法的原则在君臣关系中的作用必然有所减弱。第三个变化是，他们推尊的不是法的本身，而是法所带来的威力，如《错法》篇谓"故凡明君之治也，任其力不任其德"就是这样。故综合以上几篇的时间顺序和思想特点，我们可以发现，依法原则在秦国的君臣生活中越来越弱，君主的权威越来越得到加强。甚至后期逐步极端化，完全抛弃了法的作用，只是一味地强调权的地位，如《算地》篇谓"圣人审权以操柄，审数以使民"就是这种情况。

第二，依公原则。郭沫若谓："战国时法家所共同的一个倾向，是强公室而抑私门。这里是含有社会变革意义的。"②对公的崇尚，《商君书》也不例外，而且其尚公的思想，远不止于强公室这一义项，比如社会公德、公心等《商君书》中同样看重。而有关"君臣"思想方面，对公与私的关系似乎也特别看重，无论君或臣、或君与臣之间都被要求区分好公与私的界限，不能以私乱公和以公谋私。《君臣》："法制设而私善行，则民不畏刑。"《慎法》："民倍主位而向私交，则君弱而臣强。"《错法》："是以明君之使其民也，使必尽力以规其功，功立而富贵随之，无私德也，故教流成。"《修权》："君臣释法任私必乱。""故尧、舜之位天下也，非私天下之利也，为天下位天下也……故三王以义亲，五霸以法正诸侯，皆非私天下之利也，为天下治天下。……故公私之交，存亡之本也。"这些篇章都在强调公义、公心、公德，当然也包括公室。由上也可知，篇章的不同，它们强调公的程度和侧重点也是不同的。简而言之，《君臣》篇反对的是法外的私善，强调的是公心，它所针对的是削弱法律这种公器效力的个人行为，当然有能力削弱法律效力的人应该要么是君主，要么就是大臣。所以《君臣》篇所谓的公就是要求君主大臣在守法、执法上严格自律。《慎法》篇本身是针对结党营私者而作的，所以它反对的是"私

① 刘泽华：《中国的王权主义——传统社会与思想特点考察》，上海人民出版社，2000年版，第121页。

② 郭沫若：《十批判书》，人民出版社，2012年版，第250页。

交”,强调的是公室,意在加强君主的权威和地位。《错法》篇所反对的“私德”是与事功相对的,所以它反对的私是指向虚言获利或不劳而获,关心的是利益应该按照何种标准来分配的事,强调的是公德。《修权》篇对公最为推崇,它要求君臣一切的行为,无论是日常的治理、王位的传承,还是称王称霸,都应该出于公心,并把对公与私的处理,看成是国家存亡的根本。仝卫敏认为“这一思想既是对宗法社会‘家天下’传统的否定,又是对西周末年以来民本主义思潮的继承和发展。”“流露出‘天下为公’的思想萌芽,带有较强的理想色彩。”[①]当然,我们也应注意到,在《算地》《画策》《禁使》篇中,对公义、公心的问题并没有触及,这些篇章都主张君主拥有绝对的权威,所以在君主是否时时需要注意公心的问题上,商鞅学派在后期是有比较大分歧的,但对于臣子却没有这样的分歧。

第三,依功原则。所谓的依功原则,实质是反对虚言、智术,注重农战等功利思想在君臣领域中的反映。当然这条原则完全是君主对臣下的驭下之术,它不像法或公心一样需要君臣共同遵守。《君臣》:“明王之治天下也,缘法而治,按功而赏。……今世君不然,释法而以知,背功而以誉。”强调的是功与法的结合,反对的是知誉。《慎法》:“彼言说之势,愚智同学之,士学于言说之人,则民释实事而诵虚词。民释实事而诵虚词,则力少而非多。”这里虽然没有出现“功”的字眼,但对“实事”的强调无疑和“功”有相通的地方。《算地》篇谓:“故君子操权一正以立术,立官贵爵以称之,论荣举功以任之,则是上下之称平。上下之称平,则臣得尽其力,而主得专其柄。”将“举功论荣”当作权术的一部分。《错法》:“故人君者先便请谒而后功力,则爵行而兵弱矣。……是以明君之使其民也,使必尽力以规其功,功立而富贵随之,无私德也,故教流成。如此,则臣忠、君明,治著而兵强矣。”把重功当作忠臣之道等。当然随着时移世易,重视实绩渐渐成为一种社会常识以后,社会上对功的强调逐渐变淡,故在《修权》《画策》《禁使》篇,对功没有太过强调,而是把重

① 仝卫敏:《出土文献与〈商君书〉综合研究》(下),花木兰文化出版社,2013年版,第277页。

心转移到了势、数、法上去了。

以上三个原则,应该是商学派自始至终都比较推崇的处理君臣关系的原则。这三个原则不是孤立的,它们很多时候是紧密联系在一起的。对法制的提倡,很多时候是对公心、公德的提倡和对公室的加强,反过来也成立。而务实避虚,富国强兵又往往是前两者的目的。故它们之间的关系是非常紧密的。当然,这些思想不是一成不变的,而是一直都在发生变化。它们在不同阶段的重要程度是不同的,这种程度的变化也反映了君臣之间权力的消长变化。在秦昭王死后至秦始皇统一天下这个时期,随着法家众多学派的出现,各种观点越来越多,故在商学派内部也出现了一些相对他们前辈而言的新思想、新观念,比如权柄、势数术等,这些新观念的出现和流行,当然会对先前的一些观念产生冲击,故法、公、功的观念在商学派的后期有所削弱,但并没有消失,而是可能转为了一种习以为常的思想底色。由上也可知,商学派的君臣思想是非常复杂的,里面也不乏分歧。故一些学者认为“商学派发展到末期,对国君及法律的提高和推崇,已经达到前所未有的境地”①,这样的说法不尽准确。因为商学派发展到末期应该是出现了分化,一部分继续推尊法律,并企图借助法律来限制王权;另一部分继续推尊君主,并认为君主的权力应该超越法律。法律与君权在《君臣》等篇是相辅相成的,但在《修权》等篇又并非如此。所以,对待商学派有关君权与法律的关系问题,还应具体问题具体分析。

三、《商君书》“君臣”思想与秦国的君主专制

在上文我们大致探讨了《商君书》中的“君臣”思想,那么这些思想到底和秦国之间有着什么样的联系呢?

首先,这些思想的产生应该是基于秦国现实的需要。《史记·秦本纪》:

① 郑良树:《商鞅评传》,南京大学出版社,1998年版,第308页。

怀公四年,庶长鼂与大臣围怀公,怀公自杀。怀公太子曰昭子,蚤死,大臣乃立太子昭子之子,是为灵公。灵公,怀公孙也。

灵公六年,晋城少梁,秦击之。十三年,城籍姑。灵公卒,子献公不得立,立灵公季父悼子,是为简公。简公,昭子之弟而怀公子也。

简公六年,令吏初带剑。堑洛。城重泉。十六年卒,子惠公立。

惠公十二年,子出子生。十三年,伐蜀,取南郑。惠公卒,出子立。

出子二年,庶长改迎灵公之子献公于河西而立之。杀出子及其母,沉之渊旁。秦以往者数易君,君臣乖乱,故晋复强,夺秦河西地。①

由上可知,田氏代齐后至秦孝公之前,秦国的王室一直处于动荡之中,司马迁用“君臣乖乱”一词来形容。事实上,在这乖乱的背后,一直上演着残酷的权力斗争,这些斗争发生在商鞅变法之前,本质上属于分封贵族之间和贵族与王室之间的斗争。怀公四年的怀公自杀事件及出子二年的改立献公事件都是由庶长主导的,亦即是由大臣主导的,由此可知秦国大臣的力量在当时已经大到可以操控废立的程度。这种臣强主弱、废立频繁的局面使秦国在当时生死存亡的国际竞争中处于非常不利的地位:“孝公元年,……周室微,诸侯力政,争相并。秦僻在雍州,不与中国诸侯之会盟,夷翟遇之。……下令国中曰:‘……会往者厉、躁、简公、出子之不宁,国家内忧,未遑外事,三晋攻夺我先君河西地,诸侯卑秦、丑莫大焉。……宾客群臣有能出奇计强秦者,吾且尊官,与之分土。’”②故秦国在孝公之际,事实上面临着重整君臣秩序的迫切任

① [汉]司马迁:《史记》(一),中华书局,2014年版,第253—254页。
② [汉]司马迁:《史记》(一),第254页。

务。商鞅变法作为一次较为全面的改革,对这个迫切的任务不可能不有所关注,加之对法的推崇,故《商君书》中的《君臣》篇应该就是商鞅所作。《君臣》篇主张以法为纲,加强君主权威,也比较符合当时的实际。

但是商鞅变法的侧重点毕竟是社会改革,其措施固然从根本上削弱了旧贵族的利益,但却无法阻止新权臣的产生,商鞅本人也是以功业为根基的新权臣。

《韩非子·定法》:

> 公孙鞅之治秦也……无术以知奸,则以其富强也资人臣而已矣。及孝公、商君死,惠王即位,秦法未败也,而张仪以秦殉韩、魏。惠王死,武王即位,甘茂以秦殉周。武王死,昭襄王即位,穰侯越韩、魏而东攻齐,五年而秦不益尺土之地,乃城其陶邑之封。应侯攻韩八年,成其汝南之封。自是以来,诸用秦者,皆应、穰之类也。故战胜,则大臣尊;益地,则私封立:主无术以知奸也。①

《战国策·秦策一·卫鞅亡魏入秦章》:

> 孝公已死,惠王代后,莅政有顷,商君告归。人说惠王曰:"大臣太重者国危,左右太亲者身危。今秦妇人婴儿皆言商君之法,莫言大王之法。是商君反为主,大王更为臣也。且夫商君,固大王仇雠也,愿大王图之。"②

故秦国在商鞅之后,在君臣秩序方面事实上面临着新的矛盾。当然这种局面的形成是和孝公对勋贵的刻意尊崇是分不开的,上文引用的求贤令中谓"宾客群臣有能出奇计强秦者,吾且尊官,与之分土"就是明证。这批勋贵的出现,结成了朋党,《史记·秦本纪》:"昭襄王元年,

---

① [清]王先慎撰,钟哲点校:《韩非子集解》(第十七卷),中华书局,1998年版,第398页。

② 何建章注释:《战国策注释》,中华书局,1990年版,第71页。

严君疾为相。甘茂出之魏。二年,彗星见。庶长壮与大臣、诸侯、公子为逆,皆诛,及惠文后皆不得良死。"①与孝公之前由庶长一人主导的君主废立不同,此次参与叛乱的人员包括了庶长、大臣、诸侯、公子等,从参与人员的身份构成看,当包括了贵族和勋贵两部分,故此时新旧分权势力实际上已经结成利益共同体。应该在这个时候,《商君书》中产生了《慎法》篇,因为《慎法》篇所谈的主要内容就是要破除党人和加强公室的。当然《慎法》篇提出破除党人的主要方法还是崇尚法治,这无疑又回到了商鞅"无术以知奸"的老路中去,故在昭襄王之后,秦国还是出现了君主大权旁落的局面,其典型就是秦始皇初年时相国吕不韦、长信侯嫪毐与太后等人的联合弄权乱国事件:

> 嫪毐封为长信侯。予之山阳地,令毐居之。宫室车马衣服苑囿驰猎恣毐。事无小大皆决於毐。又以河西太原郡更为毐国。……长信侯毐作乱而觉,矫王御玺及太后玺以发县卒及卫卒、官骑、戎翟君公、舍人,将欲攻蕲年宫为乱。……毐等败走。即令国中:有生得毐,赐钱百万;杀之,五十万。尽得毐等。卫尉竭、内史肆、佐弋竭、中大夫令齐等二十人皆枭首。车裂以徇,灭其宗。……十年,相国吕不韦坐嫪毐免。②

而大概在这一时期,法家学说中的法、势、术各派开始产生融合的趋势,这从法家学说的集大成著作《韩非子》的出现就可以看出。而或许是对只提倡法而造成无术知奸局限的认识,或许是对时代思潮的回应,总之,这一时期在商学派中也逐渐出现了融合法、势、术的趋势,《算地》《画策》《禁使》等篇的出现就是明证。由上可知,《商君书》中的"君臣"思想和当时秦国社会的发展是紧密相连的,它应该是秦国现实需要的产物。

其次,秦国君主专制的形成当受《商君书》中"君臣"思想的影响。

---

① [汉]司马迁:《史记》(一),第254页。

② [汉]司马迁:《史记》(一),第293—294页。

我们在上文中论述了秦国社会现实对《商君书》中“君臣”思想的影响，那么反过来，《商君书》中的“君臣”思想有没有对秦国的现实产生影响呢？答案是肯定的。且不说商鞅本人对秦国社会的影响，据笔者的考证，整部《商君书》也应是由秦始皇统一中国后官方组织编集。其之所以会编集这部《商君书》，当然是取中其巨大的思想价值和影响。《荀子·强国》：

> 应侯问孙卿子曰：“入秦何见？”孙卿子曰：“入其国，观其士大夫，出于其门，入于公门；出于公门，归于其家，无有私事也；不比周，不朋党，倜然莫不明通而公也，古之士大夫也。”①

这是荀子在秦昭襄王四十年后到秦国时对秦国官员的直接观感。我们上文已经提到，《商君书·慎法》篇大概就是产生在昭襄王时期，里面的主要内容就是要破除朋党，强化公室，其主要思想和《荀子·强国》篇的描述相当契合，加之《慎法》篇本为条上之文，所以昭襄王是非常可能看到过《慎法》这篇文章的，当时的社会也确有可能是受了《慎法》篇思想的影响。至于后来的秦始皇也应多受商学派思想的影响，《史记·秦始皇本纪》：

> 侯生卢生相与谋曰：“始皇为人，……丞相诸大臣皆受成事，倚辨於上。上乐以刑杀为威，天下畏罪持禄，莫敢尽忠。……天下之事无小大皆决於上……贪於权势至如此，未可为求仙药。”②

这种靠“刑杀为威”来驾驭群臣的思想在《慎法》篇就曾出现，其谓“今欲驱其众民，与之孝子忠臣之所难，臣以为非劫以刑而驱以赏莫可”，而“事无小大皆决于上”的做法和《修权》篇“权者，君之所独制也”

① ［清］王先谦撰，沈啸寰、王星贤点校：《荀子集解》（下），中华书局，2013年版，第358页。

② ［汉］司马迁：《史记》（一），第328—329页。

的思想也十分相似。除此之外,还有尚法等方面,《史记》说他"事皆决於法"[①],并重视各方面的法制建设等,这些当然也会涉及他对臣下的驾驭方面,后期其对北方、南越边疆的开拓也体现他十分重视事功。故《商君书》中的"君臣"思想,不仅产生于秦国的现实需要,也反过来对秦国社会的发展产生过十分重要的影响。

而这些影响概括起来应有以下几个方面:一、它改变了秦国官场的生态。这种生态应该是多方面的。崇尚法治有利于秦国官员依法施政,减少了官员滥权谋私的现象,从而有利于政府在社会中树立较高的威望。推崇公心,则加强了官员的责任感,也有利于他们在处理各种事务中主持正义,从而赢得社会信任。崇尚实功,则有利于减少庸政、懒政和各种形式主义,从而提高办事的效率。同时,对法和事功的推崇,也打破了以出身论英雄的局限,有利于一些有实际才干的人脱颖而出,利于社会阶层的流动。二、无论对法的推崇,还是对公心、公室和实功的推崇,它都加强了君主的集权。因为当时君主才是最高的决策者,许多法的制定都受君主影响。故尚法,一定程度上就是在"尊君",这在《君臣》等篇中都有论述。推崇事功而非出身,也在一定程度上削弱了贵族的实力,从而加强了皇权的力量。对公室、公心的推崇也有力地维护了以皇帝为首的中央政府的权威。三、当然这些原则也有它的弊端。比如对法的推崇削弱了道德的力量,而对功的推崇可能导致好大喜功和急功近利等。而且,权力的集中也必然导致权力的盲目,后期其抛开法治,推崇势术和独断就是如此。这种权力的独断最终也造成了秦朝的灭亡。

结　语

综上所述,《商君书》中的"君臣"思想是非常复杂的,也是历时性的,它大概可以分为三个阶段,而且每个阶段的特点是不同的。具体而

① [汉]司马迁:《史记》(一),第306页。

言，在商鞅时期，他对“法”非常推崇，认为君对臣的统率应该主要通过“法”来实现；在对臣下的识别、晋升方面，也要“按功而赏”，反对以“知”和“誉”作为用人的标准；他虽然推尊君主，但也是基于“法治”所带来的附带效果，还没有到达主张“乾纲独断”的境地。商鞅死后至秦昭襄王时期，它又非常反对结党营私，继续推崇法治，并崇尚刑罚之力。秦昭王死后至秦始皇统一天下时期，首先是各类观点明显增多，其思想内涵更为丰富。前两个阶段涉及“君臣”思想的篇幅较少，其主张也较为单一，但是这个阶段有五篇之多，主张也较为复杂。像《算地》篇主张的“独操权柄”；《错法》篇注重“力”；《修权》篇主张法治；《禁使》《画策》篇贵势等等，观点论述繁多不一。其次，各种观点在本阶段似乎都趋向于极端。像《修权》篇对法和公的绝对强调，《算地》篇对权柄的强调，《禁使》篇对势的强调等等都是如此。最后，本阶段的许多观点融合性较强。像权、势、术这类观念，商鞅本人应该关注得较少，但本阶段多有强调。而且，其对儒家“仁”“义”“忠臣”“孝子”等观念也多有关注。

当然在这众多观念中，商学派在整体上较为重视法、公和功的观念，这些观念虽然在不同时期被重视的程度是不同的，但其应该是整个商学派“君臣”思想的底色。后来出现的权柄、势术数等观念也非常重要，因为它是法家各学派逐渐走向融合的先声。而通过对秦国君主专制形成历程的梳理，我们发现《商君书》中的“君臣”思想不仅是秦国现实发展的需要，同时反过来也深刻地影响着秦国社会的发展。它改变了秦国官场的生态，同时也加强了权力的集中和独断。所以，《商君书》中的“君臣”思想，应该是秦国君主专制形成过程的鲜明反映。对其进行发掘和理清，无疑非常有助于我们深刻地理解秦国发展的历史。

作者简介

黄效，1989 年生，广西平南县人，暨南大学中国古典文献学博士，主要从事先秦诸子学研究。

百年来图像与中国早期神话研究述评

王志翔*

（西北师范大学文学院　甘肃兰州　730070）

内容提要　20世纪以来，图像被运用于中国文化研究的诸多方面，图像与神话的研究便是其中之一。百年来，图像作为中国神话研究的重要材料，学界在图像纹饰、研究方法、神话图像与古史建构等方面多有建树，但依然存在对中国早期神话和图像搜集不充分、研究方法欠缺、图像系统的阐释不完善等诸多不足。系统、完整地对中国早期神话与图像进行整理与研究，不仅有助于探索中国神话的初始面貌，还能结合社会背景分析其发展与演变，思考其于中国神话学乃至中华民族形成早期阶段具有的独特价值。

关键词　中国　神话　图像

近年来，图像作为承载历史记忆的珍贵材料，广为学者关注。图像研究不仅可以拓宽学者的研究思路，也能扩展研究的材料来源。从根本讲，"图""象"与人类文化自始至终有着难以分割的关系。《易传·系辞》云："是故夫象，圣人有以见天下之赜，而拟诸其形容，象其物宜，是故谓之象。"①"象也者，像也者也。"②说明象即物之形状，是圣人对自

---

* 本文为国家社科基金青年项目"中国早期图像及族源观念研究"（21CZW013）、中国博士后科学基金第69批面上资助项目（2021M690448）的阶段性成果。

① ［清］阮元校刻：《十三经注疏·周易正义》，上海古籍出版社，1997年版，第79页。

② ［清］阮元校刻：《十三经注疏·周易正义》，第86页。

然、社会有所认识和感受之后方才形成的。图像承载着特定历史时期的特定文化。另外，“置图于左，置书于右，索像于图，索理于书”也是中国古人的一种治学方法。自1912年图像学诞生至今，学界在图像研究的多个方面取得了丰硕的成果。本文拟从图像神话的研究入手，对百年来图像与中国早期神话的研究作一回顾。

一、图像与中国早期神话研究的源起及意义

图像学(Iconography)意为“对影像或图像所作的描述和写作”①，作为一门学科，图像学源于西方，图像研究的具体方法论也源于西方。但就研究对象看，中国与“图像”相关之学问同样有着很早的发端。

除了《易传·系辞》所载“象”与中国早期图像间的联系之外，汉字的起源也与图像密切相关。商代甲骨文作为目前所知中国最早成体系的文字，其中的象形字占了很大比重，涉及人、动物、植物、器物、自然现象等多个方面。象形文字的存在说明汉字与中国史前图像间具有源流关系。《系辞》载：“古者包牺氏之王天下也，仰则观象于天，俯则观法于地，观鸟兽之文，与地之宜。近取诸身，远取诸物，于是始作八卦，以通神明之德，以类万物之情。”②“天垂象，见吉凶，圣人象之；河出图，洛出书，圣人则之。”③这二条文献都旨在说明当人类有意识创作图像的时候，便开始迈入文明的门槛。东汉许慎说：“象形者，画成其物，随体诘诎，日月是也”④，也说明图像在中国文字及文明史上的重要作用。

可以说，史前图像是中国早期文明成形的曙光。通过图像研究神话，不仅是对神话及图像的讨论，也是对中国早期文明的研究。早在先

① 罗小华：《潘诺夫斯基的图像学研究》，中国社会科学出版社，2016年版，第16页。

② ［清］阮元校刻：《十三经注疏·周易正义》，第86页。

③ ［清］阮元校刻：《十三经注疏·周易正义》，第82页。

④ ［清］段玉裁注：《说文解字注》，上海古籍出版社，1988年版，第755页。

秦时期,《吕氏春秋》中便已经将周鼎图纹与神话中之神怪动物做了联系。宋代金石学著作《宣和博古图》中著录了自商至唐的839件青铜器,并根据《吕氏春秋·先识篇》将商周青铜器上的一种纹饰识读为饕餮纹[①]。总体来看,20世纪前的学者们尽管对古器物图像有搜集与著录,但结合神话的研究依然偏少。自甲骨文发现之后,学界开始出现使用甲骨文献阐释神话传说的成果。除此之外,近百年来因考古学的发展,大量早期遗址得以被发现,这些遗址中不乏有丰富的彩陶、玉器、青铜器等早期器物,其上保存了数量颇丰的图像。史前图像多描绘或铸刻于这些器物上且具有特殊含义,它们为从图像学角度研究中国早期神话提供了可能。所以说,通过图像研究中国早期神话,有着非同寻常的意义,具体表现可归纳为以下几个方面:

第一是"完整性"。完整性针对的是中国早期神话研究可用的文献材料。在梳理并掌握目前神话研究使用的材料之后,便可进一步对神话研究的材料做出补充完善。完整的早期神话文献材料涉及两个方面的内容。一是传世文献中神话材料。目前如袁珂的《中国神话大词典》《中国神话传说》《中国神话资料萃编》,以及钟利戡和王清贵所编《大禹史料汇集》等书,对目前可见的传世神话文献做了材料的搜集,贡献突出。但是,在对神话材料的分类整理及新出史料的辑录方面,以上研究还有可推进之处。二是对神话图像的搜集。学界研究中国早期神话,或着眼于部分史前陶器,或着眼于汉代画像石,多忽略了中国早期艺术自史前至两汉具有的延续性。若做神话研究,尤其需要考虑图像的这一性质。目前如《中国美术分类全集》编委会编著的5册《中国岩画全集》、甘肃省博物馆编的《甘肃彩陶》、陈星灿主编的10卷《中国出土彩陶全集》、古方编著的15卷《中国玉器全集》、《中国青铜器全集》编辑委

---

① 《吕氏春秋·先识篇》云:"周鼎著饕餮,有首无身,食人未咽,害其及身,以言报更也。"《左传·文公十八年》亦说:"缙云氏有不才子,贪于饮食,冒于货贿,侵欲崇侈,不可盈厌,聚敛积实,不知纪极,不分孤寡,不恤穷匮。天下之民以比三凶,谓之饕餮。"参见许维遹:《吕氏春秋集释》,中华书局,2009年版,第398页。[清]阮元校刻:《十三经注疏·春秋左传正义》,上海古籍出版社,1997年版,第1863页。

员会所编《中国青铜器全集》、吴镇烽编著的35册《商周青铜器铭文暨图像集成》和4册《商周青铜器铭文暨图像集成续编》、中国画像石全集编辑委员会所编的8卷本《中国画像石全集》等书,对中国早期各类图像做了大规模的搜罗,为完整研究中国早期神话图像带来诸多便利。但即便如此,随着考古探索的不断进展,这些成果在今日仍有依据新出土材料继续补充完善的空间。

第二是"系统性"。以图像为切入点研究中国早期神话,可以完善中国早期神话的起源、发展、演变等问题,并有助于系统地解决神话文献中的一些问题。中国早期神话因诸多原因流传至今,在文献中较为散碎。结合图像材料,则可以尝试构建比较符合历史真实的中国早期神话系统。在展现神话系统性的同时,结合各个时期不同神话图像的表现形式,就能看出不同时期神话具有的独特面貌。例如,以往有学者曾致力于统一整合中国早期神话,并将其纳入一个宏观系统,以此来媲美欧洲神话系统。若从中国早期图像来看,学界研究认为史前彩陶上的纹饰与早期神话间具有紧密联系,但是,这些早期图像的时空分布及留存现状表明它们分属于不同的族群。因此,将中国神话整合出一个系统的做法过于理想化。从神话图像入手,结合出土图像的地域,联系区域的历史、地理、生态等因素,我们就可以通过图像考虑不同的神话可能属于的各自系统。以此思路来讨论中国早期神话系统,也是一个重要途径。

第三是"还原性"。还原性是通过对图像的分析,尽力还原图像反映的历史实境,以便看出神话的变化及导致神话变化背后的原因。以早期经典来讲,《尚书》有今古文之分,《史记》有增删之辩,出现此类现象皆与当时的社会历史背景相关。廖群指出传世文献在流传中会产生三个问题:资料相对有限和狭窄、资料或有失真的成分、资料不甚丰富和形象。这些问题也使我们与原生态文本形成了间隔。① 但是,早期图像不会有上述缺陷。早期图像的特点正好在于"因堙埋于地下而保持了原貌,其内容含量又没有经过后代的文化选择而被人为缩小,非文

① 廖群:《先秦两汉文学考古研究》,学习出版社,2007年版,第7页。

字性文物则以其形象、画面直接呈现当时的情景,正可弥补文献考据之不足,既可以为文学史的某些事实确实带来收获,又可以为文学史原形态的研究和把握提供实物的印证和'现场感'。"①以此观之,由于图像是特定语境与历史的产物,故运用考古发现和传世图像研究神话,在一定程度上是对不同时期神话产生与演变的"还原",是更为贴近神话原貌的解读。若综合考虑各类神话出现的地域、时间,再进行神话的勾勒与复原,则考证是科学可靠的。

第四是"前沿性"。前沿性即研究的"当代性",指结合图像研究神话符合当下学术研究的主要趋势,研究图像与神话具有当下意义。具体来讲,这一方面的内容可分成三个小点。一是研究材料的前沿性。拿以往多年的中国神话研究看,学者或从文献入手,或从民俗入手,其研究取材的重点多来自传世文献,这就极大地限制了对神话本原以及面貌的认识。近年来,不论是美学还是史学、文学领域,从图像中搜取材料进行研究考证的内容渐多,反映出运用图像研究神话具有前沿性。二是研究方法的前沿性,前人从人类学、民俗学、文字学、语言学等角度讨论神话,成果丰硕。采用图像作为神话研究的材料,尽管也为部分学者所关注,但是从图像学具体的理论层面开展神话研究,就目前看来,研究方法还不是很成熟。现今学界已有学者通过图像研究《诗经》、楚辞、小说、艺术等,表明采用图像学的方法进行学术研究代表着当下学术研究的新方式之一。所以说,从图像学角度解读中国早期神话,是学术研究的必要,也体现着学术研究的进步。三是研究思路的前沿性。不论是"夏商周断代工程"还是"中华文明探源工程",皆须对中国早期文化做出全面和深入的探讨,对中国早期神话的研究属于此类研究中的重要组成部分。2018 年国务院新闻办发布研究成果说:"在距今 5 000 年前,我国黄河、长江中下游以及西辽河等区域已进入文明阶段,出现了国家,进入'古国时代'。"②与此同时,中原地区有六座大规模、

① 廖群:《先秦两汉文学考古研究》,第 8 页。

② 刘欢:《5000 年前中国已进入"古国时代"》,《北京日报》2018 年 5 月 29 日。

高等级的中心性城邑，被认为与神话传说中的人物可能相关。[①] 2020年，“图像学视域下的文学艺术研究”成为中国十大学术热点之一。这些学术信息，表明在“探源工程”顺利完成的同时，研究中国早期神话也有了许多便利。考古证实的文明如果仅仅是为了发现先民的活动遗迹与生活遗址，其意义是有限的。如果能将考古发现与年代与之相契合的文化、历史乃至文学做出联系与考证，才能升华对中国古代文明的研究。所以说，通过考古图像研究中国早期神话，具有学术研究的前沿性。结合图像研究中国早期神话，亦符合当下国家文化发展的政策，是具有当代性的研究。

二、百年来图像与中国早期神话的研究现状

对图像与神话的研究，若从20世纪初西方图像学理论及研究方法产生谈起，已有百年的时间。这段时间内，产生了一批用图像研究中国早期神话的著作和文章。综合分析百年来前人于此研究的内容和方法，基本可分为以下几类。

第一类是对神话与图像纹饰的研究，其主要特点是回答哪些图像与神话有关联，有什么关联，神话图像可分为哪些类型等。作为一种艺术表达方式，图像创造源于先民的社会生活，也反映着先民的社会生活。广义而言，不论是何种载体上绘成的图像，只要它属于艺术创作，就反映着当时人们生活的社会及知识观念，这也正是可以采用图像研究中国早期神话的学理所在。

1939年，常任侠将重庆汉墓中的人首蛇身图像与文献中的伏羲女

① 中原六大遗址指位于河南灵宝的西坡遗址、山西襄汾陶寺遗址、河南登封王城岗遗址、河南新密新砦遗址、河南偃师二里头遗址、河南郑州大师姑遗址，有学者认为这些遗址或与神话传说中的黄帝、尧、禹、启等人物相关。

娲做了比较研究。[①] 这是中国较早发表的将图像与文献相结合的文章,打开了现当代学者通过汉代画像石等图像研究中国神话的先河,使学者对考古图像与中国神话间的联系有了全新的认识。1942 年前后,闻一多撰成《伏羲考》,作者结合自身的文献与小学专长,采取当时已知的图像分析伏羲神话,得出了当时乃至今日看来都极具眼光的结论。如认为伏羲与女娲是葫芦的化身及"从人首蛇身像谈到龙与图腾"等,启发后人在使用图像的同时,需结合文献和考古对中国神话人物做出综合研究。今日看来,二位先生因时代所限,他们掌握的图像材料与今日相比太过稀缺,但是,他们在运用考古图像研究中国神话方面功不可没。到 20 世纪 60 年代,刘渊临在《甲骨文中的"蚰"字与后世神话中的伏羲女娲》[②]一文中明确提出,商代出土器物上的"双蛇交尾"和"人首蛇身"纹饰,实际就是汉代画像砖伏羲女娲交尾图的最初形式,并认为:在商代时期,伏羲女娲神话就已经存在。刘渊临较早把甲骨文的字形字义与神话图像联系在一起。1978 年,钟敬文《马王堆汉墓帛画的神话史意义》认为:"伏羲大概是渔猎时期部落酋长形象的反映,而女娲却似是初期农业阶段女族长形象的反映。他们的神话原来各自流传着,到民族大融合以后,才或速或迟的被撮合在一起。"[③]钟氏在结合图像与神话之外,还分析了伏羲女娲构图模式出现的历史原因,确有见地,但他并未深入分析各个时期此类图像的变化以及产生这种变化背后的原因。1983 年,陆思贤《甘肃、青海彩陶器上的蛙纹图案研究》[④]一文,是介绍彩陶纹饰与古史传说较早的文章。在分析甘青地区的蛙纹彩陶

---

① 常任侠:《重庆沙坪坝出土之石棺画像研究》,《时事学报·学灯》1939 年第 41—42 期。收录于闻一多:《神话与诗》,天津古籍出版社,2008 年版,第 102—108 页。

② 刘渊临:《甲骨文中的"蚰"字与后世神话中的伏羲女娲》,台湾《中研院史语所集刊》,1969 年第 41 本第 4 分,第 595—608 页。

③ 钟敬文:《钟敬文民间文学论集(上)》,上海文艺出版社,1982 年版,第 127 页。

④ 陆思贤:《甘肃、青海彩陶器上的蛙纹图案研究》,《内蒙古师大学报》1983 年第 3 期。

之后，陆氏将蛙纹图案与蟾蜍、嫦娥神话作了联系，并继续探索先民的宇宙观念。现在看来，陆氏将蛙纹联系到嫦娥神话，但却没有注意到与甘青地域的民间传说、历史遗迹相比，蛙纹与女娲神话间或有更多联系。之后在 1984 年，钱志强作《新石器时代仰韶彩陶中的鸟纹》，谈及鸟纹与太阳、炎帝间的关系。他说："新石器时代彩陶上的鸟纹和中华民族的祖先，远古传说中的炎帝有着某种内在联系。或者说，炎帝部族是以鸟为图腾的部族，这种鸟不同一般，它名叫金乌或阳乌。"①将彩陶鸟纹图像与炎帝神话联系在一起。1987 年，陈履生《神画主神研究》中收录伏羲女娲的相关图像 87 件，为后人图像神话的研究提供了材料。1989 年，田璞作《从青铜器看殷商时代的神话传说》，结合殷商青铜器上的饕餮纹、夔纹、牛纹、羊纹、鸟纹等，分析殷商神话，并指出青铜礼器及其纹饰是我们"研究当时神话传说的线索。从这个意义上来说，青铜礼器同当时的甲骨卜辞、甲骨文一样，都是我们研究殷商时代神话传说的宝贵资料。"②将青铜器纹饰纳入神话研究的图像材料范围，且指出其他早期材料在中国神话研究中的独特地位。另外，杨利慧在 1999 年出版著作《女娲溯源》，书中提到西北地区的鲵鱼纹饰就是人首蛇身像的雏形，并指出临洮冯家坪出土的四千多年前的"人首蛇身"双连杯具有特殊性，与女娲神话密切相关。她说："特别提醒我们想到：女娲与伏羲的粘合、甚至对偶关系，也许此时已经出现。"③将羲娲神话的渊源上溯至新石器时代。2004 年，叶舒宪《千面女神——性别神话的象征史》④一书，探讨了马家窑彩陶上的蛙纹与女娲。2006 年，巫鸿《武梁祠——中国古代画像艺术的思想性》一书系统地分析了武梁祠汉画像⑤，并运用汉

① 钱志强：《新石器时代仰韶彩陶中的鸟纹》，《西北美术》1984 年第 2 期。

② 田璞：《从青铜器看殷商时代的神话传说——殷商时代文学研究之三》，《殷都学刊》1989 年第 4 期。

③ 杨利慧：《女娲溯源》，北京师范大学出版社，1999 年版，第 123 页。

④ 叶舒宪：《千面女神——性别神话的象征史》，上海社会科学院出版社，2004 年版，第 136—159 页。

⑤ 巫鸿：《武梁祠——中国古代画像艺术的思想性》，三联书店，2006 年版，第 230 页。

画像研究西王母神话等,在神话图像的研究方面具有启发性。2008年,叶舒宪《牛头西王母形象解说》①,采用玉器、青铜器、汉画像上的牛形图像,探讨西王母形象的历史建构与变异。2011年李凇《试论“三段式神像镜”的图像结构与主题》②,取较少被人关注的铜镜图像,研究女娲神话。2016年,日本学者林巳奈夫的《神与兽的纹样学:中国古代诸神》出版,书中列举了大量新石器时代至春秋战国时的兽面纹,辨别出其中的龙、象、虎、水牛、鹿等多种动物形象,并认为“各族将各种动物作为图像符号来表示本族中的至上神——帝。”③这一说法极具见地,但整体来看,林巳奈夫却并没有从此角度继续对中国早期神话等问题进行探讨。同年孙晓勇的《西辽河流域的“鸮面”岩画——兼谈先商文明鸮崇拜》④则采用东北地区的岩画,探讨商族起源。

整体来看,我们认为神话研究从简单关注文献到结合图像,从图像与某一神话的阐释到对诸多神话进行阐释,前人在此方面突破甚多,且基本涉及现存各类材料。但是,就目前研究成果看,结合图像对中国早期神话的研究仍然不全面,需要我们继续推进。

第二类是对神话图像研究方法的研究。早在1925年,王国维提出学术研究“二重证据法”⑤,之后中国的神话研究,亦多受其沾溉。常任侠与闻一多两位先生均将此方法用于中国神话的研究,并取得了突破性的成果。不过,有关神话图像研究方法的广泛兴起却是在改革开放以来。1983年,萧兵《将军崖岩画的民俗神话学研究》以“民俗神话学”为研究切入点,把将军崖岩画和女娲、少昊等神话加以联系,可以看作是以民俗学的方法研究神话。⑥ 1995年,陆思贤《神话考古》从考古学

① 叶舒宪:《牛头西王母形象解说》,《民族艺术》2008年第3期。

② 李凇:《试论“三段式神像镜”的图像结构与主题》,《陕西师范大学学报》2011年第6期。

③ [日]林巳奈夫:《神与兽的纹样学》,三联书店,2016年版,第15页。

④ 孙晓勇:《西辽河流域的“鸮面”岩画——兼谈先商文明的鸮崇拜》,《民族艺术》2016年第5期。

⑤ 王国维:《古史新证》,清华大学出版社,1996年版,第2—3页。

⑥ 萧兵:《将军崖岩画的民俗神话学研究》,《淮阴师专学报》1983年第3期。

方法入手，探讨中国早期神话。陆氏列举了庙底沟类型花卉图案与伏羲氏诞生神话、红山文化裸体孕妇像与女娲、大汶口文化原始图画与少皞等几个类型的神话图像解读。但该书所取图像材料较少涉及青铜器图像和汉画像，如此便很难将各个神话于中国早期的起源和演变联系起来。再者，《神话考古》一书多选取有代表性的纹饰与神话进行研究，忽略了中国早期神话中其他神话人物，未免也是一种遗憾。2004 年，叶舒宪推出《千面女神》一书，以原型图像和比较图像学的方法展示女神的原型和形象，该书的最大特色还在于它是一部结合图像的研究著作。之后，叶舒宪发表了一系列文章，讨论图像作为神话研究第四重证据的合理性，认为图像具有弥补“语言的贫乏和书写的局限所导致的盲视，转向生动而直观的洞见”的作用，所以图像人类学和比较图像学提供的跨文化资料，应在文学文化研究中发挥特殊的作用，成为第四重证据，这对拓展中国神话研究的格局具有重要意义。① 2010 年，岳峰和王怀义的文章《论中国史前神话的图像传承》指出，神话依靠图像流传有其必然性和现实性，自新石器时代起已成为整个民族的集体情结，反映着先民的思想与生活状况，故可用于神话研究。② 2011 年，王倩发表《作为图像的神话——兼论神话的范畴》，认为从存在论视角看，神话有口传、仪式、图像、文本这四种外在表现形式，故在研究中不应忽视图像神话和仪式神话，而应从现象学的视角，将神话看作本质性存在。③ 2012 年杨超的《岩画的神话断代法初探——以贺兰山人面像岩画为例》，认为可用神话思维进行岩画的断代，推而广之，神话思维亦可以用

① 相关文章可参叶舒宪：《第四重证据：比较图像学的视觉说服力》，《文学评论》2006 年第 5 期。《二里头铜牌饰与夏代神话研究——再论“第四重证据”》，《民族艺术》2008 年第 4 期。《论四重证据法的证据间性——以西汉窦氏墓玉组佩神话图像解读为例》，《陕西师范大学学报》2014 年第 5 期。《汉代的天熊神话再钩沉——四重证据法的证据间性申论》，《民族艺术》2016 年第 3 期。

② 岳峰、王怀义：《论中国史前神话的图像传承》，《内蒙古社会科学》2010 年第 6 期。

③ 王倩：《作为图像的神话——兼论神话的范畴》，《民族文学研究》2011 年第 2 期。

以其他神话图像的年代判定。[①] 2013年,王青的《从“图像证史”到“图像即史”——谈中国神话的图像学研究》指出,除去神话研究中大家秉承的“图像证史”方法,图像实际本身就属于神话的一部分,或称之为神话时代最直接的史料,应当树立“图像即史”的观念,以便更好地研究神话。[②] 2020年,我在《神话研究集刊》发表《早期中国族源神话研究的图像学方法》一文,是对神话图像研究方法的进一步思考。[③]

第三类是神话图像与古神话系统的建构。此类研究是通过图像等材料,着手于中国神话系统的建构。改革开放以来,学者逐渐注意到此方面的研究。1979年,顾颉刚将中国古代神话分成昆仑神话和蓬莱神话两个系统,认为昆仑神话发源于西部高原地区,后流传入东方,结合各种因素形成蓬莱神话系统,引发了中国学者对神话系统的思考。[④] 何新1986年的《诸神的起源》,对黄帝、女娲、大禹、龙凤、炎帝等诸多中国早期神话人物做了研究。该书以《十字图纹与中国古代的日神崇拜》开篇,通过对新石器时代的多种十字纹至之后的青铜器铭纹的分析,论述中国早期存在着典型的以描写太阳神为主的十字符号,表明中国早期有着广泛的太阳崇拜。之后作者从文献与考古两方面入手,对他所认为的中国上古以太阳神为中心的诸神起源问题进行了探讨。书中将“太阳崇拜”视为中国早期神话建构的主干,在古神话系统的建构上意义重大,具有突破性,但中国的早期神话是否皆可用“太阳崇拜”一以贯之?如果以早期图像中的“十字形纹饰”概述,那么其他诸多种类的纹饰又如何解释?由于讨论的主题不同,因此作者也就未对这些问题做进一步的解答。[⑤] 2011年,田兆元《神话的构成系统与民俗行为叙事》

---

① 杨超:《岩画的神话断代法初探》,《三峡论坛》2012年第2期。

② 王青:《从“图像证史”到“图像即史”——谈中国神话的图像学研究》,《江海学刊》2013年第1期。

③ 王志翔:《早期中国族源神话研究的图像学方法》,《神话研究集刊》2020年第3辑。

④ 顾颉刚:《〈庄子〉和〈楚辞〉中昆仑和蓬莱两个神话系统的融合》,《中华文史论丛》1979年第2辑。

⑤ 何新:《诸神的起源》,三联书店,1986年版。

认为:“神话是一个多层面构成的神圣的叙事体系。如前所述,它首先是一个语言形式的叙事存在,口头的叙事只是语言叙事的一种,书面语言的叙事是语言叙事的另一种形式。”①朱大可 2014 年的《华夏上古神系》中收集了许多与神话相关的图像,其主要目的在于探究中国上古文化和神话的起源,并认为是自美国学者发现全球智人源于非洲、新西兰学者发现全球语言源于非洲之后的又一个极具原创性的学术观点,即认为全球宗教/神话亦是起源于非洲。尽管书中运用了古今中外的大量图片,并使用语言学的方法指出神的名字结构中含有“神名因素标记”(Phoneme Attribute of Gods Name)②,以此论证盘古、女娲、西王母等中国上古神话人物具有“外来身份”,但若为了进行古史的建构且将范围扩展至全世界,而忽略各地先民对大自然的感受以及各地先民具有的主观能动性,其研究思路本身就是值得再讨论的。③

综合以上各类研究,可见前人通过图像对中国早期神话的研究已取得了客观的成果,推动了神话学研究的进展,他们的主要贡献有:

第一,通过对中国早期图像的观察与分析,学者找到了图像与中国早期神话间所具有的联系,并认为不论是学理还是材料,图像均可用于中国早期神话的研究,且图像诚为中国早期神话研究中应该受到重视的重要材料。

第二,逐步拓展了神话研究的图像来源,从最初关注汉画像到彩陶纹饰,再到青铜器纹饰、青铜铭文、甲骨文、玉器图像、帛画等,中国早期图像的材料来源日渐充裕,这一现象充分拓展了神话图像研究的材料选取空间,并为之后的图像与神话研究打下了坚实的基础。

第三,尝试在使用图像作为神话研究的基础上,进行中国早期神话系统的建构。这类研究尽管在目前多是以图像作为研究材料,但学者从图像切入建构不同的神话系统,也是对神话研究的一次有意义尝试。

---

① 田兆元:《神话的构成系统与民俗行为叙事》,《湖北民族学院学报》2011 年第 6 期。

② 亦称作“神名音位词根”,详参朱大可:《禹:中国民族精神的话语起源》,《戏剧艺术》1994 年第 1 期。

③ 朱大可:《华夏上古神系》,东方出版社,2014 年版。

第四,运用考古学、民俗学、图像学等多种研究方法,进行交叉学科的研究,也拓展了图像神话研究的方法和思路。

三、几 点 思 考

通过上文的梳理不难看出,虽然前辈学者在此方面的研究贡献突出,但就中国早期神话图像这一研究核心看,现阶段仍然存在着一些弊端和不足。

首先就研究材料看,目前学界的研究多使用传统的文献材料,对近年来最新的出土材料关注较少。也就是说,尽管前人已经关注到彩陶、玉器、青铜器、汉画像等图像中隐藏着大量与中国早期神话紧密联系的图像,但截至目前,学者还没有对传统的文献材料与新出土的图像材料做全面的搜集与整理。

其次,就方法理论看,学界通过使用人类学、民俗学等学科作为神话研究的指导理论,已经产生了丰富的成果。但是,目前却鲜有完全参照图像学理论及研究方法开展的对早期图像和中国神话的研究。

再次,虽然有学者在处理图像与中国早期神话的关系上有所推进,但整体来看,此类研究多趋于个案研究,如此便在阐释神话时成为一种孤立的研究,不具备图像阐释神话的系统性。

最后,结合图像对中国早期神话的研究,未能就不同历史时期、不同地域空间内所产生的不同神话图像做具体的分析。即没有通过对时空差异的思考,来梳理造成各个时期图像演变乃至神话演变的背后原因。

展望未来,若要解决以上不足,可以在后续研究中开展以下几项工作:

第一,从文献入手,对中国早期的神话文献作出比较全面的整理和分类。这些文献包括传世文献和出土文献两大部分,是对早期典籍与图像文本的系统搜集,进而在按照时间、地域、神话人物进行分类之后,来探讨其起源与演变。

第二,在神话的阐释方面,力图纠正前人对图像和中国早期神话不切实际的过度解读,在改变前人偏见的同时,对中国早期神话做出更符合学理与历史现实的还原。

第三,需要承认神话在早期流传的过程中就是通过文本与图像共同进行的。这一客观事实说明所有只研究图像的艺术性或只讨论文本真伪的考证都不全面。针对共时与历时的文本与图像,我们皆可互相“校勘”,从而分析传世文献因长时期的流传而产生的演变,并讨论这种变化对中国早期神话带来的影响。

第四,通过对中国早期不同阶段的思想与制度的考究,来分析图像及神话在流传过程中产生变异的原因,并在尽量还原中国早期神话面貌的同时,进一步研究中国古代社会。

作者简介

王志翔,1993 年生,甘肃秦安人,文学博士,西北师范大学文学院副教授,主要从事先秦两汉文学与文献研究。

唐君毅之《老子》哲学研究述论

张海龙

（西北师范大学哲学学院　甘肃兰州　730070）

内容提要　现代新儒家唐君毅的《老子》哲学研究主要见诸他对《老子》之“道”的解释与阐发。唐君毅的研究大致分为三个阶段。在第一阶段，唐君毅以“律则”或“虚理”之义来解释“道”；在第二阶段，唐君毅纵析《老子》之“道”为六义，以“道体”之义为其基本含义，并以之作为六义之间相贯通的逻辑起点。事实上要实现六义之间的真正贯通，须以“修德之道及其他生活之道”作为现实起点。第三阶段，唐君毅从修道的视域出发，将“人法道”横断为人法地、人法天、人法道本身、人法自然四个层面，并不再执持“道”之实体义为一定见。唐君毅对《老子》哲学的解读和研究始终都贯穿着一个比较的视野，但其解读立场和模式却经历了“以西释中”向“以中释中”的转变。唐君毅对《老子》之“道”的解读及融贯于其间的“义理训诂交相明”的研究方法，能够充分展示《老子》之“道”的多重面向，并对其做出相应的解释，具有重要的学术价值，理应受到重视和加以推进。

关键词　唐君毅　“道”之六义　“人法道”之四层面　义理训诂交相明

现代新儒家唐君毅（1909—1978）一改二程、朱子等宋儒视老子为异端的门户之见，以现代哲人的眼光对《老子》哲学进行了细致深入的探讨。唐君毅对《老子》哲学探讨主要见诸他对《老子》之“道”的研究和阐发，他一生曾先后三次撰文来集中探讨《老子》之“道”及其相关问题，前后相距30余年。鉴于此三次研究不管是研究立场，还是对《老子》之“道”的理解重心，每每皆有转变和转进，具有相对的独立性，故而可以视为三个研究阶段，以下我们将以此三个阶段线索对唐君毅关于《老子》哲学的研究做一全面探讨。

一

唐君毅最早对《老子》之“道”的阐发见诸他发表于1936年的《老、庄、〈易传〉、〈中庸〉形而上学之论理结构》[①]一文。在是文中，唐君毅以新实在论的立场对《老》《庄》《易传》《中庸》的形而上学予以论述。[②] 关于《老子》之“道”，唐君毅认为《老子》之“道”就是指宇宙本体。换言之，《老子》之“道”乃本体之道。此本体之道，乃是“有无之一贯体”，所谓“有无之一贯”，即是说：“有无二者相连不离”[③]。唐君毅指出此义即在《老子》第一章[④]已彰明。他说：

> 此章以可名之名非常名，下即承以无名有名，是明以“有”“无”为常名。常名即所以状常道，故“常无欲以观其妙，常有欲以观其徼”。“其”即指道也。无即可以观其妙，有即可以观其徼。妙尽其虚，徼尽其实，道之不外“有”“无”可知。“此两者同，同谓之玄”，玄，黑白不分之色，从出从入，出而入者不可辨之意，是以玄明“有”

---

① 此文大纲刊于1936年12月的《哲学评论》上，全文见于1943年出版的《中西哲学思想之比较之论文集》，见《唐君毅全集》第2卷，九州出版社，2016年版。后凡引该书，只标明《全集》卷数及页码。

② 实际上，在1943年《中西哲学思想之比较论文集》出版时，唐君毅已经放弃了这一立场，他说：“今日重览旧文，则觉自始可不必由此派新实在论哲学立场以论、老、庄、《易传》、《中庸》形而上学，此为个人今昔态度之不同。”《唐君毅全集》第2卷，第274页。

③ 《唐君毅全集》第2卷，第290页。

④ 《老子》第一章曰：“道可道，非常道；名可名，非常名。无名天地之始，有名万物之母。故常无欲，以观其妙；常有欲，以观其徼。此两者同出而异名，同谓之玄，玄之又玄，众妙之门。”［魏］王弼注，楼宇烈校释：《老子道德经注校释》，中华书局，2008年版，第2页。后凡引该书只标明书名及页码。

> “无”之一贯体。又曰:“无名天地之始,有名万物之母。”则此道,此有无之一贯体,为宇宙之本体之意,更可见矣。①

因此,在唐君毅那里,单以“有”或“无”来解释“道”都非确言。“道”既非“有”,也非“无”,而是有无互摄,即“无”中涵“有”,“有”中涵“无”。

在唐君毅看来,尽管“道”为宇宙的本体,但它并非孤悬于现象界之上,与之隔绝。换言之,本体界与现象界是相通的而且是可以相通的,即现象界不断地要求向本体界回归,本体界亦不断地在现象界呈现自己。需要说明的是,在唐君毅第二、第三阶段的研究中,尽管对“道”的含义做出了纵横两向的分析,甚至对《老子》之“道”是否为“实体”也不再执为定见,但对“道”之有无一贯性及由之而来的本体与现象之间的交通这一认识始终没有变。

二

1964 年唐君毅于香港大学《五十周年纪念刊》发表了《老子言道之六义贯释》一文(后收入其《中国哲学原论》之《导论篇》),是文唐君毅一改第一阶段以新实在论来解读《老子》之“道”的立场,而是立足于《老子》文本本身,对出现在《老子》中的“道”字进行了统计。结合其具体出现的语境,将《老子》中能够作为哲学概念的“道”之含义纵析为六,即道之六义,并对每一义进行了详尽的分析与探讨。

第一义,即通贯万物的普遍共同之理,或自然、宇宙的普遍律则或根本原理,它大致等同于一般所说的自然律则、宇宙原理等,简称为“理”。需要说明的是,此“理”乃“虚理”而非“实体”。换言之,此“理”不能单独存在,而是需要依附于一实体,也没有实际的作用,如同佛教所说的“假法”及西方哲学中所说抽象的“有”。唐君毅说:“所谓虚理之虚,即表状此理之自身,无单独之存在性,虽为事物之所依循,所表现,

---

① 《唐君毅全集》第 2 卷,第 290 页。

或所是所然，而并不可视同于一存在的实体。”①此义乃《老子》之“道”的常见之义，如《老子》七十七章：“天之道，其犹张弓欤？高者抑之，下者举之，有余者损之，不足者补者。天之道，损有余而补不足。人之道则不然，损不足以奉有余。”②此章中的“天之道”“人之道”皆当“理”讲，因为它们并不能独立存在，而需依附于“天”“人”。

第二义，即形上道体，这是《老子》之“道”的根本义涵，与第一义相比，它是实体或实理。“所谓实者，即谓其非假法、非抽象的有，而自有实作用及实相之真实存在之实体或实理。此虽非如形体之具体，然亦非抽象的思维所对之规律形式之只为抽象的有，而为形而上之具体的存在者也。”③在唐君毅看来，“道”的形上道体之义是了解老子形上学思想的关键。道体之道不同于律则或原理之道，它能够独立存在，能够发挥实际的作用。如《老子》第二十五章：“有物混成，先天地生。寂兮廖兮，独立而不改，周行而不殆，可以为天下母。吾不知其名，字之曰道，强为名曰大。”④此章中的“道”即为形而上的存在者，且具有创生万物的实际作用。需要补充指出的是，在唐君毅看来，《老子》中的实体之义的道，除韩非之《解老》《喻老》，《庄子·大宗师》，《淮南子·原道训》及道教有所继承发挥外，自魏晋以来的注老解老之主流并不重视此义，如王弼、何晏、嵇康、阮籍、郭象等，他们往往对此实体之义的“道”加以消解，而以“道”来表达某种状态或人之修养所到达的某种境界。

第三义，即道相之道，所谓道相“乃道体对万物而呈之相”⑤，此义乃由第二义引申而来，也就是说道相乃是依道体才有，与道体不可言说不同，道相是可以言说的，但这种言说往往需要在与万物相对照的情况下才能实现，此义在《老子》中也较为普遍，如《老子》四十章：“反者道之动，弱者道之用。天下万物生于有，有生于无。”⑥此章中的“反”“有”

① 《唐君毅全集》第17卷，第287页。
② 《老子道德经注校释》，第186页。
③ 《唐君毅全集》第17卷，第288页。
④ 《老子道德经注校释》，第63页。
⑤ 《唐君毅全集》第17卷，第291页。
⑥ 《老子道德经注校释》，第110页。

“无”皆可视为“道”之相。又《老子》二十五章:“吾不知其名,字之曰道。强而名之曰大,大曰逝、逝曰远、远曰反。”此章中的“大”“逝”“远”“反”都是状道之辞,都是用来描述道的运行之相的。除此之外,在《老子》中的“常”“久”“一”“自然”也是指道相的。需要指出的是,在《老子》及后世注老的著作中也常常用道相来指称“道”,如注老名家王弼常常以“无”来指称“道”,并提出了“以无为本”的哲学命题。

第四义,即同德之道,在《老子》中,“道”与“德”有明显的区别,若依前文所说的“道”为“理”(第一义)及“实体”(第二义)来看,“道乃为万物所循之共理,或其所自生之本始或本母,则德为人物之各得之以自生或自循者”。[①] 简言之,“德”是对“道”的分得,是“道”在具体的人与物中的落实、实现。“道”乃就天地万物之全体之“公”而言,而“德”乃就人与物个体之“私”而言的。“道”与“德”的区别是显而易见的,但在唐君毅看来,“道”也可以同于“德”。“道同于德”有两层意思:一是“德”的内容无有其他,而只是得之于“道”,无“道”便无“德”,故“德”同于“道”;二是德乃由“道”生物、畜物而有,即“德”常常显示为道的创生、养育万物的活动中,含在物中或物内,尽管如此,其本身仍不失其为道,故“有德”即同于“有道”。合而言之,同德之道,其义乃为“或同于物所得所有之德,或同于道之畜物生物之德”[②]。依唐君毅之见,“同于德之道”这一含义在《老子》中并不多见,《老子》中言及“道”与“德”时,大多数情况下还是在说二者的分别,至于有意无意地泯除两者之分别的是庄学而非老学。

第五义,即修德之道及其他生活之道。此义之“道”较第四义之“道”来说,它实际上是对同于道之“玄德”的追求。就其本身而言,它属于“道”的运用层面,在《老子》中具体体现在其人生哲学、军事、政治思想诸方面。此义之道是《老子》中言及最多的,对中国古代社会的政治管理、人生理想、养生保健等思想和理念的影响也最大,但唐君毅强调说,此义只是道的诸多含义中的一层而已,它不能代表《老子》之“道”的

---

① 《唐君毅全集》第 17 卷,第 293 页。

② 同上。

全部，也非《老子》的根本精神之所在。①

第六义，即事物及心境人格之状态之道。此中的"道"一词，词性是形容词，表示事物、人之心境、人格达到某种合于道的状态、境界。这种状态和境界主要是指得道之人在心境与人格形态上所呈现出的道相，此道相乃为得道者的道相，尽管它与道体之道相相通，但二者毕竟不是一回事。唐君毅说："唯形上道体之道相，乃如由道体及其玄德之自身，自上而下而昭垂以见；而得道之人之道相，乃由人之积德修德之工夫，以上合于道，由内而外之所显。故二义之道相，仍毕竟不同也。"②此义之道在《老子》十六章、二十章中有充分的体现。如《老子》二十章："众人熙熙，如享太牢，如春登台。我独泊兮其未兆；如婴儿之未孩。儽儽兮若无所归。众人皆有余，而我独若遗。我愚人之心也哉！沌沌兮！俗人昭昭，我独昏昏；俗人察察，我独闷闷。澹兮其若海，飂兮若无止。众人皆有以，而我独顽似鄙。我独异于人，而贵食母。"③此章中所描写的"我"显然是一个得道者的形象，文中的"独泊兮其未兆""如婴儿之未孩""昏昏""闷闷"皆为"我"由内而外显发的"道相"。此种道相显然不是客观道体的单独自上而下的垂显，而是作为生命主体的人之主观生命状态与道契合无间时由内而外透显出的某种"形象"。

依唐君毅之见，"道"之六义，就其本身而言，除第二义即道体之"道"为实义外，其他皆虚，即不能独立存在，皆须依附于道体。又，此六义本为《老子》之"道"所应有的义涵，但后世解老，于此六义中各有偏重，而非六义俱谈，由此使唐君毅意识到：此六义，"并非彼此处处相待而成立，亦非决不可离而论之一整体"④。那么，这是否意味着"道"之六义之间缺少一贯性，而彼此难以贯通呢？答案是否定的。在唐君毅看来，此六义中，可以其中的一义作为始点来顺通和统摄其他诸义。问题是当以何种含义为始，对此唐君毅采取了排除法，通过逐一排除，他

① 《唐君毅全集》第 17 卷，第 295 页。
② 《唐君毅全集》第 17 卷，第 298 页。
③ 《老子道德经注校释》，第 48 页。
④ 《唐君毅全集》第 17 卷，第 300 页。

指出：在道之六义中，只有以第二义即道体之义作为始点才能顺通和统摄其他五义，其顺通的次第为道体之道→道相之道→同德之道→规则规律之道→生活之道(生活律)→心境与人格状态之道。换言之，若将道之六义作为一个整体来看待，就其义理层次和内在结构而言，它应当有一定的次第和秩序，而道体就是这一次第和秩序的基点。表面看来，唐君毅这种先立"道体"①，再依次开展出其他诸义的做法，似乎与他第一阶段以新实在论的立场来阐发《老子》之"道"的做法并无二致，实则不然。一方面这一阶段(写作《老子言道之六义贯释》时)的唐君毅，以"道体之道"为《老子》之道的根本，且其为实体、实理，不同于他早期(《老、庄、〈易传〉、〈中庸〉形而上学之论理结构》中)以律则、规律之虚理为《老子》之"道"的根本；另一方面早期的唐君毅认为《老子》以"律则、虚理之道"为万物之总则的立言和思路采用的是一种"预设"的方式，而这一阶段的唐君毅则认为《老子》以"道体之道"为万物之根本的立言和思路并不是此种方式，为此他采用排除法，结合《老子》之道的六义，逐一排除以西方哲学中惯常采用的假设、宗教信仰、依理性原则等来建立道体(即如何确知道体之存在)的可能性之后，他认为"唯余一可能，即由老子之直觉此道体之存在"。②

此处，若我们作进一步追问：老子何以能直觉此道体之存在呢？这便会进而追究至老子自己的心境与人格状态，而心境与人格状态又往往根于老子的修养工夫，至于老子的修养工夫之关键，唐君毅认为就是老子所说的"致虚守静"。③ 由此，我们不难看出，《老子》之形上道体(第二义)的建立，实际上又需要先对《老子》所说的"致虚守静"的工夫(第五义)及合于道的心境与人格状态有一定的会悟，"然后吾人方能亦

① 道体，即以道为本体，此本体可以是实体，也可以是非实体。用唐君毅的话来说，此本体可以是实理，也可以是虚理。

② 《唐君毅全集》第17卷，第303页。

③ 此处唐君毅将《老子》修养工夫之关键概括为"致虚守静"，实际上是对《史记·老子韩非列传》所说的"李耳无为自化，清净自正"及《汉书·艺文志》所说的道家"清虚以自守。卑弱以自持"的进一步发挥和说明。参阅《唐君毅全集》第19卷，第220页。

用吾人之直觉,以宛然识得此第二义之道,并与老子所言者相印证;乃能更循之以次第顺通此道之诸义,而一一加一识趣也”。[①]

因此,在唐君毅那里,尽管是以道之第二义即形上道体为贯通其他诸义的逻辑起点,但我们也可以说,其现实起点则是第五义即致虚守静的修德之道。换言之,道之六义的贯通在本质上只有通过体道工夫的实践,才能真正实现。这一点值得特别加以注意。在此我们也必须注意到:唐君毅论《老子》之“道”之六义之顺通时,其逻辑重心与实际论述之间存在一定的张力与紧张。因为依上文我们可知,尽管形上道体之道为《老子》之“道”的根本内涵和贯通其他诸义的起点,但人们要想先对此道体直觉地加以印证,却不得不从第五义即修德之道及其他生活之道的实践开始。依照常理,第五义之道当为唐君毅着力阐发之处,但事实上唐君毅在此并未详细展开和深入分析,相反只是较为浮泛地说明第五义之道即修德之道及其他生活之道中皆有致虚守静,以收敛其心智之旨,对如何法道修德及其自身是否有层级之高低等具体问题并未做分析论证。当然在此我们亦无法苛求前人事事周详,但就论理的充分性和必要性而言,不得不说多少有些遗憾。

三

或许唐君毅正是为了补足《老子言道之六义贯释》中对第五义之道未能进行“上穷碧落下黄泉”的探讨之憾,在1973年出版的《中国哲学原论》之《原道篇》中,唐君毅花两章(第八、第九)的篇幅自《老子》之“道”的第五义出发,从修道践道的角度,横断人法道的四个由低及高的层面,即人法地、人法天、人直接法道本身、人法自然,进行阐发。唐君毅直言这一思考,“乃初由《老子》三十八章言‘失道而后德,失德而后仁,失仁而后义,失义而后礼’明言此道、德、仁、义、礼,有层面之高下之不同。后又于二十五章之末,言‘人法地,地法天,天法道,道法自然’之

① 《唐君毅全集》第17卷,第303页。

四句,亦见老子之思想,宜非只在一平面上;遂忽然思及”。[①] 此中需要澄清的是,“人法地,地法天,天法道,道法自然”中并不存在一意义上的递进关系,即人只能法地,而地只能法天等等,这种表述更多的是一种文法上的需要。在唐君毅看来,人可以法地、法天、法道、法自然。

“人法地”是人法道的第一个层面,所谓人法地,一般的注《老》者皆以人当效法地之承载万物之德来理解,唐君毅认为此意大概是受了儒者“地以兼载万物为德”思想的影响,“然实则老子并无明文言地之以载养万物为德。其言法地,亦尽可无此涵义。老子言所常及者,唯是自道之玄德上,说其生养万物;自天道上,说其对万物之利而不害,而未言地道与地德。”[②]故而在唐君毅看来,在“人法地”中,人所效法的对象确切地说并非“地”,而是地上自然物之间正反互易的物势之道,此物势之道的总体特点就是处卑下保柔弱。又在《老子》那里,刚强多欲者死,卑下柔弱者者生。依此,“人法地”实际上“即法物之‘由趋地而得生存,或存在于地上之道’而已”。[③] 因此,人法地上之自然物中的物势之道的“道”是一种方法之道,即以其作为实现某一目的的工具、手段。在唐君毅看来,“人法地”是人法道四个层面中的最低层次,它带有一定的功利色彩。《老子》之“道”不会也不能只止于此,它还有较高层面的意义,这就涉及了人法道的第二个层面,即“人法天”,也即“人法天之道”。从《老子》一书来看,老子言及天或天道的文字不及言地或地道的多,但其重要性却丝毫不亚于前者。“天道”不同于“地道”:一方面前者是就其表现于天下万物之总体而言的,而后者则是就其表现在地上一一散殊之物而言的;另一方面“天道乃自天下万物之客观的公言,而非自特殊之个体物之主观的私而言”,[④]地道则与之相反。在唐君毅看来,人效法天道,究实而言就是效法天道的“义”与“慈”,所谓义即平不平;所谓慈即行慈。他说:“故老子言人之法天道,亦即一方当‘损有余以奉不

① 《唐君毅全集》第19卷,第222页。
② 《唐君毅全集》第19卷,第226页。
③ 《唐君毅全集》第19卷,第231页。
④ 《唐君毅全集》第19卷,第234页。

足’,以平人间之不平,此即世所谓义之事也。在另一面,则人又当专法此天道所归之‘利而不害’,而慈于人物,此即老子所谓三宝之第一宝也。”[①]然而,人法天之道,毕竟还不是直接法道之本身,《老子》言人法道,自然也不会止于斯,须向更高层面的意义转进,即人直接法道,此为人法道的第三层面。所谓人直接法道,即人直接面对此超越于天地万物之上的“道”本身。此“道”不能为一般的言说、感觉、思虑等所把握,而是需要人去实践,以实践的方式得以契入。唐君毅指出,人直接法道的要点并不是要法道的具体内容,“唯在知此道之只是道,知此道之有超越于具体之天地万物之意义,而更循此意义以见道、体道、为道、修道”。[②] 人也只有在此体道、修道的法道工夫中才能真正确知此“道”乃为“常道”,从而使人能自安于道,而亦自久于道,并于此中同时见及道法自然。[③] 由此便进入到人法道的第四个层面,即道法自然,也即人法自然。唐君毅认为“道法自然”是人直接法道之工夫的自然结果和境界,即由行证果,他说:

> 吾人上文释老子道法自然之义,乃由人之修道至安久于道达自在、自如、自然之境时方见得者,其证在《老子》书中第十六章之言“道乃久”在“天之道”之后,而在二十五章中“道法自然”亦在“天法道”之后,二者之文句正相对应,则义当相连。[④]

在唐君毅看来,人法道、得道而安于道、久于道便可以达到自然境界,即《老子》所说的玄德或上德。需要指出的是,唐君毅对“道法自然”的解释与一般认为的王弼的解释大有不同。王弼曰:“法自然者,在方而法方,在圆而法圆,于自然无所违也。自然者,无称之言,穷极之辞也。”[⑤]而唐君毅则认为,“此自然之根本义,要当在人之修道至安与久

---

① 《唐君毅全集》第 19 卷,第 237 页。
② 《唐君毅全集》第 19 卷,第 243 页。
③ 《唐君毅全集》第 19 卷,第 246 页。
④ 《唐君毅全集》第 19 卷,第 249 页。
⑤ 《老子道德经注校释》,第 64 页。

者,达于自在、自如、自然之心境,与在此心境中所见于道之自身之'恒如其自己,以自然其所然'上说",并说此义可以含括王弼之义,"因修道而能安能久,能时时生而不有、为而不恃……则自能在方法方,而不滞于方,在圆法圆,而不滞于圆,即亦能在方法方,在圆法圆也。"[①]总而言之,依唐君毅之见,人法道有法地、法天、法道、法自然四个层面,此四个层面之间是可以贯通的,人既可由法地逐步转进上升至法自然,也可以由法自然下降至法地,但这并不意味着四个层面之间无有界限,其目标与价值没有高低之分。

事实正相反,在唐君毅看来,在人法道的四个层面中,第一层面(法地)具有功利性,第二层面(法天)是超功利性的,就此而言,显然第二层面是高于第一层面的。在第二层面与第三层面(法道),第三层面与第四面(法自然)中,唐君毅说:"第二层面之连于天地万物以为说者,又不若超天地万物,以直就法道为说者之高;而直就法道而说修道为道者,更不如经历修道为道之工夫,并自问种种问题,以求修道之工夫之达于安、久、自然之境者之高。"[②]就修道、体道的角度而言,四个层面的侧重和境界也是不一样的。具体来说,在第一层面中,人由法地上之自然物中的正反互易之道,而得见道之落实和贯彻于万物之中以生养万物,"于此可见道之普遍而分别的内在万物,而生养之之'普遍性''内在性'与创生性"。[③] 在第二层面中,人循第一层面而更进一步得见道包含万物,"见道之'绝对性''无限性'"。[④] 在第三层面中,人直接法"道"之本身,以见"道"超越于天地万物,得见天地万物皆为此"道"之表现,"而以容公之心涵之;而道之超越义或先天义,于此即最显,而见道之'超越性'或'先天性'"。[⑤] 在第四层面中,"则道之恒常义、悠久义、'不为主'之主宰义最显,而见道之'永恒性''不变性'"。[⑥] 总之,依唐君毅之见,

---

① 《唐君毅全集》第19卷,第249页。

② 《唐君毅全集》第19卷,第258页。

③ 同上。

④ 《唐君毅全集》第19卷,第259页。

⑤ 同上。

⑥ 同上。

《老子》所言的人法道，若只从某一方面来说，显然是不全面、不准确的；或虽然注意到了其不同的层面，但却各自为政，不讲四个层面之间的贯通性也非明智之举；或注意到了四个层面之间的贯通性而忽略了它们之间的差别，更非识明智审。只有将"人法道"视为一个既有差别，又有通贯性的四个层面的综合体，方能对《老子》所说的道及人法道之义有一全面之了解与把握。

正因为人法道有四个由低到高的层面，故而此一阶段的唐君毅对《老子》之"道"是否为"实体"之义不再执为定见，在唐君毅看来，"道"既可为实体，也可为非实体。当人们将道与天地万物相对而观，以见"道"为天地万物之总根源时，则"道"为"实体"。换言之，在人法道之第一、第二层面时，所见之道乃为道体之道，此为实体。然而，当人直接法道，即到达第三层面时，"则人之体道，要在体道之超越于天地万物之上之种种意义，则于老子之道。即不宜说之为实体"，①此时的"道"只为一虚理或"纯粹意义"。当修道者摄"道"于己之心思内，与己心思合为一体到达一种自然的境界，即第四层面时，则又为实体。需要指出的是，当人在体道的过程中时，"亦可不见其为一实体，而只见其为引导此心思进行之一义理、一道路。此义理道路乃开放者，则又不能凝聚为一实体以观之。足见道之为实体与否，当依种种观点而定"。② 也就是说，从体道的角度来看，"道"是否为"实体"，则要看人法道所能达到的层面，而不是笼统地说"道"为"实体"或"非实体"。

四

通过以上的论述，我们不难发现：唐君毅对《老子》之"道"的认识与把握实际上经历了一个由"平面"到"立体"的转折。具体而言，在他第一阶段的研究中，他重视的是作为律则和虚理的"道"，并以之作为宇

① 《唐君毅全集》第 19 卷，第 260 页。

② 同上。

宙之本体。在第二阶段的研究中,唐君毅指出《老子》之道的含义并不止于律则或虚理之义,它共有六义,而作为一实体的道体之义是《老子》之“道”的基本内涵。在第三阶段的研究中,唐君毅从实践的角度,对第二阶段研究中所提出的“道”的第五义,即修道之道及其他生活之道的细化和深入分析,指出人法道即修道的四个层面。与第二阶段不同的是,前者是对“道”的纵向分析,以显“道”的精深与复杂,后者是对“道”的横向撑开,以显“道”的饱满与博大。此外,如果说第二阶段唐君毅注重的是“论道”之不同含义之内部逻辑结构的化,那么第三阶段则侧重的是对“修道”之次第、步骤的揭橥:人可以依法地、法天、法道本身以达到一种自然的境界。

在此需要强调的是,尽管唐君毅第二阶段与第三阶段的研究之间的侧重不同,第三阶段的研究较第二阶段来说确有转进,但它们之间并无实质性的差异。因为第三阶段研究就其内在思路而言,实际上是唐君毅第二阶段探讨道之六义的贯通的问题时,所暗含的由第五义之道(修德之道)作为贯通其他诸义的现实起点所彰示出的,由修道实践作为契入《老子》之“道”之机的逻辑延长。简言之,第三阶段的研究是第二阶段之研究的逻辑延长。由此,我们返观唐君毅第一阶段的研究与第二阶段研究之间的联系时,似乎可以观察到:除却我们可以将第一阶段唐君毅所理解的《老子》之“道”归约为第二阶段研究中所提出的道之六义的第一义之外,我们似乎很难找到它与后两个研究阶段内在思路上的联系。为何会如此?实际上这里涉及一个不容回避的问题:唐君毅《老子》哲学研究中的方法论。唐君毅第一阶段的《老子》哲学研究与后两个阶段研究的差别,与其说是对“道”的理解浅深偏圆之不同,倒不如说是两种解老的诠释模式的不同。

整体来看,唐君毅的《老子》哲学研究在诠释模式上经历了以“西释中”向“以中释中”的转变,前者主要见诸他第一阶段以新实在论的立场来解老,后者则主要体现在他后两个阶段的研究中。需要说明的是,此处的“以中释中”,主要是说视中国哲学为一不同于西方哲学的独立系统,在此前提下,从中国哲学自身的特点出发,对其做出相应的研究和诠释,而在具体的方法上并不排斥和拒绝西方哲学的方法。唐君毅采用“以中释中”诠释的模式来诠释《老子》之“道”，并非一时兴起，而是基于解老之传统与时说的深刻认识与反省。众所周知，《老子》一书虽然只有区区五千言，但解老注老之作可谓是汗牛充栋。唐代老学殿军杜光庭(850—933)曾将唐代及其前的《老子》研究著作类型与研究进路概括为以道(包括道家、道教)解老、以儒解老、以佛解老三种，他说：“所释之理，诸家不同。或深了重玄，不滞空有。或溺推因果，偏执三生。或引合儒宗，或趣归空寂。”①唐以后的《老子》研究进路大体上亦不出此三种，但自近代以来，随着西学的输入，在《老子》的研究中自然又多了西学这一视角，可视为《老子》研究的第四种进路②。另外，清代学者还以朴学的方式对《老子》一书进行校订考证。③ 尽管诸种进路的侧重和义理阐发不尽相同，但“莫不并探骊室，竞掇珠玑”④，唐君毅对此也颇以为然。但他并不回避前人及时人在《老子》研究，特别是在有关《老子》的哲学、思想探讨中所存在的问题。在唐君毅看来，《老子》研究存在的主要问题为，或拘泥于繁琐的章句训诂而难见《老子》言道之全，或以某一观念或思想对《老子》之道做一浮泛空疏之了解而难见《老子》之道之妙。⑤ 鉴于此，要想对《老子》哲学等古代哲学有一相应的诠释，依唐君毅之见则须回到“以中释中”的诠释模式。

唐君毅“以中释中”的诠释模式落实到具体的方法上就是它所说的“义理训诂交相明”。所谓“义理训诂交相明”是说：一方面乃训诂明而后义理明，即以考据为义理之源，通过文献考订、名辞训诂来使其义理

① [唐]杜光庭：《道德真经广圣义》，见《道德经集释》下册，中国书店，2015年版，第534页。后引该书，只标明书名及页码。

② 如严复在其《老子道德经评点》中以时在西方社会流行的进化论及自由、平等、民主等思想观念来阐发《老子》无为而治之政治思想的现代意义等。

③ 如卢文弨著《老子音义考证》一卷(考订《老子》音义)、毕沅著《道德经考异》二卷(校勘考证老子异文)、严可均著《老子唐本考异》一卷(据龙兴观道德经考证老子异文)、王念孙著《老子杂志》一卷(考证《老子》字词义训)、俞樾著《老子平议》一卷(考证《老子》字词之义)等等。

④ 《道德经集释》下册，第534页。

⑤ 参阅《唐君毅全集》第17卷，第285—286页；《唐君毅全集》第19卷，第218—219页。

得以显明,这是清儒所提倡之法;另一方面义理明而后训诂明,即立足于义理系统之整体旨趣,来疏通名辞训诂方面的纷争与滞碍,唐君毅自言这是对清儒之偏的纠正。在《老子言道之六义贯释》一文中,唐君毅摆脱了以某种既有的哲学模型来框限和宰治老子思想的窠臼,他没有以某种观念或思想来范围、比附《老子》之道,而是立足于《老子》文本中所说的"道"这一概念的六种含义,对每种含义进行细致的分析,并找出相应的文本根据,但唐君毅并未止步于此。他进一步"以探一问题之原始,与哲学名辞义训之原始,亦进而演绎其涵义,以观其涵义之演变;并缘之以见思想义理之次第孳生之原",①并借以发现六义可以以第二种含义,即"道体之道"将其他诸义贯穿起来,从而使《老子》之"道"的六种含义成为一个系统,不仅使人们由此得以管窥《老子》论道的内在思路,而且也凸显了"道体之道"在"道之六义"核心地位。在第三阶段的研究中,唐君毅扩大了对"道"这一名辞的考察范围,他从"道"字的字源意义入手,指出关于"道"字的原始意义一般有所行之道与导或蹈两说,然后对其原始意义进行进一步的联想、类比及哲学性的解读,挖掘蕴含在其中的哲学意涵,如此一来,一方面使"道"原始意义之两说得以会通,解决了训诂上的分歧,另一方面为他对"道"的意义进一步发挥和阐发埋下伏笔,使"道"诸种意义的相继展开水到渠成。唐君毅说:

> ("道")无论初即蹈道之义,或初即指人所经行之道路,皆连于此人首加以界定。亦皆与人之行有关。此人首,自始即有一可尊之义。故此道之字原,即有可尊之义。又人首之动,全属于人之主体或主观,其动所经行之境,则亦为客观。故道自具由主观以通达客观之义。②

由"道"的原始意义,唐君毅顺势引出道有"通达""超越"之义,再进一步引出道的远近、大小与曲直、非道之道、平行道与相贯道等相关问

① 《唐君毅全集》第 17 卷,第 2 页。
② 《唐君毅全集》第 19 卷,第 7 页。

题，由此又引出道有发现道、创成道、目的道、手段道等不同的类型。如此一来，一方面使“道”的意义及与之相关的问题不断的铺排开来，为后续“道”的哲学展开开启论域；另一方面也使人们意识到：“道”字原本就含具贯通、超越、践行的意涵与精神，且“道”又有不同的类型和层面。故而当唐君毅谈及人法道的四个层面及它们之间可由低到高、由高到低加以贯通等问题时，我们不但不会感到突兀和乖离，反而以之为《老子》之“道”的题中应有之义，此可以说是“由训诂明而义理明”。又，唐君毅依据人法道的四个层面的义理分辨，来疏解《老子》旧注中费解之处，使其得以善解。如《老子》第五章“天地不仁，以万物为刍狗”一句向来令人费解，因从字面的意思来看，它似与《老子》第八十一章所说的“天之道，利而不害”有所暌违。为对此问题有一善解，唐君毅基于对《老子》言天道时往往是就天道表现于天下万物之全体（而非某一散殊之物）及体现天道对天下万物的客观公正性（而非主观愿望之私）的义理旨趣及《老子》“以反求正”的论道方式的理解与把握，再来看此一句所要表达的真义，他指出：人若从天道表现和作用于万物之整体情况来看，天之所利者远大于所害者。唐君毅说：

> 万物之生，固如刍狗之既陈而即废，然“天地之间，其犹橐龠乎”，恒“虚而不屈，动而愈出”，则所生所利，仍多于彼既陈之刍狗；则其不仁，仍非真不仁也。人若本此观点，以观天道之全体之表现，则天地万物即销毁净尽，只更生一物，仍可见天道之利而不害也。则知老子言天之利而不害，固可同时言天之“以万物为刍狗”而若不仁……老子之不讳言天之兼为一“司杀者”，以成其对物之利而不害，是即以天道，乃由有所“反”而后成其“正”者。此正为老子言天道之特色所在。①

唐君毅对“天地不仁，以万物为刍狗”的这一理解与解释，显然不是通过对此一句的名辞如“不仁”“刍狗”进行严格的训诂，而后得其基本

---

① 《唐君毅全集》第 19 卷，第 237 页。

意义,而是反其道而行之,先对《老子》言天道的义理有所把握,再求文意的顺遂,可以说是"义理明而训诂明"了。当然这样的例子在唐君毅的《老子》研究中尚有许多,此处不一一而足。

在唐君毅的《老子》哲学研究中还始终存在着一个比较的视野,这种比较既有中西之比较,又有中国哲学内部之比较。在他第一阶段的研究中,唐君毅从新实在论的立场出发,首先对中西哲学建立本体的不同方式予以比较,他说,西方哲学是通过析相以知体,立体以持相的方式来建立本体;而中国哲学则是以即相以悟体,明体以显用的方式来建立本体。① 然后唐君毅又对《老》《庄》《易传》《中庸》所代表的道、儒不同的形而上学之论理结构进行对比,指出《老子》之"道"乃"有无之一贯体",是宇宙的本体。在第二阶段的研究中,唐君毅也是将《老子》之"道"置于与儒家《中庸》《易传》所言之"道"的比较的视野中,以见《老子》之道的特点及其局限。在唐君毅看来,《老子》之"道"的最大局限在于其不能紧扣人的性情及人的心灵的价值感来言道,即其不能将"道"之根植于人之心性。因此,"吾人终将觉其所陈者,为一冷静无情味之宇宙观与人生观"。② 又,《老子》之"道"虽然也有创生万物的功能,但其终究是"不仁"之"道"(按:其非根于人之心性,不直接关乎价值),"而不如《中庸》《易传》之道体,兼为一仁且智之体而至善者也"。③ 在第三阶段的研究中,唐君毅首先对"道"与西方哲学及印度哲学中和"道"相当的概念予以比较,以凸显"道"这一概念本身含义的复杂性与丰富性。其次唐君毅除了将《老子》之"道"与儒家之言"道"予以比较外,更是注意到了《老子》之"道"与道家内部的田骈、彭蒙、慎到、庄子等所言之"道"的联系与区别。正是这种处处比较的视野,使得唐君毅的《老子》研究往往不局限于就老言老,而是常常跳出《老子》之外看《老子》,见人所不见,言人所不言。由是拓宽了《老子》哲学的论域,拓展了《老子》哲学的解释维度。

---

① 参阅《唐君毅全集》第2卷,第274页。

② 《唐君毅全集》第17卷,第325页。

③ 《唐君毅全集》第17卷,第327页。

五

当代著名《老子》研究专家刘笑敢先生曾将现代学者对《老子》之“道”的解释分为四类：一为客观实有类的解释，即将《老子》之“道”作为一个形而上学的概念，或释为“天地万物的本源”，或释为“自然法则（law of nature）”，或释为“万物的共相”，或释为“形上之实体”，或释为“规律”等等，主要的代表人物有胡适、冯友兰、侯外庐、徐复观、劳思光、史华兹（B.Schwartz）等；二为综合解说类，即综合罗列《老子》之“道”从形而上到形而下世界的各种意义，主要的代表有方东美、唐君毅、傅伟勋、陈鼓应等；三为主观境界说，即以《老子》之“道”为主体修养所证成的主观境界，至于《老子》之“道”的客观性与实体性，只不过是《老子》赋予“道”的姿态而已，此为牟宗三所专持；四为贯通解说类，即将西方哲学自休谟以来的“由事实命题不能推导出价值命题”的思维，带到对《老子》之“道”的概念内部，力求贯通“道”的存有意义和价值意义，主要代表有袁保新等。[①] 在对此四类解说类型进行简省之后，刘笑敢提出了对《老子》之“道”的新的解说类型，即功能性和描述性的解说，他认为“老子之道可以概括为关于世界之统一性的概念，是贯通于宇宙、世界、社会和人生的统一的根源、性质、规范、规律或趋势的概念，概括起来，则包括统一的根源和统一的根据两个方面”。[②] 我们可将他的这一解释类型视为第五类。

此五类解释，自表面看，不管是解释路径，还是具体的解释内容，其区别和分歧是显而易见的，而这恰恰折射出了《老子》之“道”本身含义的复杂性及多重面向，同时也反映出了契入《老子》之“道”的多重路径。但问题是《老子》之“道”的最基本面向是什么，何种路径才是较为相应

---

① 刘笑敢：《老子古今》（修订版）上卷，中国社会科学文献出版社，2006 年版，第 104—110 页。

② 刘笑敢：《老子古今》（修订版）上卷，第 113 页。

的和贴切的?这个是我们不得不思考的。又刘笑敢将唐君毅的解释称之为“综合解说”,这一判断的依据主要是唐君毅的《老子言道之六义贯释》一文,即本文所说的唐君毅第二阶段的《老子》哲学研究。但是我们若联系到唐君毅第一阶段、第三阶段的研究,则情形就会变得复杂起来,这两个阶段的研究似乎很难再以“综合解说”来归约和范围。其中在第一阶段,唐君毅将《老子》之“道”解释为他后来说的“虚理”,这显然属于刘笑敢所说的第一种类型,当然此种解释也可以含括在他所说的综合类解说之类型之内。而第三阶段的研究显然已经超出了“综合解说”的范围,在第三阶段的研究中,唐君毅对“人法道”之四层面的解说与贯通,特别是他对《老子》之“道”是否必为一实体不再执为定见,即它既可以作实体解,也可以用来表征人修养法道的境界,即作非实体解。这说明唐君毅也注意到了《老子》思想的实践品格及境界之道,如此,他的解说又具备了主观境界说的色彩。此外,在第三阶段的研究中,唐君毅所言之“人法道”中“道”俨然是一个事实与价值合一的概念,它能贯通宇宙、世界、社会和人生,依此来看,其第三阶段的研究又可以归约至第四、五类型。当然,在此我们并不是要探讨唐君毅对《老子》之“道”的解说的确切类型问题,而是借以说明唐君毅对《老子》之“道”解释本身的复杂性、立体性及这一解释本身所具有的强大统合力。唐君毅这一研究思路及特点很好地观照到了前文提及《老子》之“道”含义本身的复杂性和多重面向,同时也说明了唐君毅在《老子》思想研究及其整个中国古代哲学思想研究中所倡导的“义理训诂交相明”的方法的有效性和可行性,故而应当引起我们的重视,并对其做一推进。此正是唐君毅《老子》哲学研究的重要价值所在,也是为何我们今天还要对其至少已经是半个世纪之前的《老子》研究成果予以分析、梳理、总结的原因所在。

■ 作者简介

张海龙,1980 年生,甘肃镇原人,哲学博士,西北师范大学哲学学院讲师,主要从事中国哲学研究。

《先秦文学与文化》征稿启事

《先秦文学与文化》是甘肃省先秦文学与文化研究中心、国家重点(培育)学科“西北师范大学中国古代文学”主办、赵逵夫教授主编的学术辑刊,目前每年出版一辑。本刊以“探究先秦学术、弘扬民族精神”为宗旨,刊载先秦文、史、哲、考古及语言等各领域的学术论文,文求原创,不限字数,不尚空谈。

文章包括题目、作者姓名、单位、内容摘要、关键词、正文、注释几部分,注释采用脚注形式(格式参考《文学遗产》)。文末附作者简介及详细通讯地址、电话和电子邮箱。

文稿请用A4纸横排打印,并发送电子文稿至编辑部邮箱。来稿一经发表,即赠样刊2册。欢迎广大学者惠赐大作!

来稿请寄:

甘肃省兰州市西北师范大学文学院先秦文学与文化研究中心

邮编:730070

电子邮箱:gansuxianqin@163.com

著作权使用声明